有爱的青春陪伴者

不隐晴花

葫禄 · 著

天津出版传媒集团
天津人民出版社

图书在版编目（CIP）数据

不匿名暗恋 / 葫禄著. -- 天津 : 天津人民出版社, 2023.6
ISBN 978-7-201-19416-5

Ⅰ. ①不… Ⅱ. ①葫… Ⅲ. ①长篇小说–中国–当代 Ⅳ. ①I247.5

中国国家版本馆CIP数据核字(2023)第079244号

不匿名暗恋
BU NIMING ANLIAN
葫禄　著

出　　版　天津人民出版社
出 版 人　刘　庆
地　　址　天津市和平区西康路35号康岳大厦
邮政编码　300051
邮购电话　022-23332459
电子信箱　reader@tjrmcbs.com

责任编辑　玮丽斯
特约编辑　姜　姜
装帧设计　颜小曼　唐卉婷
封面绘制　兔子与夏Y
制版印刷　长沙鸿发印务实业有限公司
经　　销　新华书店
开　　本　880毫米×1230毫米　1/32
印　　张　11
字　　数　418千字
版次印次　2023年6月第1版　2023年6月第1次印刷
定　　价　42.80元

目录

目录

第一章

/我有一个好徒弟/

六月的天气总是朦胧，前一秒还烦闷聒噪，转眼就下起了细绒般的小雨，绵绵密密，像是一层摸不透的网纱，带着一股黏黏的湿重气息。

岑惜低头做了三个小时的题，中途连头都没抬起来过，等她写完最后一个字，抬头看见教室玻璃上湿漉漉的水珠时，雨都已经停了。

她答题太专注，这会儿才闻到浅淡的青草香。

由于长时间的低头，她抬起脖子时连带着肩颈都是涩痛，一动不动地停在那里好久才舒展开。

法学生的期末考试啊——真是应了那句话，劝人学法，千刀万剐！

“停笔。”一道清冽的男声，“交卷。”

大家有序地上去交卷，随之而来的是一声又一声的感慨，既是解放，又是解脱。

岑惜揉了揉自己的食指和中指，不算标准的握笔姿势，让她食指指腹和中指关节处微微泛红。

“简神再见。”

“简神下学期见。”

同学们交卷后不忘和讲台上的人告别，也有人拿出手机，希望在期末能加上他微信。还有的胆小一点，在后排偷拍几张照片，自己偷偷留作纪念。

唯独岑惜，一眼不往讲台上看，挺直腰背往外走。

忽然，在一众不舍的告别声里，出现了一个例外。

一个女孩子声音哽咽，岑惜回头看了一眼，女孩哭得肩膀都在一耸一耸的。

“简神，毕业小礼堂的那个策划点子是我出的，但是被学姐拿去盗用还获得了表扬，这样算是侵犯我的著作权吗？我可以要回来吗？”

岑惜对侵权的事情有点兴趣，步子下意识放慢了些，而后她听见讲台上的男人淡声问：“你是把策划案直接给她了？”

他语气很随意，将卷子一下一下地磕在桌子上，这么大的事，一点都没耽误他整理卷子。

岑惜本来想看清楚是谁摊上这么糟心的事，结果她这一回头没看见那女孩子的脸，倒是先看见男人白衬衫的袖子一丝不苟地挽在小臂处，皮肤下淡青色的血管依稀可见。

她略不自然地别过脸。

紧接着她听到女孩子怯懦道：“没有，我是把我的想法直接告诉她的，我跟她说如果可行的话我再出策划案，结果就被盗了。”

唉，好惨，岑惜在心里说。

不过她大概猜到结果了。

果不其然，讲台上的男人慢条斯理道：“那她没有侵犯你的著作权，思想观念不受著作权保护，你只能通过别的途径解决。”

听这语气，非但不怜香惜玉，还透着点“这是法学生该有的常识”的责备意味在。

后面的对话就没必要听了，岑惜快速走出教室。忽然，有一条胳膊搭在岑惜肩膀上，舍友老二的声音从右边传来：“今天就放假了，不跟简神去打个招呼？”

岑惜嫌弃地瞥了讲台上的人一眼：“他那儿忙着呢，没空搭理你。”

老二浑不在意：“那就等等嘛！”

岑惜坚持摇头，世界上多的是小天使，她犯不着跟这种冷漠的人说话找气受。

老二趴在她耳边，小声问道：“你俩这恩怨还没结束呢？”

“结束不了。”

老二见软的不行就来硬的，抓着岑惜往讲台上走：“哎呀，走，要不多不合群啊！又不是做他女朋友！”

“我真不去。”别看岑惜瘦弱的一小只，她不动的时候，别人还真拽不动她，“要去你去。”

“我去就我去。”老二把胳膊拿下来，颠颠地跑去跟简神告别。

岑惜站在门口，先看见那个被盗方案的女孩出来，老二紧随其后。

老二这张脸，进去时有多兴奋，现在就有多沮丧。

“也被拒了？”岑惜猜，猜完看老二的表情，知道自己猜对了，安抚道，“没关系，不要难过。”

“有没有人跟你说过，安慰人的时候不要笑？”老二瞪了岑惜一眼，双手握拳，给自己打气，“我被拒了不要紧，还有千千万万个我会站起来的！”

“然后一同被拒。”

“……”

出了教室到没人的地方，岑惜从包里掏出小圆镜子和口红补了个妆。

老二好奇地问道：“你回家还补妆？”

“我现在不回家啊。”岑惜叹了口气，“我爸开会，让我去图书馆等他，等他开完会一起回家。”

“教职工子女就是这样。”老二报复般龇牙咧嘴，笑着安慰道，“没关系，不要难过。”

“……”

“我真是服了你了，去图书馆也要补个妆。”老二吐槽她，“你说你偶像包袱这么重，万一有一天你素颜遭遇了车祸，是不是撞死之前也会一边吐血一边补妆？”

车祸？那可不是一件小事情，岑惜想了想那个场面，严肃回答：“肯定会的。”

“……”

因为刚考完试，图书馆门可罗雀。

岑惜坐在无人打扰的角落里，打开码字软件，闷头码了三千多个字。

她吃完饭就坐在这儿，不知不觉地，夕阳已经变成了蜜红色，倾洒在图书馆纯白的桌子上。

岑惜无心欣赏，她打开绿江的作者后台，将文档里的三千多个字复制粘贴，点击发送后，深吸了一口气，然后憋住，给自己做足了心理建设，去看昨天收到的评论。

绿江是一个小说网站，岑惜主业是法学本科生，副业是这个网站的签约作者，笔名“七惜”。

【什么啊！又是老套路，我连结局都猜到了，皇上就是最大的坏人！】

【刚看完作者第一本，满心期待地买了这本，看到这儿我只想说，作者退钱吧！】

【这个作者真的没灵气了，大家撤！】

【什么鬼，一本不如一本？作者你搁这儿套娃呢？】

评论区就像一片战区，她做好充足的心理建设，然后小心翼翼地踏进，以为这样就可以不踩雷的时候，才发现每一步都是雷。

岑惜眨了眨酸涩的眼睛，对于这样的留言并不陌生，从连载的第一天开始，每天收到的评论都大差不差。

尽管能大概猜到留言的方向，但真正看到那些字跃然眼前时，岑惜还是止不住地难过，她目不转睛地盯着键盘，直到白花花的字母都重叠到一起，她才把肺里那口长长的浊气叹出去。

如果可以的话，谁不希望自己一本比一本写得好？

手头这本小说光是大纲就做了三个多月，回想起那三个月她白天上课，晚上回宿舍写大纲，累到洗个头头发一薅掉一把的日子，再看着眼前的评论，她忽然很想哭。没人会管你来的途中坐的是头等舱还是拖拉机，大家在意的只是结果。

正盯着屏幕发呆，手机铃声把她拉回了现实。

电话是宿舍老二打来的，岑惜压低了声音："喂，怎么了？"

老二激动地在电话另一端大喊："老三，你看微信上我发给你的链接了没啊！"

"还没啊。"岑惜如实回答，她刚刚在码字，一直没看手机，"怎么了？"

"快看快看！"老二催促道。

岑惜应了一声，打开微信时顺便看见了爸爸的消息，五分钟前跟她说还有十分钟到，让她提前做好准备。

她回了一声知道了，打开老二的微信对话框。是学校论坛的链接，主题是"号外，赛校花出现在图书馆三层"。

"赛校花"是岑惜的外号，大一评选校花时她正忙别的事没参与，校花落在了另一个女生的头上，但她也莫名其妙多了一个"赛校花"的称号。

对于这个不知该从哪儿下口吐槽的外号，岑惜只能说，上一次听到这么土的外号，还是《雪花女神龙》里的赛华佗。

岑惜打开链接，链接的主图是被偷拍的自己，照片有一点背光，所以五官看得不清楚，但是仪态极妍，手臂露出来的皮肤若凝脂，长发慵懒地扎成低马尾，加上背景是图书架，因此有秀外慧中的氛围感。

她默不作声地抬眼，图书馆里只有零零散散的十几个人，能在考完试还来学习的本以为都是学霸，没想到还会有人偷拍。

"你还在图书馆呢？"老二的声音再次从耳机里传出来，"岑教授的会还没开完？"

像是有感应似的，这句话刚说完，屏幕上方就蹦出了一条消息。

【爸爸：我到图书馆正门了。】

岑惜一边跟老二有一搭没一搭地聊天，一边拿起电脑匆匆起身。走了两步，她才想起来书包落在桌子上了，又跑回去拿包。

老二乐不可支，笑了好一会儿才想起来问："那照片你打算怎么处理啊？"

"照片？"岑惜刚码完字有点蒙，一时没反应过来她在说什么。

岑惜一心三用，一边跟老二聊天，一边低头在装电脑，一边往外走，后果就是她天灵盖上没长眼睛，撞到了人。

"哎——"岑惜惊呼，她走得快，反作用力太大，重心不稳，眼看着人就要往后倒。

老二在电话那头看不见发生了什么，只能干着急："怎么了？怎么了？"

"小心。"磁性沉稳的声音，好听得令人心脏一颤。

然而老二焦急的询问和岑惜无措的惊呼在听到这个声音后，似是被一剑封喉般，双双戛然而止。

"你是……"老二微弱的声音从耳机里再度响起，"撞到简神了吗？"

三秒后没得到回答，老二就当岑惜是默认了，顾不上他人死活，逃命要紧，她率先挂了电话。

"同学，不好意思。"岑惜低头道歉，"我不是故意的。"

她不喊他的名字，假装不认识他，试图蒙混过关。

下一秒，她的视线落在了她掉落在地的东西上。刚刚她的书包没拿稳掉在地上，包里的东西摔出来撒了一地，塞到一半的电脑，两本专业书，一支口红，一面小镜子，还有——一张硬说是遗照也说得过去的黑白照片。

然后，照片上的人跟面前的人，共享同一张矜贵冷傲的脸。

刚刚装不认识装得有多像，现在打脸就有多疼。

收藏了死对头的照片还被对方抓个正着，该选择哪种死法？在线等，挺急的。

岑惜视死如归地蹲在地上捡其他东西，看都不敢看一眼那张照片。

简珂似乎故意要让她难堪似的，一句话都不说。图书馆里的空调冷风呼啸，狂妄得像在嘲笑她。

毁灭吧，一秒都等不了了。她绝望地闭眼，掩耳盗铃，再睁开眼，余光里多出了一双老布鞋。

好像有了一个馊主意！

岑惜手疾眼快从地上捡起那张黑白照片，起身对图书管理员道："老师，您照片掉了，需要我帮您扔了吗？"

已经算是暑假，图书馆值班的管理员是一位五十多岁的大爷，大爷平时身上总爱揣着自己年轻时候的照片，逢人就显摆自己以前也是个"小鲜肉"。

大爷看了眼照片，好像还真是自己，但他掏了掏兜，发现照片还在，于是他摇摇头："这不是我，先别扔，万一是别人对象呢。"

岑惜："……"

很好，玩脱了。

岑惜已经想到自己被钉上“两年前表白被拒，两年后依然贼心不死”耻辱柱的样子了。

尴尬到快要哭出来的时候，岑惜听见简珂不咸不淡地开口：“照片看起来是我，我来扔。”

紧绷的气息陡然逼近，岑惜以为简珂要把自己给扔了，却见简珂只是微微弯腰，从自己手中抽走了那张黑白照片。

他转身，把自己的照片扔进垃圾桶，然后向楼梯走去，消失在她的视野里。整个动作一气呵成，没有半分迟疑，如他一贯的肆意高傲。

稀薄的空气在简珂离开后变得充裕。

简珂从图书馆后门出去，隔着十几米的距离，岑惜只看见了他遥远的背影，在潮湿的空气中略显孤独。

夏风拂过，带着丝丝凉意，又带着一半夏日湿热，吹得人心烦意乱。

岑惜有那么一瞬间想要追上去说些什么，可两年前的情景像是电影画面般在脑海中一闪而过，让她的脚步死死地定在原地。

算了，有什么好说的。

岑惜走到图书馆正门。

上车后，岑父岑建问道：“怎么这么久才下来？”

“我刚在上面写小说，没看手机。”

“天天净写那些胡编乱造的浪费时间，能赚几个钱？我让你看看金融书，回头也跟简珂那样，修个金融双学位，出来就能去投行多好啊，你就是不听。”岑建语重心长，当提到简珂的时候，他的嘴角不自觉地上扬，随口问道，“刚刚我看见他也上去了，你俩碰到了吗？”

岑惜没好气地答：“没有。”

如果她有罪，她希望来惩罚她的是法律，而不是铺天盖地的“简珂”。

父女俩一路无话。

岑惜一阵烦闷，口腔内壁跟着发酸，她吞了口水后抿了抿嘴唇，不死心地打开了手机里的绿江论坛。

她本来是想看看有没有什么可以学习的写作干货，划拉了几页都没看到什么有效的方法，那些“打脸”“冲突”的方法她比干货帖还炉火纯青。

她心灰意冷正要关闭 App 时，忽然被另一个帖子吸引了目光。

【感谢我的徒弟，帮我突破瓶颈！】

岑惜不自觉地咬住了拇指，点开了那篇帖子。

帖子很长，足足有五页，岑惜一页页地看下来，发现楼主和自己遇到的情况有些类似，第一本文的成绩不错，后来虽然不断努力，但是结果仍是一本比一本差，后来这个楼主在论坛里收了个徒弟，在教导小徒弟写文的过程中，找到了让自己开窍的办法，如今成绩再次回到了顶峰。

岑惜看着，忽然有些心动。

岑惜输入密码，登录了自己的账号。

绿江论坛是和绿江本站关联的论坛，在论坛上可以匿名，也可以直接显示作者笔名。

岑惜选择了显示作者笔名，咬咬牙，发了个帖子。

【收徒弟。】

到家时，妈妈正在做饭，家中弥漫着一股令人食欲大增的炸酱面香气，夕阳的余晖打在纯白色的墙壁上，形成温柔的暖黄色光影。

岑惜被短暂地治愈了一下,刚刚在学校的乌龙似乎也觉得没那么尴尬了。

她脱了鞋坐在沙发上，拿起手机本来是想看自己的收徒帖情况，论坛还没打开，手机屏幕上倒是先弹出了一条消息。

【老二：你还跟简神在一起吗？】

是因为担心自己还跟简神在一起，所以电话都不敢打一个？

【岑惜：有脸问？】

【岑惜：出息呢？】

【岑惜：你在家，他还能顺着手机过去把你吃了？】

话是这么说，其实当时那个情况，如果放在岑惜身上，岑惜自己估计也会怕到挂电话。

“简神”是简珂的外号,本科国际经济法和金融学双学位,现在金融法硕。

上学期，他给岑惜她们做了半年的助教，不论是点名还是阅卷，都严格到令人发指，她们刚刚经历期末考试血洗，谁这会儿听见他的声音不“脑溢血”？

连岑惜这个期末考试平均分在 90 分以上的人都这么觉得，更别说老二这个对考试持“重在参与”态度的人了。

像是被岑惜激到了，老二一个电话打过来，岑惜趿着拖鞋，边进屋边接通了电话。

为了防止被劈头盖脸的兴师问罪，老二先发制人：“老三，我有个非常合理的猜测，不知当讲不当讲！”

岑惜不慌不忙：“放。”

老二：“据我了解，简神从来不去图书馆。咱们入校这也两年了，如果我没记错的话，这是他第一次去。”

岑惜：“……所以呢？”

老二：“你也很少去对不对？所以会不会是他在论坛看见你在图书馆，

过去找你的？”

岑惜也不管对面能不能看见，当即翻了个白眼：“朋友，我这么跟你说，他就是去图书馆要饭，都比去图书馆找我的可能性要大。”

老二沉默了片刻，安慰道：“老三，你也别这么骂自己。”

岑惜：“？”

老二不仁在先，岑惜只好不义了，她换了幽幽的语气：“老二啊，跟你说个事呗？”

刚刚怼了岑惜一把的老二现在很开心，丝毫没感觉到危险在逼近，她语气轻快地问道：“怎么啦？”

“期末咱们拜‘考神’的时候，你打印了一张简神的黑白照片对吧？”

“对啊，你不是说不吉利要扔了吗？怎么忽然提起这事了？”老二天真又无邪地笑问，忽然，她想起了什么，笑容僵在嘴角，“那个……那张照片，不不……不会被本尊看到了吧？！”

岑惜闲闲一笑：“你猜？”

“他看见了？你跟他说是我打印的吗？”老二的语速加快，“他知道了会不会期末给我零分啊？”

本来岑惜还准备再多逗逗她，但这时爸爸喊她去吃饭，她猜自己要是这时候挂电话，老二能表演一个原地去世，便慈悲为怀道：“放心吧，我没供出你们。”

岑家一共四口人，岑惜还有个比她小一岁的弟弟岑臻，她出房间时面条还没好，岑臻刚把酱端出来。

父子三人坐在餐桌前等面条，岑父在手机上看财经新闻，岑臻在看电视上的 NBA 转播，岑惜也拿出手机，接着看自己收徒帖的留言。

帖子里面什么样的留言都有，有介绍自己情况的希望能拜师的，有好奇为什么要收徒。因为她挂了笔名，也有人认识她，根据她现在的情况冷嘲热讽的。

岑惜轻叹了一口气，快速划拉过那些嘲讽的评论，专门找了那些想拜师的留言来看，几十条下来，竟然没有一个人留联系方式。

“姐？”岑惜的思绪被打断，只见岑臻正抱着一个空碗，看样子是要给她盛面，“问你呢，能不能吃完一整碗？”

“哦哦。”岑惜回过神，“盛吧，吃得完。”

“跟你说半天话你都听不见，鼓捣你那点破东西比吃饭还重要？”岑父瞥了一眼岑惜尚未锁屏的手机，“你说你学法律的，假期为什么不去律所实习？”

岑惜无视了父亲前面一句话，直接回后面的：“律所实习很难找的好吧！”

像是不满意女儿的回答，岑父拌面的手忽然加速，筷子敲打在碗里叮当作响。

岑惜和岑臻对视了一眼，姐弟交换眼神，他们都猜到了父亲的下一句话。

“人家简珂大二都开始修双学位了，还不是大二暑假就找到了律所实习？为什么人家能找得到，你就找不到？”

还真是……毫不意外。

岑父是燕大的金融系教授，岑惜却从小数学成绩就很差，从她小学四年级以后，不管怎样努力，在成绩上都没有得到过父亲的认可。

不过岑臻的数学比她还烂，最差的时候考过27分，姐弟俩从小手拉着手，欢乐而团结地一起被爸爸嫌弃。

姐弟俩虽然也会渴望夸奖，但没有得到肯定时，也不会特别失落，因为他们从来没有听过父亲夸奖过任何人。这个任何人里，包括他们姐弟，也包括他们认识的所有小孩。

可好景不长，这样微妙的虚假平衡在岑惜上高一的那年被打破了，从那一年起，岑父的嘴里就多了一个叫简珂的人。在嫌弃他们姐弟俩的时候，岑父会冷不丁拿简珂出来对比——

“我有个学生，你们应该叫他简珂哥哥，比你们大不了几岁，怎么人家一点就透，你们俩就怎么说都不明白呢？”

有了对比，就有了伤害。高中三年，“简珂哥哥”这个称呼在岑惜的潜意识中和“批评”“否定”联系到了一起，以至于岑惜一听到这个名字就会有抵触心理。等到了大学，当她知道她和大家都崇拜的那个传说中的大四学长就是“简珂哥哥”的时候，她对简珂就处于一种“又崇拜又讨厌”的复杂心理。

“非得在我姐面前提这人。”岑臻替岑惜打抱不平，“去年还是前年来着，我姐不就因为帮您给那人送资料，让同学笑话来着？爸，您这不是在我姐伤口上撒盐嘛。”

“两年前的事了，也就你还记得。”岑父顺带把这火撒到岑臻身上，“我还没说你小子呢，天天就知道打篮球，长得跟个球一样！期末考得怎么样？”

岑臻见惹祸上身，迅速吸溜了面条，借尿遁离开了这个是非之地。岑惜不甘示弱，紧随其后，躲回了自己的香玉小窝。

岑惜打开空调，调到舒服的26度，爬上床准备看会儿书，但是脑子里不自觉地浮现出两年前极具羞辱意味的丢脸场面。

那时候，她还是个大一新生，帮爸爸去给当时的大四学长简珂送一份粉色封皮的资料，介于当时的她已经是校园里小有名气的美女，因此一出现，就引起了简珂身边男生的小范围轰动：“哇，简神，大一有个美女找你。”

当时氛围都烘托到那儿了，眼见粉红色泡泡都要冒出来了，简珂却只是微微抬眼，看了她一眼后漫不经心地跟身边人说：“没空。”

岑惜给简珂送粉红小情书，但是还没送出去就遭到拒绝的故事在校园里不胫而走。尽管时光荏苒，两年过去了学校里的人都换了好几拨，几乎没人记得这件事了，但前有“简珂 PTSD 综合征”，后有莫须有的“表白失败”，岑惜心中的梁子就此结下。

她讨厌简珂，几乎是所有认识她的人都知道的事情。

想到那些乱七八糟的过往，岑惜气得书都看不下去。她翻身坐起把正在充电的手机拔下来，接着看自己发出去的收徒帖。

她的笔名足够有争议，发出去的几个小时里，帖子已经翻了五页。

只是越到后面，大家注意的点就越歪，基本上都在讨论她这个人和她的小说。

正经想拜师的，只能在夹缝里求生存。

但是跟刚才一样，也许是怕人太多了暴露隐私，大家都只说了想拜师，没人留联系方式。

那总不能靠心灵感应收徒吧？

就在岑惜准备回复提醒有意拜师者留下联系方式的时候，忽然刷到了第五页的最后一条留言，那是唯一一个留下了企鹅号的人。

岑惜看了一眼那人的留言时间，准确地卡在她准备回帖的前一秒，好像提前预知了她的无奈，然后算好了时间，专程在这里等她。

更完美的是，这是个“新人”。既然是新人，肯定很崇拜自己吧？岑惜嘴角微微上扬。她毫不犹豫地打开企鹅号登录，在搜索框里输入对方的账号，点击添加的那一刻，她的心跳突然加速。

毕竟是人生中的第一次尝试，她激动地在床上打了好几个滚。反观对面的那个徒弟，好友请求发出去都快五分钟了，都没给她回应。

岑惜想也许是自己没发送成功，正犹豫着要不要再发一次时，门口响起了敲门声。

在岑惜应声后，岑父端着一杯热牛奶送进来：“明天别起太晚，简珂约了我中午吃饭，我说了把你也带上，看看能不能让他给你内推进他的律所实习。”

岑惜：“我不……”

话没说完，岑父已经关门出去了。

岑惜郁闷。

为什么假期别人都逃脱简珂的魔爪了，自己亲爹还要把她送入虎口。

岑惜一个鲤鱼打挺坐起来，穿上鞋气鼓鼓地冲出去想找爸爸理论，却跟门口的岑臻撞了个结实。

岑臻打篮球一身肌肉，撞上去还挺疼。

岑惜："你干吗啊，堵你亲姐门口！"

岑臻："你自恋有个度行吗！"

岑惜："那你给我解释解释你为什么在这儿！"

岑臻后仰看了一眼，确认主卧的房门关上了，才咬牙切齿道："我刚听爸妈聊天，听那意思我怀疑咱爸想撮合你跟他'亲儿子'，让你注意点！"

岑惜一脸惊恐，"嘭"地关上门。过了两秒，她忽然反应过来，岑臻嘴里的"亲儿子"指的是简珂后，她又猛地拉开门。

岑臻："？"

岑惜："你放心吧，咱爸成不了。他那'亲儿子'不喜欢的人，天王老子撮合都没用。"

说完，岑惜觉得不对，又补充了半句："当然了，最重要的是，你姐我看不上他。"

第二天，岑臻早上九点下楼去打球时看见他姐已经起床收拾自己了，等他十一点半打完球回来时，他姐这个妆竟然还没化完。

他上次看见别人这么磨叽，还是某个表姐出嫁的时候。

岑惜本来准备了一条淡蓝色刺绣碎花裙，早上起床试的时候感觉还不错，可化了妆之后，这条裙子顶着这张脸，她想起舍友曾经的评价，素颜时清纯淡雅，化了妆后明艳得不可方物。

——所谓甜蜜的烦恼。

岑惜犹豫了一下，脱下碎花裙，从衣柜里拿出了一条纯白色衬衫裙换上。

再看向镜子时，她对里面那个皮肤白皙、侬纤得宜的自己很满意。

岑臻印象中的岑惜多数时候都是三天不洗的大油头，冷不丁看见他姐这么明媚耀眼的样子，他震惊地把手里的苹果核嚼得咔嚓咔嚓的："你——"

这是去见仇人的样子吗？

岑惜给了他一个眼神，意思是咱爸在这儿呢，说话注意点。

"……一定要幸福。"

跟在父亲后面上了车后，岑惜从小布包里掏出手机，里面又无数条来自岑臻的质问，岑惜随手回"不能在敌人面前丢人，懂不懂啊你个土包蛋"，然后点开了屏幕上的那个企鹅号。

这个在论坛里留了企鹅号，要拜她为师的人，是早上五点多通过的好友申请。这个时间点本来已经够匪夷所思了，更令她觉得匪夷所思的是，从通过好友申请到现在都已经七个小时，可是屏幕上除了系统发过来的一条"我们已经是好友啦，一起来聊天吧！"，对方竟然一句话都没有跟她说过。

岑惜倒要看看对面能耗到什么时候，反正她是大神，就算对方从此躺在好友列表里，吃亏的也不是她。

只是在车上没事做，好奇心使然的她点开了对方的资料。

昵称只有一个黑点，看样子是为了注册随便打的，签名没有，简介没有，头像是原始企鹅，也就是说，从资料里，岑惜根本看不出来对方是个什么样的人。

要不是因为企鹅号有等级，她甚至都要怀疑这是一个什么诈骗团伙的小号了。

岑惜眯了眯眼睛，忽然看见对面的昵称后面显示一串“对方正在输入中……”，不过她等了一会儿也没看见对方发出什么消息来，难道对面一直这样删了又打，打了又删，持续了七个多小时？

这个猜测让她不禁想起了同宿舍的老四。

当初，老四都入学一个月了才跟大家说第一句话，一开始大家以为她是高冷，后来才知道她只是不敢跟不认识的人说话而已，在最初的一个月，她无数次想跟大家打招呼，又不知道该说什么。

是不是这个人跟老四一样，也是个“社恐”？

想到如今可爱的舍友，岑惜爱屋及乌，决定主动一点。

【七惜：嗨，小徒弟。】

这下对方很快回过来消息。

【.：师父。】

这个回复速度，是一个不知道如何开场的“小社恐”无疑了。

【七惜：你好，我是七惜，既然你也是绿江的作者，你应该认识我吧？你叫什么？】

【.：我还没取笔名。】

尽管发过来的是一段冷冰冰的话，又没有“嗯啊哦”这样的语气词做点缀，但是一旦把对方和自己身边人联系到一起，岑惜就觉得小徒弟现在怯生生的样子很可爱。

【七惜：你的昵称是一个点，我叫你点点可以吗？】

【.：嗯。】

岑惜自动脑补舍友紧张地咬着下唇，轻轻点头的样子，正在感慨这个小徒弟很可爱的时候，突然大脑一个急转弯——

连笔名都没有？难道刚注册作者ID，连笔名都没取？她是想收个新人没错，但也着实没想到会收一个这么新的。

要不是提前确认了师徒关系，岑惜真的没把握自己会不会一个冲动拉黑这个点点。

带着小徒弟更新完笔名、实名认证等一系列流程后，岑惜觉得有必要将自己的想法全盘托出。

【七惜：我觉得我有必要告诉你一下我的真实情况。】

“到了。”岑父说话时，岑惜字还没打完。

吃饭的地方离家不算太远，岑惜抬头看见爸爸已经在保安的引导下停车入库了，她“哦”了一声，连忙低头把剩下的字打完。

【七惜：我论坛上的大神标来自我的第一本小说，我也只有那一本小说火了，剩下的每一本都在退步，因为我似乎在一个固有套路里走不出来了，现在我需要一些新鲜的想法，刺激我摆脱枷锁。】

【七惜：所以我才会选择收新人徒弟，作为师父，我也会根据我的经验教你一些写作上的技巧，会帮你看你文章有哪些可以提升的地方，包括但不限于人设、逻辑、文案等。】

【七惜：你愿意接受这样的师徒关系吗？】

停车大概花了五分钟的时间，对面都没有给她回复。

在这五分钟的时间里，岑惜坐如针毡，这个小徒弟，不会知道自己的真实情况之后，忽然决定不拜师了吧？

她是不是太诚实了？

“下车了。”岑父拉手刹，看见岑惜还在玩手机，说话的语气略有些不满。

“哦。”岑惜这次倒是听话，老实地把手机扔进了包里。

打开车门时，地表灼烧的热浪从脚底上涌，和开了空调的车里像是两个世界。

巨大的温差把岑惜从网络拉回到了现实——她后知后觉地反应过来，还有几秒钟，她就要见到简珂了。

虽然岑父跟简珂认识了六年，却是岑惜第二次在非学校的环境里单独见到简珂，紧张得她连上台阶都不知道该先迈哪条腿。

一想到简珂在讲台上高高在上的样子，岑惜就一阵呼吸困难。

即将见到简珂时，路上还穿得好好的衬衫裙最上面的那颗扣子忽然开始扎脖子，她伸手解开也没觉得呼吸顺畅，路过玻璃时她瞟了一眼又觉得有些暴露，笨手笨脚地又想给系上。

指尖不易察觉地轻抖，不知是在期待还是在抗拒，一颗扣子系了足足一分钟。

服务员帮忙推开门，岑父走在前面，岑惜只能从缝隙中偷看了一眼。

简珂穿着一件简单的白色上衣站在那里，领口平整得一丝不苟，站起来时身形挺拔而修长，比爸爸高了半头。

“岑教授，小惜。”简珂拿起手边的礼盒，递到岑父面前。

“哎呀。”岑父嗔怪地感慨，“不是说了吗？以后见面不许带东西给我，你这样，我怎么好见你！”

简珂谦逊道：“这是暑假的第一次见面，以后不会了，您勿怪。”

岑父是简珂本科的教授，简珂本科毕业后，他们的关系非但没有因为师生关系结束变得生疏，反而越发亲近，亦师亦友，时常会约出去。

简珂找岑父，比岑臻找爸还方便。岑臻嘴里的“亲儿子”就是这么来的。

岑惜入座了都没忍住翻了个白眼，原来这就是别人家的孩子——在长辈面前装得温和有礼，你在我们面前可不是这样的。

收回白眼，岑惜倏地瞥见简珂的身后，饭店的玻璃墙外面是成团锦簇的烟粉色蔷薇。

金色的太阳光洒在上面，好像一幅淡淡的水墨画，连带着简珂，都好像是从画里走出来的。

“小惜，爸爸在和你说话。”修长的手指在她面前的桌上点了点，胳膊收回时带着清淡的木质柑橘味。

岑惜不自觉地又在出神，这次把她拉回来的是简珂。

哦，爸爸在和我说话。

这是你爸爸吗？叫得那么亲！

你这人怎么这样，抢走学校的奖学金就算了还要跟我抢爸爸？

岑父本来是打算提岑惜实习的事情，不过刚刚简珂的那个举动让他忽然改了主意。

不知道是不是他的错觉，似乎两人在说话的时候，简珂的目光有意无意瞥向岑惜，而且似乎在找机会和她说话，否则不会在察觉到她走神后，在自己之前叫她。

认识简珂六年了，岑父清楚地知道，简珂不是一个会浪费时间在任何他感兴趣之外的事身上的人。

服务员进来上菜，短暂地打断了屋里人的谈话。

等菜全上齐了，一个圆脸的服务员送上了两朵蔷薇，放到岑惜右手边的位置：“刚刚看您一直在看花，特意送给您。”

岑惜有些意外，低头看着洒了水珠的蔷薇，不自觉地伸手摸了摸细腻的蔷薇花瓣：“谢谢。”

“不、不客气。”尽管都是女孩，服务员还是没忍住，被她的笑容惊艳。

等服务员离开后，岑父抿了口茶，笑问：“简珂现在在给小惜的专业做助教，你们两人下了课之后有没有见过？研究学术之类的？”

疯了才会跟他研究学术吧？他嘴唇抿起来的时候那么薄，一看就是一言不合就要把人往死里怼的人。

岑惜脱口而出：“没见过。”

这时简珂似乎想起了什么，他微不可见地勾了勾嘴角，漫不经心地抬手，揉搓着他左手边的蔷薇花，淡淡看向岑惜：“好像昨天，在图书馆门口见到了一次？”

岑惜："……"

她冷冷地瞥了一眼简珂略薄的双唇，有点担心他会忽然在她爸面前告状，说她打印他黑白照片诅咒他什么的。

不，不是这样的。

岑惜非常冷静地想好了应对方式。

学校打印店没墨了，情急之下只能打印黑白的。

而岑惜就是那个善良的、帮舍友处理照片的女同学，只是放在包里不小心给忘了。

嗯，就这么说。

她点点头，在内心给自己打气。

简珂收回视线："不过当时我只是路过，随手捡了个垃圾，可能小惜没在意就忘记了。"

岑惜身子一僵，准备好的说辞卡在嗓子里，昨天临时想出的借口那么蹩脚，简珂竟然信了？她偷偷瞄了他一眼，尽管是在吃饭，他也依然坐得笔挺端正，脸上表情波澜不惊，看上去不像是在撒谎。

"唉，她这孩子，什么事都不上心，你做助教的时候也多看着她点。"岑父不疑有他，拿起筷子，"来，吃饭吧。"

"会不会是他在论坛看见你在图书馆，过去找你的？"昨天电话里老二的话猝不及防地回荡在耳边。

她再次抬眼看过去——不可能。

他那样高傲的人，怎么可能会喜欢自己。

这样的猜想触碰了尘封的记忆，岑惜脑内某根神经又在隐隐刺痛。

饭没吃几口，简珂就跟岑父聊起了金融相关话题，什么"指数期货"，什么"人民币债权"。

单拆开每个字都认得，但放在一起就好像成了火星文。

岑惜听都懒得听，觉得无聊了又想起刚刚还没回消息的小徒弟。

翻身从布包里拿出手机，岑惜不敢相信，小徒弟竟然还没回消息！

【七惜：徒弟在吗？】

【七惜：你还要不要拜师啦？】

她发完就把手机放在桌子上，两只手撑起脸颊，默默地盯着屏幕上那个不断绕圈的小光标。

原来是这家餐厅的信号差。

那可能人家早就回了，她没看见。

岑惜低着头看手机的样子很恬静，室内的暖光把她出门时刷了五分钟的睫毛映在眼睑下，根根纤长，浅淡柔美。

她手和脸颊接触的地方，撑起了一团软软的小肉，多了几分可爱。

两个男人的话题渐渐回到了她能听懂的领域。

岑父说："你上学期说下学期忙，不做本科生助教了，是要忙律所的事吗？"

岑惜快速捕捉到了两个信息点。

一、简珂不给他们做助教了。

二、她爸要开始给她介绍实习了。

以前简珂没给他们做助教的时候，民事诉讼法的吕老师从来不点名，平时作业轻轻松松就能过，因此一想到以后就没有他了，岑惜不禁暗喜。

可又想到之前上专业课，如果迟到了，其他专业来蹭课的人都不能再进，只有本专业的人在经过核实后，可以在众多羡慕的目光中昂首挺胸地走进课堂的特殊优待，也会随着简珂离开后一同消失，岑惜又有些不舍。

"假期时我思考了一下这个问题，还没来得及跟您说。"简珂淡淡道，"我下学期会继续当助教，带学生的话，可以温故而知新，也许他们会给我一些新的灵感和启发，不算浪费时间。"

"嗯。"岑父对这个想法十分赞同，赞赏地点头，"温故而知新，你这个想法非常好。你申请提交了吗？还没提交的话我可以帮你和教务处说一声。"

简珂温声道："谢谢老师。"

不是，岑惜不明白了，她收徒不也是这个想法吗？她只是没说得这么引经据典而已。怎么她收徒就是不务正业，简珂当助教就加以肯定了？

小惜和小臻是捡来的，简珂是亲儿子实锤了。

岑惜愤怒地喝了口热茶。

下一秒，她听见爸爸说："你现在在的那个律所，暑假有没有适合小惜的实习？"

"我不去。"岑惜定定地说。如果说今天早上还有些犹豫的话，现在的她就是十分坚定。

岑父脸色忽地变暗，声音也从同辈间的柔和变成长辈对小辈的威严："小惜，不要闹。"

"我没闹。"岑惜抿抿唇，她的声音不大，但是语气很坚定，"我不想去律所实习。"

她不想去律所实习，她有自己想做的事情。她不想去有简珂的地方实习，从认识这个人开始，她就被压制了六年，为什么还要上赶着？

岑父跟简珂常常约出来，但这是第一次专程叫上岑惜，可见岑父对这次推荐实习的看重。

岑惜直接拂了父亲的面子，岑父的阅历、涵养，让他不能在外人面前发火。

饭桌上的气氛介于剑拔弩张和沉心静气之间的尴尬区域。

现在就看简珂是同意还是拒绝，来决定后面是谁先炸。

男人似乎并没有察觉到自己身负重任，他微微后仰，靠在椅背上：“不好意思，老师，我现在所在的御诚不招暑期实习。”

岑父虽然没发火，但是心情也好不到哪儿去，一路上铁青着一张脸。岑惜属于无脑又胆小那类人，刚刚大义凛然地逞强时完全没顾后果，现在怕得要死，生怕她爸一个生气，推开车门把她扔出去。

她依仗着自己骨架纤细，默默地缩在角落里。

如果现在是放电视剧的话，观众能看见岑惜的画外音就是：看不见我，看不见我。

一路无话地到了家，岑惜换了拖鞋溜回屋准备卸完妆就码字，才看见徒弟半小时前发来的消息。

【.：我愿意】

她在饭店里编辑的后面两条消息没发出去，所以点点的这条回答的是那句“你还愿意做我徒弟吗”。

岑惜心头一暖，感觉像是收到了某种承诺。

【.：刚刚有事，没有及时回复，不好意思，师父。】

【.：其实，我还想为师父做一些别的。】

别的？

岑惜微怔，小徒弟这么新，连注册都是她带的，能为自己做什么？

小徒弟似乎知道她在想什么，跟上解释。

【.：比如师父有什么喜欢的吗？】

【.：论坛里别人家的徒弟都会给师父买东西，送礼物。】

【.：师父有烦心事也可以跟我说。】

岑惜看了这行字一遍。

岑惜又看了这行字一遍。确认自己没有看错后，她险些喜极而泣，猛地攥紧双手，上天没有辜负她！

她确实在吃饭的时候有些不高兴，但是现在已经被心地善良且赤诚炽热的徒弟完全治愈了！

十根水葱般的莹白玉手，在键盘上轻快地跃动。

【七惜：没什么喜欢的，就是偶尔爱喝奶茶，你愿意的话到时候可以请我啊。】

【七惜：我想喝的时候给我买就行。】

【.：现在想喝吗？】

岑惜抠了抠耳朵，怔神片刻，她长这么大，还是第一次有人在屁股后面追着问她喝不喝奶茶。

【七惜：那就喝吧……】

【.：地址。】

?

岑惜的小指颤了下，现在的走向似乎有点脱离了她的预期，刚刚还怯懦“社恐”的小徒弟，怎么转眼就变“霸总”了？

不过，要和网络上认识的人这么坦诚吗？

“姐，你喝不喝奶茶啊？我想喝多肉葡萄凑不够起送费。”门外，岑臻的声音恰到好处地响起。岑惜灵机一动，把自己家地址只精确到单元，没提供具体的门牌号，然后交出了岑臻的手机号。

万事大吉，岑惜才不慌不忙地回答弟弟：“不喝。”

半个小时后，玄关处传来换鞋的声音，岑臻兴冲冲道：“岑大美女，你说你这人，请我喝奶茶还不直说，假装拒绝我又偷偷买给我。咱俩这关系，至于玩那套吗？”

“嗯，不至于。”等岑臻从楼下取回奶茶后，岑惜开门笑眯眯地回答他的同时，从他手里接过七分甜的乌龙奶茶，“哎呀，不要在意，岑大帅哥，多走动走动，给小区的女孩子养养眼嘛。”

作为师徒里看起来等级高一些的那个人，正常来说，应该是岑惜同学占据主导地位才对，但是也不知道是哪个环节出了问题，岑惜感觉自己完全是在被带着跑。

每天早上九点，徒弟准时要求学习，其实最开始定的是七点，但是岑惜实在起不来，于是一整个暑假，岑惜一天懒觉都没睡过。

每天晚上十点准时督促睡觉，不然徒弟会拿“秃头”威胁她，作为一个法学生，岑惜确实有点怕这个。

还有每天下午两点准时的奶茶时间，岑惜偶尔不想喝了会送给岑臻，所以这小子对常常接外卖电话也没什么太大异议了。

收了个徒弟，感觉自己好像上了个班，二十年来第一次度过这么规律的暑假，甚至连跟老二约出去逛街，她都会提前跟徒弟报备一下，跟请假似的。

“你要是不说你是收徒，我还以为你找了个虚拟男友呢。”老二一边看菜单一边说，等了半天也没听见岑惜说话，抬头只看见她认真地盯着手机，估计连自己说了什么都没听见。

老二合上菜单，恨恨道：“老三，你好丑。”

岑惜猛地抬头，随手拿起桌子上可以反光的勺子当镜子照，勺子虽然把脸照变形了，但还是可以看出五官并不难看。岑惜紧张地双手捧脸：“哪儿丑？脸肿了？”

“哪儿都不丑。岑大美女，我要是不这么说，你能从你手机里出来吗？”

老二翻了个白眼，“一上午了，咱俩出来逛街你衣服也不看，鞋也不看，到现在饭也不用吃了，就抱着个手机傻乐，你都快住手机里了。”

岑惜不好意思地嘿嘿一笑，跟手机里的小徒弟打了个招呼，才恋恋不舍地把手机放在一边。

“哎，老三，我看医美公众号说，一般情况下天生的大美女都不在意自己的外表,因为习惯了,只有后天的才会特别在意,那为什么你这么在意啊？”对这个问题，老二其实想问好久了。

“我先声明，我并不排斥医美，但是凡事不绝对，那些医美公众号的话你还是少信两句吧，他们为了钱什么都能说。”岑惜的语气里带有一丝丝嫌弃，随即像是想起什么似的，“不过你这么说我倒是想起来了，我高三之前都不怎么好看，戴牙套加上黑得跟个煤球似的。高二那个暑假在家学习给憋白了，才是现在这样，不知道有没有什么影响？”

老二表示自己明白了，立刻把帽子戴起来防晒美白。

岑惜无奈：“这是室内……”

“白炽灯也会把人烤黑的！”

“……”

老二转移了话题：“哎，你知道吗，我听人说简珂升御诚的高级合伙人了，下学期就不给咱们做助教了。”

“哦。”岑惜面无表情，“那你的消息晚了点，他已经改变主意了。”

“啊？”老二惊讶又惊喜，“你怎么知道？你爸跟你说的？”

岑惜如实道：“刚放假的时候，我爸带我跟他吃了顿饭，他自己说的。”

老二：“我的天，绝了，你俩略过谈恋爱这步直接见家长了。”

“得了吧，我爸让他给我介绍工作。”假期都过半了，想起那顿饭，岑惜仍然心有余悸，又补充道，“一顿饭吃得我们父女差点决裂。”

“哎，岑教授这么喜欢简珂，要不然你就把简珂追到手？一举三得啊！”老二疯狂挑眉，“你有男朋友了，你爸高兴了，咱几个的成绩也稳了。”

“我？你也太看得起我了吧，你忘了两年前的事了？”岑惜指了指自己，难得吐露了一句实话，“我要是有希望，你以为我不会去努力一下啊？”

“也是。”老二遗憾地耸了耸肩。倒不是她看不起她家老三，只是简珂那六根清静的人间谪仙样，实在是想象不到他谈恋爱的样子。

老二喝了口雪碧，又自顾自地说道：“你俩见家长得亏是在学校外面，要在学校里，这事儿又得上论坛火个十天半个月。”

岑惜歪头，疑惑地问：“又？”

“你不知道？”

岑惜摇头，她虽然六根不清静，但是她天天写小说，也快两耳不闻窗外事了。

她接过老二递过来的手机，帖子的主楼竟然是刚放假那天在图书馆，她跟简珂撞在一起后，两个人面对面站在一起的照片。

岑惜不算矮，大约到他下巴的地方，男人垂着眼，好像再近一点，就能吻到她的头顶。她的五官被头发遮住了大半，唯有精致小巧的鼻梁露出来，有种少女欲语还休的清透美感，站在她对面的男人侧脸曲线硬朗流畅，连岑惜看了都心头一颤。

在美色面前，过往恩怨暂且放一放，岑惜伸出两根手指把照片放大，再放大。等她反应过来的时候，某个不可描述的地方已经占据了整张屏幕。岑惜红着脸猛地移动了两下，让画面停留在该停留的地方——深隽的下颌线条、高挺的鼻梁和一双永远淡漠的眼睛。

等等！

他的眼睛在看哪儿？

岑惜猛地缩小屏幕，用手指划拉了一下他眼神的方向，最终得出的结论是——

他在看自己掉落在地上的电脑。

电脑屏幕被摔得翻开，泛着浅浅的光，当时自己的电脑屏幕上是什么来着？

岑惜后背冒冷汗，像帕金森发作了一样抖着手再次把图片放大。她没记错，就是她在论坛收徒弟的帖子，岑惜的心瞬间悬到了嗓子眼！

不过下一秒，她就松了一口气，屏幕虽然模糊，但是从黑压压的一片能看出来，帖子已经被她划到了最下面的回复，挡住了她发帖的内容。

吁——差点掉马甲。

确认自己安全后，岑惜才后知后觉地觉得自己真是多虑。简珂那个人，说好听了是冷静，但事实上就是冷漠，他对这世界上所有事都漠不关心，好像就算你跟他说“你家房子着火了”，他也只会用“你跟我说也没用”的冷漠眼神瞥你一眼。

所以就算让他看见了自己发帖的内容，简珂也根本不可能在意。

刚刚她只是想到自己在网上写的那些段落，在作者留言里说的那些话可能会被现实中的人知道，紧张到大脑短路了。

“对了，老三。”说到简珂跟岑惜，老二想起了学校论坛里的一个帖子，“你知道同学怎么看待你跟他的吗？”

“怎么看待的？”

老二伸出食指，认真地左右摆动：“不可能在一起，就算你们两个互相有意思，也绝对不可能在一起。”

岑惜第一次听到这个说法，非常给老二面子地表示好奇：“为什么啊？”

“因为大家觉得你太高冷了，简珂又太傲了，双方都不可能先跟对方开这个口。”

“嘁，我才不高冷。”岑惜为自己辩解，她只是偶像包袱有点重，外加懒而已。

和老二分别后的地铁上，岑惜全程在看手机，小徒弟给她发来了小说的前三章，她正在帮忙审阅。

说真的，如果不是她一步一步教徒弟注册作者信息的话，她甚至不敢相信这是一个新人写的。

强！

太强了！

一个律师双方斗智斗勇的开头，虽然文笔很简练，算不上细腻，但是节奏非常紧凑，三章将近一万字的剧情里，没有任何流水账的情节。

精彩到让岑惜这个写文老手都产生了想追文的冲动。

她粗读过一次又翻回来仔细看了看，文章里“埋伏笔”“制造剧情冲突”“留悬念”这些技巧，都是她之前教给徒弟的，但是因为徒弟写得少，还没有形成套路化，所以每一个技巧都和文章结合得非常新颖且勾人。

岑惜甚至复制了一段，粘贴到百度里，确认了一下徒弟会不会是从网上直接搬了别人的文章来糊弄她的。

答案是没有。

纯原创。

【七惜：点点！这真的是你自己独立完成的吗？】

岑惜打下上面这行字的时候，手都在抖。她隐约有种预感，好像自己要带出一个真大神。

点点好像没看手机，岑惜到家时都还没收到回信。

岑臻正在看球赛，听见开门声他回头看见两手空空的姐姐，皱眉问：“我的短袖呢？”

岑惜低头换鞋：“什么短袖？”

“你出门的时候我不是让你给我带一件XL号的NBA新出的短袖吗？”岑臻瞪大了眼睛，“你给忘啦？”

“哦，我还真给忘了，回头我在网上给你买吧。”岑惜说得毫无愧意，她进屋把手机放在桌上，剥了颗荔枝塞进嘴里，扫了一眼空荡荡的客厅问，“爸妈呢？怎么就你一人？”

“妈去给她那帮准高三的学生补课去了，爸又去找他‘亲儿子’了。”岑臻凭空做了一个投篮的动作，拿起姐姐的手机，嘀咕道，“你是不是谈恋爱了啊？天天盯着手机魂不守舍的，让我来看看是哪个大帅哥让我姐把她亲弟交代的事情都忘了。”

“滚滚滚。”岑惜抢回自己的手机，回卧室坐到电脑前，把点点发给她的文档导进电脑里，用红色字体在徒弟发来的文章里添加了一些形容词和景物描写，让人物和场景变得更加立体真实。

岑惜刚把改好的文件发给徒弟，爸爸的电话就打了进来："喂，小惜，晚上你妈加班，你跟小臻说一下，等会儿我带你们出去吃。"

"哦，好。"几乎是在她说出这句话的同时，电脑右下角的胖企鹅活泼地跳了起来。

【.：收到，谢谢师父。】

【.：不好意思，刚刚在忙。】

【七惜：没事啦，不用总跟我说不好意思。不过我又要出去吃饭了，你有什么事情直接给我留言就好。】

【.：嗯。】

因为刚见完自己的得意门生，所以在一家三口一个半小时的晚饭时间里，岑惜和岑臻听了整整一个小时的简珂表彰大会，剩下的半个小时，是姐弟俩的批评大会。

岑臻侧着身子，用手撑着额头挡住半边脸，冲岑惜挑眉，那眼神好像在说："你看，我就说吧，那边儿是亲生子。"

他的这个表情太生动，岑惜一个没忍住，"扑哧"笑出声。

"笑，还笑！"岑建恨铁不成钢地捶了两下桌子，已经空了的瓷盘叮当作响，"知道我为什么忍了这么久没抽烟吗？我就是怕把你这草包点着了！尤其是小惜，你既然跟简珂在同一个学校，你就要跟他多学一点，明白吗？"

不明白。

岑惜一点也不明白。

她都已经上大学了，大三了，为什么还要有开学考试这种东西？

虽说岑惜没想要作弊，但是那个人坐在那里，岑惜就莫名地紧张，好像下一秒他就会走下来，用岑父的语气跟她说："你看看我，你再看看你自己，你好意思天天写小说，不好好学习？"

好意思，我可太好意思了。岑惜分明是自己脑补出这句话的，却没忍住想抬起头瞪他一眼。

没想到抬头的那瞬间，意外地四目相对。

岑惜撞进了那双清冷的眸里，眸子的主人仰着一贯高傲的头，看起来像是半眯着眼，这种不经意却又把人牢牢勾住的感觉，最为致命。

她慌张地把头埋下去。

等头低下去了，她才在想，自己在紧张什么啊？自己又没作弊！

但是已经晚了，她已经没有抬头的勇气了。

岑惜低头写了两个小时，那双眼睛就在她的脑海里恣意侵占了两个小时，高高在上地横行霸道。

考完试回宿舍，老大跟老四不是本市人，大家隔了一个暑假没有见面，照例开学的第一个晚上是不眠的夜谈会。

老四说："你们觉没觉得，今天简珂心情看起来挺好的？"

老大说："我没敢看他，不过升为御诚的高级合伙人，很难不心情好吧。"

"是吗？"老四说，"可我不这么觉得。你看他之前经历过那么多大风大浪，人家眉头都不皱一下，不像是会为了升级这种事就喜怒形于色了。"

岑惜默默地望着天花板，这个人，在她的生命里，还真是阴魂不散。

"你们听说了吗？假期的时候简珂打的那场官司，在业界封神了。"

老二话音未落，老大跟老四激动得都坐起来了。老二就在大家期待的目光中，将事情娓娓道来："据说当时都已经开庭了，简珂的委托人为了让案子更有利于自己，居然隐藏了证据，结果当然是开庭的时候被对方做证据突袭，正常人这时候都会申请延期开庭对吧？简珂没有，最后简珂还赢了。"

"天啊……"

"天啊……"

老大、老四异口同声。

岑惜倏地想起那双眼睛。

淡漠到什么都不在乎，可一旦不小心触碰他的逆鳞，他会以对方来不及反应的速度露出淬着毒液的獠牙，不到咬死对方的那一刻绝不松口。

光是想象那个场景，岑惜就止不住打了个冷战，悄悄地往被窝里缩了缩。

在舍友讨论简神丰功伟绩的夜谈会中，她默默地去找自己萌萌的小徒弟求治愈去了。

一个假期下来，她跟她的爱徒关系越来越亲近，除了讨论小说，偶尔也会聊几句日常。

【.：师父在干吗？】

点开对话框，徒弟的消息同时跳出来，如此心有灵犀的默契，让岑惜有种小徒弟现在就在她身边躺着，在跟她说悄悄话的错觉。

她嘴角不自觉地微微向上弯了弯。

【七惜：我开学了，舍友在卧谈会，她们聊的天我不想加入，所以来找你啦。】

【.：在聊什么？】

【七惜：我们的一个学长。还挺帅的！】

【.：有多帅？】

【七惜：惊天地泣鬼神的那种帅，帅到多看一眼都觉得来人间一趟是赚了的那种帅！我第一本文里的男主角原型就是他！】

【.：可文里男主角的对象是个小胖子。】

【七惜：这你就不懂了，高傲到天地之间唯我独尊的冷漠校草，和平易近人吃货小胖子，最有情侣感了。】

【七惜：而且我偷偷告诉你，其实女主角也有原型，是学长和他形影不离的好友。】

【.：……】

【七惜：不聊他啦，给我截图看看你后台的数据。】

聊到这儿，岑惜暂时放下手机，在舍友们的聊天中横插一脚："哎，朋友们，今天包宏艺怎么没来接简珂下课啊？闹崩了？"

这个包宏艺大家都认识，也是金融法的研究生，她们的学长，脾气好到随便揉捏那种，跟简珂形影不离，两人一个高傲，一个随和。

老四说："研究生明天返校吧？估计包包学长还没来。"

也有道理，岑惜问完这句话，又在卧谈会开启了隐身状态。

再看手机时，徒弟发过来了后台数据，坦诚到连每日收入都没有打码，岑惜看了一眼，忽然觉得有点可怕。

她的每日收入由两部分组成，一部分是已经完结了的旧文，如果持续有人订阅，就会持续有收益，还有一部分是新文收益。当岑惜选择隐藏完结收益后，惊讶地发现，单靠新文收益，这个才写了两个月小说的徒弟——已经超过她了。

也就是说，徒弟第一本文的订阅量，超过了她的第四本书。

太太太……太可怕了——岑惜捂脸，羞愧地睡去。

第二天没课，下午无事不登三宝殿的岑臻给岑惜打了个电话："喂，姐，你不都返校了吗？怎么还往家里点奶茶啊？地址写错了？"

"我没……"岑惜话没说完，忽然想起了假期每天下午固定的奶茶时间，改口道，"哦，你不还没返校嘛，拿去喝吧。"

挂了电话，岑惜立刻掏出手机给徒弟发微信。

【七惜：点点你是不是又给我买奶茶了呀？我开学啦不在家，以后别给我买啦。】

【.：宿舍门牌号。】

霸总又上线了。

点点说话喜欢直奔主题，好像多打一个字能耽误他赚一万块钱一样。

这种方式像她爸，又有点像……

简珂。

想到这个名字，岑惜虎躯一震。她一定是听这个名字听得太多导致魔怔了，她的贴心爱徒怎么可能会跟冷漠不近人情的简珂扯上关系呢。

家里的地址都给了，宿舍的门牌号岑惜更不会瞒。她没犹豫，报出了学校名和宿舍楼，这次岑臻不在，她直接给了自己的手机号。“云”相处了一个暑假，岑惜对点点的信任不知不觉已经多了许多。

过了半个小时，401 宿舍里的四个女生人手一杯珍珠奶茶。

老四一边嚼珍珠一边问：“老三，你这是什么情况？”

老四问完这句话后，宿舍里剩下的人目光全都投向了岑惜，而当事人对此毫不知情，还在对着手机傻笑，她正在问点点为什么知道她们宿舍有四个人。

于是，老大合理地猜测：“你是谈恋爱了吗？”

“几杯奶茶就想把咱们老三忽悠走？那让那些送包送鞋都没能追到的情何以堪啊！”老二打了个“骄傲”的嗝。作为唯一的知情人，她把岑惜在网上收徒的事跟宿舍里的其他两位解释了一下，当然她也没忘顺便吐槽岑惜“见徒忘友”的行为。

不管金徒弟还是银徒弟，只要能请她们喝奶茶就是好徒弟，小徒弟在素未谋面的情况下，成功刷了一波宿舍舍友的好感。

夸完点点，舍友们开始感慨起岑惜之前的追求者，不论他们送的礼物高低贵贱，岑惜从来就没收过，有些花啊吃的啊她不收就只能扔了，她们聊起来不免觉得可惜。

“追我的人送礼物跟我小徒弟送礼物不一样呀。”岑惜解释，“追我的人送礼物，是为了从我身上获取相同的回报，如联系方式、谈恋爱、身体接触或者别的什么，但我小徒弟送礼物，目的干净，就是为了学习！所以，这个礼物我可以收。”

顿了顿，岑惜又看了眼手机，问舍友：“对了，你们知道简珂现在在哪儿吗？”

奶茶的忽然出现，倒是让她想起了上次说起的小说原型的事。既然徒弟不相信，那她就去拍一张照发过去。

“明德楼吧。今天下午两点到四点他在那儿有课。”老四不假思索地答道。开学那天她在论坛里看见过简珂这学期的课表，反正这也不是什么秘密。

岑惜看了一眼手机上的时间，三点四十分，她现在走到明德楼应该正好能赶上他们下课，跟舍友们打了声招呼，她抱着奶茶准备出门。

“老三，你不，不是吧……之前我们围观的时候不是怎么叫你你都不去吗？”老大呆呆地看着正在换鞋的岑惜，又看了看她的手机，难以置信地问，“你……你小徒弟给你下蛊了？”

“不许这么说我们家点点！”岑惜无耻地“胳膊肘向徒拐”，然后义正词严道，“我可不是去围观他的，我这是在给我徒弟看我前面那本小说的灵感来源。希望也能帮助小徒弟拓宽一下灵感来源。”

初秋季节，冷热适中最是心旷神怡。岑惜穿了一件天蓝色的宽松卫衣，袖子有些长遮住了手背，显得手指更加纤细修长，下面穿了一条纯白色百褶裙，长度到大腿中间，又白又细的两条长腿明晃晃地暴露在空气里，好看得让人移不开眼。

到明德楼时，简珂他们还没下课，岑惜找了条没人的长椅坐下。她刚刚注意过了，这条长椅正对着明德楼，视野极佳。所谓最危险的地方就是最安全的地方，没人会猜到她坐得这么“光明正大”会是来偷拍的。

第一次做坏事，心中难免激动，岑惜掏出手机给点点汇报情况，连打了好几次错字。

【七惜：点点！我来给你偷拍我们校草跟他的好友了！好紧张呀！】

明德楼里零星出来了几个人，岑惜来不及看徒弟回了什么，把手机切换到相机界面，惴惴不安地等着简珂跟包宏艺。

“今天别等我，我跟谷教授说句话。”简珂扔下这句话，迈开步子旁若无人地朝教授走过去。

简珂腿长，一步顶别人两步，包宏艺得小跑着跟上：“哪次你有事我不等你啊？跟我不用这么见外！”

简珂的脚步顿住，用“我这不是在跟你商量”的眼神瞥了包宏艺一眼，后者立马心神领会，二话不说就回过身搭住了旁边同学的肩膀：“咱们一起走啊。”

简珂手上有个关于上市公司股票质押的案子，下个月开庭，有一些关系需要谷教授帮忙提点。

谷教授德高望重，为人也清高，谁都看不上，唯独喜欢简珂，因此在听到他的诉求后，老教授没多问，当即笑着应下。

简珂答谢，走出教室时看见手机屏幕上蹦出了一条信息。

她要拍他俩?

简珂迈开长腿快走了两步，想追上包宏艺。

却听到包宏艺一脸憨厚地开口：“小学妹，我同学想跟你交个朋友，想要你微信。”

包宏艺过去修过岑建的课，他成绩也不错，为人老实靠得住，跟岑惜说得上是认识。

岑惜抬头扫了一眼，捕捉到远处盯着她看的那个人，熟练而礼貌地笑了一下，随后无情地对包宏艺道：“还是老规矩，包包学长拜托你了哈！”

老规矩就是别把她微信给别人，至于具体要怎么拒绝，全都靠包宏艺自己发挥。包宏艺挠了挠为数不多的头发，忽然感到心累。

从大四开始，每次一同上课的同学知道他认识岑惜，准会派他来干这事。他是个老好人，明知是费力不讨好的事还是会硬着头皮上，结果都毫无例外，只能靠他自己编出一堆话去安慰被拒绝的人。

等包宏艺走后，岑惜默默腹诽，平时你跟简珂不是好得像连体婴儿似的吗？怎么我刚想到要拍你们两个，你俩就分开了？

总不能是简珂提前知道了消息，故意针对她的吧？

还是说……简珂有读心术？

现在网络上流行的一种小说就是“读心术”题材，里面的主角可以知道所有人的想法。作为一个网文圈的人，岑惜不自觉在现实世界中开了个“脑洞”。

简珂一身白衣黑裤，闲散地从明德楼的台阶上走下来，岑惜在心中默念：“简珂，如果你要是有读心术，你现在就往左拐，往左拐，往左拐。”

然后，简珂就真的往左拐了！

岑惜倒抽了一口凉气。

不过随即她就发现原来包宏艺在那个方向。

他是去找包包学长，而不是因为听到了她的心声才拐的。

差点吓死她了。

等他走到包宏艺身边，岑惜抿了抿嘴，悄悄举起手机，冲着两人的背影，咔嚓。

包宏艺安慰完被拒绝的同学，累得像是露了馅儿的包子，一路吐槽到宿舍。

简珂坐在椅子上，长腿伸出，另一条腿微微屈起，听完他的吐槽抓住了一个重点，挑眉问：“你有岑惜微信？”

“有啊，好像是有什么事才加……不是吧，连你也……”包宏艺怒了，“虽然她是美女，虽然她是学霸，但是因为对象是你，所以请你不要不好意思，自己去问，本包包拒绝再被拒绝！”

岑惜把拍到的背影发给小徒弟，她自认为照片拍得还是挺唯美的。

【.：大家的背影不都长一个样子？】

岑惜：“……”

【七惜：当然不是！你看我们校草的背影！多么挺拔！多么帅气！你看这个阳光，为什么偏偏打在他的背影上！靠这个背影，你难道想象不到他的正脸吗？！】

过了很久……

【.：有点难。】

校草就是学校的尊严！岑惜的脑海里莫名产生了一种为尊严而战的冲动，她打开万年不去一次的学校论坛，成功从最上面的几个帖子上找到别人偷拍的简珂在球场上的照片。

少年意气风发，碎发随微风扬起，不知是舔了嘴唇还是刚喝过水，唇色潋滟，虽然是随手偷拍，但是风华绝代。

岑惜把照片设置成屏保，然后截图发给徒弟。

【七惜：看到了吧！帅吧！随手一拍的图就能用来当屏保！你师父我可是校花！我都觉得帅的人，不会错的！】

【.：哦。】

岑惜默默地把这个“哦”理解为被帅到说不出话，却没想到小徒弟在另外一个问题上纠结。

【.：校花？】

虽然她真正的名号前面还有一个“赛”字，但是隔着网络，她根本没在怕，大言不惭地跟徒弟肯定下来自己就是校花！

然而老天似乎为了惩罚她撒谎，马上给她安排了一个不速之客。

“岑惜。”

来人一张盛气凌人的脸，岑惜确认自己不认识她，问道：“你是？”

贵气女孩脸色忽然就变了，好像被这个问题激怒了又隐忍着不肯发作，她没回答这个问题，只是充满敌意地看着岑惜：“你不喜欢简珂，对吧？”

这是什么神走向……她还不知道对方名字呢，对方就问这种问题……

这种时候就算喜欢也不能跟你承认吧！岑惜一边腹诽这妹子有点太直了，一边摇头。

贵气女孩松了一口气似的笑了：“嗯，那就好，我要追他。如果你不是我的竞争者，我觉得我的胜算会很大。”

岑惜：“……”

有毒吧？

简珂是什么人物啊，他要是能被人类追上，还轮得上你？我早八百年前就近水楼台先得月了好吗！

一路腹诽回了宿舍，六只眼睛直勾勾地盯着她，一脸悲愤。

岑惜：“？”

老大：“刚李槢容找你麻烦我们看见了，刚想下楼帮你她就已经走了，老三你挨欺负了没？”

“李槢容？挨欺负？”岑惜眨眨眼，迷茫地看着舍友们。这都是什么跟什么？

老二拍桌而起：“她还威胁你不让你跟我们说了？”

双方鸡同鸭讲了半天，岑惜才明白，原来刚刚那个跟她说话的女生叫李樰容，就是大一时评选出来的那个校花，怪不得自己问她是谁的时候，她脸色不太好。

说起她是校花，岑惜这时再回想那女孩的脸，好像是长得还行，主要是衣品和妆容，让人看了过目不忘，校花也不算浪得虚名。

老四愤愤不平道："就凭她还想追简珂？把我们赛校花放在什么位置上！"

岑惜举起双手做投降状："我拒绝这个外号……"

"还公开找老三挑衅，她是不是觉得自己追上简珂以后就能真正压过老三一头了？"老大越分析越觉得自己说得有道理，想起岑惜上次的神勇退敌，对她这次的反击充满了期待，"老三，她找你挑衅，你是不是一句话就把她噎死了？具体怎么回她的？"

岑惜认真地回想了一下，在三双如炬的目光中，认真而诚实地回答："我让她加油。"

老大："……"

老二："……"

老四："……"

第二章

/ 小鹿请停下 /

岑惜每周末都回家，在大二上学期之前，周一上午的课她向来是直接旷掉，但是自从简珂当上助教后，她再也没有这样的机会了。

同是本市人的老二因此甚至放弃了周末回家的机会，因为老二不想像岑惜一样，为了点名不迟到，闹钟要定在六点半。

不过在学校的几位也好不到哪儿去，每个周一早上，被法律系引起为傲的简珂都会被狠狠地嫌弃一顿，她们恨不得挨个宿舍去把熟睡的同学们拍醒，然后问她们：简珂白送给你们系，要吗？

岑惜按掉闹钟再睡醒的时候已经七点了，从被窝里发出一声代表挣扎和绝望的惨叫后，她以最快的速度起床，刷牙洗脸绑了个丸子头，拿起书包飞奔下楼。

网约车司机大概是看出来小姑娘着急了，一路开得像赛车一样热血沸腾，结果到学校那条路时才八点，比原计划提前了半个小时。眼看着再拐一个弯就到了，却跟上班族早高峰撞到了一起，十分钟一动不动。

岑惜提前下车，在路边扫了一辆共享单车，眼下时间来得及，她慢慢悠悠地骑车，不过还是不小心闯了一个红灯。好在她及时悬崖勒马，在下一个红绿灯刹车。

手机就在这时振动了一下。

【.：师父到学校了吗？】

昨天她跟小徒弟约着码字，一起码到了十二点多，昨天的聊天记录停留在她疯狂咒骂每堂课都要点名的助教那里。

【七惜：起啦，我都到学校了。神勇如为师，刚刚闯了个红绿灯，但是交警见为师太美，没舍得给我贴罚单，厉不厉害！】

岑惜一边打字一边笑，捉弄单纯小朋友，实在是太能满足她的恶趣味了。

【.：师父真厉害。】

岑惜抱着手机，单腿支在地上，笑成了一个小傻子。

不管她说什么、做什么，小徒弟总是无条件捧场，对方不太会发语气词，但也正因为如此看上去会有一种无奈的宠溺。

上了两年学都没注意过的校园环境，在这时生出了馥郁花香，阳光透过葱郁的松树照在她身上。

交通指示灯变了颜色，岑惜踏上单车，一只手没办法回消息，她按住屏幕下方，发了条语音过去，语气中满满的得意："我逗你的呀。我骑的是共享单车，咱们还是要好好遵守交规的。"

发出这条消息之后，耳边忽然响起了成片焦急的汽车喇叭声，岑惜闻声回头，看见一辆黑色的 SUV 变灯之后没有及时启动，拦住了后面的车，这些喇叭声全是针对他的。

这辆车很眼熟，岑惜随意瞥了一眼，尽管不认识车牌号，还是第一时间认出那是简珂的车。因为全校除了他，没人会开这么好又这么成熟的车，毕竟能买得起这辆车的年轻人，大多会选择买跑车。

视线向上抬，岑惜看见车里人的最后一个动作是放下手机，没想到简珂也有看手机没注意变灯的一天。想到自己及时踏上单车，岑惜从心底生出了一种"我比简珂还厉害"的优越感。

虽然连她自己也觉得这种优越感有点幼稚。

进了教室，老二正在跟一个陌生女孩争执身边的座位，应该是过来蹭课的其他系同学，见岑惜来了，对方一脸愤恨地抱着本子去过道坐。

老二把手比成一个"OK"："放心，还没点名。"

"嗯，我知道。"岑惜点头。她心想自己在路上还碰见点名的那位了呢，不过她没说，因为她已经接过了老二给她买的爱心早餐，塞满了嘴巴。

"你这么爱吃油条，为什么不胖啊！"老二指着岑惜手里的油条，又指了指她白嫩纤细的小腿，恨恨地问，"那可是油炸的啊，热量超级高！"

上天太不公平了，给了老三一张美到语塞的脸也就罢了，竟然还给了她一个吃不胖的身材！老二瘪了瘪嘴，在心里默默求老天下辈子也能这么对自己。

岑惜毫不在意地回答："我命由我，不由热量表。"

老二决定不给自己找气受，不理她自己玩手机去了。不过老二也就沉默了三秒，忽然问："你在路上遇到简珂了？"

岑惜被呛到了，喝了半杯豆浆才缓过来："你怎么知道的？"

老二把手机顶到岑惜眼前，是学校论坛，标题是"最近简神跟赛校花一起出镜的频率有点高啊"，下面是一张照片，岑惜长腿支着共享单车停在辅路上，简珂开着他的车停在主路上，两人不约而同地在看自己手里的手机。

而且很巧的是，今天岑惜穿了一件白色的短袖，领口有点小，锁骨都看不见。简珂则穿了一件白色短袖 Polo 衫，扣子一丝不苟地系到了最上面一颗——

很像一对情侣。

老二见岑惜看得差不多了，伸出食指把屏幕往下划拉，让她看下面的第一条热评——【这张照片如果把赛校花 P 进简神副驾毫不违和。】

这条评论让岑惜心跳稍微快了一拍，好像她真的坐上了简珂的副驾。她清了清嗓子稳定情绪，拼命把嘴角往下压，嘴硬道："嘁，谁稀罕啊。"

她说完这句话，嘈杂的教室忽然安静下来。

简珂来了。

岑惜把剩下的半杯豆浆迅速喝完，和大家一起乖巧地等待点名，却只见简珂进来就去调 PPT。

坐在下面的同学纷纷抻长了脖子，好奇他又发明了什么变态的点名方法，可他就好像感受不到这些目光一样，表情都没变一下，不咸不淡地给大家进行课前预习。

大哥，点名啊！你不每堂课必点名吗？你不点名我起这么早难道是为了参加你的见面会吗？

凭借对简珂的了解，大家都以为他这是什么高招，肯定在哪儿设了埋伏，准备杀他们个措手不及，于是纷纷高度紧张，然而就这么战战兢兢地等到了吕教授进教室，他提都没提点名的事。

同学们怒了。

简珂竟然不点名了，不点名你早说啊，早说我们就多睡会儿了！

但是怒也没用，因为敢怒不敢言。

简珂轻描淡写扫了教室一眼，随后把讲堂的位置让给吕教授，自己信步走到教室最后的位置坐下。作为助教，他可以随意留在教室里听课，上学期他忙课题很少留下，没想到这学期他升了高级合伙人好像更清闲了，似乎每次来代课都会在这里待一节课。

前排想开小差的同学后背冒汗，如果说只要专业选得好，年年期末像高考，那简珂坐在后面，就好像高三从窗外偷看的班主任……

岑惜像高中开小差防老师那样，时不时回头瞄一眼，确认简珂没往她这边看，才敢从兜里掏出手机，眼看就要成功瞒天过海，简珂却好像察觉到了她的目光，直直抬头看过来！

岑惜拿出了毕生演技，不疾不徐地转移视线，并抬手挠了挠头发，假装自己是在挠痒痒，实际上心跳直蹿 160！直到余光感觉到简珂收回了目光，她才又小心翼翼地拿出手机，半天过去，她终于松了一口气，整个过程像是上课偷玩手机的高三学生。

【七惜：昨天跟你说的那个点名狂魔，他没点名！】

【.：这不是好事吗？】

【七惜；你不懂！我来了他没点名，比我没来他点名了还要痛苦，他就是仗着他长得帅胡作非为！】

【七惜：而且不知道是不是我的错觉，今天他好像看了我好几眼，难道是我期末绩点太高，他怀疑我作弊？】

【.：师父，他只是觉得你好看想多看两眼吧。】

岑惜看着屏幕上这句话，再想起两年前简珂那句冷漠的“没空”，想象一下觉得他盯着自己看的这个画面，顿时有点辣眼睛。

但也不是完全没这个可能？

岑惜被小徒弟的这句话安慰到了，抛开那些杂七杂八的怀疑，放下手机认认真真地开始听课。

下了课，她才看到小徒弟发来的消息，和上一条隔了很久，仿佛是经过了深思熟虑。

【.：如果他跟你表白，你会同意吗？】

【七惜：当然不会。为师乃最强校花，不为美色所动，而且，我不喜欢他。】

岑惜像在舍友面前一样，想也没想就惯性地否认了这件事，毕竟，简珂跟她表白，这种不可能发生的事情，有什么好仔细思考的必要呢？

下节课是体育，她们收拾完东西，准备回宿舍放包换衣服。岑惜带头，从左手边的过道出去。

一个颀长的身影从她面前走过，差点撞到她的鼻尖。咫尺的距离，能闻到他身上的洗衣粉香气和很淡的木质柑橘味。

男人面无表情，也没有片刻停留。

岑惜跟身后的三位吐槽：“他这是抽的哪门子风？”

老二问：“你也看出来了，对吧？”

岑惜对她这阴恻恻的语气感到很莫名其妙：“看出来什么？”

“简珂心情不好。”老四接道，“以前，他从来都是喜怒不形于色的，现在连最迟钝的老三都能看出来他心情不好了，我觉得，真相呼之欲出了。”

岑惜一脸“你才是最迟钝的好吗”的表情看着老四，然而并没人理她。

“真相就是——简珂谈恋爱了！”老大推了推眼镜，无视岑惜，发表总结。

燕大作为知名学府，方方面面都抓得很紧，体育也是要算成绩的。这节体育课长跑体测，平时不太锻炼，猛然跑完800米的女生，不管过没过都是一脸绝望地瘫在地上，像是一条又一条被拍打上岸的咸鱼。

岑惜例外。

虽然她看起来弱不禁风，但实则是个暗藏的体育好手。因为她以前上高中的时候数学实在太差了，为了能弥补这个短板，她必须要把其他长板都无限加长，这其中就包括了体育，也是因为这样，她高中时皮肤才会黑得油亮亮。

岑惜抱着篮球，脚步时快时慢，持续运球，最后轻松过人，完美进球，一气呵成。

“你也太逆天了……”老四跑到岔气，好久才缓过来，看着岑惜，打心底生出一阵崇拜。

“是不是特别飒？”岑惜扬眉，自信而明媚，把自己手机递给老四，“帮我拍张照片呗？”

她以前从来就没有这个习惯，老四有些意外，一边拍一边问：“你拍照干吗？”

“跟我徒弟分享一下日常生活。”岑惜点开空白头像，选择照片，点击发送。

点点似乎在忙，整节课都没回她的消息。岑惜没等到点点的回信，倒是莫名等来了半年不来操场一次的简珂，被体测折磨到半死的同学们看见他就像打了鸡血一样满血复活。

老大噌地从地上站起来：“简珂不正常。”

老二：“绝对不正常。”

老四：“鉴于这是我第一次在操场上见到他，我有理有据地怀疑，他女朋友就在操场上。”

老大绕着操场看了一圈，最后目光停留在岑惜身上。不管怎么看，那个丸子头因为打球而松散的慵懒元气少女，都是唯一的可能。

但是这又太不可能了。

“岑惜。”简珂走到岑惜面前，目不斜视，没有片刻的停顿，他的目标永远清晰，不会为目标之外的事物浪费任何多余的时间和精力。

他在她的世界出现了这么久，除了点名，这是她第一次听见他真实的、对着她的脸，喊她的名字。

比点名好听。

恰到好处的清朗磁性声线，分明是同样的两个字，却温柔得像是宠溺，听得人心尖一颤，不自觉地屏住了呼吸。

老大："？"

老二："？"

老四："？"

岑惜："啊？"

简珂嘴角微弯，低头询问时细碎的刘海搭在额前，有种和平时课上不一样的勾人："篮球可以借给我吗？"

老大："哦。"

老二："哦。"

老四："哦。"

岑惜看了一眼已经被锁上门的器材室和手里唯一的一颗篮球，呆滞了三秒，然后上前一步，双手奉上自己的篮球。

"谢谢。"离他最近的那个瞬间，简珂猝不及防的声音在耳侧响起。

岑惜惊讶地抬头。时隔不到两周，她再次撞进他的瞳眸里，上一次他在讲台上，她在讲台下，相隔甚远，看得不真切，这次她看清了，他的眼睛深邃得像海，静得像幽潭，等她反应过来，好像已经看了很久。

觉得这样看不妥，她低下头时，又看见他干净修长的大手，单手抓着刚刚她递过去的篮球，心脏猛地停跳了一拍。

"球打得很好。"简珂说完，空手投了一个完美的三分球。

岑惜："……"

要是没有你后面的那个动作，我就信了。

"谁问你了？"岑惜把刚刚七上八下的心情小心翼翼地藏好，微微歪头，虽然不敢看他，但是话里挑衅的火药味十足。

连她自己也不知道，为什么自己心眼这么小，偏偏记忆力还特别好，两年前他的那句"没空"，她硬生生记到了今天。

这时体育老师宣布下课，岑惜头也不回，快步往食堂走。她的心跳扑通扑通的，一直到坐在蓝色塑料座椅上都没能平复下来。

舍友们好像在讨论她，但她似乎一句话也听不见，血液全都挤在脑袋里，快炸了。

等到耳朵里开始有声音，舍友们的话题已经又回到了简珂帅到人神共愤之类的话，岑惜破天荒地没有反驳，唯独在听到大家怀疑简珂在等女朋友的时候，心跳才终于慢下来。

究竟是什么样的女生，能和他在一起呢？

"哎，简珂一个人，咱们要不要上去要个微信？"

"别吧……肯定会被拒。"

"万一呢，万一呢？"

“那你去试试？”

“……”

岑惜慌忙逃窜后，留在她身后的同学们驻足了许久，不光有女生，也有想认识一下，最好能像包宏艺那样常伴在简珂左右的男生。

只是两年多的时间，关于简珂的事情大家林林总总也听了个八九不离十，这人拒绝别人的时候，连面子都不会给。

也就只能作罢。

有人掏出手机来偷拍，对此简珂大概是习以为常，不管他们的手机举得再明显，他都像没看见。

最后操场上只剩下简珂一个人，发梢末尾沾着几滴汗珠，却因为抿紧的嘴唇仍然带着冷感。

扑通。

扑通。

扑通。

简珂听着自己的心跳，眼神越发凉薄。

岑惜掏出手机，消息还停留在自己给点点发的那张打球的照片上，她把聊天记录往上翻了翻，翻到小徒弟问她，如果简珂表白她会不会答应那句话。岑惜想了想，如果是现在问她的话，她可能会回答：愿意。

对，刚刚狂拽炫酷地放了狠话的她，其实站在简珂面前时，内心早成了嫩粉色。

【七惜：点点啊！】

【七惜：今天我们校草和我说话了！】

【七惜：他离我超级近！声音超级好听！】

就算已经过去了几个小时，但是回想起他说话的声音，岑惜还是能胸口微颤。而这种悸动，只有隔着网络，她才敢肆无忌惮地发泄。

等消息时，岑惜忽然想起整栋楼就宿舍里的厕所没水了，只好抱着手机去到楼层里公用的洗手间。

蹲坑蹲到一半，小徒弟回消息了。

【.：师父更好看。】

岑惜听见手机响，本来还挺高兴，直到她看见点点的回复，忽然就感觉自己被气到了。

为什么简珂的光芒照不亮点点的心呢！

【七惜：他不光是长得帅！长得帅的那种早就过时了！他超级优秀的好吗？他本科法律金融双学位奖学金，现在又是最优秀最年轻的律所高级合伙

人！】

本来岑惜还有一肚子的马屁可以拍，但是忽然听到厕所外传来自己的名字，于是她说到这儿就直接发送了。

“岑惜故意的吧，都知道容容在追简珂，她这时候勾引他？”

有人进来洗手，并不知道里面有人。

岑惜：“？”

“她干吗了？”

“今天体育课，也不知道她从哪儿提前知道简珂要过去，然后就抢了操场上唯一一颗篮球，故意让简珂跟她说话来着。”

“这也太心机了吧。”

岑惜：“……”

她要不是上厕所上到一半没办法提裤子，真想现在就出去跟这帮不分是非好赖的同学理论一番！

“你们怎么说话呢？你们是岑惜肚子里的蛔虫？还是岑惜打电话告诉你她要勾引简珂了？嫉妒就说嫉妒，别在背后整这种有的没的。”

是老二的声音，应该是岑惜在厕所蹲了太久，她过来找岑惜的。

“嫉妒？我们嫉妒岑惜？我们只是在为容容打抱不平而已。”

“就是。容容可是在美容院做一次脸就能花五千的人，某些人还自称是赛校花呢，烤冷面还只吃五块钱一份的，最近看她都没吃了，谁知道是不是因为烤冷面涨到六块了？”

岑惜冲了厕所，轻轻跺了两下快要麻掉的脚，整理了一下衣角，“嘭”的一声推开厕所门，出现在众人面前时，自带气场。

老二怔了一下，反应过来后双眼放光，老三现在气场两米八！

另外两个背后嚼舌根的当场呆若木鸡，羞愤得脸瞬间变红，好像出来的不是岑惜，而是一个火辣辣的太阳。

“我什么时候自称赛校花了？”岑惜反问，她甩了甩手，路过那两个女生时，云淡风轻却又居高临下道，“连烤冷面涨到六块都知道，看来你是真的没少吃。”

话不重，但是侮辱性极强，连岑惜吃几碗烤冷面都知道，看来是真的没少关注她。

老二今天才明白，什么叫绝地反杀。

两个背后说人坏话的女生身上都沾到了一些岑惜甩出来的水，但她们现在毫无气势，侧身给岑惜让了一条道，而岑惜看都没看她们一眼，气势还挺唬得住人。

老二绘声绘色地在宿舍里把岑惜四两拨千斤反击两个长舌妇的故事讲给舍友们听，仍然觉得不解气地补充：“有钱怎么了？有钱，能有咱们老三学习好？而且那么有钱，天天打扮，谁不好看啊，跟老三这种不施粉黛的美比，差远了！”

岑惜已经不气了，恢复理智的她笑着纠正：“别搞错对象啊，找碴儿的是416的那两个女生，人家李櫂容可一句话没说。”

“那她们还不是替李櫂容出头的！”

岑惜耸了耸肩，表示并不太认同这个说法，但是谁也没有具体的证据，这个话题就此被略过。

本来以为这件事会像从前许多件空穴来风的事情一样，转眼就过去，可是没想到竟然在某天出了“2.0”版本。

民事诉讼法，老吕的课，简珂助教，岑惜前一天晚上灵感爆发，码字码到凌晨两点，第二天早上实在没起来。

等她到时教室里已经人山人海，岑惜交了学生证，在门口众多其他系学生羡慕的目光中走进教室时才发现，连过道都坐满了。

简珂随便点了坐在最前面座位的一个女生，看过她的学生证后确认她不是本专业的，非常礼貌地请她出去，给本专业的学生让座。

女生站起来恶狠狠地瞪了岑惜一眼。

岑惜本来以为她这么生气是因为这个位置是个风水宝地，需要早起占座，所以被赶走心有不甘而已。

可是等她坐下才发现，她右手边坐着的同学有点眼熟。

她在大脑里搜索了一下这张脸的名字，很快就想起来了，416宿舍的高佳佳，刚才被赶走的那个是许韵，她们就是上次在厕所被当面抓着说岑惜坏话的那两个。

这时的岑惜还真的没多想，冤家宜解不宜结，她没打算揪着那件事不放，但是另外的两个人明显不是这么想的。

从岑惜坐下来开始，高佳佳打字的手就没停下来过，手快得都要重影了。

下课出教室时，门口多了一只手，把岑惜拦住，许韵竟然站在外面等了她两个小时：“岑惜，我想知道你什么意思？”

“上次在厕所里议论你，是我们不对，我们承认。”高佳佳退一步海阔天空的样子，好像是她们在委曲求全，“但是事情过去这么久了，我们也希望你把这件事放下，以后不要再针对我们了。”

许韵跟高佳佳一副理所应当的样子，不知道的还以为是她们在厕所抓了说坏话的岑惜。

同学们陆陆续续下课，路过她们周围的人很多，岑惜本不愿把并不光彩的事闹大，于是压低了声音：“厕所的事情你们那也叫承认？那只是没办法否认吧？然后呢，有跟我道过歉吗？”

岑惜越说越觉得莫名其妙："最后，这件事我就没拿起来过，谈不上放下，针对你们的也不是我，有本事自己找简珂说。"

"你们在吵什么？"一阵高跟鞋的声音传来，紧随其后的是李槢容的声音，她这一声十分尖锐，岑惜试图压下去的注视全都被她引过来了。

眼看着抱着书本要走的同学们纷纷驻足，伸长了耳朵听她们吵架，岑惜就一阵无力。

李槢容一副要替天行道的模样，冲过来的第一句话是："简珂怎么了？"

岑惜："……"

同学，你没觉得自己的重点有点偏吗？

不过李槢容来了之后，高佳佳跟许韵倒是就此安静下来。

上次在厕所的那次偶遇后，老大跟岑惜"科普"过，这两个人是李槢容的"狗腿"，老二有她俩微信，还给岑惜看了她们朋友圈里的精致下午茶，据说都是李槢容请的，但是岑惜也没想到她们会这样，到了在李槢容面前话都不说一句的地步。

许韵跟高佳佳不说话，岑惜更不喜欢当着这么多人的面吵架，两方就此分开，岑惜看似略胜一筹，但最后高佳佳看自己的那个不怀好意的眼神，总让她觉得有些不舒服。

好像随时要在背后扎自己一刀。

人都是爱热闹的，校花跟赛校花吵起来这种大事，在短短几个小时，连研究生这边都有所耳闻。

包宏艺一脸得意地进屋，左手握成拳模拟话筒："我这里有一条关于您的八卦，或许您会喜欢，请问简先生您要听吗？"

简珂漫不经心地抬眼，伸出一根手指略带嫌弃地挪开那个放到他眼前的"胖话筒"，另一只手轻点两下桌子上放着的堆成摞的卷宗，发出"咚咚"的声音，意思是"你觉得我有空听吗"。

包宏艺看见帅哥眼下淡淡的微青，想起了这些个日夜他每天半夜上厕所都会看见亮着的灯，明白了他这八卦今天是分享不出去了。不过这人到底是不是人啊？为什么他不需要休息？

包宏艺垂着头走向床铺，累了一天的他像条咸鱼一样趴着，但脸仍然不死心地冲着简珂："跟你追求者有关的八卦，你真的不想听吗？"

简珂这次连头都不抬了，但从他硬朗利落的侧脸轮廓中，还是能看出他的眉头微微蹙在一起。

包宏艺顿时噤若寒蝉。

在包宏艺的印象中，简珂每天都在忙，忙得恨不得连上厕所这种事都要找人代劳，像个冷冰冰的机器，也就只有自己敢在他忙的时候打扰他了。

包宏艺为了模拟法庭的事白天也没少忙活，这会儿想着想着就困了。他翻了个身，半梦半醒间喃喃道："唉，我都不求校花跟赛校花能为我吵架，她俩能跟我说两句话我就知足了。"

简珂的手顿住，这次他不光正视包宏艺，甚至还纡尊降贵地走到包宏艺的床前，低下他那颗高傲的头颅，碎发垂到额前："你说谁？"

包宏艺翻过身，仰面躺在床上，从下往上看的"死亡角度"，简珂依然帅得光芒照耀四方，他咽了口唾沫，拿出手机上论坛。

八卦这个东西，为了吸引听众，达到听八卦者一脸震惊的"不是吧？"的目的，向来都是越传越离谱。

学校论坛的帖子属于八卦的配套周边，以"赛校花好丢人啊，自己是学法的，竟然背高仿"为标题，已经在学校论坛首页飘了好几个小时了。

跟李櫁容这个爱发自拍，爱参加各种活动出风头的正牌校花不同，岑惜平时闷头码字，从来不会找存在感，半年可见的朋友圈里一张自拍都没有。但也正因为如此，如果论坛里有了她的消息，都会引起小范围的沸腾。

帖子把岑惜描写成一个虚荣拜金的形象，然后附上了三张图。

第一张是拼图，拼图左边是今天在教室门口岑惜临走时的背影，尽管是背影，也看得出她体态舒展，落落大方。右边是李櫁容的背影，衣服一看就是精致昂贵的款，搭配得也很好看，两个人背着一款外形很相似的黑色菱格包，金色的包链上同样的地方点缀着一颗珍珠。

第二张图是把包放大了，岑惜的包扣上是一个普通的金属吸铁石，李櫁容的包上有一个奢华的品牌标志。

第三张图是商家的对比图，李櫁容的包品牌官网售价上万，岑惜的那款金属扣包电商平台售价上百，还不到人家的零头。

帖子正文是：【真是不明白了，她到底哪儿来的自信啊，觉得所有人讨厌她都是嫉妒她？然后背个高仿包，真心无语。非要碰瓷校花名号，输了钱又输了人。】

"也没准是岑惜不在意这方面的东西呢？"包宏艺一边滑动手指往下看评论一边说。

论坛下面的回复也分成两派，一派是觉得岑惜装腔作势然后"翻车"了，另一派持跟包宏艺相同想法，觉得岑惜是不在意这方面，没注意到自己的包跟大牌撞款了。

简珂松散地靠在椅子上，淡淡回应："往下看。"

包宏艺闻言老老实实地向下划拉手机，看到下面有人发了一张新的照片，是岑惜在校门口从一辆豪华跑车上下来，侧颜楚楚动人，一双长腿又细又白，正在弯腰冲着车里的人笑。

"啊……唉，这年头，连岑教授的女儿都逃脱不了物欲的魔爪了。"包宏艺痛心疾首地摇了摇头。过了一会儿，他忽然意识到不对劲，猛地坐直，“简珂你竟然看论坛！”

包宏艺认识简珂六年了，简珂有多清心寡欲他最清楚不过了，这种连朋友圈都没有的人，跟老僧入定有得一拼，竟然会跟他一起看学校论坛？

简珂放大了那张豪车的照片，看清了驾驶位上男人的脸，敛眸沉默，不知是想起了什么。

事实证明，早上那个眼神，岑惜没有看错。照片是谁拍的，帖子是谁发的，她瞬间就猜到了，但她倒是没猜到事情最后会是这种俗套的发展方向。

这种针对性的事情，在岑惜高三那年就开始有了。

比如她数学考试没考好，总会被人归结成把心思花在打扮上，分明高一高二长得不好看的时候，大家还能理智地明白有人就是学不好数学。

对于这种情况，岑惜一般都不屑于回应，毕竟每个人都有自己认知的局限性，但是贬低且物化女性这种话，仍旧让她内心无法接受。

自己站出去解释太难看，而且看热闹的人本就不在乎真相，既然如此，不如闹得再大一点，反正到时候没办法收场的不是她。她不是圣贤，不会以德报怨。

周五放学时，帖子里出现过的那辆耀眼的宝蓝色车光明正大地停在学校门口。

从车里走下来一个男生，向日葵般温和而有活力，他倚在车门上，车身才到他大腿根，他问向离得最近的女生：“看见岑惜了吗？”

女生摇摇头，害羞的同时有些遗憾，原来是冲着赛校花来的，没希望了。

男生笑笑表示感谢，露出两颗小虎牙。

他耐心而招摇地在学校门口等了半个多小时，到后来，几乎全校学生都知道楼下有个痴情高富帅在校门口苦等岑惜。

看时间差不多了，岑惜不慌不忙地下楼。

下楼时，她遇到了正好上楼的高佳佳和许韵，她偏头微微一笑，什么都不用说就已经赢了，赢到对面毫无还手之力。

下楼跟男生说了几句话，男生遗憾地开车离开，岑惜背着自己的小包，向反方向的地铁站走去。

想要看热闹的人自然不会错过这么精彩的场面，一一记录下来，在论坛里发了一个又一个血雨腥风的帖子。

打了胜仗的岑惜回家，只看见自己的弟弟已经收起那副面孔，瘫在沙发上抱怨：“等你快半个小时才下来，你是在宿舍绣花呢？”

穿着同一条开裆裤长大的，他俩太知道彼此什么德行了，周三接到岑惜电话，岑臻就知道她葫芦里卖的什么药，二话没说就借了舍友的跑车。上一次舍友让他帮忙洗车，他洗完顺便送岑惜去学校，开的也是这辆。

“当初你为了打你同学脸，让我去假装你女朋友的时候，大冬天我在你学校门口站到暖宝宝都凉了，有说过一句不耐烦吗？”岑惜脱了鞋，坐在岑臻对面，用牙签插了一块苹果送进嘴里嚼得咔哧咔哧响，毫无愧疚之意。

岑臻讪讪道：“关键是我怕如果爸一个不小心上你们学校论坛，看见这种事，还不得把我皮扒了。”

岑建非常不喜欢学生之间的攀比之风，他始终觉得，学生就该比学习，而不是玩物丧志。

岑惜缩了缩脖子，好像已经感到脖子凉了，她倒是不怕她爸说别的，就怕到时候又说“你们看看，简珂都那么优秀了，怎么还那么低调”之类的，那才真是要了命。

但不管怎么说，岑惜想要的效果达到了。

她都不用登录论坛，从宿舍群的截图就能看出来大家的风向变了。

好歹是红过的网文写手，这种打脸太小菜一碟了——你以为我是拜金被甩的那个，转脸我就让你看见对面苦等我半个小时我连车都不上，脸疼吗？

连开跑车的帅哥都能拒绝，也有越来越多的人相信，岑惜是真的不在意那些身外之物，“赛校花”的这个称号，不知不觉地就更稳了一些，至于发帖人大概是担心被找到，当天晚上就跟帖道歉。

岑臻大概了解事情的始末，戏谑地问：“岑大校花，这不符合您老的作风啊，竟然亲自下场安排这么一出。”

“你懂啥。”岑惜甩甩头发，杂乱的头发像精灵一样舞动，最后乖巧柔顺地趴在她的肩头，温柔缱绻。

如果这次的事件，别人只是骂她虚荣拜金，她大概率就不理了，反正她的生活不会因此受到任何影响。

但是从她身上诋毁女性群体，她是无法接受的。

“啧啧啧，岑惜不愧是岑教授的女儿，还是有傲骨的。”围观完论坛里的帖子，包宏艺发表结论道，顺便把论坛里的照片放到简珂面前，“这男的应该是外校的高富帅，但是被拒得挺彻底的。”

简珂先看了一眼那张照片，这次的照片比上次的清晰，不用放大就能看清。他低头瞥了包宏艺一眼，本来他就傲，垂眼看人又平添了凉薄，这一眼看得包宏艺一哆嗦，紧张地按住了跳动的小肚子。

他又打扰到简珂了？简珂刚不是挺感兴趣的吗？难道说，简珂站的是李槢容？所以这次岑惜翻身，简珂不高兴了？

可是想了想，又觉得简珂不是会为这种事影响到心情的人，那总不能是因为看到有高富帅追岑惜不高兴吧？这更不符合他的一贯作风了。

包宏艺苦恼地捏了捏软绵绵的肚子，他忽然发现，从这学期开始，他好像越来越不懂简珂了。

周末照例有奶茶送到家，岑惜喝了一杯，第二杯给了岑臻。虽然一天一杯奶茶算上配送费最多不超过四十块钱，但是从暑假认识点点到现在已经将近五个月了，对方从不间断地送，累积起来也好几千块钱了，岑惜有些心疼。

【七惜：点点啊，你别给我买奶茶啦。】

【.：不喜欢喝？】

【七惜：没有呀，觉得你太破费了。】

【.：奶茶而已，其他不知道师父喜欢什么，不敢乱送。】

蜜色的余晖打在书桌上，岑惜看着电脑上蹦出的这排字，有些惊喜，又有些感动。原来除了奶茶，小徒弟还想过送别的，但是不敢贸然唐突。

网络世界和现实世界一向分明的她，忽然生出了想看看点点的冲动。

【七惜：你是在燕市吗？】

之前聊天的时候，她能感觉到点点对燕市的交通和路线都很熟悉，所以岑惜才会直接问。

【.：嗯。】

岑惜觉得自己问得挺唐突的，如果是正常情况下不应该先问一句“你为什么要这么问”吗？为什么到了她徒弟这里就这么淡定。

“小臻，小惜，厚衣服给你们准备好了，回头去学校记得拿走。”

岑惜正对着屏幕在发呆，忽然听到妈妈喊了她名字，她“哦”了一声之后，忽然就冷静下来，不那么想见到点点了。

与其说是冷静，还不如说她这人就是喜欢和人对着干，要是点点拼命拒绝，她就想方设法也要约人家出来，而点点一副做好了准备的样子，反而让她好奇心减弱了大半。

【七惜：好的。随口问一下，我准备回学校啦，晚点再一起码字。】

【.：周日回去？】

【七惜：嗯，蹭我爸的车。偷偷跟你说，我们校草点名开始不定时了！搞得我都不敢周一踩点去了。】

【.：真变态。】

【七惜：不许你这么说他！我们校草只有我能说！】

还护上短了。

岑惜背着一包衣服回学校，秋风簌簌，通往宿舍的小路上落满了金色的枫叶。岑惜捧着奶茶走在路上，忽然觉得自己很幸福。

【七惜：点点啊，有你真好。】

【.：怎么了？】

【七惜：准备好接受为师的告白了吗？】

【.：嗯。】

岑惜发了一条语音过去，带着浅浅的笑意："你知晓分寸，从不过分打扰我的生活；你很细心，天冷了就换成热奶茶给我暖胃；你也很厉害，今天看到你的小说出现在频道金榜了，有你这样的徒弟，我觉得很幸福。"

网站有榜单，有全站总榜，也有每个频道的分榜，有的榜单是编辑手动排的，但是像点点上的这个"金榜"，是纯靠文章数据上去的。

也就是说，必须要文章足够好，有足够的读者基础才能够上这个榜。

岑惜最好的时候上过总频金榜，后来就连分频的边都碰不到了，所以当她在车上看见自己带出来的徒弟上了分频金榜之后，内心的自豪油然而生。是小徒弟让她在这个秋天，多了一份收获。

【.：小傻瓜。】

完了，她好像被小徒弟撩到了，好在奶茶拿了一路已经凉了，可以贴在脸上降降温。

"阿嚏！"

秋天真的来了。

感觉身体有异样，岑惜前一天晚上就喝了感冒冲剂，第二天早上起来昏昏沉沉的，手都抬不起来。

尽管这样，她还是伸出颤颤巍巍的手，身残志坚地化了将近十五分钟的妆。

做美女难，做一个有偶像包袱的美女，更难。

到教室时只有边缘的位置可以坐了，窗户敞开，秋风算不上凛冽，但是对于她这个小病号来说，还是有些冷。

岑惜坐了一会儿就忍不住打了个哆嗦，趁老师还没来，她起身去把窗户关上。

一个坐在前面两排正低头做题的男生听见关窗户的声音，冲她喊道："谁让你关了？你不热大家还热呢！"

岑惜只关了离自己最近的那扇窗户，教室里剩下的三个窗户她动都没动，应该也不至于就让教室升温了。她回头指了指坐在男生身边的其他几个抱着水杯取暖的女孩，问道："你真的觉得大家都热吗？"

男生也不顺着她指的方向看，只不耐烦道："你不知道正值感冒高发季，得通风换气啊？"

岑惜抿了抿嘴，行吧，毕竟教室是大家公用的，不能这么自私。她默默地退回来，依偎在老二肩膀上取暖。

老二看了几眼说话的那个男生，小声问："这男的是不是跟你表白过啊？就前几天，在在宿舍下面的小花园。"

一阵风吹来，岑惜靠老二更紧了些："这我哪记得住？"

老二："你看他也冻得直哆嗦，可能本来你不关窗户他自己就要关了，这会儿故意针对你的吧？我合理地猜测，他这是因爱生恨。"

"那恨我的人可太多了。"岑惜说完，掏出手机给小徒弟发消息。

老二："……"

冻死你都不多余！

【七惜：点点，今天降温啦，你要注意保暖。】

【.：生病了？】

岑惜吸吸鼻子。

【七惜：有一点点，不过已经吃过药，没事啦。】

她打完这排字，就看见简珂拿着花名册走进教室。不管见他多少次，教室里都会响起一片盖不住的惊叹和低声议论。

他的存在对于他们来说，高不可攀而神秘莫测。斯文俊朗，独占鳌头。也有人小说看多了，说他是重生过一次的人，不然为什么像升高伙别人努力三四年才能做到的事，他轻轻松松转眼就能做到？

"坐在靠窗户边的同学可以麻烦把窗户关一下吗？"男人的声音有些远，缥缈却又真实。

岑惜猛地抬头，这是他给他们带的第二个学期的课，两个学期来，这是他第一次不是以"开始点名了"为开头。

以至于教室里的同学不约而同地愣了下神。

教室很大，总共有四个窗户，需要四个同学去关，有三个人大概也觉得冷，什么都没说走下座位去关窗。刚刚那个男生不满地问："为什么啊？教室里人这么多，太憋了。"

"不好意思，我感冒了，如果加重的话可能会传染给大家。"简珂的目光直直地看向男生，没有一丝闪躲，也没有一丝退让。

他的目光和他的行为一样，目的性十足，分明那么多双眼睛看着他，但他连余光都没有分给目标之外。

也包括岑惜。

但她的心跳还是不自觉地加快了，从心脏开始，分散了触电的麻意，到四肢百骸。

教室的窗户本来是关着的，后进来的几个男生大概是跑过来的，觉得热擅自打开，本来觉得冷的那些同学在简珂的庇护下，纷纷开始反抗："快关上吧！你不嫌冷我们还嫌冷呢！"

窗户被关上，秋风吹动落叶的声音戛然而止，简珂低沉的声音在偌大的教室里有了回声，如暮鼓晨钟，一下一下，撞在岑惜心口。

稳住啊，两年前你只是去送资料，他都会拒绝你，不要多想。

鹿哥，停下，别撞了，我在生病，等会儿就要撞死在教室里了。

她忽然就有好多话想说，不管怎么想，隔着网络的小徒弟都是最佳人选。但是点点不知道又去忙什么了，还没回她上一条消息。

不管了。

【七惜：点点你一定要注意保暖，我们校草也生病了。】

【七惜：不过不知道是不是他生病的原因，感觉他的声音好像更好听了。】

【七惜：又帅又迷人。】

想到两年前的事情，岑惜默默在心里补了一句——的反派角色。

“岑惜。”

被点到名字的时候，岑惜正在给徒弟发消息，吓得手机都掉了，多亏老四帮忙接住，她一放松，先打了个喷嚏，才瓮声瓮气地答了声“到”。

“点个名，你紧张啥？”坐下后，老四把手机还给岑惜后问道，“不过今天简珂也挺奇怪的，难道他女朋友在这儿，怕他女朋友冻到？”

岑惜：“……”

果然不止她一个人觉得今天的简珂反常。

“哎。”老二戳了戳岑惜，虚心求教，“你喷嚏的声音怎么做到的？回头教教我，昨晚在宿舍，你打喷嚏的声音我都以为你要吐血了。”

但是刚才岑惜打喷嚏的声音轻得像猫叫，虽然做作，但别说还挺惹人怜爱。老二知道岑惜偶像包袱重，但也没想到她能重到这个地步，竟然连自己打喷嚏的声音都能收放自如。

岑惜比了个“OK（好）”。

“下课说。”一个又做作又真诚矛盾的结合体。

岑惜把手机翻过来，点点还是没回她消息，刚刚她偷拍了一张简珂的照片，手机一掉估计老四正好按到哪里给发出去了。

没事，反正本来也是要分享给点点的。如果说点点的小说还有哪里需要增强的话，岑惜觉得就是对于男主角的外貌描写。

她的点点就像没见过帅哥一样，描写出来的帅哥干巴巴的，永远都只会她教的那两句“他的手微微一顿”“他说完话微微一顿”“他的笑容微微一顿”。

【七惜：你的男主角外貌就按照我给你发的校草写，能写出来十分之一就够绝了！】

【七惜：他的嘴巴真的好粉好嫩啊，也不知道是不是樱花味的？】

过了好一会儿，点完名，老吕都进教室了，点点还是没回消息，岑惜已经习惯了，放下手机认真听课，和之前一样，下课时手机里就已经收到了点点的消息。

【.：师父，你是不是快要生日了？】

她不是在跟点点聊帅哥吗？点点在说什么？点点怎么知道她快生日了？

岑惜一边跟舍友们往宿舍走，一边满脑子问号。

下午是简神的答辩决赛，上周学校放出来名单的时候她们就一起约好要去看了，这时候舍友在讨论下午穿什么。岑惜则在思考该顺着点点的话聊生日，还是该批评点点不注重帅哥，忽然身子一轻，被老二拽到了墙后。

在她们身前，是下午答辩赛的主角简珂和李槢容。

简珂站在斑驳树影下，分明这么多人在围观，他却连多余的表情都没有，但是高傲和不屑都从骨子里透出来了，隔得十几米远都能感觉到。

在他们身边还站着不少人，都是一样在看热闹的，岑惜莫名就想起了两年前，男主角没变，只是女主角从自己换成了李槢容。

跟这么多人站在一起八卦，岑惜面子抹不开，转头就要走，老二当着众人的面把她劝下来，摁着她的头让她看，然后低声拆穿她："咱好歹有个度，我知道你也好奇。"

知岑惜者，老二也。

表白的过程也就持续了两分钟不到。

跟岑惜两年前去送资料那次差不多，虽然起因不同，但是结果相同。

"李槢容真惨……"回了宿舍，老大一边挑衣服一边说，"那么多人看着呢，唉，不过，简珂做出这种行为，真是……一点也不意外。"

"李槢容明显就是故意的啊，她那么高调，肯定知道那个地方人多想让人围观，估计是没想到自己会被拒绝吧。"老四虽然话少，但是向来把每个人都观察得很透彻，"倒是简珂，他这种孤傲的性格，再帅再优秀也没用啊，还不是注定孤独一生？反正我要是他我就不急着拒绝，好歹也是校花，试试不行再说呗。"

"所以你不是简珂啊。"老二一针见血道，她转头问向那个沉默许久的人，"老三你干吗呢？"

"嘿嘿。"一片激昂的讨论声中，被点到名的岑惜从手机里蒙蒙抬头，好像根本没听舍友在说什么，狡黠笑道，"我骗到我小徒弟了。"

老大："？"

老二："？"

老四："？"

老大从她手里拿过手机，三个人围在一起，看见了这么一段对话。

【.：师父你是不是快要生日了？】

【七惜：你怎么知道？】

【.：你个人资料里写的。】

【七惜：万一那只是我随便瞎填的呢？】

【.：是吗？那我不小心被骗了。】

老大看着岑惜一脸得意，忽然就有种奇怪的情绪在胸口荡漾。

岑惜本来沉溺在骗到人的喜悦里，直到她看到老大的表情，声音不自觉地由强转弱："我是不是……太过分了？小徒弟这么信任我，我却……"

老大本来想说"这情况被骗到的明显是你吧"，但是手机正好这时候振动，她递过手机改口："手机响了。"

"您好，外卖给您送药到学校门口了，麻烦您来取一下。"

岑惜愣了一下，看了一眼手机，一定是点点知道她生病后给她买的。

想到人家对自己这么好，自己还骗了人家，岑惜顿感惭愧，不自觉揉了揉耳朵，下楼取药时还在继续打字。

【七惜：我不是说我没事了吗？怎么还是给我买药了。】

【七惜：其实资料上就是我的生日，我逗你玩的，对不起。】

【.：？】

【七惜：？】

【.：原来是逗我玩的，真令我意外，没想到这竟然是个计中计，不愧是师父。】

岑惜看到这条消息时已经取到了药，她抱着一大袋子药陷入沉思，自己这种被耍了还上赶着道歉的行为，是不是有点太自取其辱了？

决赛是在模拟法庭进行的，初赛跟复赛岑惜都没去，本来舍友们以为她决赛也不会来，但是莫名其妙地，她就来了。

对此，岑惜的解释是："反正闲着也是闲着。"

老大："初赛跟复赛的时候你不也闲着？"

岑惜："哎呀，那时候要写小说嘛。"

老四："现在就不写了？"

岑惜顿了顿："今天你来这儿是跟我辩论的，还是来看简珂辩论的？"

话音刚落，人群中一阵嘈杂，女生们的聊天暂告一段落，也跟着齐齐抬头——

简珂一袭白衣黑裤，简单干净，从他进门到落座一气呵成，然后就低头看着手里的开庭文书，他清隽的轮廓浸润在斑驳的阳光下仿佛成了谪仙，世间纷扰嘈杂仿佛都与他无关。

类似于这样的模拟法庭本科从大二开始就有，上学期岑惜提前两周就开始准备，到了模拟当天还是紧张到不行，就算基础知识再牢固，当着这么多人面公开演讲，还要承接来自对手时不时釜底抽薪的施压，不昏过去都算是好样的。

岑惜记得自己模拟法庭时眼前白茫茫的一片，掐着手掌心才能勉强看清自己提前准备好的文书。

来观看这场辩论的多数都是法学专业的，大家都有过跟岑惜类似的经历，因此哪怕不是自己在台上，但是距离开场时间越来越近，观看的人也跟着紧张。讨论声逐渐减弱，呼吸声越来越重。

岑惜没有跷二郎腿的习惯，但是这时候也左右脚来回换了好几轮，她伸出手，本来想从老二那儿得到安慰，可老二比她还紧张，手心潮湿一片。

这是金融法的模拟法庭，因此涉及的案子也和金融有关，扮演原告和被告的分别是系里的两位教授，两人的身份是同一家公司的两位股东，原告以诈骗罪报案控告被告诈骗公司资金四千万。

四千万……听起来就让人毛骨悚然的数字，自开庭开始，旁观席便鸦雀无声。

老四不知道从哪里得知这个案子是真实案件改编而来，从网上搜到了这个案子，她把手机传过来，让每个人都看见真实案件的最终结果：法院判了被告构成诈骗罪。

而这场模拟法庭，简珂是被告的辩护律师。

尽管为了模拟法庭需要，去掉了一些关键性证据，并抹去部分行为，使结果有反转的余地，但情况依然对他不利。

岑惜右手不自觉地抓在了领口上，手指尖透过毛衣抓疼了细腻的皮肤。

模拟法庭上，原告辩护律师发言完毕后，底下的议论声就已经多了起来：

“这还有什么好辩护的啊？难道还要洗白诈骗犯吗？”

“就是，被告那边要是狡辩，直接当共犯给判了得了。”

讨论的人很多，只有旁边这对情侣的话很清晰地传进岑惜耳朵，这种外行的话听得她柳叶眉微微蹙起。

事实真假只有当事人知道，但凡上了法庭，所有人都只看证据。

简珂清了清嗓子，开始他的被告辩护。

接下来的时间，简珂提供了事先准备好的十一份证据，分别从言辞、书面证据上证明，被告并没有主观故意诈骗的行为。不仅如此，他还找到了原告的漏洞，从客观角度上澄清，被告获得的四千万是公司分红。最后，他又根据本案中的书面证据，找到了几条疑点反击，完全掌控了主动权。

旁边那对情侣中的女孩立刻改口：“我觉得简珂说得有道理，刚要是判了，这可就是一桩冤假错案啊！”

“你就是看他帅！”

“那倒是比你帅多了。”

小情侣嘻嘻哈哈地闹作一团，委实有些吵闹。

不过岑惜没说话，因为他的辩护足够精彩从容，让她的紧张也跟着减轻了不少。她静静地看着坐在不远处的简珂，不知不觉地想到了许多事情。

她想到两年前的那次告白乌龙，现在想来，当时他们也不熟，彼此不认识，做出那样的反应，对于他这样一个人来说实属正常。她只是丢人了不到十分钟，十分钟后就有人替她澄清她只是去送资料的，反而是简珂因为这件事在背后没少被人指责他太不近人情。

两年来，两个人的交集并不多，她几乎是“习惯性”地背后针对他，这是她第一次静下心来思考，自己真的有必要这样吗？

为什么忽然思考起这个？岑惜攥住了手机，屏幕已经被她的手掌捂出了一层薄薄的雾气，是不是因为早上在教室，她发现两人同病相怜所以产生了恻隐之心？

等等，同病相怜是这么用的吗？

再等等，简珂刚刚说了这么久的话，连咳嗽都没有咳嗽一下，真的是生病的样子吗？

像是察觉到这边的目光，简珂的目光跨过万重阻碍，直白而侵略地向岑惜看过来，打断了她所有的胡思乱想。

这是他们第三次四目相对。

岑惜一滞。

没给她太多反应时间，简珂淡淡收回视线，偏头和包宏艺说了些什么。包宏艺点头，面色凝重，而后两人共同沉默，直到模拟法庭结束都没再抬起过头。

这场模拟法庭的最后，审判长宣布被告无罪，辩论赛的胜出方也自然是以简珂为首的被告人团队。

老二戳岑惜：“老三，简珂刚是不是看你了？”

“我好像也看见了……”老大托着下巴的手都吓掉了，她看了一眼岑惜身后，“简珂是在看安全通道吗？是不是来看的人太多，他觉得可能会引发踩踏，所以提前看了一眼？”

老四点头，表示认同这个猜想。

谁都不会把他们两个联系到一起。别人觉得不可能，岑惜自己也觉得不可能，他要看的话两年前就看了，何至于等到现在呢？

可是，以岑惜对简珂的了解，他又绝不是那种会看错目标的人。

“老三你去干吗？”

本来大家正在有序出场，可岑惜突然跑开，冲着模拟法庭中间跑过去，老二伸手想抓她，可她跑得太快只抓了一手的空气。

岑惜想知道简珂到底是不是在看她。

虽然是模拟法庭，但是简珂也用心准备了，这时候刚进行完一场激烈的辩论，他有些累，修长的手指按在太阳穴上放松，而模拟法庭上扮演第三人的包宏艺正在替他整理文件。

鼻尖忽然被一阵清香萦绕，包宏艺抬头，看见来人有些意外：“岑惜，你怎么来啦？教授又让你来送资料啦？”

托体能还不错的福，岑惜跑到他们面前时呼吸依然平顺，甚至还能压得更浅淡些，连频率都特意控制得很慢，像是一只不敢惊扰了主人的小猫。

简珂闻言睁眼，他的双眸是剔透的琥珀色，处于放松状态时没什么多余的感情，看上去有些淡漠。

这个表情，和他两年前，当着众人面告诉她“没空”的眼神一模一样。

那种在人前被拒绝、被嘲笑的回忆就像是刻在骨子里的某个地方，她看见这个表情时，回忆如墨黑色的海水般向她涌来，让她溺于其中，躲无可躲。

包宏艺眼睁睁地看着岑惜上一秒还上下牙相抵，都快要发出“简”的第一个音节了，忽然半路刹车看向自己，两片唇瓣一碰，大大方方地喊了一声：“包包学长。”

简珂：“……”

包宏艺：“……”

刚刚不少人因为这突如其来的一幕而停下脚步，准备看看校草刚拒绝完校花，打算怎么回应赛校花，直到听她喊出了包包学长，觉得大概是没瓜可吃了，相继离开。

包宏艺眨了眨绿豆小眼睛，看了看简珂，又看了看岑惜，似乎自己此刻应该贴在桌底，而不应该站在这里。

但是人家看着自己呢，又叫了自己名字，不应也不是个事，他只能硬着头皮答应了一声。

岑惜一腔孤勇地冲着简珂跑来，人都到这儿了却硬生生把到嘴边的话拐得偏离轨道：“我爸爸本来今天是要来看你模拟法庭的，但是他临时有事没来，让我跟你说一声。”

包宏艺：“？”

岑教授确实说过要来，不过他不该是来看简珂的吗？

“我知道学长没空，就不打扰学长了，今天很棒。”岑惜说完，目不斜视地走了，尽量让自己的姿势不太僵硬。

上一次两人在图书馆相遇，岑惜拉住了图书馆老师当挡箭牌，这一次她拉住了包包学长。

唉……

她看着自己时不时出现在视线中的脚面，想着不知道有生之年能不能有胆量跟简珂单独说上话。

岑惜走后，简珂看着她的背影，似是漫不经心，却又饱含深意地问：“她怎么知道你没空？”

“我没空？我有得是空！我没别的全是空！”包宏艺痛心疾首，“我真是被你连累死了！”

“我？”简珂眉梢微挑，不明白自己做了什么。

“你没听出来小姑娘这是报复你呢？”包宏艺哼了一声，不满又有些委屈，好像如果不是简珂，赛校花就能多跟他说几句话了。

简珂从刚刚结束后对面的人来握手要微信，到现在跟包宏艺说话，他都在坐着休息。

所以这时候他想看包宏艺，需要微微抬眼，略淡的眸色中带有一丝疑惑，简珂还是没明白岑惜为什么要报复他。

包宏艺收完了资料，跟抬如来佛一样把简珂扶起来，两人一边往外走，他一边嘀咕说：“闹那么大的事，我这个旁观者都没忘，你这个当事人不会给忘了吧？”

简珂微微蹙眉，步伐随之放慢：“什么事？”

包宏艺死盯着简珂的脸，赛校花过来表白这种事如果发生在他身上，他就算忘了自己叫什么名字也不会把这事忘了。他在仔细观察简珂的表情，看简珂是真忘了，还是在装相。

简珂神色平淡，就算是问的关于自己的八卦，从他那个表情来看也好像在逼问“你方还有什么证据”。

“你真不记得了？”包宏艺没看出个所以然，但十分诧异，这是他认识简珂六年来，为数不多的简珂问他问题的时候，也是第一次问有关女生的问题。

想到简珂也会有不懂的事情需要问自己，包宏艺换上了副耀武扬威的包子脸：“你不是最强大脑吗？你也能有忘记的事？”

简珂的表情逐渐有了几分不耐烦，眼神似乎在说“你要是再废话我就以废话罪起诉你”，满满的威胁与……无情。

包宏艺非常机智地理解到了这一层意思，开始了主题：“其实我也不太确定岑惜是不是在报复你，我就是猜的，毕竟这事儿都过去好久了。其实要不是因为她是岑教授女儿，加上那事儿当时闹得大，我也未必能记得……”

简珂听得不耐烦：“说。”

包宏艺知道自己铺垫那么多也白铺垫，简珂这人向来只听重点，于是他也干脆点：“就是人家跟你表白，然后你说没空。”

简珂：“人家？岑惜？”

包宏艺：“可不嘛，不然是我？”

简珂：“她跟我表白过？”

包宏艺想了想："其实也不是表白吧，就是她帮岑教授给你送文件，你以为是情书就把人家给拒了。不是，这事儿当时你也被骂了挺久啊，说你自恋又冷漠，你一点都不记得？"

简珂试图从脑海里找出包宏艺说的这段回忆，但事实证明，他完全不记得自己在做助教之前，在大学校园里跟岑惜有过任何接触。倒是说起岑教授的文件，让他曲线救国地想起了一些事情。

那时他在准备考研，每天还要折返律所，累到眼睛发炎，戴不了隐形眼镜，上课时全靠听，看见的一切都是模糊的，因此那段时间格外烦躁。那时，岑教授找人送给他许多资料，记得还有一个纸袋子，袋子里装了各式各样的眼膏，最后他就是用那些药把眼睛涂好的。

所以……那个时候，岑教授找来给他送资料的人，是……岑惜？

他不是记忆力差，而是这一部分包括那些闲言碎语，压根儿就没有占据他回忆的资格，他不是没记住，是没记。

至于"没空"这两个字，他从十五岁开始，就不记得说过多少遍了。

简珂抬手，拇指和中指轻轻按住太阳穴。

头疼。

包宏艺觉得奇怪，以前没看见简珂为了什么事这么纠结过，难不成是因为岑惜跟自己说话，他觉得可能会失去自己？

想到这儿，包宏艺很是仗义地拍了拍简珂的肩膀："你放心吧，我跟岑惜不会发生什么的！"

简珂瞥了他一眼，淡淡道："我知道。"

包宏艺："？"

燕大校园里出现了一拨又一拨穿着红白相间校服的附中学生，各个脸上洋溢着向往和憧憬的神情。

这是每年11月燕大的固有项目，带着附中高三学子来参观，激励他们，让他们有目标，好熬过这辛苦的一年。

老师带着同学们参观食堂时，王颖就看到了简珂。高中生整日闷头学习，灰头土脸，哪见过这么好看的人，凌厉干净，身形修长，看到他的那个瞬间，她还以为有人从漫画里走出来了。

见到他后，她的心跳扑通扑通地跳了五分钟，直到老师问她："王颖，你的脸怎么这么红？是不是穿太多了？"

"老师，我没事。"王颖摇摇头，未承想，一抬头又见到了那个男人，"老师，我肚子疼，去个厕所！"

老师点点头，还没来得及问她知不知道厕所在哪儿，她已经跑开了。

王颖匆匆跑到简珂面前，简珂跟包宏艺还在说着有关岑惜的话题，他脚步没停，匆匆一瞥，在对方开口前说："没空。"

包宏艺无语。

却没想到走出几步后，简珂就像想起了什么，倏地停住话题，往回走了几步，走到那垂头丧气的学生面前，语气诚恳："不好意思，加油，好好考试。"

他的声音很好听，像是加在柠檬气泡水里的清冽薄荷。距离这么近，王颖能闻到他身上淡淡的木质柑橘香气，她有些想哭，尽管知道自己现在的表情一定很奇怪，她还是攥着拳头逼自己说话："嗯，我会的！"

包宏艺看着学生远去的背影，感慨地"啧"了一声："你真是越来越祸害了……"

简珂不接这茬，睨了他一眼："接着说小姑娘的事。"

包宏艺一愣："哪个小姑娘？刚刚那个学生？"

简珂："岑惜。"

包宏艺觉得这个称呼不太妥当："岑惜就比咱们小三届，也就比你小三岁，你就管人家叫'小姑娘'了？"

"她小我五岁，我生日在9月之后，上学晚一年，她上学的时候跳了一级，早一年。"

包宏艺眼皮一抖："你怎么连这都知道？"

简珂平淡道："她爸说的。"

包宏艺愣住，人家表白不记得，人家爸随口说的上学日子他倒是记得？

研究生的宿舍虽然只住两个人，但是简珂的文件多到几乎装不下，上次想要在学校附近租房时，就因为这些文件搬起来太麻烦放弃了。

好在他记忆力奇特，脑子里像有一个数据库，想找什么文件都记得在哪儿，一拿一个准。

刚刚结束了模拟法庭，这会儿他又拿起了卷宗，看得专注。

包宏艺摇头叹了口气，怪不得同时进的御诚，简珂都升级高伙了，他还是个普普通通小打杂，这都是有理由的呀！

包宏艺不知道的是，今天的简珂辜负了他的崇拜。

虽然简珂面前的桌子上整整齐齐地平铺着六份卷宗，但事实上他的心思完全没在这儿。

他脑海中几个记忆并联到一起——

那个小姑娘每次跟舍友聊天都是开开心心的，但只要自己路过，或者自己进教室时，她的目光投过来，必然是一个白眼。

好像明白了什么，但是却又好像更迷茫了。

没有过这种经验，简珂的人生中第一次遇到了不知道该怎么处理的事情。

他看了一眼四仰八叉躺在床上的包宏艺，刚想说点什么，只见包宏艺忽然把敞开的衣服裹紧，一脸防备地看着他。

简珂：“……”

【七惜：今天我们校草模拟法庭，帅惨了！】

【七惜：我还去跟他说话了！】

【七惜：为什么有人的声音可以这么好听，眼睛可以这么好看啊！】

【七惜：他绝对不只是好看！你不许怀疑！他的头脑超级清晰！】

岑惜今天回来之后整个人就不太好，但不好意思跟身边人说，思来想去，小徒弟成了她发泄的最佳人选。

她甚至打算把今天辩论赛的内容再复述一遍，好在点点及时回复了消息，阻止了她这个疯狂的想法。

【.：那你跟他说什么了？】

【七惜：这个……我不能告诉你，反正有点丢人。】

【七惜：说出来你可能不信，虽然为师跟你这副样儿，但是为师在现实中，还是挺高冷的。】

【：师父，我有件事想问你。】

【七惜：怎么啦？卡文啦？写不出来啦？还是不明白榜单规则？找不到编辑啦？】

【.：都不是。】

【.：我好像跟喜欢的人有点误会。】

啊这……

岑惜没想到，点点第一次有问题要问她，竟然会是这么隐私的问题。

这个问题对她来说有点棘手，毕竟她自己也没有恋爱经验，但是小徒弟难得问问题，她不懂也只能硬着头皮聊。

【七惜：在一起多久了？】

【.：还没在一起。】

哦，暗恋啊，岑惜好像又行了。

【七惜：那你喜欢的人，喜欢你吗？】

【.：可能有一点，不太确定。】

【七惜：既然是这样，那嘴巴长来总不能只是用来吃饭吧？我建议你说清楚！】

【.：那要是每次我想跟人家说话的时候，对方都会抓住旁边人，不让我开口，怎么办？】

【七惜：你喜欢的人可真特殊……】

因为要照顾点点的情绪，所以岑惜嘴下留情，其实她想说的是，你喜欢的人怎么这么胆小？

有什么事不能自己面对？

独立行走还不会了？

【七惜：那你就想办法清场！让你喜欢的那个人躲不掉！】

【七惜：你是上班了，还是也在上学？】

【.：喜欢的人在上学。】

【七惜：你不说那人也可能有点喜欢你吗？没准就等着你去解释呢？实在要是你会错意了，惹得人家不高兴了……】

【七惜：那就……换个人喜欢？】

说完这句话之后，点点忽然就不回复了。

认识有半年了，点点从来都没有聊着聊着就失踪的情况，再不济也会跟她说一声有事。

岑惜登时有点慌，是不是自己说错话了？

是不是点点特别喜欢人家，非人家不可，不能换人？

自己这么说，是不是亵渎了点点对人家的爱？

岑惜斟酌着该如何道歉才能显得有诚意时，屏幕上跳出了一排字。

【.：听师父的先去试试。】

呼，岑惜终于放下心。

解决完了小徒弟的烦恼，岑惜自己的心情也跟着爽朗，她搓了搓手，趁着这时候登录了作者后台，看看自己的后台收益。

她在绿江总共写了四本书，第一本是火起来的那本，中间有两本完结，前阵子刚完结了第四本，收益那一栏里，后面的三本加起来都没第一本高。

换句话说，她还是在吃老本，新书也照样没起色。

评论里没什么脏话，冷静的否定占了多数，但越是这种冷静越让人难受，也有一些读者看不下去帮她说话，可岑惜一点都没有被安慰到，他们只是善良，并不是觉得文章好看。

本来以为心情好的时候看这些打击会小一点，但事实证明，非但没什么用，她现在的烦闷感比平时更重。

平时的心是从一楼往下坠，今天的心是从五十楼往下坠，同样坠到十八层地狱，所以坠得更狠。

岑惜揉了揉眼睛，感觉嘴里有一股酸味，口腔黏液不断地往外涌。

她合上电脑，拿起放在床边的《民法真金题卷》随手做了几道题，强制让自己换脑子。

老大并不知道她在网络上经历了什么，只是看见她忽然做起题，随口问："是不是看见简珂辩护的样子太帅，所以想要奋起直追？"

岑惜不想让舍友担心，她假装做题拖延了一会儿时间，等情绪缓过来了，她钩了个选项后回答：“跟他半毛钱关系也没有好吗？”

老二揶揄她：“就算有关系你也不会承认的。”

岑惜被气笑了，舍友们在不知情的情况下成功让她转变了心情，她颇有耐心地解释：“我真不是因为他做题的，因为我以后就没打算当诉讼律师，考公多好啊。”

老四微微瞪大眼：“为什么呀？”

律师分为诉讼律师和非诉律师，诉讼律师就像今天的简珂那样，在法庭上为当事人辩护，非诉律师更偏向商事，负责公司合规审查、股权架构、商务谈判等等，基本上法学生毕业之后都是这两个方向。

“你们想啊，做诉讼律师每天面对的就是人最阴暗的那部分，因为人家肯定遇到事了才来找你啊，对吧？”岑惜磕了磕笔，“而且诉讼律师本来就抛弃了一部分对错，要做的就只是维护当事人的合法权益，今天简珂帅是帅，抽丝剥茧，釜底抽薪地赢了官司，但这是模拟法庭，设置了一些漏洞，就看谁专业知识够硬，但假如今天模拟法庭上的被告真的是犯了诈骗罪呢？作为他的辩护律师，还不是要找证据证明他没有犯罪。”

听了她的解释，宿舍里的其他三个人都觉得挺有道理，也许是因为大家曾经都有过这样的顾虑。

只是老二还是觉得奇怪：“既然你都知道自己不喜欢对簿公堂了，为啥还要学法律？”

“因为我……”岑惜挠了挠脖子，“报专业的时候跟我爸对着干来着。”

当时她的高考成绩妥妥的能上燕大金融系，但是已经被岑建用“简珂”这个名字荼毒了三年的岑惜实在是不想再被荼毒四年，就偷偷报了法律系。

录取通知书下来的时候，她爸气得好几天没睡着觉，好在她妈用“燕大的法律系也是全国排名数一数二的呀”成功劝下了差点要跟岑惜断绝父女关系的岑父。

但谁知是祸躲不过，简珂竟然是双学位。

不过这就是后话了。

刷完两页题卷，又跟舍友们杂七杂八聊了一些有的没的，岑惜感觉自己的状态恢复得差不多了，重新打开电脑，看见自家小徒弟又发来了消息。

【.：师父。】

【.：一个自称版权编辑加我，让我出版实体书。】

【.：可以教我吗？】

岑惜本来伸展着搭在键盘上的十根手指看到这一排字后微微往手心蜷缩了下，她最小化聊天界面，点开了网站，去看点点的那本书。

半年，点点陆陆续续写了四十万字，昨天完结的。

她看了一眼文章数据，凭借经验大概估量了一下点点这本书的收入，如果盗文不那么猖獗，不算影视版权，已经能跟自己的第一本持平。

岑惜没有羡慕或者嫉妒，她只是想起了自己走过的老路，想起第一本时的繁华和现在的颓败。

她不是一个爱说教的人，但是目前来看他们的轨迹实在太相似，岑惜还是止不住念叨了几句，翻来覆去也就是那么几句话，让点点戒骄戒躁的同时放平心态。

不过点点似乎误解了什么……

【.：那我去回绝版权编辑。】

【七惜：？】

【七惜：我不是这个意思呀。】

【七惜：而且我就算是这个意思，你也不能因为我而放弃出版啊。】

这个萌萌的徒弟让岑惜哭笑不得，她只好回归到出版的话题上。

其实出版没有什么好教的，版权编辑那里有一套完整的流程，之前岑惜也走过，作为作者能做的也就是内容上的修改，根据出版社的不同有些会要求增加番外以促进实体书的售卖，然后就老老实实地等着书号，刊印就好了。

说完这些就到了两人约好的码字时间，每天晚上九点到十一点，师徒二人都会约好了云码字，彼此都不说话，每半小时报一次数。

岑惜开始写新文，这是她的第五本。

这一次受小徒弟的启发，她决定完全摒弃自己过去的套路，开一篇从来没写过的都市恋爱小甜文。

她知道万事开头难，但是也没想到会这么难。

开头第一章就卡了。

岑惜想描写主角做梦梦到了接吻，但是由于自己没有经验，她怎么也想不出接吻是什么感觉，于是她果断选择骚扰小徒弟。

她初中情窦未开，高中后班主任是她妈，她大学了教授跟她爸是同事，这种情况放到其他任何人身上，可能谈恋爱吗？

【.：听说像是在亲果冻。】

听说？

所以，点点也没有接过吻？

岑惜得到了一种淡定的平衡。

她瞥眼看了一眼电脑右下角的时钟，快到十一点了，要到睡觉的时间了，下线前她跟小徒弟打了声招呼。

【七惜：点点，我快期中考试啦，最近一段时间就不约着一起码字了，但你有什么问题还是可以问我。】

【.：好，早点休息。】

【七惜：晚安。】

【.：晚安】

躺下后，她打开手机，聊天记录已经同步过来了。

把手机放在枕边，岑惜趴在床上一点点看着光线弱下去，最后完全变成黑色，像看着她想象中的点点在她身边一点点睡熟，她轻轻地说："晚安。"

莹白的月亮如水，树叶在耳边沙沙作响。

往后将近一周的时间，岑惜都没再码字，舍友们习惯去图书馆，只有她习惯自己闷在宿舍里做题，低头时碎发如果挡到眼睛，她随手拿笔帽就能给卡上去，做累了还能抠抠脚丫子，这种过于真实的行为，她在图书馆通通不能做。

期中考试的早上，点点意外地给她发了消息，只不过与考试无关。

【.：樱花果冻？】

岑惜先是迷茫地眨了下眼，随后明白了点点在说什么。不过她现在没时间说这件事了，因为她昨天刷题刷到半夜三点多，快要迟到了！

匆匆忙忙地把同样半夜刷题的舍友叫醒后，岑惜边往教室跑，边给点点回了一条语音："我快迟到了先不跟你聊了，考完试说！"

到了教室，岑惜发现自己竟然记错时间了……

四个女生集体早到五十五分钟。

宿舍的其他三个人，早上匆忙被叫醒的时候压根儿没看时间，迷迷糊糊到了教室里见没几个人时才意识到来早了。

好在大家都带了书跟题卷过来，跟教室里其他学习的同学一起安静地看书学习。

半小时后，距离开始考试还有二十多分钟，教室里的人陆陆续续地多了，简珂也进教室了。

大家都觉得有些意外，以往简珂都是卡点进教室的，今天竟然来得这么早。如果不是因为今天考试要复习，恐怕这会儿大家又要津津乐道起来了。

教室里的人不多，氧气分明够用，但是不知道怎的，从他进来的那刻起，岑惜呼吸就有点困难。

淡淡的木质柑橘味从讲台上飘到她所在的区域，像是一只柔软的手，在心上轻轻抚摸后，又猝不及防地攥紧。

她总是忍不住想偷偷看他。

但是教室里的人太少了，如果偷看的话，会被发现的。

岑惜掐住自己的大腿。

忍住。

分明之前没有这么夸张的，不知道最近是怎么了？

又过了十分钟，距离考试还有十五分钟，岑惜闻到了一股令人垂涎欲滴的香气。

“简同学，这是你订的早饭吗？”门卫大叔笑眯眯地推过来一个小车。

学校处于半封校状态，一般同学们的外卖只能送到校门口自己去取，像简珂这种助教或者是学校里的老师，门卫才会帮忙带进来。

但是……

简珂订的早餐也太多了吧？

岑惜看了一眼，满满当当一个小车的汉堡，一个叠一个摞起来的话比他都高！

岑惜吸了吸鼻子，好香啊！

舍友四个人互相看了一眼，大家都从彼此的眼中看见了“我也想吃”的讯号。

简珂起身，跟大叔道过谢后看了一眼满筐的汉堡，淡声道：“没来得及吃早饭的同学，自己来拿。”

没人敢动，他闲闲地扫了一眼下面，补充道：“考试前吃完就行。”

第一排一直盯着汉堡看的男同学吞了下口水，和简珂对视后弱弱地问了一句：“真的可以吗？”

简珂颔首，像是为了不给别人压力，他没站在旁边，走回到他的座位上继续看书。

男同学带头起身，其他想吃的同学陆陆续续也都跟着起来。今天的考试太早了，没时间去食堂吃，如果点餐的话又来不及自己去门口取，所以大家也都没吃饭。

岑惜没动，老二帮她从里面随便拿了一个猪柳蛋汉堡，到她手里还是温热的。

岑惜温暾地咀嚼着，手下也没停，依旧画笔记做最后的冲刺，但不知是怎的，她的手不自觉地摸了摸兜里的手机。

她咬了一口汉堡。

要是自己能再优秀一点就好了，如果自己再优秀一点的话，总是能跟简珂站在同一个高度，不用事事被他压一头。

发现自己在想那些不切实际的梦，岑惜甩了甩头，继续吃着汉堡做题。

十五分钟后，期中考试开始。

岑惜习惯性先看一遍卷子，把考试时间大概分布一下再做题。她的成绩一直都算是名列前茅，但这次，她忽然想考出一个，好到让所有人都惊讶的成绩。

最好是，能够被念到名字，当众表扬的那种成绩。

考试时从不分心的岑惜，第一次在想别的事情。

高三那个暑假，当岑臻知道她要去燕大时，他跟她说："姐，你高中没被妈管够？大学还要去被爸管？"

岑惜不记得自己那时候回答了什么，但她记得那时候岑臻说的第二句话："你别不是为了那个简珂去的吧？"

卷子翻到第二页，岑惜低头奋笔疾书，在空白的地方留下一道道属于自己的墨迹。

可是今天的岑臻比她的手指还活跃，不停地在她脑子里晃。

"姐，我听说你去给简珂送资料被他当表白给拒绝啦？"

岑惜"嗯"了一声，语气听不出情绪："不过后来别人帮我澄清了。"

岑臻点头，他的重点其实并不在这儿，那时的他喃喃道："真奇怪，爸不是向来不喜欢别人经手他的文件吗？为啥让你去送？是不是你主动要求的？"

岑惜摇摇头，把脑海中的岑臻赶走，专注做题。

以前的她写完卷子都会检查一下，以确保会的没有答错，但是今天的她，却盯着卷子发了好久的呆。

再往后的一个月，岑惜都心神不宁，宿舍里关于简珂的讨论还是同样没断过，毕竟大家对于那样身份的人总是充满好奇和遐想，不同的是她已经不会再去打断了。

一周后的民诉课，简珂面色紧绷地走进教室。

自他代课以来，这个表情还是第一次出现在他脸上。

点名时底下的同学交头接耳，纷纷认为简珂这个表情意味着如果他不是紧张，就一定很生气。他都做了这么久的助教了，不可能紧张，那他为什么生气？

岑惜的舍友们也在讨论这事，她默默地听着不吭声，毕竟这么多人看着呢，连她都去讨论简珂，岂不是要坐实自己两年前表白被拒的罪名？

就在她竖着耳朵偷听时，忽然听见台上人喊了自己的名字。

她下意识回复一声："到。"

按照一贯的顺序，该是点一位陈姓同学的名字了，陈同学做好准备答到，却听见台上人缓声道："下课去一趟吕教授的办公室。"

底下针对"今天简珂为什么心情不好"的讨论声戛然而止。

岑惜也怔然抬头，对上简珂没什么表情的脸，他又顺着往下点名了，没往她这边看，没把这句话当成个事。

但同学们显然不这么觉得，刚期中考试完，简珂心情就不好了，现在又让赛校花去吕教授办公室——

这么一串行为连下来，难道不是意味着，赛校花期中考试作弊，阅卷时被发现了？

岑惜这一节课上得魂不守舍，她坐在阶梯教室中间偏后的位置，下课后延着楼梯走过，路过的同学关于她的讨论依然没停，舍友们目送岑惜的背影尽数担忧。

她肯定自己没作弊，但是被叫到教授办公室这种事，还是无法控制地胆战心惊。

岑惜站在门口，敲了敲办公室的门，半晌无人应答，她犹豫了一下，按下了门把手。

办公室里空无一人，窗户没有关紧，能听见风吹进房间的声音。

门口过往的同学太多，岑惜不想一直站在走廊里被围观，她硬着头皮进了办公室，走到桌子上贴着“吕海龙”的标签前，站定。

过了大约五分钟不到的时间，岑惜听见门打开的声音，她本来以为是吕教授回来了，正准备开口解释自己没作弊——回头时，却看见了一个清瘦修长的身影进来。

两人之间隔着几米的距离，铺天盖地的木质柑橘气息已然席卷而来。

温柔的风扑面而来，岑惜心跳如鼓噪雷鸣。

第三章

/一步一步向你靠近/

岑惜低头看着那双长腿一步步逼近，最后松松散散地靠在她面前的桌沿上，肌骨均匀的大手随意地撑在腿侧。

而这个姿势，让他宽阔的胸膛正对着她。

岑惜拼命地想控制住自己的心跳。

“岑惜。”简珂又喊了一遍她的名字，跟刚刚点名时好像是两个人，带着轻轻的、浅浅的宠溺。

兵荒马乱，一塌糊涂。

她甚至不知道是该喊“到”，还是该“嗯”。

“咚咚咚——”办公室响起了敲门的声音。

是吕教授回来了吗？

好像得救了？

但是——好像又有点失落。

简珂微怔，顿了下，低沉着嗓音：“进。”

办公室排队进来了三个女孩，因为着急，步履零乱。

刚刚岑惜走后，同学们都在说岑惜因为考试作弊被抓了，舍友们哪里忍得了这份侮辱！

“我们真的没作弊！”老大率先开口，着急地解释，“考试前一天晚上，岑惜在那复习，她觉得肖像权的题必考，就给我们画了重点，然后我们就全背的原题，她真的就是押题押得太准了，我们的答案才会一样！”

简珂：“？”

老二补充：“是啊！您要是不信你调监控录像看看！我们虽然坐得近，但是绝对没有交头接耳！我们拿毕业证跟您保证！”

简珂：“？”

“老三你说话啊，告诉他咱们没作弊，是你给我们画的重点正好考上了，你说啊。”老四不敢跟简珂说话，只能拽拽她右手边的岑惜的胳膊让岑惜自证，只是手刚搭上去老四就惊呼，“哎呀，老三你胳膊怎么这么烫？”

老大也顺着看过来：“老三你脸怎么了？怎么这么红？”

岑惜双手捧住脸颊，热得烫手，她此时很想找个地缝钻进去，嗫嚅解释道：“可能什么过敏了。”

简珂收回视线，又恢复了他一贯的傲慢，声线略显冷清，五指微弯，大拇指一下下磕在桌子上，神色淡漠地问道：“什么作弊？”

此时舍友三人的内心是：简珂这个样子实在是太可怕了！也不知道在她们来之前，老三一个人在这里受了多大的罪！

这是大灰狼在欺负小白兔吗？

联系到实际肤色的话——也可以是，难道是大白狼在欺负小粉兔吗？

双方自动站成了两排阵营。

一排是岑惜阵营，共四人，实到三点五个人，老四的战斗力只能算半个人。

一排是简珂阵营，共一人，实到一百人，简珂对付她们，以一敌百都是少说了。

在这样悬殊而恶劣的条件下，双方展开了激烈的拉锯战。

当然，激烈只存在于岑惜一方，舍友们看不得自己心爱的老三受欺负，拼了老命在护短。

简珂只是轻描淡写地告诉她们，叫岑惜来，是想告诉她错了一道不该错的题。

最后，舍友们终于明白，为什么岑惜这么不待见简珂。

同时她们也明白了，如果以后自己有孩子，一定不能跟孩子的助教关系好，不然会得到并不想要的“特殊照顾”，大学过得宛若高三。

那天之后，不知真相的同学们看岑惜的眼神变得很怪异，好像已经坐实了她期中考试作弊一般。

偏偏又没人问出来，连个解释的机会都没有。

自然而然地，岑惜可以挂在嘴边的讨厌简珂的理由又多了一条。

同学们对岑惜的怪异态度只持续到了周五。周五上课的时候，吕教授点名表扬了岑惜。吕教授是一个学术型教授，从来都是只负责教课，在简珂当助教前，他连一次名都没点过。

这还是第一次他指名点姓地表扬某个同学。

大家都把这句表扬当作误会她抄袭的一种含蓄解释，自此，她作弊的谣言不攻自破。

也有一小部分人怀疑，跑过去旁敲侧击问简珂，毕竟阅卷的是他，吕教授能来解释，多少应该也有他的授意。

简珂也没正面回答，只是总结性地表示“岑惜很优秀”。

一天之内，被吕教授和简珂两个从不表扬同学的人同时肯定，岑惜的嘴巴都咧上天了。

因此，当晚上岑臻打电话给她说要来燕大这边办点事，问她晚上爸妈不在家，要不要在外面吃饭时，她想都没想就同意了。

燕大附近有两个商场，一个平民化一些，平时去逛的人也多一点，平均每三步一个熟人，另一个高级一些，岑惜自认为里面的东西她买不起，所以很少去，没想到岑臻约的竟然是后面这个。

岑惜默默地想，如果不是岑臻想宰她，就是这小子发了。

华堂门口三辆车并停，一辆曾经在燕大论坛里腥风血雨过的蓝色兰博基尼，一辆黑色的奢华商务车，商务车旁边是一辆贴了嫩粉色车贴的保时捷跑车。

岑惜路过时特意看了一眼车牌号，才确定是简珂的车。至于旁边那辆保时捷，岑惜在学校里见过，当时老二告诉她这是李樰容的车。

意思是简珂跟李樰容也在这儿？

他们是约好的吗？应该不是？如果约好了开一辆车不就好了。

但万一他们两个是从不同的地方过来，然后约在这里的呢？

岑惜的心有点乱，但不管怎么说，想到可能会遇到简珂，她还是对着门口的反光玻璃整理了一下衣服。

绝不能在仇人面前暴露任何缺点。

宽松柔软的V领兔毛毛衣，纯黑色的小脚裤加上同色系短靴把她整条腿勾勒得笔直纤细。她试着把头发抓起来比画了一下，又觉得还是散着好看，重新打理了一遍才进商场。

她没注意到，自己的这个行为有点像是要去相亲。

“简珂你看见没？刚那好像是岑惜吧？”包宏艺跟简珂停完车后遇见了老师，简单聊了几句，刚往商场走。

包宏艺评价道：“女生好像都挺喜欢岑惜这种筷子腿？好看是好看，就是有点危险。”

“危险？”简珂眸子微眯，跟野兽护食时的状态如出一辙，仿佛在告诉包宏艺，这才叫危险。

“是啊，一撅就折了。”包宏艺点点头，还觉得自己挺幽默的，能在简珂身边待这么久，纯靠神经大条，“她够好看的了，还在那儿天天比画，看来校花约会时也是会紧张的。”

“你怎么知道她在约会？”

“天哪，我真没想到，我这辈子还能有被简珂提问的一天，真死而无憾了！”包宏艺夸张得像是在演舞台剧，“当然是因为女为悦己者容啦！”

简珂的嘴巴快抿成一条直线，眸色渐深，看不出在想什么。

包宏艺毫无察觉地把一颗大头靠到简珂的肩膀上，似在撒娇：“简珂真好，什么都懂，就是不懂女孩子。”

刚从御诚回来，他们都挺饿的，但是进了商场后，包宏艺一连问了好几家店，简珂都说不吃，最后简珂带着包宏艺进了一家平时他们都不会吃的泰餐店。

包宏艺自以为眼睛尖，一进店就汇报：“真巧，赛校花跟她男朋友也在。”

简珂面无表情地“嗯”了一声，好像并不感兴趣，坐下后自顾自地点菜。

冷静下来后，包宏艺眨眨眼，忽然觉得好像“校花”“岑惜”这几个字最近从他嘴里说出来的次数有点多。

难道是自己喜欢上岑惜了？他摸了摸心脏，不会啊，没感觉啊。

是巧合吧？

“小蒋也来了？”岑惜进了餐厅，看见岑臻还带了他的朋友。

她就说嘛，他们家这祖传一根筋，哪有发横财的本事。

小蒋叫蒋禾，家里条件不错，门口那辆兰博基尼就是他的，难得的是他学习也不错，因为考试时总帮岑臻画重点，所以两人关系好得快能穿一条裤子了。

岑惜也认识他，对他的评价是：不可能跟人吵架，毕竟一吵架就“讲和”。

岑臻点菜，头也不抬地解释：“我说我过来这边，小蒋正好没事，说开车带我来，还说你们学校这边洗车洗得挺好。”

“不好意思啊，没想到姐姐不知道，我还以为岑臻会说。”蒋禾道歉，担心自己打扰到人家姐弟聊天。

“你指望岑臻把事儿想这么周到？下辈子吧。”岑惜说，“不过就吃个饭而已，也没什么的。”

似乎是在兄弟面前拂了他面子，岑臻不爽了，猛地站起来，一把薅住他姐的脖子，像薅一只小鸡崽儿：“岑惜，你很牛？我怎么就不周到了！”

岑惜感觉自己的脸都快跟桌子贴在一起了，她怕妆花了，火速服软：“我错了，我错了。”

好汉不吃眼前亏，岑家小惜告诉自己。

吃饭时，简珂一如既往地沉默，他一贯累了就不爱说话，但是今天他周身还带着一阵低气压，冬天本来就冷，他还这样，实在是让人有点吃不消。

包宏艺玩手机的手指都快被他的低温冻僵了。

包宏艺本来想说点什么，抬头就看见简珂正往岑惜那边看，包宏艺不明所以地问："岑惜跟男朋友闹着玩有什么好看的？"

"你怎么知道那是她男朋友？"简珂把目光移回来，连眼神里也没多少温度。

"这还有什么不知道的，学校那帖子你估计忘了。"包宏艺嘀咕，"我记得就长这样，门口那车也对上了，说明人家追到了呗。"

简珂微微后仰，因为个子高所以头能搭在椅背上面，这样一个从上而下的审判者姿态，却因为他是合着眼，而多了几分疲乏姿态。

"可是他们旁边还有第三个人。"简珂的喉结上下滚动，声音沙哑。

包宏艺剥着冬阴功汤里的大虾，压根儿没察觉到对面的人情绪不对，不甚在意地说："嗨，把新交的女朋友介绍给自己哥们儿认识呗。那可是岑惜，多拿得出手啊！我要是有这样的女朋友，我也把她拉过来跟你吃饭。"

"如果不是新交的女朋友，你会把她介绍给朋友吗？"简珂追问。

包宏艺记得那男生的脸，上学期期末自己就见过他来找她，如果那时候就在一起，应该将近半年了。

包宏艺用"这是什么问题"的眼神看了简珂一眼："不是新交的女朋友，就是大家已经熟了，跟朋友吃个饭不是更正常？你今天怎么了？怎么这么多问题？整得我都要怀疑你暗恋她了。"

包宏艺似乎觉得自己这个猜测挺搞笑的，说完还没等简珂回答，他自己先笑起来了，脸上的肉一弹一弹。

刚好这时服务员过来上菜："请慢用。"

这一打岔，包宏艺更没注意到，其实这个问题，他没有得到简珂的回答。

没有回答，即没有否认。

岑惜他们点了一个泰式小火锅，冬天商场里暖气开得足，小火锅冒着卷状的白烟，等吃完热出了一脑门的汗。

"都吃饱了吧？我去买单。"岑惜用纸巾擦了擦鼻尖的汗，拿起手机和桌子上的小票。

蒋禾怔了一下，忙拿起手机跟着起身："这怎么好意思，餐厅是我选的，我去吧。"

只是他腿刚站起来一半，就被岑臻按下去了，岑臻剔着牙："让我姐去就行了。”

“一共一千七百九十元。”

不愧是高级商场啊，连饭也高级！三个人吃饭竟然能吃一千多块钱，岑惜默默地心疼了一下自己的银行卡。

她刚掏出手机，就被人捂住了付款码。

“姐姐，真不能让你付，我看出来你不怎么喜欢吃了，下次你挑饭店再请我行不？”蒋禾不知道什么时候挣开岑臻，又跑过来抢单。

虽然这饭不便宜，但弟弟的同学就是弟弟，就算他家条件好，岑惜作为姐姐也不能占这个便宜：“我来吧，下次你再请我。”

她费了好大的力气从蒋禾手里把手机夺出来，刚要扫码，却又被抓住了胳膊，两人一来二去，特别像每天早上六点社区大爷大妈在切磋太极。

“他们的一起付了。”男人的声音不大，轻轻淡淡的，却又不容忽视。

因为乏累，他的声音其实和平时课上并不太像，但岑惜还是立刻认出来了。

她心头一紧，像是触电般迅速地收回和蒋禾拉扯的手臂，双手交叠在小腹前，乖巧得像个小学生，以最快的速度将自己的声音调整回来：“简珂。”

简珂没看她，甚至没有片刻的停留，转身和包宏艺离开餐厅。

他不想再看了，裸露在空气中如藕节般细白的手臂被其他男人抓在手里的样子，再多看一眼都是要了命。

刚去买单之前，他们三个还在聊什么事，说买完单回来再接着聊，可是见到简珂之后，岑惜的心境彻底变了，一句话也不想说了。

她撑着头，仔仔细细地回想了一遍刚才自己的所有行为。

如果站在第三视角来看，轻浮又聒噪。

连带着他最后的那个眼神，回忆起来也是嘲讽中带着鄙夷。

好烦。

要怪就怪这家餐厅的私密性太好了，桌子和桌子之间都用深紫色的厚纱隔起来，她根本没注意到简珂在这儿。

如果知道的话，从吃饭开始她话就不会那么多。

不知道他刚刚坐在哪儿，也不知道有没有被他听见自己的话。

三个人的聊天，忽然掉线了一个，剩下的两个也不聊了，大家就此散场。

兰博基尼只能坐两个人，岑臻只能送走蒋禾，自己打了辆车，再把魂不守舍的姐姐推进去。

他见上了车姐姐还没好，实在没忍住好奇问了句：“刚那男的谁啊？”

“简珂。”

“哟？他就是简珂啊，长得比我想象中的好多了。”岑臻颇感意外，“我还以为学法的男的都跟咱爸似的呢，头发全长家里地上。”

开车的司机师傅摸了摸自己的头，他好像无辜中枪了。

“你没见过他吗？”虽然是问句，但是因为心烦，岑惜的语气平平淡淡没什么起伏。

“没见过。”岑臻说，“不都是咱爸见他嘛，我又说不上话，干吗啊，非得上赶着去爸面前主动找伤害？”

岑惜“嗯”了一声，她只是随口一问，不是真的好奇。

岑臻侧头瞥了她一眼，眨眨眼，没再说话，只是拿出手机。

天空黑得发冷，街道两旁刺眼的路灯一闪一闪略过，岑惜一直看着，久了眼睛有些酸。

她和简珂的接触其实不多，但是每一次都很丢脸。

到家后，岑惜一头扎进枕头里，头重，脚也重，周身恹恹。

手机响起来的时候，她都快要憋死了。

三条信息，都是岑臻的。

岑臻先给她转账 1800 元，又推送了简珂的微信名片。

岑臻：【简珂的微信，我找爸要的，把钱还给人家。】

岑臻半夜起床上厕所，看见西屋灯还亮着，他轻轻敲了敲门，里面的人浅浅地应了他一声。

推开门时，看见姐姐这样，做弟弟的不免有些担心，他十分关切地询问：“你大半夜不睡觉，农场偷菜啊？”

岑惜一言不发地坐起来，看了门口的男孩一眼，他都快比门框高了，却始终觉得他是个男孩。

目测简珂跟他的身高应该是差不多的，可是为什么就觉得简珂是个男人？

想不出个所以然，她仰面躺下去，也就是她瘦，不然垂直躺下去的力度都能把她反弹起来。

岑臻挠挠头，好像从他爸开始，岑家人看见这个简珂就不太正常。

本来挺好奇，但是他都快被尿憋死了，没多问跑了趟厕所。等他再回来时，他姐屋的灯已经暗下去了。

岑惜还是没睡着，她平躺在床上，白晃晃的屏幕照在她脸上，她脸小，因此整张脸上都是蓝光。

从十点半拿到简珂的微信，她已经纠结到夜里两点半了。

如果加微信被拒绝了怎么办？

如果加微信是为了还钱，他会不会觉得自己在搭讪？

如果他这么喜欢在学校外面给人买单的话，这种情况应该不少见吧，每个人的微信他都加吗？

他不是不喜欢加同学微信吗?

他是得有多烦自己，才会宁可浪费一千多块钱，也要让自己闭嘴啊?

她打了个滚儿，换成趴在床上的姿势，盯着岑臻发过来的名片，名片里的头像照片就是简珂的学士毕业照。

她低声呢喃："你厉害什么啊？不就是双学位？不就是打破校史？所以就可以骄傲了？像你这样的我见得多了！"

她解恨似的说完，又觉得不对，其实他这样的她就见过一个。

那又怎么样？反正她不会改口的。

多亏了是冬天，天亮得晚，岑惜迷迷糊糊睡过去的时候，还能安慰自己不算太晚，依然是个美容觉。

只是苦了岑臻，他晚上刚看完一部鬼片，鬼片最吓人的地方就是半夜有女人窸窸窣窣的说话声，他本来上厕所的时候还不怕，但是不知道怎的，他回房间刚躺在床上，就出了幻听，听见家里也有女人说话的声音，就这样，他汗毛奓立了一晚上。

岑家小惜和岑家小臻再起床时已经是中午了，姐弟俩眼睑下顶着同样的乌青，各自瘫在沙发一隅，进行了一段没有营养但是又不得不进行的对话——

"爸呢？"

"出差了。"

"妈呢？"

"给高三孩子补课。"

"咱们呢？"

"外卖。"

点外卖是一个非常烦琐的过程，家附近就那么几个外卖，都吃腻了。等外卖更不必说，孙悟空被压在五指山下有多盼着人来揭掉他头上的封条，饿到前胸贴后背的姐弟俩就有多盼着外卖到。

姐弟俩用身上最后剩余的那一点力气互相埋怨"为什么要用那么久的时间挑外卖"，险些打起来，好在家里门铃及时响起。

岑臻跳起来去开门，但是打开门见到的不是黄衣服也不是蓝衣服，而是一个穿着黑色羽绒服的，跟他们妈妈差不多年纪的阿姨。

阿姨叽里咕噜连说带比画了半天，岑臻饿得两眼发黑什么都没听见，只知道最后阿姨给了他一个包装得很精美的礼盒，好像在交付一个炸弹，匆匆离开了。

岑惜坐起来，这个礼盒虽然有点土，但这个形式她还是很熟悉："我追求者找家里来了？"

"女的。"岑臻说，"还是个阿姨。"

"哦。"岑惜明白了，"原来是你的追求者。"

"……"

岑臻回忆了一下阿姨那一大串话，隐约听见里面有"王芸"。王芸是他妈的名字，本来他打算放下留给他妈的，谁知不经意一瞥，从盒子最上面那层透明的遮盖纸里，看见里面是个大西瓜。

他是真饿晕了，心想反正西瓜也不是值钱东西，当即就把礼盒给拆了，把大西瓜拿去厨房一分为二，姐弟俩一人抱着一半西瓜啃。

他们谁也没注意到，这大冷天的，为什么会有西瓜这种反季水果的存在。

西瓜冰冰凉的，水分很多，几块进了肚子就没那么饿了，岑臻的理智也渐渐恢复了一些，看他姐今天心情好了，就接着昨天的好奇问："你跟简珂什么情况？"

岑惜一勺子延着西瓜边插下去只插出了薄薄的一片，她不太满意，使劲舀了几下，那认真的模样好像没有把这个问题放在心上。

"什么情况？我跟他能有什么情况？"

"姐，我跟你说，别看你比我大，但是这方面你真不一定比我强。"岑臻做出一副先行者教育后来人的姿态，"你想过没，他为什么帮咱结账？他没事钱烧的？把钱取出来扔河里还能听个响呢。"

岑惜眼皮抖了一下，把舀出来的西瓜送进嘴里："那你小子觉得是为什么？"

"要么喜欢你。"岑臻顿了顿，把重点放在后半句，"要么烦你烦透了。"

边上的西瓜不太甜，甚至带着苦涩的西瓜皮味。

"知道了。"岑惜觉得西瓜不好吃了，语气也有些不耐烦，"我还烦他烦透了呢，一天天的眼睛都快长天灵盖上了，昨天在餐厅碰到真是晦气。"

岑臻把勺子扎在西瓜上，扫了他姐一眼："你认真的？"

"骗你干吗？"岑惜借着翻身找遥控器的姿势，避开了岑臻的眼神。

是，她就是烦他，所以才会在每次见面的时候都会是备战状态。

他们两个之间要讨厌，也是她先讨厌的。

简珂是学她的。

学人精，太讨厌学人精了。

"不过我倒没想到简珂的长相是这样的，啧，挺出挑，这要放在我们学校，估计是仅次于我了。"没头没脑地，岑臻又自夸起来。他从初中起就是篮球校队的，总有一堆小女孩喜欢，对自己的颜值难免骄傲，很少会主动夸人。

岑惜瞥了他一眼，没吭声。

"不过你不喜欢他也挺好，他跟咱爹快以兄弟相称了。"

"我要领回家那就是我男朋友，只有你一个人管他叫爹。"

"我……"

两人聊了这么久外卖还没到，岑惜踹了岑臻两脚：“你去盒子里看看还有没有什么别的吃的，有泡面之类的最好。”

岑臻骂骂咧咧地往厨房走，一边翻盒子，一边给岑惜汇报：“里面有橘子，有苹果，有猕猴桃，有——这是什么？”

门铃响了，离大门近的岑臻一直没动静，岑惜小跑着开门取了外卖，慢悠悠往厨房走，奇怪地问：“有什么……”

话没说完，她也做出了和岑臻一样的反应——

震惊地张大了嘴巴。

岑臻的手上拿着一大沓人民币，礼盒的下面还有厚厚的一层，铺成满满的粉红色。

姐弟俩攥着少说有二十万的现金，惶恐地等到了妈妈补完课回家，迎接他俩的是劈头盖脸的一顿骂。

王芸把钱塞回盒子里，屁股没沾沙发，扭头就走，走之前还顺便把一双让她操心的儿女也撵回学校。

俗称眼不见心不烦。

落魄的岑家小惜和岑家小臻相依为命地走向地铁站。

岑家小惜：“那不是水果礼盒吗？为什么会有钱？你去开门的时候，那阿姨嘀嘀咕咕跟你说什么了？”

岑家小臻也意识到了事态的严重性，努力回想，终于想起阿姨说过的几句话：“哦——阿姨是什么什么风的家长，送些薄礼，王老师以后照顾一下！”

所以，他们俩吃了学生家长送的礼？

收了人家的礼，就默认要替人家做事，怪不得一向公正的妈妈会急成这样。

跟岑臻分别后，自知因为饿昏头而做错事的岑惜从外卖软件上买了个巨贵的西瓜，反季水果，家附近根本没有，还得叫同城跑腿。

真是一个破财的周末。

然而，这个周末并没有打算就此放过她。

岑惜刚到学校，还没来得及跟舍友解释自己为什么这次回来得这么早，肚子一阵牵扯坠痛，她把书包一扔，冲向厕所。

宿舍的厕所再次停水，这个肚子疼来得又蹊跷，岑惜稍加思考，没去女寝走廊的厕所，而是扭头奔向了图书馆。

尽管从宿舍跑到图书馆的这个过程让她疼得面无血色快晕过去了，但是现在岑惜十分庆幸自己的选择，因为这味道……

太辣眼睛。

岑惜默默告诫自己，不义之财不能敛，反季水果不能吃，不然现世报来得比想象中还快。

蹲得无聊时滑屏解锁，她本来是想问问岑臻那边的情况，绿色软件还没来得及打开，企鹅上小徒弟先蹦出了消息。

【.：[文件]】

【.：师父，我写完新书开头了，能帮我看看吗？】

看到点点的消息，岑惜还有种久违的感觉，期中考试过后，师徒俩有好久没聊天了。

她蹲在厕所，两手端起手机。

【七惜：好呀。】

【七惜：不过我在外面没有电脑。你着急吗？我回去给你看？】

【.：好的。】

【.：不急。】

【.：这么晚了还在外面？】

看见这句话，岑惜抬头看了一眼手机右上角，竟然都快晚上十点了。

这一天忙得颠三倒四，点点不说她都没注意。

现在感觉肠胃清理得差不多了，岑惜准备冲厕所走人。

她刚站起来，就听到外面一个女生的惊呼："天哪，厕所怎么这么臭！"

然后是好几个人一起极速拧开窗户把手的声音，伴随着彼此"快透透气"的催促。

岑惜："……"

既然都这么臭了，直接走不好吗……

万般无奈下，偶像包袱护体的岑惜只好把踩在冲水器上的脚轻轻地放了下来，打算等她们走了再冲。

几个女生在这个充满味道的厕所里，竟然聊到图书馆响起闭馆提示音。岑惜躲在女厕所里全程听完了人家追求简珂的秘密计划。

又躲在厕所里将近十分钟的时间，听到最后检查的管理员离开，外面悄无声息的时候，岑惜才敢悄悄地打开隔间锁。

去外面看了一眼，图书馆里除了书和书架什么都没有了，她如将军剑入鞘一般，勇敢地踩下了冲水按钮。

冲完厕所，岑惜一身轻松，"噔噔噔"跑下楼准备回宿舍睡觉。

到门口时，她傻眼了。

大门锁了。

她不死心地拽了一下大门把手，纹丝不动。

这都什么事啊！

岑惜被自己的智商打败，打开手机手电筒往里面走，找了个角落的位置坐下。

只能在这里度过惨绝人寰的一夜了。

手机上的时间指向夜里十一点半时，企鹅再次蹦出了消息。

【.：师父还没回家吗？】

【.：还好吗？】

【.：文章不用看了，师父你回我一下。】

一连三个消息发过来，透着着急和担心。

岑惜把整个上半身都瘫在图书馆的桌子上，用下巴撑着桌面，思考着话该怎么说，这事儿听起来不像是人能干出来的。

【七惜：点点。】

【七惜：我说我现在在我们学校图书馆里，你信吗？】

对面迟疑了很久。

也是，这个点还在图书馆，岑惜自己也觉得匪夷所思，但事情就这么发生了。

【.：一个人吗？】

【七惜：不然是一条狗？】

深夜十一点四十五，已经睡着的简母被家里鬼鬼祟祟的声音吵醒，她戳了戳简父，示意老公出去看看怎么回事。

简父困得不行，打着哈欠，开了客厅的灯。

穿着珊瑚绒睡衣的简父，和他大半夜穿戴整齐不知道是刚回来还是要出去的儿子面面相觑。

简父："？"

"您怎么起来了？"简珂若无其事地取下一件深蓝色大衣套上，全然不觉他自己大半夜穿成这样，该回答这个问题的应该是他。

简父没睡醒，都被问蒙了，还是简母跟着起来，她问道："你现在要出去？"

简珂"嗯"了一声，低头换鞋。

"去干吗？"

似乎是想起了什么有趣的事情，简珂勾了下嘴角，眼神不自觉地柔和了几分，悠悠开口："如果成功了，就是去给您找儿媳妇。"

门被关上，余下的一点冷风让屋里的两位中年人稍微清醒了一些。

简父侧头看了一眼简母："那个，你儿子刚刚是说，要去给你找儿媳妇？"

简母呆滞，她一时没消化过来这个消息，跟着重复了一遍："好像，你儿子刚刚是说，要去给你找儿媳妇吧。"

深夜十二点整。

一辆黑色宾利添越 SUV 飞驰在高架桥上，比这辆车更显眼的是里面开车的那个男人，俊雅得浑然天成。

同样的深夜十二点整。

点点还是没有回岑惜的消息。

岑惜趴在图书馆的桌子上胡思乱想了很久。

是不是不相信自己这个点还在图书馆？或者以为这是她为自己不想看文找的借口？

天地良心啊！

这要是放在别人身上，岑惜也就不解释了，随别人怎么怀疑，反正她身正不怕影子斜。

但是点点不一样。

点点在她心中的位置和意义都非常重要，她无处散发的、不为人知的最真实的那一面，在这个世界上，只有点点知道。

她不想失去点点。

【七惜：点点在吗？】

【七惜：点点，我不是不想给你看。】

【七惜：唉，算了。我实话跟你说了吧，我今天在图书馆拉肚子了，然后厕所外面有人我不好意思出去，就把自己锁图书馆里了。】

为了证明清白，她还给点点拍了张图书馆的照片发过去。

十二点一刻。

点点还是没有回消息。

岑惜挠了挠头，看了一眼自己刚刚发出去的消息，发出烦闷的“啧”声，尽管亲身经历了，但可信度实在是低，早知道还不如编一个看起来可信的谎呢。

她伸出大拇指，往上划拉屏幕，找到点点给她发的文件。

虽然手机屏幕小了点，但她还是决定现在就看。

凌晨一点零五分。

简珂拿出自己那张从来没用过的校职工卡，刷开了图书馆的大门。

关上门的一瞬间，图书馆内外骤然成了两个世界。

呼啸的狂风和吹到打圈的枯叶，都被隔绝在透明玻璃之外。

盈盈月光穿过云层，将静谧的图书馆照亮，温柔地散落了一些在男人宽阔的后背上。

燕大的图书馆书盈四壁，简珂没开灯，根据手机里的照片找到坐在角落位置的女生。

她已经睡着了。

趴在那么硬的桌子上，亏她还能睡得那么熟。

男人松散地依靠在书架的一侧，一条腿支撑全身，另一条腿微弯，垂眸看着小姑娘睡觉，嘴角扯出一个无奈又宠溺的弧度。

有过那么一瞬间，他想叫醒她，但是他连动都没动，就摒弃了这个想法。

不想吵到她睡觉。

也不知道她醒来后做出的反应自己能不能承受。

这样乖巧温顺的样子，在她醒着的时候，如果只有他们两个，他不可能有机会见到。

简珂觉得自己现在这样真的挺浑的。

可是高考、法考、升职、助教，他能够想象到的所有事情，哪怕全都加起来，都没有和她单独待在一起难。

连他想跟她解释两年前那场误会的机会都没有。

这时校园外有车路过，惊起学校里一片自动感应灯亮起。

昏黄的灯光透过玻璃照在她的眼睛上，岑惜微微皱了下眉毛。

简珂偏头看了一眼灯光的位置，抬起手，严丝合缝地遮挡住打在她脸上的光源。

自动感应灯一次亮两分钟，简珂放下手后，过了一段时间，又亮起来。

小姑娘的睡相很好，在这个间隔的时间里，她的脸没有移过位置，简珂再次把手抬起来。

她的呼吸也很浅，带着一点花香味。

她唇边带有一点上扬的弧度，像是做了美梦。

他的眼睛挪到了她的指尖，不知道她的手机设置了什么，刚刚碰了一下，屏幕亮了。

上面显示的是他晚饭后发给她的那个文档。

太久没有说话，他不知道该找什么样的理由，便随手写了一段文章发给她。

是最后看着这个文档睡着的吗？

“辛苦了，师父。”简珂直勾勾地看着她。

浩瀚宇宙中这颗蔚蓝色星球上的黑夜本该漫长，但是因为和喜欢的人独处，被嫉妒他的孩子按下了加速键。

图书馆早上六点半开门，岑惜定了早上五点五十分的闹钟，这样就可以提前洗漱一下，假装自己是最早来学习的。

在这种硬邦邦的桌子上伏了一夜，骨头都僵了。

岑惜起身举起双手，揉了揉惺忪的睡眼，好像有什么东西随着她的动作从身上掉下去了。

一件深蓝色的呢子大衣安安静静地躺在地上。

岑惜不记得自己有穿呢子大衣啊。

可是现在的图书馆安安静静，只有她一个人，只可能是从她身上掉下来的。

别说，衣服掉了之后，还真有点冷。

那这是……

岑惜站起身，把掉落在地上的大衣捡起来，两只手拎起来大概比对了一下，肩很宽，休闲的版型，是一件男款。

那就更奇怪了。

图书馆的灯亮了。

岑惜以为是有人进来了，吓得蹲在地上，同时把大衣紧紧地抱在怀里。

没人。

只是图书馆的灯提前亮了而已。

岑惜松了口气。

放松下来，再吸气时，忽然闻到了一股熟悉的木质柑橘味。

是……简珂的味道。

电光石火间，岑惜猛地把那件衣服扔出去。

刚刚碰过这件衣服的身体部位，从小臂开始发烫，随后蔓延全身。

像是……刚刚抱了简珂一样。

她想起了他的身材，挺拔而精瘦，如果抱起来的话，手感应该很好吧？

想哪儿去了？

思维回归正轨，岑惜又看向地上那件衣服，她确认这是他身上的味道。这个味道她六年前就闻过，不可能闻错。可是，他的衣服怎么会出现在这里？

还是说，这个味道实际上是某种香水，然后这件衣服的主人身形也和简珂恰好一致？

那也解释不通啊，昨晚图书馆已经闭馆了，怎么可能还会有人进来呢？

又没叫醒她，还往她身上披了件衣服？

冬天天亮得晚，又逢周末，到了七点才陆续有同学进来，岑惜随便借了一本书，伪装成自己是为了借书特意早来，然后光明正大地走出了图书馆。

宿舍里暖烘烘的，舍友们都还没起，睡得像三只可爱的小粉猪。

岑惜抱着大衣躲进了厕所。

犹豫了片刻，她还是把衣服展开，小心翼翼地穿在自己身上。

她偏瘦，这件衣服也不是修身款，更是把她衬得骨架玲珑，有点像偷穿大人衣服的小孩。

又像是被人抱在怀里。

岑惜回忆着，她似乎见过简珂穿这件衣服，但是她向来不敢仔细看简珂，以至于不能确定是不是同一件。

“有流氓啊！”老大起床上厕所，迷迷糊糊地看见她们宿舍厕所里竟然站着一个男人！

“在哪儿？”岑惜也吓一跳，一把抱住老大。

多亏老大反应快，发现“男人”是老三时及时收手，不然这一拳真打下去，岑惜这小身板得吐血。

小闹剧很快结束，岑惜借口这是岑臻的衣服，被吓醒的舍友本来就没睡醒，很好糊弄，很快再度进入了梦乡。

岑惜也从厕所回到她的小床上。

本来她回宿舍也是打算再补一觉的，但是因为多出了这件大衣，她现在一点也不困了。

衣服成了一个未解之谜，萦绕在心头像一块挠不到的痒，岑惜快难受死了，可是偏偏这番乌龙经历，让她没办法和任何人询问这件事。

除了点点。

岑惜趴在宿舍床上，把大衣压在身下，边给手机充电，边给点点发消息。

【七惜：起了吗？】

【七惜：跟你说个事儿，为师现在整个人都不太好了。】

【七惜：你还记得我跟你说过的那个校草吗？帅到惊天地泣鬼神的那个。】

【七惜：我和他好像发生了一些不可告人的事情……】

简珂撕下一页标签，把自己刚看过的地方标记了一下，放下笔一只手伸到颈后揉了揉，另一只手不紧不慢地打字。

【.：有多不可告人？】

【七惜：我昨天在图书馆睡了一晚，今天早上醒了之后他的衣服在我身上！】

【七惜：可怕吗？】

那件衣服……

昨晚将近四点，猛地刮起了一阵狂风，风顺着图书馆的门缝往里钻，她只穿了一件毛衣，冻得一边睡觉一边哆嗦。

他本来想着给她披一会儿，等早晨再拿回来，但谁知道后来她冷得就像小猫护食那样，紧紧扯住了衣角。

硬拽会把她拽醒，时间又不早了，他只能把衣服放在那儿，自己先行离开。

【.：要不然你问问他，他的衣服为什么会出现在你身上？】

【七惜：怎么可能！】

【.：怎么了？】

【七惜：点点你是不是傻！我要是问他，不就代表我告诉他我在图书馆待了一夜？】

【七惜：为师的面子往哪儿搁！】

【.：没关系吧？我现在知道了，没觉得丢脸，只觉得很可爱。】

【七惜：那是你！】

【七惜：咱俩的关系跟他不一样！】

【七惜：我跟他……那就是水与火的关系！不相容的！碰在一起肯定要死一个！】

水与火……吗？

简珂无奈地叹了口气，微微仰头，在椅背上歇靠，修长的双腿交叠，慵懒中带着点矜贵。

他实在是不懂，两个人的关系怎么就到了水与火的地步了。

他想去找她，但是一时也没想好该怎么解释。

他决定不想了。

童话故事里的公主遗落了一只水晶鞋，王子就凭着水晶鞋找到了她。

那现实生活中的小公主，会不会用大衣当线索？

如果她愿意找，他会回馈给她最漂亮的裙子，送她最好的南瓜马车，替她阻挡全世界的毒苹果。

简珂起身，从宿舍的衣架上拿起另一件大衣套上。

包宏艺翻了个身，就见大早上的天还没亮，简珂就要出去，他故意捏着鼻子恶心人："阿珂，你要去哪里呀？不陪人家啦？"

做戏做全套，他又小跑了两步跑到简珂面前，小拳拳捶简珂胳膊。

挨了一下的简珂皱眉倒抽了一口凉气，表情看上去有些扭曲。

包宏艺一愣，他下手不重啊，这人咋还碰上瓷了？

包宏艺不知道，昨天简珂为了不让灯光照到女孩的眼睛上，抬了一整夜的手。

简珂甩了甩胳膊放松，拿出手机，本来想问她在哪儿，他打算直接过去，却看见上面弹出了一条新的消息。

【七惜：要是被他知道了这种事，我宁可昨晚死在图书馆里！】

简珂手一顿。他垂眸看着手机，保持这个动作良久，而后随手一挥，把手机扔到桌子上，呼吸变得沉重。

包宏艺裹紧了小被子，他好像把"玻璃珂"捶废了？

岑惜不再去想大衣的事情，她没扔掉衣服，妥善收好，压在衣柜的最底层。

物权法下课，401宿舍的四个女生从第二教学楼出来，正在讨论一会儿要点什么外卖，忽地瞥见校门口出现了一道清丽的风景线。

李檑容的性子很张扬，又爱大笑，因此她出现的地方，总会第一时间吸引许多目光。

她穿得很单薄，看得出来是刚从温暖的地方下来，手里拎着大小不一的黑色山茶花纸袋子。这个牌子的商标岑惜在华堂一楼见过，随随便便一双鞋就能卖到大几千。

不是一般人能负担得起的。

高佳佳和许韵跟在她后面，手里拎着同样品牌的袋子，不知道是帮李檑容拿的，还是李檑容送她们的。

岑惜的朋友们其实都没把李檑容放在眼里，觉得李檑容和岑惜比起来差太多。

岑惜是一个专注于自身的美女，之前也没怎么留意过李檑容，听说过校花这个名号，只是从没对上脸。

但是今天不知道怎的，岑惜的眼睛就没办法从李檑容身上移开。

等回宿舍点完外卖，她躺在床上放空了一会儿，给点点发了条消息。

【七惜：我碰到我们校草的女朋友了。】

简珂面前透明钢化茶几上的咖啡已经凉透了。

他跟包宏艺已经在这里坐了将近六个小时。

面前坐着的是他们的委托人，中漾投资的总裁谢东。

中漾投资隶属于中漾集团，是集团下面的一个分支，每年交的税数以千万，预计明年4月上市。

就在这个节骨眼上，老董事谢国远，也就是谢东的父亲在一个凌晨猝死。

商贾巨鳄死后，人们是来不及悲伤的，因为争财产都忙不过来。

不过谢东看中的不是这些已有的固定财产，而是中漾集团的控制权，那才是真正取之不尽的财富。

“这事儿坏就坏在，谢国远这老东西除了我跟我哥，还有十一个私生子在外头！”谢东嘬了一口雪茄，骂自己尸骨未寒的爹。

他说完，面前的内线电话响了，他比了个手势给简珂二人，接起电话，听那头说了两句话，他面色凝重地问电话那头：“重要吗？”

电话那头给了一个简短的回答，谢东有些犹豫地看了一眼简珂。

简珂起身，慢声道：“谢总先忙，我们下去买杯饮料再上来。”

两人在集团秘书的带领下坐电梯去到室外，一楼的广场都是佩戴着员工牌的中漾员工。

几个女员工时不时瞟几眼，有些职位高的女领导直接冲他们这边吹起了口哨。简珂不瞎也不聋，但他看都没看那边一眼。

今天他出来办事，穿了一件剪裁合体的西装，抬手时隐约可见的冷银色袖口衬得他这个人很疏离。

他没有喝饮料的习惯，包宏艺喝得也不多，但是既然简珂都提了，就算是做样子，他们也还是临时买了两杯咖啡。

“这总裁，刚还不是这副嘴脸呢？”包宏艺抿了口拿铁，想起一个小时之前的谢东，“觉得咱俩年轻，办不了这案子，要不是他给的钱多，跟我多想接似的。”

他又抿了一口咖啡，想了想：“我觉得这人不想走正道，你看出来了吗？”

“不用看。”简珂顿了顿，“这么大的集团，不会没有法务部，他找代理律师，不就是想做点不可告人的事吗？”

他说完才发觉，自己用的这个词有点奇怪。

不知想起什么，他的表情像是花暖冰化，拿出手机，电量依旧是出门时的 100%。

然后，他就意外得知了自己竟然有女朋友。

简珂抬头，问得简单而直接：“包子，我女朋友是谁？”

包宏艺听见这问题惊吓得想要吸口气，却被咖啡呛得直咳嗽：“咳咳，咳，你女朋友是谁，你问我？咳，你好像，咳，有那个大……咳……”

包宏艺咳得脑袋涨血，快昏过去了。简珂才像是刚反应过来这里还有个人似的，给他顺了顺后背。

一个简单的动作，却因为是简珂做出来的，而让包宏艺受宠若惊，他感恩戴德地回答上一个问题：“你女朋友，咳咳，也许……或许是……李槽容？”

简珂微微侧脸，认真地问：“那是谁？”

“……”

谢总的秘书离开后又回来，站在大厦门口，面带商务微笑地等着他们。

“进去了。”简珂又拍了拍他。

包宏艺一脸愤恨，好像自己被侮辱了似的。回总裁办公室的这一路上，他喋喋不休地给简珂“普及”校花的生平简介。

不过简珂还是没明白为什么她就成自己女朋友了。

而且，关于所谓教学楼下表白的那部分，他也不太记得表白的人的脸和身份。

他只记得，那天岑惜跟她舍友后来的，她不太想看，然后被舍友拉住了，她满脸都写着“我是陪我舍友看的”。

再回办公室时，总裁亲自给两位律师开的门。

诚如包宏艺所说，他刚刚并不是这个样子。甫一见到他们两个，这个三十多岁的总裁是看不上的，随便给他们甩出几个公司经历过的骇人听闻的大事，试图吓住两个年轻人。

包宏艺虽然姓包外号“包子”，但是本人并不是个软包子，全程都面无表情地看着他，似乎在说“哦，然后呢”。

至于简珂，他几乎比谢东更了解这些事，连那些谢东都不知道的有关中漾集团的历史，或黑或白，他都不知道从哪儿搜罗出来的，竟能侃侃而谈。

不过既然是历史，能找出来只能说明他有心。真正让谢东对这两个年轻律师改观的，是简珂跟他提的想法跟他自己的想法不谋而合。

董事会那帮伺机而动的老人时刻准备下手，妨害他的利益，如果这时再跟那些个私生子还有私生子的妈去掰扯父亲留下来的那 20% 的股份，这样是十二败俱伤。届时自己必然会沦为没有话语权的小股东，所以他不想跟他们掰扯。

“咱们能不能操作下，让那十一个人都没有继承权？”谢东是个总裁，但是经历了商场厮杀，人有些痞劲儿在。他看似提了个问题，但语气狠戾，似乎是有他自己的想法。

包宏艺心口一颤，咋个情况？今天这还是律师咨询吗？

简珂听后表情没什么变化，他双手交握，气定神闲地分析道：“您手上有 12% 的股份，董事会所有成员加起来共有 60%，董事会成员中包含部分私生子的生母和您的弟弟谢徊，另外还有 28% 的股份，通过特殊操作下落不明，是这样吗？”

头回听说“部分私生子”这个词儿，包宏艺听着差点没乐出声。

谢东皱着眉头点了点头，在等简珂的下文。

简珂缓声解释：“据我所知，您弟弟占 32% 的股份，所以最好的方法是，你们兄弟联合，再拉拢一个股份大于 7% 的人。”

聪明人和聪明人说话向来点到为止，谢东也听懂了，只要他们有超过 50% 的股权，再拉拢董事会成员过一半，就可以通过董事会决议和股东大会将其他人边缘化，届时他们就有了整个公司的控制权。

再往后的发展，就是他说了算的。

这个道理谢东不是不懂，但是问题在于——

“我怎么跟我弟谈这事儿？”

“您请我来，想必不是纸上谈兵的。”简珂淡淡道，言下之意就是这件事交给他。

谢东的眼睛顿时就亮了，非要拉着两个小兄弟去他的私人会所吃饭。简珂看了一眼表，婉拒道：“不好意思，我还有点事，下次。”

简珂跟包宏艺在秘书的陪伴下往外走，送到门口时，一向干练的秘书都忍不住夸赞道：“简律和包律真是年轻有为。”

包宏艺都习惯做陪衬了，一听这话就不是对自己说的，他又开始不正经，伸出大拇指指着简珂：“他更年轻，更有为，还单身呢！”

秘书的眼睛不负所望地亮了一下。

在她开口前，简珂平淡道：“但是有在追的人了。”

秘书表情震惊地看着包宏艺，好像在问：“这样的人，还需要追人吗？”

回答她的，是包宏艺更加震惊的表情。

“啊？”包宏艺都开上车了，才刚从震惊里缓过来，“你有在追的人了？怎么可能？谁啊？谁能入得了你这长到天上去的眼睛啊？你唬她吧？”

简珂单手拿着手机在屏幕上打字，没什么表情：“我为什么要骗她。”

“就是的啊！”包宏艺松了一口气，心说简珂怎么可能追人呢，肯定是骗人的。

只是好像哪里不对的样子。

车又开了五分钟，到一个红绿灯路口，包宏艺忽然发觉了事态的严重性，他像是大白天见了鬼一样，哆嗦着问：“你你你……你真在追人？”

“嗯。”

包宏艺曾经无数次想象过，简珂什么时候谈恋爱，但是他从来没想过，简珂竟然会追人。

这人太傲了，从骨子里透出来的傲，这人好像生下来就该被人高高地供在天上，不该被世俗所困。

一脚油门，包宏艺把车开到了旁边超市，停了车。

简珂侧眸睨了他一眼：“开车，别耽误我代课。”

你怕耽误吗？刚面对能赚下七位数的委托人，你说不谈就不谈了的时候，怎么没想着赚钱会耽误了啊？

尽管这么想，但包宏艺喝咖啡的速度还是加快了，他猛地干了一口，确认自己还活在人间：“你追的人我认识吗？”

“认识。”

“谁啊？”

“岑惜。”

后半程的车包宏艺是怎么也不敢开了，他两只小肉手紧张地抓住安全带，好像是一个知道了重要秘密即将要被灭口的证人般瑟瑟发抖。

花了半个小时接受这个事之后，他小心翼翼地说：“但是有件事，我不知当讲不当讲啊。”

“看你。”

包宏艺知道简珂不会给他台阶下，但还是紧张地咽了一口口水，一边观察着简珂的表情，一边慢吞吞地说："那个，我记得，岑惜好像有男朋友了哈？那个兰博基尼小伙？"

简珂的神色顿时前所未有的冷淡。

包宏艺被吓得立刻改口，不知是在安慰简珂还是在安慰自己，故作轻松道："嗨，年轻人嘛，没准早分手啦。"

说完，他自己都觉得扯，上礼拜还看见人家跟男朋友在外头吃饭呢，这会儿就诅咒人家分手了。

作为一名律师，包宏艺体内的正义之魂忽然燃烧，他抓着安全带的手变成紧紧攥住，视死如归道："你应该也看出来了吧？她跟她男朋友关系挺好的，你这时候横刀夺爱，是，法律上你没罪，但……"

"她不知道。"简珂打断他。

几乎是条件反射，包宏艺抬头问："她不知道？那谁知道？"

"你。"

简珂从上学期开始做助教，不过他手里有重要案子的时候都不来，因此当小道消息传出简珂手上有案子后，一直人头攒动的民诉课霎时门可罗雀。

只剩下本系的学生，还有一小半逃课了。

反正吕教授不点名。

本来因为大衣的事情，岑惜心里挺忐忑的，不太想看见简珂，但是真知道自己见不到简珂的时候，她心里还是忍不住有些失落。

她把下巴磕在桌子上，偏头看向外面灰蒙蒙的天。

你看到天会灰，但你不知道什么时候会落下第一滴雨；你知道春天会来，但你不知道什么时候第一株草发出嫩芽；你知道那个人常常会吸引你的目光，但你不知道具体是哪一秒、哪一天，他在你的心中已经盘踞了一块属于他的地盘。

"老三，老三，老三？"老四叫了岑惜半天，她也没给个反应，还是最后戳了她腰窝一下，她才弹起来。

"怎么了？"

"快看快看。"老四兴冲冲地把手机推到她面前。老四这个社恐，对于网络的敏感度一向要比非社恐的敏感度高。

岑惜本来以为老四这么激动，会是学校论坛上简珂又有什么奇怪八卦了，接过手机后才发现原来是学校官网。

一个由学生会发起的，截止到今天早上的投票帖，主题是选学校"代言人"，岑惜看见自己的名字和一寸照片位居榜首。

"这是什么？"岑惜都上榜首了，但是对这个榜一无所知，"学校整得这么商业化，还要代言人？"

“不是商业化，就是个叫法，隔壁大学官网把他们首页加上了一个学姐的毕业照，反响特别好，咱们学校也想如法炮制，提升一下官网的流量呗。”老四解释完，问她，“你去不？这种肯定是自愿的。”

岑惜斩钉截铁道：“不去。”

犹记去年元旦晚会，她本来只是安静地坐在角落里跟舍友们一起看表演，谁知道学校的摄影师格外喜欢拍她。

岑惜当时内心还窃喜来着，坐得端正笔直，她都想好等照片发出来之后别人会怎么夸她形体优美了，结果等成片出来，岑惜只觉得这摄影师肯定是有些帕金森在身上的。

拍的照片要么是她闭眼，要么是她张嘴打哈欠，害她被嘲了好久，还是舍友看不过去了，发了一张她的生活照上去才洗白。

还想拍她？没门！

这想法刚确定下来就来了个电话，是学生会宣传部打来的，对方先是大概介绍了一下这个项目，最后非常礼貌地问：“请问岑惜同学，你要参加吗？”

“我就——”

后面半截话还没说出来，岑惜余光忽然瞟到老四手机上的另一个页面，页面最上面的那张学士毕业证上，男生微微仰头，高傲得不可一世，烧成灰她都认得。

岑惜不动声色地眯了眯眼睛，看见上面写的是“校园男性代言人榜”。

于是，她流畅改口：“……还挺想去的。”

老四：“？”

老四本来是想问岑惜发生什么了，结果她嘴还没张开，教室里忽然躁动了。

是熟悉的木质柑橘味。

——等你发现天空有变化时，已是瓢泼大雨，等你察觉春天到来时，已是李红桃白，阳和启蛰，等你发现那个人在你心中的地位发生变化时，他的一举一动，已经可以轻而易举地牵动你全部的心绪。

而你一点办法都没有。

太想见到他，以至于这时甚至担心是自己的幻觉，她不敢直接看过去，只敢把目光移向墙边的玻璃。

玻璃的倒影上，映着那双清澈的瞳眸，扯得她往里深陷，对方不动一兵一卒，而已然沦陷的她双手奉上自己的城池。

岑惜收回目光，像一只刚把头从沙子里拿出来的鸵鸟，拍了拍脸清醒。

她一定是疯了。

就算没被拒绝够，也该知道，自己和简珂的差别。

万里银河，一头是恒星，一头是看星星的人。

没人知道简珂在手头有案子的时候为什么会赶回来做助教,除了包宏艺。

他跟在简珂后面进的教室，进来之后随便找了一个后排的座位坐。

讲台上的是简珂，在自己和简珂中间坐着的是岑惜。

怪不得简珂这种两耳不闻窗外事的人会关注论坛；怪不得简珂今天放着总裁级的客户不搭理，也要赶回来代课。

等吕教授进来，简珂走下讲台，坐到包宏艺旁边。

包宏艺的眼神在简珂跟岑惜之间来回游离，别说，这两人要站一块儿，简直就是一对璧人。

唉，可惜了，人家两年前表白他没同意，两年后想追妻火葬场，男二都上位八百年了。

“别看了。”简珂低声道。

包宏艺轻轻地“哎”了一声，听话却只听一半，他倒是不看岑惜了，一只胳膊撑在桌子上，大脑袋搁在上面，眼睛牢牢地盯着简珂，问他：“你现在跟赛校花算是怎么个情况？等她分手？”

简珂瞥了他一眼，没说话。

“那万一人家要是不分呢？感情特好，结婚了呢？”

简珂打开笔记本电脑，接着看中漾另外一位总裁的资料。

“难道是等离婚？那人家要是不离呢？”

这话似乎戳到了简珂某根神经，他“啪”的一声合上笔记本电脑的盖子:“那我能有什么办法。”

包宏艺感觉自己今天好像在做梦，不然他为什么听他这句话语气有些落寞。

怎么可能。

从知道简珂的秘密到现在，满打满算四个半小时的时间，包宏艺已经抓耳挠腮了三个半小时，他动之以情晓之以理地劝道：“你就非得在一朵牡丹花下死？非岑惜不可了？我觉得李樰容也不错，不也挺漂亮的吗？不也跟你表白了吗？”

“包子。”简珂淡声打断，“你觉得我喜欢岑惜，是因为她的脸吗？”

包宏艺的心在听到“我喜欢岑惜”的时候不由自主猛地跳了一下，没想到堂堂简珂居然这么直白地说出自己喜欢岑惜。

下课后，岑惜跟舍友们刚走到女寝楼下，就被人拦下来了。

高佳佳站在台阶上，比她们都高出了半个头，居高临下地看着她们中间的那个人：“岑惜，我是真没想到，你能变成这样。”

自从上次的高仿事件之后,高佳佳已经很久没有出现在她们的生活里了，没想到时隔这么久再次相见，依然是剑拔弩张，一触即发。

比起上次，有过之而无不及。

平白无故地挨骂，谁能受得了这气？岑惜身边还有三个几乎形影不离的舍友，撸起袖子就要动手。

“你们要动手吗？说不过了就要动手？那随你们，反正闹大了这代言人谁都别当，学校能要一个打架的女生做代言人吗？”

高佳佳是有备而来，这时她们才注意到，站在旁边的许韵一直举着手机在录像。

“李槢容在排行榜上，名次仅低于你。”担心岑惜因为迷茫而落了下风，老四悄声在她耳旁解释道。

岑惜微微皱眉，大概明白了，但又觉得难以理解，问台阶上的两个人：“你们堵我，就因为输了代言人的事？”

“装什么……”高佳佳话没说完，忽然看见鹿璐也拿出手机来对着她，一脸“你能拍，我就不能拍了吗”的挑衅，高佳佳只能恶狠狠地瞪了她一眼，把脏话吞进肚子里，接着把矛盾对准岑惜，“做人，心灵比皮囊重要多了。你要是在意你的名号，你就光明正大地抢，在背后玩刷票那一套，真的没意思。”

鹿璐是老四的大名，高佳佳连在外人面前存在感极低的老四的名字都记得这么清楚，可见平时对岑惜的关注有多高。

不过……刷票？

就那个投票截止了她才知道的比赛吗？

岑惜轻蔑地哼了一声，她也不是故意的，就是真无语。她悠悠地耸了耸肩，又把原话送给她：“做人啊，心灵比皮囊重要多了。”

岑惜淡然的态度自然是占了上风，可她不恋战，因为她知道，人一旦进入群体，就会丧失独立思考的能力，她可不想智商跟这二位降到同一水平线。

舍友们护着她回了宿舍。

这次的找碴儿，岑惜不知道自己算是输了还是赢了，但不管是输还是赢，任谁被这样凭空找了一顿茬，心里都不会好受。

舍友们骂得比她还凶，她不想去火上浇油，于是习惯性地打开QQ。

【七惜：在吗？】

中漾集团的案子极度棘手，简珂也明白了为什么一开始谢东没去找谢徊谈。

因为这兄弟俩的理念极度不合。

谢东主张开拓实体，地产是永远的刚需，趁如今实体经济低迷抄底；另一个主张新科技，加大对研发的投入。

概括来说，就是双方都觉得对方傻。

谢东最需要简珂做的，其实并不是给他出主意，而是去帮他说服他弟。

或者谈判。

但简珂现在连谢徊的人都见不到。

谢徊现在人在国外，这个节点儿他不方便在公司招待重要客户，于是亲自去国外谈的合作。

简珂就是简珂，能在短时间内升为律所的高级合伙人，必然是有些人脉的。

他辗转找到了谢徊的代理律师，他查了一下，巧的是对方也是燕大毕业的，他的同专业学姐，不巧的是这位学姐大了他整六届。

将将错开，没有任何交集。

坐在七十楼的观景咖啡厅里等那位叫刘薇的学姐时，手机忽然响了。

包宏艺抿了一口热巧克力，一直紧绷着的心弦忽然就放松了一下："岑惜？"

简珂看着蓝色屏幕上的那两个宋体字，好像是笑了一下："嗯。"

【.：我在。】

"不好意思，让你们久等了。"一位穿着白色职业套装的女性姗姗来迟，说着"不好意思"，语气却没觉得有多不好意思，她没看菜单，直接叫来了服务员，"你好，要一杯卡布奇诺，decaf（无咖啡因）的。"

"如果刘律不能喝咖啡，可以尝试一下他们家的茶，也不错。"简珂微微起身，将桌子上的菜单朝她面前推近。

绅士得恰到好处。

指骨修长的大手入目，刘薇一愣，鬼使神差地伸出自己的手。

在两只手的手指即将接触时，简珂不动声色地把手收回。

包宏艺非常不合时宜地想，这人古井不波的，咋能喜欢上别人呢？

还暗恋？

今天刘薇能来，就说明事情有谈判的余地。

既然是谈判，包装得再天花乱坠，其本质还是利益交换。老一套的拉锯战后，双方将自己的底牌慢慢放出来。

简珂这边能给的最有诚意，也是最重磅的条件，就是在董事大会上，将推选董事长的一票给谢徊。

听到这儿，刘薇忽然笑了："这事儿，东总知情吗？我不觉得他是一个能给你这么大权力的人。"

简珂也跟着漫不经心地扯了扯嘴角："这不是您需要考虑的事情，您只需要考虑我的条件。"

谈判的人话只说到一半，刘薇没说自己考虑或者不考虑，她话锋一转："简珂就是简珂，确实不一样。"

简珂抬眼，琥珀色的瞳眸没什么波澜："您知道我？"

刘薇知道他，她甚至不记得在哪里听说的了，但好像那时候她周围的人都知道他。

把他说得神乎其神，连连感叹自己毕业早了。

她来之前想过，如果这位简珂一上来就跟她攀关系套近乎，她当即转身就走，只是她没想到，两人这层关系，最后竟然是她自己挑破的。

她不信谢东能主动让出董事的位置，但是她知道，她面前的这个男人能做到。

他要的是共赢。

"对了，还有一件事。"临走前，简珂似是无意地提了一句，"如果徊总愿意与东总合作，我相信东总也会为文物事业贡献一份属于他的力量。"

第四章

/ 对不起，我不知道是你 /

岑惜的小徒弟整整三个小时没回她消息了，小徒弟偶尔会忙，她也不是那么胡搅蛮缠非要人家秒回不可。

每次找不到小徒弟的时候，岑惜都会登录绿江，看看徒弟写的小说，这样就好像是在和徒弟说话。

这么一说，好像是她这个师父更离不开徒弟了。

打开徒弟的主页时，她无意中瞥见了徒弟第二本书的数据——

9 万字，断更 12 天，收藏 10 万 +。

岑惜还以为自己看错了。

她揉了揉眼睛清醒清醒，然后伸出食指，在手机屏幕上认真地数了一遍，个十百千万……十万。

然后，她小说也不想看了，翻回去看了看自己第五本书的数据。

12 万字，连续更新 27 天，收藏 611。

……

岑惜整个人都不太好了。

这是一个师父和一个徒弟，该有的数据吗？

怪不得徒弟不理她了。

如果她是徒弟，大概也不会想理这样的师父吧？

一个还不如自己的师父。

岑惜以为自己只是不开心，等她反应过来的时候，眼泪已经掉在被子上了。

她从来没有想过，自己竟然会为了一个素未谋面的人哭。

可是她真的好难过。

那种熟悉的压抑和窒息，拉扯着她的心脏，割裂她的肉与骨。

无论怎样努力，都得不到认可。

她喜欢的人，因为太强大，根本看不起她。

网络世界和现实世界的次元壁好像被难过打破，岑惜像从前许多次在简珂面前做的那样，习惯性地先发制人。

假装更不在乎的那个人是她。

【七惜：点点，咱们认识也半年多啦，在这半年里，你的进步很快，我很欣慰，但是我现在学业真的很忙，考试很多，而且现实生活中也出了许多事情，暂时就决定不带你了。你要继续努力，师父永远看着你。】

在打这段话时，岑惜的眼前是模糊的。

她低头蹭了一把被子，把眼泪擦干净，吸了吸鼻子，嘴里咸得发苦。但她还是毅然决然地，点开了点点昵称右边的三个点，拉到最下面。

删除好友。

【同时会屏蔽对方的临时会话，不再接收此人消息。好友互动标识也会消失。】

岑惜的后槽牙咬住了自己口腔内壁，直到感受到了一丝腥甜的铁锈味。

她再次点击“删除好友”。

做完这些后，岑惜找出电影《泰坦尼克号》，快进到 Jack（杰克）冻死的地方，放声大哭。

哭到一半，她手机上方跳出了一排微信提示小字。

【简珂请求加您为好友。】

在这时看到“简珂”这两个字，尘封在脑海深处的、努力压抑着的屈辱回忆，像是潘多拉的魔盒一般碎开。

她记得特别清楚，是高一下学期的一个周五。

那天上完体育课，篮球绕标满分的她，校服上本来就有泥也有灰，放了学还淘气地跟同学们踩雨坑玩。

等她到约定好的见面地点见到爸爸时，校服脏得已经看不清本来的设计。

而与她形成鲜明对比的，是坐在爸爸对面那个干净到一尘不染的哥哥。

他的手臂随意地垂在座椅一侧，白色衬衫袖口往上翻折，堆叠在小臂上，皮肤下青色的血管脉络清晰可见。

那是她第一次见到简珂。

地点是清冷的咖啡厅。

少女的情绪在那一眼之后就被埋在了星星里，就算偶尔看不见，也知道它一直在那里。

就是从那天起，岑惜开始像其他女生一样，注意起了自己的外表。

也是从那天起，从小学一年级开始，被妈妈念叨了十年却仍然脏兮兮的校服，干净得像是崭新的。

鼓鼓囊囊的心情被塞进了蜜糖罐子里，一直到再见到他的那天，从心里涌出了一万只别人都见不到的、来采蜜的蝴蝶。

那天期末考试的卷子刚发下来。

当着干净哥哥的面，她骄傲地依次把语文、英语、政治、地理、历史卷子摆在桌子上。

每一科都接近满分，语文老师为表鼓励，还在成绩的右上角写了一个“好”字。

岑父面带笑意，却始终不达眼底，岑惜在偷看哥哥的表情，完全没注意到。

她在想，哥哥是不是在惊叹，是不是也觉得她很厉害。

是不是对她的印象，会稍微好那么一些？

还有，她的校服也是干净的，和他的衣服一样。

岑惜看似不经意地理了理卷子，其实只是为了在他面前摆正，让他能看清自己的名字。

她小心翼翼的举动，只是为了让他知道，岑惜的惜，是爱惜的惜，而不是茜茜公主的茜，也不是小溪的溪。

手还没来得及从卷子上拿回来，岑父忽然问：“数学卷子呢？”

语气像是所有的成绩都不重要，他在乎的只有数学。

岑惜骄傲的笑容僵硬在脸上。

她不会撒谎，只会不情愿地拿出那张将近及格，实际上又没有及格的数学卷子。

否定的言论，当着漂亮哥哥的面，劈头盖脸地落下。

像是尖锐的刀子扎在她的脸上和眼睛里。

她那么久的期待，那么长时间的预谋，见面之前在厕所精心整理过的鬓边碎发，都成了笑话。

一万只蝴蝶，尸横遍野。

她和他差了很远，从那一天起，她就知道的。那是她再怎样努力，都无法跨越的、一千万个银河系的差距。

岑惜把手机转到微信界面，没有点击同意按钮，而是从好友申请里，点开了他的头像。

简珂加好友的备注是“看群”，在来源那里显示“对方来自‘12.29 学校代言人拍摄’”。

岑惜没通过好友请求，直接在临时界面回复：【我看到群消息了，谢谢你。】

当代人的拒绝方式。

她不想六年前的屈辱再来一次，她宁可他从来没看见过她，也不希望他看不起她。

简珂跟包宏艺结束跟刘薇的碰面后，还要去面谈其他人，有董事会成员，还有老谢总的那些私生子。

股份有人增持，就要有人减持。好在他们谢家的不动产够多，把说服董事会成员的困难级别降低了一些。

包宏艺开着车，问：“你说的那个文物是啥啊？谢徊还有个博物馆？”

“不知道。”简珂实话实说。谢东给他的那个账目上，显示谢徊每年都有一大笔固定开支在古文物修葺上，但具体是什么原因，又能达成什么目的，目前无法从商业角度给出一个合理的解释，谢东也不清楚弟弟谢徊在做什么。

跟其中一个股东约好的地方是在一个高级私人会所，古风意趣，雕花大门，水墨屏风。

简珂从下车开始就没什么多余的表情，面色傲冷，手机一直攥在手里。

平时是可远观而不敢亵玩，这一刻的他连远观都得躲起来观。

因为知道这两位是贵客，秘书的精神高度紧绷，看见简珂表情的时候差点没晕过去，生怕是会所里的人怠慢了有所得罪。

哪怕是面对这么一张巧夺天工的脸，她也怕再出幺蛾子不敢和他多待，小腿儿捣得飞快，把二位往会客室里带。

简珂傲人的长腿在看到会客室门口的装饰花时停下，他的目光笔直地打在花上，问道：“这是什么花？”

秘书有些意外，她不觉得这个男人会对花感兴趣，犹豫道：“这是蔷薇。怎么了吗？您过敏吗？需要我安排撤掉吗？”

“不需要。”简珂收回视线，“可以帮我订一束吗？”

秘书沉默了一下：“现在要吗？”

“嗯，越快越好。”简珂把自己在外卖平台上点奶茶的信息手写交给秘书，“帮我附一张道歉卡，写‘对不起，请原谅’。”

群里学生会宣传部部长让岑惜上午十点半到学校北门，岑惜早上六点钟就从被窝里爬起来了。

老大起床上厕所，又被吓得尖叫了五秒。

而实际上是，外面天有些阴沉，岑惜在地上铺了个瑜伽垫做拉伸，头顶着发膜和发热帽，脸上敷了一张她有生以来买过的最昂贵的面膜。

岑惜折腾到八点，然后坐在了桌子前，把自己的化妆品一一罗列。

她最喜欢自己的眼睛，双瞳剪水，睫毛浓密似鸦羽，像是有一层天然的眼线。

可今天，光是眉眼她就化了半个多小时，从修眉到假睫毛，后来又觉得假睫毛有点明显，摘了假睫毛洗掉胶水重头化起。

这是她六年来的习惯，他看不到的地方，她可以大剌剌地敞腿坐，也可以在路边摊笑得放肆。

但只要是在他能看到的地方，或者有可能看到的地方，不管是成绩也好，外貌也罢，她都要全副武装，一丝不苟。

因此大多数时候，她都是光彩照人、神采奕奕的。

唯独在面对简珂时，她深埋在骨子里的自卑感才会不听话地跑出来。

好在她已经学会了用张牙舞爪去掩饰这种情绪，且用得得心应手、炉火纯青。

九点半，整张脸化妆完毕，岑惜打开衣柜挑衣服。

既然是拍照，那必然是要选深色的，因为上镜会把人拉宽，深色显瘦。

她看了一眼那件被她压在衣柜最下面的深蓝色大衣，毫不犹豫地拿出了一件同色系毛衣套上。

临出门前，她从包装纸里揪了一朵粉色的蔷薇花拿在手里。

没什么原因，就是想拿。

学校北门是距离本科生女寝最远的一个门，岑惜为了好看穿得不多，本来挺冷的，结果等她走到北门的时候花梗都热了。

岑惜比原定的时间早到了二十分钟，摄影师和学生会的人还没来，倒是远远地看见了简珂跟包宏艺。

包宏艺一看见岑惜，“噗”的一声笑了：“我说呢，怎么凌晨三点了，有五星级酒店不住还非得往学校赶，合着是秋水伊人啊。”

简珂淡淡地“嗯”了一声。

他承认得坦然，把包宏艺都给弄不会了。

“不去打个招呼？”过了两分钟，包宏艺见简珂还跟他站在这儿，忍不住问。

“算了。”

“不是我说你啊，你说虽然你现在处于暗恋且随时接盘的状态，但你好歹得去人家面前混个眼熟吧？不然回头人家分手了也压根儿想不起来你啊。”包宏艺一副谆谆教诲的模样，他也就只能在这种事儿上显得比简珂懂那么一点了，“你别以为人家就非你不可了，咱们学校喜欢小岑惜的一个广告牌掉下来能砸死仨。”

“岑惜。”简珂倏地开口。

“什么？”

“岑惜，没有小。”

“……”

一个称呼而已，大哥你至不至于？看在这人都没胆量过去跟人家说句话的份儿上，包宏艺好心才不跟他多掰扯。

简珂颀长的身躯整个靠在墙上，手随意地插进裤兜，光从外面照进来，他的脸半明半暗，看不清表情：“我不是不想跟她说话。”

包宏艺张了张嘴，但没说出来什么。

简珂顿了好几秒，像是有些失神：“我们在这里，她宁可去对面的教学楼也不过来，她在躲着我，看得出来吗？”

包宏艺不知道简珂有多喜欢岑惜，也不知道他喜欢了多久，又是因为什么喜欢的。

他只知道，这是他第一次看见简珂这样。

那个向来不可一世的简珂，竟然也会有一天，变得这样小心谨慎。

岑惜所在的教学楼在简珂他们站的楼栋的对面，不是正对面，稍微错开一点，她一个人坐在里面的长椅上。

学生会的人从南边过来，他们跟摄影师一起，呼啦啦的一堆人。其中有人忽然看见了岑惜，脱口而出：“岑惜，你怎么一个人在里面？”

部长朱思霖是个干练的短发妹子，不等岑惜站起来，她一步迈三个台阶跑进去，把岑惜抓出来，关切道：“来这么早，怎么不跟简珂他们待在一起？一个人待这儿不冷吗？”

说话间，她已经带着岑惜到了简珂他们所在的教学楼外，然后不等岑惜回答，她又惊讶道：“哎呀，岑惜同学，你怎么穿了这个颜色？这跟学士服混色了呀！拍出来的照片看不清的！”

包宏艺见岑惜她们过来，颠颠地跑下台阶迎接。

朱思霖正着急，冲包宏艺点了下头然后把他晾在一边，火急火燎地拽着岑惜从包宏艺下来的地方跑上去，一猛子扎进右手边的开水间，一边锁门一边说：“咱们两个把衣服……”

话说到一半，她忽然顿住了。

岑惜难得找到她话里的空隙，歪头问：“怎么了？”

朱思霖拨了拨开水间的门锁：“锁坏了。”

这栋楼算是小行政楼，学生们平时不会来这边，因此她们也不清楚楼里哪里有厕所。

朱思霖不想浪费时间去找，她伸出头，像往常一样扯着嗓门：“那个……”

她再次顿住。

门口站着的只有简珂，其他人不知道她们在里面做什么，都在楼外等。

朱思霖哪敢像使唤别人那样使唤简珂，本来想出去叫其他人，可没想到简珂已经迈着长腿朝她走过来了："怎么了？"

听到这个声音，岑惜下意识地就开始找镜子。

"哦，是这样的。"朱思霖解释说，"我要跟岑惜同学在里面换一下衣服，但是门锁坏了，我想让同学帮忙看一下门，别让别人进来。"

刚才这段时间，这层楼里只有简珂一个人，他想了想："别人？"

朱思霖："没事了，不可能有人进来的，我们进去换衣服了。"

简珂稍顿："换吧，我帮你们看着。"

朱思霖的眼睛亮了一下，激动道："谢谢！"

开水间很小，不到五平方米的地方，摆着一个巨大的不锈钢桶，占了一半的位置，岑惜一抬手就能碰到门。

门外是简珂，木质柑橘味顺着门缝，把她丝丝入扣地包裹起来。

"岑惜同学，你脸怎么红啦？"朱思霖心直口快，说话的时候没有顾忌，"是因为简珂在外面吗？没关系啦，他看不到的！"

"……"

这是个老旧木门，看起来一点隔音效果都没有，朱思霖嗓门又大，如果简珂不聋就能听见。

岑惜刚想开口辩解，朱思霖又抢在她前头说话了："不过你好像不喜欢简珂对吧？我好像听谁说过，忘了。"

"……"

朱思霖一直在说话，手也没闲着，她把自己的白毛衣脱了搭在胳膊上，回头看见岑惜还没动："岑惜同学，你脱衣服呀！"

简珂站在门外，把每句话都听得一清二楚。听到最后这句话，他的喉咙忽然发干，喉结不甚明显地滚了下。

太尴尬了！

在开水间的这短短五分钟时间里，已经荣幸列入岑惜人生中最尴尬时刻的前五！

等换了毛衣，岑惜一刻也不想在这里待了，大衣还没穿好，她就迫不及待地开门往外跑。

但她不知道，简珂的位置，从刚才开始就没变过。

他站在开水间正门口。

简珂只觉得胸口被什么硬邦邦的东西撞了一下，手也下意识地扶住面前的东西。

等他反应过来的时候，岑惜已经在他怀里了，自己的手正揽在她的细腰上。

岑惜的脑海中依旧一片空白，她刚一打开门就无头苍蝇似的往前跑，撞得很用力——

所以，她听到从男人喉咙里发出的一声低沉的闷哼时，差点死在这个性感的声音里。

像是电影里的慢镜头，岑惜的大衣牛角扣子在惯性的作用力下，轻若无物地打在简珂胳膊上，挠了一下痒。

这么近的距离，她能感觉到自己头顶的发丝上拂过男人的呼吸。

岑惜的心脏怦怦怦直跳，热血在体内四处逃窜。

你有没有见过哪一个冬天，炽热似火。

包宏艺在外头冻得跳脚，像个北方老大爷一样把手互相揣进衣袖，本来想进来看看他们在干什么呢，一直不出去。

然后，他就看见，简珂的怀里虚抱着小岑惜。

哦，没事了，西北风挺凉快的。

岑惜本来把点点送她的蔷薇花放进大衣兜里了，刚刚换衣服时怕花掉在地上才重新拿在手里。

然而花早晚要掉的，刚才没掉，现在也要掉。

等朱思霖从茶水间套上羽绒服慢慢悠悠出来的时候，就看见岑惜蹲在地上捡花。

瘦瘦薄薄的后背，比林黛玉还招人疼。

简珂蹲在岑惜身侧："吓到了？"

岑惜整个人都在发抖，却依然嘴硬："没有，刚刚是我太莽撞了，不好意思。"

简珂的眉眼垂下来，视线落在那朵娇艳欲滴的蔷薇花上："送花的人对你很重要吗？"

如果说，之前模拟法庭的那次四目相对，岑惜还能强行理解为是看错了的话，那现在简珂问的这个问题，岑惜几乎可以百分百确认，这不是随口一问的。

他不是这样的人，他不会浪费这样的时间。

他有目的。

"岑惜同学，简珂，咱们来拍照吧，正好现在是最暖和的时候。"朱思霖不知道什么时候出去的，外面的摄影师和临时充当摄影助理的同学们已经准备好了。

岑惜应了一声，从地上捡起蔷薇花，站起身慢吞吞地往外走。

她不知道他的目的是什么，是帮别人问的，还是他自己想知道？如果是帮别人问的，那个人是什么样的身份能惊得动他的大驾？

听人说他最近在忙一个集团的案子，难道是集团的人？

可是集团的人干吗要问自己？

岑惜虽然走得慢，但是脑子转得飞快，她都快闻到大脑飞速运转时烧出来的火星子味了，却还是想不出一个结果。

倒是想起简珂问的问题她还没回答。

走到门口时，她回过头，举着花认真地回答：“嗯，是对我很重要的一个闺密。”

包宏艺正在叽叽喳喳地问简珂刚才那出怎么回事，简珂虽然没回答，但是眼里始终带着丁点笑意，也破天荒地头回不嫌弃包宏艺吵。

一直到岑惜说完这句话，简珂眼里的笑意一点点消逝，像是活活被人捅了一刀子，血液正在慢慢流失那样，没有一点温度。

包宏艺缩了下脖子，他不知前因后果，只看见了岑惜手里那朵花，莫名眼熟：“她手里的花是男朋友送的？”

“是我。”

包宏艺“哦”了一声：“那你在这儿不高兴个啥？”

“她不知道是我。”

燕大的北门是公认的正门，古典三开朱漆宫门建筑，已有近百年历史，头顶的松柏冬夏长青，是燕大的标志性建筑。

穿着现代学士服的简珂和岑惜站在那里，恍惚间有种一对璧人携手跨过前世今生的穿梭浪漫。

一开始，他们两个分别站在大门的两侧，摄影师拍过一张后觉得这个构图不好，又让他们挨得近一些。

“来来来，看我。”摄影师说，“简珂，你这样，就是把学士帽举起来，然后那位女同学，你就双手交叠在身前。”

岑惜脑补了一下这个姿势，觉得土到没救。

可是当她抬眼，看见简珂在试这个动作的时候，她又收回了这个想法。

土不土的，当真看脸。

见宣传部的同学们已经举好反光板对着简珂了，岑惜不再浪费时间，小跑了两步跟过去。

简珂这个人，带着一种奇特的气场，似乎跟外貌没什么关系，是他在哪里，哪里就成了视线的中心。

北门常有来参观的外地游客，或者是住在附近的居民，平时也会跟这大门合影，但是今天，他们只想拍这里现有的一切。

岑惜按照摄影师的要求站定后，忽然发现这个位置有些暧昧。

她和简珂一前一后，只要她稍稍侧头，就能看见简珂线条好看的脖颈和近在咫尺的下颚线。

在被发现之前，她慌张地收回视线，捏了捏放在兜里的蔷薇花。

“花掉了。”

男人的嗓音是一贯的低沉，但因为离得近，所以好像能听见夹杂在里面不易被察觉到的温柔。

岑惜低头，才发现自己的手从兜里拿出来的时候，不小心把花带出来了。

简珂在她之前蹲下身。

花落在她脚边，两人间的距离在顷刻间拉近。

这是岑惜第一次看见简珂蹲下。

她连呼吸都是小口小口的。

“给你。”同样是那朵蔷薇花，在简珂骨节分明的大手里，小得像是一根草莓味棒棒糖。

岑惜接过时，冰凉的指尖碰到了简珂的手背，全身上下的血液就齐齐地听心跳指挥，涌向指尖。

他的视线缓缓地与她相对：“既然送花的人这么重要，别弄丢了。”

“咔嚓咔嚓”几声，这个瞬间被摄影师抓拍下来，岑惜也被朱思霖拉走看照片。

摄影师翻了翻，露出了满意的笑容：“哎呀，太好了，这个姿势实在是太好了，以后的毕业生我也都要让他们做出这个姿势。”

“……”

岑惜不记得自己是怎么回宿舍的，她只知道她坐到椅子上时，心跳还是紊乱的，花果山的猴子都比她的心跳整齐。

她本来以为只要离开简珂就好了，但没想到有些想法就像是春天播种下去的种子，一旦撒下，就会不受控制地肆意生长。

直至占满整座心房。

她回忆起上学期期末，在图书馆和简珂相遇的那一次。

连自己都觉得蹩脚的理由，简珂怎么会那么轻易地相信她呢？

可是他拒绝过她，他分明拒绝过她。

不留情面的，不留余地的。

从那之后两人没有任何交集，他没理由忽然喜欢上自己。

但是这学期以来发生的所有事情，都只有他喜欢自己能解释得通。

否则，高高在上的简珂，怎么可能蹲下捡花。

老大和老四去尝附近新开的牛蛙了，宿舍里只剩下老二窝在上铺打游戏。

岑惜把凳子往后挪了挪，问上铺的那位：“老二，你觉得简珂会喜欢什么样的女孩啊？”

老二游戏里刚丢了一塔，这会儿不太开心，闷闷道：“不知道，反正不会是我这样守不住家的女孩。”

“……”

老二的回答虽然没头没脑的，没什么参考价值，却让岑惜往另外一个方向发散了一下思维。

遇到这样的事情，每个人都会习惯把自己代入。

所以，也就是说，自己确实有可能想多了？

还好忍住了没问，不然万一是自己会错意了，多尴尬。

岑惜打开电脑，点开和点点的聊天框。之前删了后，两人又互加上了。

删了一次之后，之前的聊天记录都没有了，还有点可惜。

【七惜：点点啊，快来码字啦。】

【.：来了。】

岑惜等了一会儿，对面也没下文，要不是知道点点话少，岑惜都以为点点在生气了。

可是她们刚刚吵完架，才刚刚和好，不打算多聊两句吗？

小师父开始主动找话题。

【七惜：你送我的花好香啊！】

【.：喜欢？】

【七惜：喜欢！】

【.：喜欢送花的人，还是喜欢花？】

岑惜愣了一下，怎么感觉今天所有人跟她说话都怪怪的，好像意有所指似的？这是在跟自己的花吃醋吗？

岑惜抠了抠头皮。

【七惜：都喜欢，可以吗？】

老二从上铺探出个脑袋出来，本来想让岑惜递瓶水上去，就看见她这一脸满足而又幸福的笑容：“谈恋爱了？”

简珂想说不可以。

像他曾经对待这个世界那样，想说什么就说什么。

可对她，他做不到。

他也曾对这世界趾高气扬，直到遇到她，不留退路地卸甲投降。

如今的他被这个世界发了疯地报复，从皮肉扎进肌理，骄傲被连根拔起。

更可怕的是，他心甘情愿。

【七惜：不逗你啦，要不要帮为师看看改过的开头？毕竟你现在的成绩比为师好。】

【.：好。】

手机不方便，简珂从中漾集团密密麻麻的材料里抬起头，打开电脑，接收岑惜发过来的文档。

他仔细看了一遍，发现里面的男主角特别喜欢用“淡淡的”语气。

【.：师父，淡淡的，是什么？】

岑惜猛地被问还有点蒙，她咬了下拇指的指甲，像上课回答老师问题那样认真作答。

【七惜：其实，我也不是特别能够拿捏得好什么是淡淡的。】

【七惜：就是我看其他人都是这么写的啊。】

【七惜：大家描写男主的时候，也会说他的语气淡淡的，或者表情淡淡的。】

岑惜越说越没底气，好像自己对自己的男主角并不了解似的。

她正想着要不要撤回，屏幕上面发来了一个蓝色的语音框。

只有一秒。

和点点认识了这么久，岑惜都没有听过点点的声音。

她曾经好奇过，所以主动给点点发过语音，但是点点依然打字，慢慢地，她就把这件事忘了。

一旦互相知道了声音，两人之间的关系就会进一步变得亲密。

点点就不再是网络上的那个冰冷的昵称，而是一个有血有肉的人。

简珂以为自己可以一直这样陪着她，到明年花开花落，再到一场春夏秋冬，甚至人生中的起承转合。

如果不是今天听到她说他是“闺密”。

看我，他能给你的，我能给的更多。

这一生的爱与甜都归你，恨与苦我来尝，人生中的沟壑都由我来填平。

简珂垂着头，额前的碎发垂在眼前。

那一身傲骨，被他自己踩在脚下。

岑惜看了一眼桌子下面的大捧似缎锦的蔷薇花，颤抖着双手将缠绕着的白色耳机线解开。

左右两边都戴好，在鼠标碰到那段一秒钟的语音时，语音框后面的红点消失了。

岑惜屏气聆听，什么都没有。

她怔了数秒，将鼠标的光标移动到电脑桌面右下角。

她将电脑的音量调到最大。

再次点击。

一个“嗯”。

一声淡淡的“嗯”。

左声道和右声道一同响起，把她裹溺在中间，像一张巨大的柔软棉花网。

没什么波澜，也很随意，低沉得像是雪地里演奏的中音提琴，让听的人心脏为之一颤。

点点是男性。

岑惜从来没有想过，点点竟然是男性。

她以诚相待了那么久，跟他说了那么多心里话，可他竟然从头到尾都在骗自己！

或许他没骗，从头到尾岑惜没有问过他性别。

可是论坛默认是女孩子，自己管他叫点点，他也没有否认过。

他不是不懂，他是故意的。

这个一秒钟的语音不难听，甚至可以算得上好听，但是岑惜不想再点开第二次。

她有喜欢的人了，她喜欢的人有可能也喜欢她，她不需要身边再有其他男人。

岑惜面无表情地打字。

【七惜：你是男人，你为什么不早说？觉得耍人很有意思吗？我看你评论里也有读者喊你姐姐，师徒一场，我不去论坛里曝光你，你自己去承认。】

【七惜：如果我知道你有任何欺骗读者或者更过分的行为，举报你的时候，我不会手软。】

【七惜：网络不是法外之地。】

她低头看了一眼脚边的蔷薇花。

【七惜：花多少钱？我转给你。】

【七惜：以后别再死皮赖脸地加我。】

过了两分钟，点点没回，岑惜一咬牙，转了1000块钱给他。

删除，拉黑，让他彻底不可能再加回来。

老二再次从上铺探出个脑袋，水喝完了，她要把瓶子投进垃圾桶，顺带扫到了岑惜苦大仇深的表情，打趣道：“哟，失恋了？”

岑惜冷着脸“呕”了一声，呕完仍觉得不够，弯腰把地上的蔷薇花抱起来，下楼准备扔进垃圾桶。

很大的一捧花，包装得也很精致，拿在手上快要看不清眼前的路。

外面有些冷意，岑惜带着怒意出来的，忘记穿外套，风一吹整个人清醒过来。

把花扔进垃圾桶的瞬间，她感觉那一声“嗯”有点耳熟。

一开始，岑惜只有愤怒，过了两天，失去一个好朋友的难过渐渐地掩过了愤怒，岑惜不管做什么都闷闷不乐。

她觉得心像有个缺口，风呼呼地灌进来。

夜深人静的时候，她也想过，是不是自己的问题？毕竟自己从来没有问过点点关于性别的问题。

那如果她当时问了，知道了点点是男生，她还会不会如此以诚相待？

不知道。

可惜没如果。

这两天她也没再遇到简珂，听说他案子进展得不错，可她却没有可以分享的人了。

下午两点时，手机照常响起，尽管已经把点点拉黑了，但他的奶茶还是照送不误，就像是自动下单了之后忘了一样。

岑惜接起电话："喂，您好，以后送到我这里的奶茶可以直接不配送吗？"

骑手在外面，声音有些嘈杂："不行的，同学，这是我们的工作。"

岑惜："可是这个奶茶不是我点的，您有办法联系到下单的人吗？"

骑手："不行的，同学，我只能联系到单子上写的联系人。"

岑惜："那您喝了吧。"

骑手："同学，这可有四杯。"

"您和您的同事分了吧。"不等骑手再说什么，岑惜快速补充了一句，"元旦快乐。"

小骑手今天好快乐！这个牌子的奶茶最贵了，他还能喝到四杯不一样的！这一天他的工作积极性非常高，逢人便说"元旦快乐"。

岑惜挂了电话之后就攥着手机在发呆，她犹豫着要不要跟点点说一声别送了。算了，说了就相当于给他希望，送一段时间觉得没希望他就不会再送了。

中漾集团有两个停车场，一个在地下，供集团里的员工使用，还有一个在地上，只有副总裁级别以上的人才能停在上面，有专人负责清理。

简珂的车停在地上，由总助恭送两位律师到车门前。

等他们两个上了车，总助才松了一口气，包律还是那样随和，简律却比之前还森冷。

可是他们的要求谢总都答应了，事情眼看就要成了。如果成了的话，这两位律师日后的法律顾问费用七位数起，这都不值得简律开心吗？

简珂上车后的第一件事就是吃糖，玻璃糖纸一张张撕开，像吃药那样扔进嘴里。整个人重重地向后方磕，后背和椅背碰撞发出一声沉重的闷响，可他连眼皮都没抖一下。

简珂很讨厌甜味，大一那会儿包宏艺就知道。他吃多了甜味，会过分清醒，乃至整夜失眠。

包宏艺刚想开车，忽然看见副驾驶玻璃上出现了一片白花花的肉。

大冬天的，一个穿着低领毛衣的女人正扒着车窗往里看。视线稍微往下点，能看见她脖子上挂着一条没来得及收起来的蓝色吊牌，看来是从大厦里追出来的。

这时候开车会出危险，包宏艺只得按下窗户。

女人比他动作还快，立刻把胳膊伸进来，带着她的微信二维码。

淡粉色的毛衣，这个颜色简珂见岑惜穿过，因此他抬眼多扫了她一眼。

女人像是得到了鼓励，摇了摇手机："简律，认识一下可以吗？"

简珂刚要张嘴，倏地想起什么，把"没空"两个字和糖一起吞下，吃了糖的嗓子沙哑得像洒了沙子："有喜欢的人了。"

车开到主路上时，简珂已经吃了十几颗糖了，包宏艺真觉得简珂再这么吃下去人就没了，因此本来没打算插手的他也忍不住问："你跟岑惜到底怎么回事？"

简珂眼皮耷拉着，轻描淡写："她讨厌我。"

包宏艺忽然一口气有点上不来。

简珂这人，优秀到完美，偏偏还肆意坦荡，傲到让人讨厌。

可比起这样碎了一地的他，包宏艺还是更喜欢那个令人讨厌的他。

"包子，帮个忙。"简珂把糖咽了，像是这会儿才觉得累，把座椅往下调了点，小臂挡在眼睛上，青色的血管连跳动的频率都看得一清二楚。

"哎，你说。"

晚上是元旦晚会，不是强制性的，但是节目精彩，且每年的奖品都不错，所以票都是要抢的，岑惜和舍友们历年都没有错过。

今年抢票时岑惜还没跟点点闹掰，那时她还跟点点说，要给他录节目来着，只是没想到才短短的几天，竟然能物是人非成这样。

能分享快乐的人没了，她连看都不想看了。

舍友们看出来她这两天心情不好，听她说不去了纷纷不同意，生拉硬拽把她给拽出了宿舍。

难过成这样，岑惜出门前也没忘化一套完整的妆。

她想着万一被偷拍了发到论坛上，简珂看到了，她可不能以一副邋遢的形象出现。

往纪念堂的路上，岑惜再次遇到了朱思霖，作为学生会的人，这次的元旦晚会她也没少辛苦，人都比前两天拍宣传照的时候瘦了点。

朱思霖风风火火地朝岑惜这个方向走来，岑惜以为她是有事要忙，想着好歹也算半个熟人，抬手跟她打了个招呼。

抬起来的手臂一把被抓住，朱思霖拽着岑惜往纪念堂旁边的体育馆里扯，还顺便叫上岑惜的舍友们："过来啊，正好这边玩游戏缺人。"

老二一听玩游戏，兴冲冲地跟上，走到一半又有些犹豫："可我们的票怎么办？”

“游戏也是要凭这个进场的。”朱思霖拿过票，撕了票根就当是检票了，“我们学生会为这事忙活了几个月，自己组织的活动，比晚会有趣，奖品也比里面的好，要不是正好缺人，能轮得上你们？”

舍友们一听，觉得自己好像捡到大便宜了，老老实实跟着往体育馆走，在后面偷偷议论：“真是沾了老三的光啊。”

学生会组织的活动，又有奖，她们本来以为会是一场特别高端的大型游戏，起码不能低于剧本杀。

可是没想到竟然是捉迷藏，还是最原始的那种，大家都躲起来，数十下开始找人。这么简单的游戏，最后被找到的那个人的奖励竟然是一台最新版iPad。

舍友们的参与度极高。听说学生会的人已经躲好了，岑惜也稀里糊涂地躲进了体育馆的狭小空间里。

她只来这个体育馆偷偷看过简珂打篮球，并不太熟悉，不知道为什么她在的这个空间里周围会有这么多铁杆。

她穿着一双过膝靴，格纹短裙下面光着腿，这样的打扮在人多的纪念堂里正好，但是体育馆没开空调，她冻得打哆嗦。

体育馆里没开灯，幽暗得像歌剧魅影。

听到有脚步声传来，不知道是开始找了还是又有人加入躲藏的队伍。

岑惜尽量压制住自己的呼吸，搓胳膊的动作也停下来。

器材室的门被人从外面打开，清明月色宛如一条银白丝带洒在来人身上，好看的下颚线好像泛着光。

她还没来得及惊慌，小小的门再次被关上。

躲进来的人好像没看见她。

她知道他是谁。

黑暗中，所有的感官都被放大，周围所有的气息被他浓烈地侵占。

空间太小，简珂身高腿长，弓着腰还不行，膝盖也微微弯曲，正好抵在她暴露在空气中的大腿上。

比喻句里总爱说，时间是长河，岑惜以前不信，现在信了，因为她看见长河里的水在眼前缓缓流动。

近在咫尺的距离，所有能吸进鼻子里的空气都是木质柑橘味，这味道，闻起来就让人脸红心跳。

她恨不得大口大口地吸，把未来十年八年的空气都吸进肺里，然后慢慢使用。

可是她没有这个胆子。

岑惜双手贴住身后的墙壁，低着头，慢慢地把那口憋了许久的气轻轻呼出去。

断断续续地，吐不完整。

从来没想过，竟然会有一天，紧张到忘记本能。

小器材室黑得伸手不见五指，自然也看不清他的脸，她只能从温热潮湿的呼吸中，感受到他脸的位置，在她头顶上面一点，正对着她，只要她稍稍抬头就能亲到他。

缺氧的时候，人通常没有太多思考能力，黑暗也壮人胆，岑惜做了一个大胆的决定。

她双手握成拳，却发现紧张到根本攥不紧。

算了，那就这样。

岑惜轻轻抬起头，滚烫的唇瓣就碰在他冰冷干燥的脸颊上，心脏轰地炸开，分明是她蓄意在做这件事，瞳孔却不自觉地缩紧。

她知道两个人离得近，但也没想到会这么近，近到连反悔的机会都没有。

不过也挺好的。她想在这个狭小的空间里，待到至死方休。

小的时候，妈妈不让她晚上出去玩，因为晚上会有妖怪幻化成人的样子，吃小孩的心脏。

所以面前的这个简珂是妖怪幻化成的吗？

那你快把我的心脏拿走吧。

面前的人好像是愣了一下，身体一顿，不知道是身体还是头碰到了器材室里的那些器材，冷铁和墙壁发出叮叮当当的碰撞声。

像是岑惜的心跳。

她说谎："对不起，我本来想看外面有没有人。"

"没关系。"简珂低沉暗哑的声音从四面八方灌进她的耳朵里，带着清甜的糖果味道。

他的声音不算低，也或许是岑惜的感官被放大了，总之她在想，他不怕被找到吗？

简珂爱吃糖吗？

可她从来没见过。

不对。

岑惜想起来，高一自己把卷子放到他面前的那次，他的手边放了一张糖纸。

岑惜忽然不合时宜地开始窃喜，今晚，她知道了所有人都不知道的，有关他的小秘密。

"岑惜。"简珂喊她的名字，距离太近了，她的名字像是被他含在嘴里。

"嗯。"谢谢月光不能穿透遮挡，不然她现在肯定像是竹签子上的红苹果，像个小丑。

“两年前。”简珂的手机忽然响了，他没管，沙哑道，“我不知道是你。”

除了现在的任何时候，和岑惜提起“两年前”，她都能准确无误地想起那一天发生的事情，像是自动储存的电影，一帧不落地播放。

可现在听到“两年前”这个时间词，岑惜的大脑一片空白。

她没有办法清晰地感受到自己在想什么。

简珂的手机再一次响了。

他低头看了一眼，摁下接听键。

两个人的距离近到，岑惜可以听见包宏艺的声音，不过听得不太清楚，会漏掉几个词。

好像在催简珂去机场。

简珂推开器材室的小门，再次让月光碎进来。

月色被风吹到他的脸上，拂了一层轻纱，又夹着一层风雪，层层叠叠，光风霁月。

无论岑惜怎样努力，都无法看清他的脸。

等简珂彻底离开了，岑惜才发现自己哭了，哭得莫名其妙，连自己都不知道自己在哭。

怪不得会觉得简珂是模糊的。

发丝上，领口前，还残留着他身上的味道，不是梦。

岑惜蹲在地上，拇指覆着自己的唇瓣，总感觉在刚才的那个瞬间，一直残缺的自己好像被填满了。

手还停留在唇瓣上，可她的嘴却不听使唤，一个劲儿地上扬。

舍友们把岑惜搀扶回宿舍，快两个小时了，人都暖和起来了，却仍然没见好。

岑惜双目怔然，时哭时笑。

大家七嘴八舌地讨论这种情况是不是应该送医院，送哪家医院。

最后，老大撸起袖子，上去就要给岑惜一个耳光的时候。

岑惜醒了。

舍友们松了一口气。

岑惜眨眨眼，指着地上三个大盒子：“你们三个全获奖了？”

“是啊。”已经洗漱好的老二翻身爬上床，“虽然就你一个人被找到了，但你也不用难过成这样啊，一个游戏而已。”

岑惜细细琢磨了一番这句话，隔了一会儿才问：“就我一个被找到了？”

“也不是。”老二没觉得有哪里不妥，“学生会那帮人在你之前被找到的。”

岑惜若有所思：“你们看见了？”

老二："看见什么？"

岑惜："学生会的人。"

"没有啊。"老二顿了顿，补充道，"他们提前被找到，所以就先走了。"

没人看见学生会的人，她被找到了，而她只遇到了简珂。

隐藏在银河尽头的秘密，呼之欲出。

可是仍然让她觉得难以置信。

她喜欢月亮，所有人都喜欢月亮。

于是大家站在同一个方向仰望。

忽然有一天，月亮向她走来。

岑惜拿不定主意，也不太敢跟舍友说，舍友刨根问底功夫一流，万一不是她想的那个意思，到时候就太尴尬了。

跟她们打了声招呼，岑惜拿着手机去楼道里给岑臻打电话。

这种事，问男性应该更好吧？

打到第三个电话，岑臻才接起来，带着模糊不清的睡意："岑惜我告诉你，你今天这电话要不给我说出个花来，我跟你没完。"

"……"

她太着急了，连岑臻一脚能踹翻一个花盆的起床气都忘了。

弟弟什么的，真是一点也指望不上。

岑惜打开微信，翻到好友申请那一行列表，"通过"的那个按钮还是绿色的，她犹豫了一下，点开了简珂的头像。

他是真的很好看，剑眉星目，扇形的双眼皮从眼角浅浅划开，一直到后半段才展开，像他这个人一样随意又放肆。眼窝深邃，带着天然冷感和疏离。

即便是证件照，他的头也是微微仰着的，一脸能看出来的冷傲。

岑惜不敢再往下看了，再往下，她就觉得照片上的那个人的嘴要含住她的名字了。

今天晚上太疯狂了。如果不是因为听说晚上做出的决定，第二天都会后悔，她现在甚至想要冲到机场。可对方是简珂，她不敢轻易造次。有些事情，一生可能只有一次机会，她一定要保证万无一失。

为了缓解自己的心情，岑惜自虐地点开了自己小说的App，登录作者后台，毫不犹豫一头扎进评论区，她真的太需要一盆冷水了。

评论区竟然比上次来看多了四千多条，岑惜有些意外。她逐条看下去，只有零星的几条是在讨论她的小说，剩下的每一条都在说点点。

对，点点的笔名就是点点。

岑惜先给他取的小名，他才去注册笔名的。

读者在她的评论区，撕心裂肺地求她劝点点回来。

她连刷了两页，看得云里雾里，直到有人给她指路，让她去看点点发布最新一章的作者有话说。

岑惜切换页面，到点点的新书下面，拇指将进度条拉到了中部。

作者有话说：停更。

对不起师父@七惜

这是点点最后一次更新，12月29日，三天前，她把点点拉黑的那天。

进度条再往下拉，几千条评论，多数是在劝点点回来的，也有人惊讶他们是师徒。

最新的评论，则是有人发现岑惜还在坚持更新，在底下呼吁大家去岑惜的评论区劝岑惜叫点点回来。

作为当事人，岑惜没想到事情会是这样的发展。

点点的新书成绩不错，收入也很好，可他竟然会因为自己的一句话退网。

好像是为了自己才写的小说一样。

已经凌晨两点，月亮不知疲倦地闪耀着，明晃晃打在她的脸上。

其实点点没做错，性别也不是原罪。

只是那天她正在为简珂的事情烦躁，把情绪迁怒到了点点身上。

她在借题发挥，他只是正好撞到枪口上的倒霉蛋。

想明白了这些，岑惜没有犹豫，切换到了企鹅界面，把点点从黑名单里拉出来，重新加回好友，并且在申请界面附上了“对不起”三个字。

她有好多好多话想和点点说，她想告诉他他没有做错，她想劝他回来写文，他的读者在等，她也想跟他分享。

岑惜觉得，点点一定会为自己高兴。

月亮像是被晕染开来，边缘多了一圈氤氲，显得不那么澄澈。

岑惜正准备回宿舍睡觉，楼梯上传来喧闹声和一阵酒气。

虽说元旦期间不上课，但放完假就是期末考试，这都夜里两点多了，竟然有人刚喝完酒？

岑惜撇撇嘴，打算假装没听见。

然而天不遂人愿，所谓冤家路窄。

“她凭什么啊！而且她真的答应过我！她说她……她说她……”李槚容难过得已经说不出一句完整的话，情绪被酒精放大，哭到忘我。

楼道里的感应灯都被李槚容哭亮了。

许韵安慰地拍了拍李槚容的肩膀：“唉，岑惜就是那样。你就是太善良了，她说的话你怎么能相信呢？”

岑惜愣了愣，自己有说过什么话骗李槚容？

“就是，她肯定找了‘刷子’的，你看她票上去得多快啊，本来在底下都找不着，一天就上去了，学校就是不查她。”高佳佳帮腔，“她们法律系的谁不喜欢简珂？没一个有她那么卑鄙的。”

原来还是这事。

前两天岑惜有隐约听过，李樰容因为代言人被抢的事情耿耿于怀，但岑惜始终觉得错不在自己，没有过任何表示。

只是没想到李樰容会这么难过。

岑惜在想，要不要明天白天，找个机会跟李樰容聊聊？听李樰容的语气，不像是不讲理的人，大概是中间有什么误会。

三个人坐在楼梯拐角强聒不舍地骂了岑惜十分钟，把三楼四楼的女生吵醒了好几个。

三楼女生上来跟她们理论，李樰容没说话，倒是许韵跟高佳佳理直气壮："没看见我们心情不好吗？"

双方僵持不下，忽然有个四楼眼尖的女生看见了角落里的人："岑惜，你怎么在这儿？"

岑惜站的位置在四楼和五楼的楼梯拐角，明显不是刚从宿舍里出来被吵醒的人。许韵和高佳佳不知道背后说她坏话被她听到了多少，想起上次的不战而败，嚣张的气焰顿时败下。

一直在旁边没说话的李樰容这时摇摇晃晃地朝岑惜走过来，她满身酒气，一双无法聚焦的眼睛里愤恨依稀可见："岑惜，我是不是问过你，喜不喜欢简珂？"

岑惜想起来了。

"你当时怎么跟我说的啊！"李樰容歇斯底里，捶着自己的胸口，"你是不是告诉我，你不喜欢他！然后呢？这是什么？"

李樰容把自己的手机拿出来，但是她拿不稳，手机"啪"的一声掉在地上。

岑惜的眼睛顺着看过去，屏幕上她和简珂在学校北门拍的校园宣传照清晰可见。

学校官网还没更新，不知道李樰容是从哪里提前拿到的。

这突如其来的变故把过来兴师问罪的同学都吓到了。

李樰容虽然张扬，但她其实从来没跟同学起过冲突，大家也都是第一次看见她这样。

陆陆续续还有被吵醒的同学出来，把岑惜和李樰容围在中间。

这场面，谁要是有心录下来，放论坛上又能爆。

岑惜的舍友们被吵醒，寻着声音过来时就看见她们的老三被一堆人围在中间，李樰容还在拽着老三，老大和老二挤进去拽李樰容的手："代言人又不是岑惜选的，你为难她干吗？有本事找学校说去！"

高佳佳跟许韵也不能让李樰容吃亏："不是她选的？一天之内从查无此人到第一，你们敢发誓她没动手脚吗？"

六个女生你一言我一语地拉扯到一起。

岑惜的目光无意中和李槢容的对上。

她发现李槢容不是愤怒，而是真的难过。

这种难过岑惜莫名熟悉。

如果现在只有她们两个人，岑惜会告诉她，我当时和你说的是实话，但是后来的发展，我也是真的没有想到。

拉扯中，忽然谁的手机再次掉在地上。

等大家看清屏幕上的画面时，吵闹的场景就像是被人按了暂停键。

鸦雀无声。

过了好一会儿，围观的人开始窃窃私语。

老二反应过来想把手机捡起来，被许韵抢先了一步。

许韵拿着手机，嘲讽的嘴唇弧度像是一把带血的刀："你们看啊，这就是岑惜说的，她不喜欢简珂！她亲口告诉容容，她不喜欢简珂！现在你们知道她有多虚伪了吧！"

岑惜一开始没反应过来，是周围人说的话，让她想起自己的屏保是什么了。

玻璃的倒影里，她看见自己的脸色像死人一样白，她以为自己在说话，但是倒影里的自己却连嘴巴都没张开过。

现在，李槢容看向岑惜的眼神除了难过，还有不可置信。

周围的人成了默剧，议论纷纷却听不见声音，只有凛冽寒风灌进耳朵里的呼啸声，又过了一会儿，风声变成了哨声，仿若是一千个孩子，站在她的耳朵里吹哨。埋在心底最深处的秘密，被人用锋利的刺刀开膛破肚，当着所有人的面挖出来。

身体里传来一阵生理上的刺痛，好像被重物压折了肋骨。岑惜觉得自己好像浑身赤裸地站在这里，她们正对着她指指点点，没人愿意施舍给她一件衣服。

她不记得自己是怎么回到宿舍的，她只知道等自己有知觉的时候，天都已经亮了。

手机上的时间是 15：49，天似乎已经亮了很久。

岑惜伸出麻木的右手，解锁，看到碎裂屏幕上的屏保是简珂的照片。

那时她为了给点点证明自己的校草有多帅，故意设置成屏保，后来觉得放着挺好看的，忘记改回来。

如果不出意外的话，现在应该所有人都知道她是这样卑微、不自量力地暗恋简珂了吧。

为什么偏偏是这个时候？

如果再早一点，她可以矢口否认，像从前一样，告诉所有人，这是个误会。

如果再晚一点，她确认过简珂的心意，一切都尘埃落定，无所谓一张屏保的事情。

为什么偏偏在忍受了六年孤独折磨，事情好不容易有了好转的时候，让她所有的自尊、隐瞒、骄傲、伪装，都土崩瓦解。

听到寒风敲打心门的声音，岑惜把自己蜷缩起来，膝盖贴在胸口，双臂绕过双腿裹住身体，眼泪从眼角滑过鼻梁流到枕头上。

她已经哭到快恶心。

不知道过了多久，天好像又快黑了，岑惜起床出门。

好像听到身后舍友喊她，她不记得自己有没有回应。

从宿舍到校门口，岑惜仿佛看见路过的每一个人身上都长了黑色的触手，一下又一下地扇她耳光。

寒风呼啸，世界昏暗得像是末日。

她走着走着，忽然极速奔跑，随便上了学校门口的一辆出租车。

“同学去哪儿？”出租车司机问道。

“往前开。”岑惜的声音嘶哑，像是童话里被诅咒的女巫。

司机一愣，没想到长得这么好看的小同学，竟然会是这样老人一般的声音。

岑惜塌肩佝偻着背，拽下卫衣上的帽子盖住整张脸。

不一会儿，她自制的安全空间就已经全是水汽了。

“同学？同学？”司机师傅摇了摇她的肩膀，等她有反应了告诉她，“你弟弟给你打了好几个电话了。”

岑惜没看手机，凭着惯性找到了接电话的按键。

“喂，你买棺材去了？”那头的岑臻还吊儿郎当地开她玩笑，带着玩世不恭的语气。

“你在哪儿？”岑惜没有晕车的毛病，但是她现在很想吐。

“你是——”岑臻听到这个带着毛边的嗓音，一时都没反应过来，“姐？你怎么了？你在哪儿呢？”

像是找到了一个发泄口，岑惜抱着手机，终于哭出声。

一开始是小声的、隐忍的，到后来变成了号啕大哭。

不记得手机是怎么到司机师傅手里去的，岑惜只知道后来岑臻告诉司机师傅他的位置，最后车停在了体大附近的一家 KTV 旁。

KTV 的一楼是一个小超市，岑惜就像疯了一样，冲进去拿了三瓶最显眼的酒。

要不是岑臻拦着，她能把这一排酒拿光。

今天来的这些都是岑臻玩得好的同学或者舍友，不知道谁起的头，聊到了岑臻有个天仙似的姐姐。

然后大家起哄，说把姐姐叫过来一起玩。

岑臻了解岑惜的性格，肯定不会来，本来只是想打个电话做个样子，但刚才电话一接通他就发现她不对劲了。

他一路把他姐从小超市拎到他们订好的包厢，像拎一只被剔了骨头的孔雀。

岑惜是真漂亮，熬了一夜，精神状态都恍惚了，但是被岑臻拽下帽子的时候，那张精致的巴掌小脸还是好看得让他的朋友们倒吸了一口凉气。

对于“仙女”这个形容，他们心服口服。

岑臻抬眼带有警告意味地瞪了他这帮同学一眼，让他们自己注意点。

这要是平时他们开玩笑行，但是今儿他姐这心情一看就不是能开玩笑的样子。

这里很吵很闹，有人唱歌，有人聊天，有人在玩骰子，但是岑惜感觉自己什么都听不见。

她随手拆开了一个纸盒子，拿起一瓶酒，对瓶吹。

岑臻慢悠悠地朝他姐走过去，大剌剌地坐在她旁边，抓过桌子上的空盒子看了一眼：“哟，野格都敢对瓶吹，知道后劲多大吗？”

岑惜听到他的声音，回过头，一双总是含笑的杏眼，此刻布满了红血丝。

岑臻对着那双眼睛看了一会儿，抢过她手里那瓶像是加大号风油精的酒，自己抿了一口：“这酒可贵了。”

岑惜没说话，把手机解了锁，拿给他。

他们家人的银行卡密码都是一样的，岑惜这个举动的目的不言而喻。

就在她从岑臻手里重新把酒拿回来的时候，她听见岑臻看着她手机说：“这个点点是谁啊？给你发了八十多条消息了。”

第五章

/ 我好喜欢你 /

简珂和包宏艺坐在酒店大堂，人来人往总有认出他们的人，如果不是因为酒店的前台是黄头发蓝眼睛的，包宏艺甚至有种他们现在在御诚门口的错觉。

不过也不算太意外，谢徊是来谈并购合作的，国内目前能谈国际并购案的律所，御诚首屈一指。

所以人来人往的这些律师，都是他们的同事。

并购案进展得似乎很顺利，所以在刘薇的旁敲侧击之下，谢徊也愿意见他们一面。

他们过来的机票是谢东的助理给订的头等舱。

不过特意把地点选在国外，如果说没有为难或者审视的意味，想必谢徊自己都不信。

秘书把两位年轻律师带到谢徊所在的酒店行政楼，谢徊和谢东虽然是亲兄弟，但是长相和气质却是云泥之别。

谢徊有种独特的气质在。

巧的是，今天的谢徊和简珂都戴着金丝边眼镜，连形状都是一样的。

谢徊正在看手上的合同，他指了下距离自己三米的沙发，头也不抬地道：“坐。”

简珂坐下的同时，淡声道：“充分稀释融资前估价的原始购买价是商业机密，尽管我们与您的律师团队不涉及商业竞争，但我善意提醒，不要被我这样的外人随便看见为好。”

这只是一份临时拟的合同，上面所有的数据都不作为最终数据，谢徊本来是打算看着条款晾他们一会儿，但在简珂说完这句话时他就不打算这么做了，他扫了一眼这份全英文的股份合同：“英语很好？”

面对中漾未来的董事长，简珂依然不卑不亢：“职业所需。”

谢徊收起合同：“关于我与东总，你们怎么看？”

其实现在说这些已经没什么意义了，因为日后中漾掌权的必然是谢徊，但包宏艺仍认真回答：“如果选择东总的思维，中漾需要和大量友商进行恶意竞争扩大市场占有率，届时中漾一家独大的同时，也会有无数人的眼睛死死地盯着，如果跟着您的思维，则是一条完全新的路，同样有风险。”

“不过——”简珂补充道，“既然您能收购 CPX，说明您要做的不是 To C（面对个人）的业务，而是 To B（面对企业）的业务，如果能保障开发商的实力，产品线和销售的风险似乎都不会太大。”

智者无须多言，谢徊神色轻松地笑了一下：“周六一起吃晚饭。”

现在距离周六还有四天呢，这事儿谈得基本上是成了，包宏艺在酒店大堂兴奋地研究要不要去一趟这里的环球影城。

他说了半天，见简珂没什么反应，一抬头，看见简珂那双琥珀色的瞳里满是疲惫。

包宏艺不由得有些担心：“你要不要先回酒店躺一会儿？飞机上你就一直没睡。”

十几个小时的飞机，简珂一直睁着眼睛，借着飞机上微弱的信号发了一夜的消息。

简珂没说话，从兜里掏出几颗糖。

男人穿着一身剪裁合体的黑色西装坐在沙发上，领口的扣子扣到了最上面一颗，在温暖的房间里多数人都把袖子撩到胳膊肘，只有他连袖口也平整得一丝不苟。

他刚把糖丢进嘴里，安静的吸烟区响起了一阵陌生的手机铃声。

要不是有人看他，简珂都不知道那是从自己手机里传出来的。

——一个语音通话。

——发起人是七惜。

刚刚在中漾总裁面前对答如流甚至能反客为主的简珂，此刻忽然愣怔。

他本来随意仰靠着的背脊随着铃声越来越大，慢慢挺直。

还没接，语音通话就断了。

打错了？

第二个语音电话闯进来，简珂毫不犹豫地接起。

“喂？”

电话那边的声音很嘈杂，男性的声音居多。

简珂微微蹙眉，犹豫要不要挂电话时，对面传来了一声撕心裂肺的哭喊：“点点！有人欺负你师父！”

听到这个声音，他先是身子一僵，随即嘴角不自觉地弯了下，声音柔和得不像样：“谁欺负你了？”

岑惜似乎没听出他的声音：“是我们校草，简珂！要不是他，我——哇——”

话说到一半，她又一次放声大哭。简珂没听懂她到底在说什么，却笑得越来越宠溺：“嗯，他真坏。”

“好了好了，别闹了，人家三更半夜不睡觉啊。”一个男人的声音在电话那头响起。

简珂的笑容倏地消失，眼中情绪晦暗不明。

这个声音，他认得。

所以他们在一起。

现在是国内的凌晨三点，他们在一起。

接下来的事情他不愿意再想，只是举着手机的那只手猛地用力，青筋凸起。

电话里男人的声音变得清晰，应该是把手机拿到自己手边了，带着些许歉意：“喂，你好，你是我姐的朋友吧？不好意思啊，她今儿心情不太好，一直说你对她很重要还是什么的，打扰你睡觉了，你别怪她，我替她给你道歉。”

我姐……的朋友？

简珂的脚步顿住：“你是……她的弟弟？”

“啊，对啊，亲弟弟，一家的，你给她买的奶茶还是我帮忙拿的。”

岑臻把电话挂了，扔到岑惜坐着的沙发上，从地上捡起两个空酒瓶，收起吊儿郎当的模样，恼怒地说：“我上个厕所的工夫，你在这儿不要命地喝呢？”

周围唱歌和玩骰子的同学也停下来，他们看出来今天仙女姐姐心情不好，刻意避着点，但没想到一向好脾气的岑臻会气成这样，忍不住偷偷往他们那边瞟。

岑惜充耳不闻，眼神直勾勾地盯着地上的某块地砖。

岑臻看了他的同学一眼，舔了一圈下唇，忽地抓起岑惜的小臂把她拉出包间，出去后拦住了一个服务员：“再给我开个包厢。”

大晚上的，一个精壮的少年拉扯一个烂醉如泥的女生，很难让人不多想，服务员饱含深意地看了他们一眼。

岑臻使劲儿拽着他姐不让她倒下去，看着服务员的表情却是发狠：“看啥呢？”

正逢元旦，房间都满了，但是岑臻一身腱子肉再加上那一屋子的男同学，一看就不是好惹的，在他的强烈要求下，服务员只好把他们带到一个还没来得及清理的大包厢里。

屋子里泛着腐烂的酒气。

好在沙发上是干净的，岑臻不管不顾地把岑惜扔到上面。

他站着，她坐着。

“说吧，抽哪门子风呢？”

岑惜不说话，她有点累，喝多了，想睡觉。

岑臻没给她这个机会，刚才她把手机解锁让他付款，看到屏保上那张脸时他就猜得八九不离十了。

眼下，他又把她手机拿出来，直接用她指纹解锁，划拉了两下挪到屏幕最后一页，整张屏保没了多余的App遮挡，清晰得一览无余：“是因为他吗？”

岑惜只是瞥了一眼，口腔甚至没来得及发酸，眼泪就先掉下来了。

“你一直都喜欢他，对吧？”岑臻说得很慢，语气又有点笃定。

岑惜没回答，她睁着眼睛，大颗大颗的泪珠从眼眶直直地往下滚。

“喜欢多久了？”岑臻有点无奈，只有他一个人说话，跟独角戏似的，“大一？你替爸给他送资料那次，是你自己非得去的吧？”

岑惜摇头，即使脑子已经被酒精侵蚀得混沌一片，但是和简珂有关的事情，仍能绷起她的一根弦，使她清醒。

不过她否认的不是送资料的事情。

“那是高一？”岑臻与她心有灵犀，努力地回想着，“我记得初三你学习不怎么好，咱妈费劲把你折腾进市重点，后来你高一忽然就疯了似的学习，就是因为他？”

或许是酒精壮人胆，也或许是酒后吐真言，岑惜听完，默默点了头。

“还真是没良心，我还以为你那会儿是良心发现要报答爸妈呢。”岑臻双手插兜，背靠在墙上，觉得有点难以相信，但是想想又觉得没什么比这更合理，“所以，你那会儿那么努力地考燕大，是梦想当他女朋友？”

岑惜仍是摇了摇头，长头发上黏着酒，跟眼泪一起湿哒哒地往下掉。

岑臻这唱了半天独角戏，一点作用没起，受挫得不耐烦，他伸出手，刚想捅她让她说话，就听见他姐说——

“简珂啊。”

这是岑臻第一次从岑惜嘴里听见那人的全名，好像带着敬意，又像是带着畏惧。

“那是我、是我……”岑惜抬手擦了下眼泪，这一擦却好像牵动了某个开关，越掉越多，使劲往嗓子里咽口水，哽咽到哆嗦，“是我……做梦都不敢想的人啊！”

岑臻的嘴微微张开。

他垂眼看着他姐，像是一直裹在身体最外面的那层骄傲和自信的伪装在来之前被人敲碎了，他不过是碰了一下，他姐就支离破碎，淋淋漓漓洒在他脚下。

简珂二十多年活得都像是一台精密运转的仪器，在他人生中的每一个节点，每一秒时间都会被他安排得恰到好处。

但今天，这台精密的仪器失控了。

国际机场晚上没有直飞燕市的票，他赶时间买了转机的，但他没有料到，中途下了一场雨，飞机全线延误。

一场酩酊大醉，用张牙舞爪掩饰的自卑在清晨破晓前破土而出。

岑臻看了看外面已经露出鱼肚白的天空，又看了看他姐醉到失魂落魄的样子，一阵发愁。

他不可能把这样的她送回学校，也不能把她送回家。

最后，他叹了口气，蹲在地上：“上来。”

岑臻背着岑惜出去，在包厢外遇到了找了他们很久的蒋禾。

蒋禾这次开的是他的保时捷帕拉梅拉，四座，把他们送到酒店。

岑臻把岑惜扔在酒店床上后准备去大厅找蒋禾，蒋禾却坐着电梯上来了。

看见他要走，蒋禾还有点犹豫：“不照顾姐姐吗？”

“她用不着你。”岑臻手搭在他的肩膀上，稍微用了点力气，把他拽走，“如果喜欢她就好好追，别想这时候做什么。”

“我……我没想做什么。”

岑臻咧嘴一笑，带着一点安慰：“真喜欢我姐？那完了，没戏了。”

很少喝酒的人不太能体会到喝醉的放松感，岑惜觉得自己好像一直飘在云里，不知道睡着了没有。

中途，她好像接了个电话，电话里是简珂的声音，让她别哭，他回来了。

岑惜答应他，然后又跌回云里，渴望下一场春花好梦。

酒店的房间很大，可岑惜在这里躺着的两天连床都没离开过。

岑臻给她点了外卖，她不想吃全都送给酒店前台了。

一直到酒店提醒她续房，她才知道自己在床上躺了两天。

想到下午有一场考试，岑惜不得不强打起精神，逼自己下床。

双脚依旧是虚浮的，头晕目眩，她倒退了两步，跌坐回床上，好一会儿才缓过来。

拖着灌了铅似的两条腿走到酒店的卫生间，岑惜抬头看到镜子里的人愣了好几秒。

脸色苍白，连嘴唇也没血色，还因为房间太干燥而裂出了口子，她抿了一下，唇上渗出几颗刺眼的血珠。

埋在骨子里的自卑，顺着唇上的血往外淌。

她拧开水龙头，低头洗脸。

冰冷的自来水打在脸上时，她忽然觉得，自己因为得不到，所以装作不在乎，那副自欺欺人的样子，特别可笑。

她把脸擦干，又把卫衣帽子掀起来，遮住自己憔悴的脸。

这两天她没看手机，手机也早就没电了，她没拿下楼，打算考完试后接着回酒店里躲着。

坐电梯到一楼大堂，岑惜让前台帮她打了辆车。

已经两天了，以论坛里帖子传播的速度，现在应该所有人都知道她暗恋简珂还不承认的事情了，都在心里嘲笑她吧？

岑惜下车前把帽子往下扯了扯，朝法学院逃过去。

岑臻听到电话里冰冷的人工提示音，骂骂咧咧地挂了电话。

蒋禾面露担心："还是关机？"

岑臻坐不住了，从椅子上拿了件外套："我出去一趟。"

蒋禾从桌子上抓起车钥匙："我跟你一起。"

酒店离体大很近，跑车一脚油门就到了。

岑臻跑进大堂，把他用来订房的身份证甩出去，问："1712 的住户退房了吗？"

前台在电脑上查了一下，礼貌地回答："还没退房。"

酒店的房卡岑臻这里也有一张，他跑上楼后发现房间空空如也，又返回来问前台："1712 的住户人去哪儿了？"

"刚刚她让我们帮她打了一辆车。"因为房间是岑臻订的，所以前台事无巨细地告诉他，"去了燕大。"

"岑臻。"两人再一次回到车里，蒋禾面无表情地开车，眼神认真地看着前方，"如果这次姐姐没事，我能追你姐吗？"

"我是她弟，我又不是她爸，你问我有啥用？当然了你问我爸也没用。"岑臻语气吊儿郎当，但是表情却不轻松，"不过我说了，你没戏。"

"姐姐有喜欢的人？"

岑臻哼了一声，表示肯定。

蒋禾声音放缓："那如果她喜欢的人让她伤心了，我这时候出现安慰她，她应该是需要的吧。"

岑臻耸肩："不知道，她也没谈过恋爱，这方面我没办法给你找参考。"

蒋禾忽然语气诚恳道："岑臻，谢谢你。"

"什么玩意儿？"岑臻一愣，扭头看他，"我干吗了啊？"

"你不阻拦我就足够了。"

"老三，你还好吗？"时隔两天没见岑惜，老二真觉得她又瘦了一圈儿，宽松的卫衣里面像装着一身骨头。

岑惜不想让她们担心，昧着良心点点头："还行，好多了。"

老四走上来，扯了扯岑惜的胳膊："你别搭理高佳佳她们。她们就是嫉妒你，她们嫉妒你好久了，我听见过她们说你坏话好几次。"

"嗯，我知道。"岑惜抿抿嘴，努力让自己看起来像从前那样云淡风轻。

老大想跟她说什么，但是想了想又改口："考完试啦，咱们去吃大餐犒劳犒劳大脑？"

"好！"老二和老四应下，一人挽着岑惜一只胳膊。

岑惜没动，把自己的胳膊抽出来，朝老大的方向推了她们两个一把："你们去吧，我这两天在家复习太累了，得回宿舍补个觉。"

"老三……"老大伸出手想要抓她。

岑惜躲开："行了啊，别煽情了，我可不想当破坏气氛的那个，你们快去。"

傍晚的夕阳像煮烂了的鸡蛋黄，照出一阵诡谲的橘黄色。

岑惜抬头看了一眼，又怕被人认出来，低头走回宿舍。

她是真的要回一趟宿舍，不过不是去补觉，而是去换一身衣服。

这件卫衣和裙子她从跨年那天穿到现在，已经四天了，透着宿醉的难闻味道。

从岑惜进校门的那一刻起，许韵和高佳佳就知道她回来了，分毫不差地把她堵在女寝楼下，和上一次她们来质问她刷票站的位置一模一样。

岑惜不想和她们起冲突，也不想听那些刻薄的话，她清楚自己现在已经没有能力承受了。

示弱似的，她主动往旁边挪了一步，避开她们。

但是许韵和高佳佳这口气已经憋在心里太久了，可能一开始真的是为了要替李槽容出头，到了后来，她们一而再再而三地被轻而易举地打败，目的早就变了。

嫉妒和愤怒，让本该青春的面孔面目全非。

"不打算解释解释吗？"许韵双手抱在胸前，皮笑肉不笑地问道。

岑惜用最后的倔强撑着，冷冷抬眼："解释什么。"

"解释你怎么暗恋简珂的？"许韵讥笑补充。

"哎，要不这么着吧。"见岑惜半天不说话，高佳佳故意摆出一副息事宁人的样子，好像在和她商量，"反正简珂也不可能喜欢你，不如你帮容容追他？前提是别跟她说。"

高佳佳说完，跟许韵对视一眼，她们都懂这个眼神里的含义。

如果能把李槢容哄高兴了，奢侈品什么的还不得拿到手软。

岑惜的声音有种脱力后的平静："她追不到。"

计划落空，高佳佳烦躁地"啧"了一声："你追不到，你就觉得容容也追不到了？容容可没跟你似的这么不要脸，倒追还把人家照片设成屏保。"

岑惜觉得自己的脑袋快炸了，用力咬住口腔内壁，太阳穴突突直跳。

"你们干吗呢！"学生的车不能开进学校里，岑臻跟蒋禾像是两只没头苍蝇一样找了两个小时才在女寝楼下看见岑惜。

岑臻喊的这一声中气十足，本来她们这边声音不大，没什么人注意她们这边发生了什么，倒是他这一声喊出去，好几个人围过来看。

"这不是那个'兰博基尼'吗？"高佳佳一眼认出来，她本来觉得他长得还不赖，但是跟岑惜搅和到一块，她一点好感也没有，一脸鄙夷，"帅哥，你女朋友的手机屏保是别的男人的照片，你知道吗？你要不要问问她，她到底喜欢谁？"

岑惜听完露出一抹苦笑，她抓着岑臻的胳膊，让岑臻先别说话。

她真的不想再这样闹下去，吸引更多的人过来围观她狼狈的样子。

每一个人的眼神都是盐，往她的伤口上撒，她快撑不住了。

苦苦支撑的骄傲和伪装，毁得支离破碎。

岑惜知道高佳佳想要做什么，她也知道自己承认了之后，她们以后会怎样阴阳怪气地嘲讽自己。

可她顾不得，她只想息事宁人。

岑惜吞咽口水，喉咙疼得像是往里扎了一千根针："我喜欢……"

周围忽然嘈杂起来，有人在喊简珂。

所以她们都知道了，岑惜绝望地想。

"……喜欢简珂。"艰难地说出这四个字，岑惜难受得浑身发抖，眼前白茫茫的一片。

可不可以求求老天爷，让这一切都变成噩梦。

可不可以放过她。

下一秒，她的手腕忽然被人扯住，顺着那只手的力道跌进一个满是木质柑橘味的温热怀抱里。

……

世界在这一刻安静下来。

准确地说，从简珂站定在这里后，除了岑惜，大家已经安静下来了。

那句埋了许久的“喜欢简珂”，清晰真切地落在简珂耳朵里。

他疲倦的眼神倏地柔和下来。

一个出了名的高冷，一个要了命的傲慢。

太阳公公带着夕阳躲进云层里，把明媚的晚霞姑娘换上来值班。

冬天也有晚霞吗？

算了，女寝楼下都有简珂了，冬天下春雨也不奇怪。

“吃饭了吗？”简珂的语气平淡寻常，好像已经这样问过她许多次，他抬手，想把她的帽子摘下来。

岑惜的身体比灵魂先反应过来，猛地伸出两只手把帽子朝着他手臂相反的力度往下拽。

黑色的帽子上，两只白白的小手把一只骨节分明的大手夹在中间。

她几天没吃饭，又经历了一场考试耗费了仅存的精力，力气小得几乎可以忽略不计。

但是简珂明白她的意思。

他松开手，顺势握住她的小臂，另一只手从身后揽过她的肩膀：“走吧。”

围观人群自动给他们让开一个缺口。

差一点就能把岑惜踩在脚下了，高佳佳不甘心，尖锐的声音陡然在他们身后响起：“简珂，你别被她骗了！岑惜拜金，她只喜欢有钱人！而且她有男朋友了还把屏保设成你！”

简珂抱在岑惜胳膊上的那只手加重了力道，把她抱得更紧，低沉的声音自上而下，问的却是高佳佳：“你是觉得我不够有钱吗？”

岑臻在心里默默地竖了个大拇指，同时收到了男人递来的眼神。岑家小臻立刻会意，语气轻快：“姐姐、姐夫慢点走啊。”

他回过头，再看刚才那两个嚣张跋扈的女生呆若木鸡的样子，轻嗤了一声。

蒋禾在听到“兰博基尼”时，心中暗喜了一下，还以为自己有希望，挺直了腰背，想说那辆兰博基尼是自己的。

不过当简珂出现后，他才明白什么是奢望。对方轻描淡写的几句话，就能盖过他心中宏伟壮阔的千言万语。

那个男人什么都不用做，只要他站在那儿，就能知道普通人跟他有多大的差距。

等“姐姐、姐夫”走了，岑家小臻双手抱在脑后，有些惆怅：“唉，我是不是要自己打车回去？”

蒋禾叹了口气，缓了缓心情，捶了他一拳："骂谁重色轻友呢。"

岑惜坐在副驾驶座上，侧头时一半的视线被帽子挡着，只有一只眼睛能看见。

她看见他两只手松松散散地搭着方向盘，白衬衣的袖口一丝不苟地扣在手腕处："想吃什么？"

这好像是简珂的声音。

岑惜感觉自己像是在梦里，堕入地狱最深处时，踩到了一根叫简珂的弹簧，弹簧极速反弹，把她弹到了天堂。

但是这天堂是假冒伪劣产品，上面有个顶棚。

因为她向上起飞的力度太大，头磕在天堂顶，所以被撞得眼冒金星。

一只手从方向盘上松开朝她伸来，隔着帽子，轻轻揉了揉她的头顶："还不想摘吗？"

这确实是简珂的声音。

她魂牵梦萦的声音。

可是……

简珂为何会忽然出现在身边？

他又是如何提前知晓妙龄少女身边正在发生的事情？

表白被拒，水火不容的关系，他又为何要出手相救？

欢迎走进本期《好像哪里不科学》。

封闭的空间里，岑惜快被自己身上隔夜的宿醉味熏吐了，以至于车都到商场门口停下了，她都没感觉到。

简珂下车，打开副驾驶座的车门，对着黑黢黢的脑袋顶："要自己下车吗？"

岑惜双脚接触地面时仍然没有一丝一毫的真实感。

两天没吃饭导致她有点低血糖，身子不由自主地摇了一下。

简珂扶了她一下，手自然地顺着她的胳膊落到手上，牵着她往商场里走。

她的袖子很长，看不清里面藏了什么，趁身前人心无旁骛往前走时，她小心翼翼地把袖子往上拉起来一些。

冬天的冷风灌进手腕关节，心却是滚烫的。

岑惜的眼睛黏在他们紧握的手上，一眨不眨。

简珂，牵着，她的手，呢。

真的，牵着，她的手，呢。

梦都不敢做成这样的。

商场吃饭的店面都在三楼，她跟在他后面，路过一楼二楼所有能反光的店铺时，都忍不住观赏画面上的她和简珂。

他穿着一套矜贵的黑色西装，后背宽阔而挺拔，她的心蠢蠢欲动，幻想扑上去抱住的手感。

那个画面，光是想想，岑惜就忍不住低头咧嘴笑。

“吃这家吗？”简珂停下脚步。

岑惜胡思乱想了一路，到了餐厅门口都没发现，抬头时才看见这是上次他们遇到的那家泰餐店。

“哦，好。”岑惜呆呆地回应，心里想的是，跟你在一起，吃什么又有什么关系呢？

简珂一只脚都踏进店里了，忽地又问：“还是你想吃火锅？”

哎？他怎么知道她想吃火锅？她刚刚偷看的那一眼明明很小心啊。

岑惜抿抿嘴：“都行。”

两人坐在火锅店里，简珂把菜单递给她。

其他菜可以各点各的，但是锅底必须要商量，岑惜不敢抬头，低着头好像在问：“您想吃什么锅？清水，三鲜，菌汤，番茄，牛油，清油？”

简珂双手交握，搭在桌子上：“随你。”

菜单被服务员收走后，岑惜彻底失去了可以用来逃避的东西。

这时候，她无比后悔自己把手机扔在酒店里了。

从简珂接到那通语音电话毫不犹豫买机票，到经历延误和两场飞行后到现在，总共过去了三十几个小时。

在这段时间里，他的目标清晰明确，就是找到她。

可他没想到，真正的问题，竟然是从找到她以后才开始。

小姑娘把自己缩在坚硬的壳子里，一点机会也不给他。

简珂清了清疲惫的嗓子：“岑惜。”

岑家小惜下意识道：“到。”

“……”

“发生什么事了？”简珂一只手搭在桌子上，另一只手放在身侧，“那天怎么会哭成那样。”

梦到此处戛然而止，岑惜被这一句话拉回现实，不在地狱，不往天堂，而是真实的人间，有血有肉的简珂也真的坐在她面前，和她一起吃心心念念了许久的火锅。

他问她那天为什么哭？

可他怎么知道那天她哭了？

恍惚间，岑惜想起昼夜颠倒这几日里的一些碎片化的记忆。

点点给她打过几次电话，电话里的声音和简珂的一模一样。

所以……那不是她的梦。

一个可怕但又确凿的想法出现在岑惜的脑海里，她僵硬地笑了一下，拿过桌子上的柠檬水抿了一口。

遇到无法面对的事情怎么办？那就不要面对。

岑惜挠了挠耳垂："上次吃饭的时候，您不是帮我和我弟付过账吗？我今天没带手机，晚点回去加您微信麻烦您通过一下，我把钱转给您。"

"……"

简珂又叫了她一次："小惜。"

去掉姓氏的小名，两个人的关系顷刻间被拉近，以前岑父在场时，他也这么叫过她，但是怎么那时候的感觉就没这么强烈呢？

不像现在，病入膏肓。

岑惜生怕听到什么直接心肌梗塞死在这儿，一边把帽子往下扯，一边胡言乱语："我这边这么点事，也不值得您跑一趟，是不是我弟弟告诉我爸爸，我爸爸又把您叫来了？一定是这样吧？辛苦了，谢谢。"

她说完，又端起面前的柠檬水，刚想抿一口润嗓子，忽然发现简珂也把水杯拿起来了，两人这个姿势对着，特别像是要干杯。

好家伙，真把这顿饭给吃成感谢宴了。

简珂慢条斯理地喝了口水，嘴角向上轻轻扬了下。

小姑娘装傻充愣的水平还不错，只是稍微有点没逻辑。

他知道她猜到了，但既然她现在不想说，那他就陪着她吧。

火锅店里空调开得不算大，但是白烟袅袅，热气蒸腾，岑惜全程没摘帽子，吃完一顿火锅，像是穿着衣服在火锅店里洗了个澡。

走出火锅店，简珂没再牵她的手。

岑惜瘪瘪嘴，明明什么都还没有，已经提前开始怅然若失。

上车后，简珂问她："回学校？还是回家？"

"可不可以，送我去体大旁边的中漾瑞华？"岑惜声如蚊蚋，想了想又觉得自己这个要求可能有点过分，"不方便的话，您把我扔在这儿就行。"

"……"

简珂把她送到酒店楼下，岑惜说完谢谢就准备跑路，没想到简珂也跟着下车了。

她呼吸凝滞，看了一眼酒店大堂，又看了看男人的脚尖，脑海里浮现出一幕幕让人肾上激素飙升的画面，实在是没憋住："那个，咱们已经到这……这种关系了吗？"

岑惜看不见，但她明显感觉到身边男人的身子顿了一下，两个人的距离很近，她能听见他侧头时发梢扫到领口的摩擦声。

简珂抬手，隔着帽子揉了揉她的头发，低沉的嗓音含着轻笑："想什么呢？”

怪我？

就算没有过这方面的经历，但是她已经成年了。

在成年人的世界里：“酒店”难道不是这个意思吗？

男人的手仍然停在她的头上，岑惜满心焦虑，她四天没洗头，很担心油脂会透过帽子传到他手上。

简珂弯下腰，温热的气息打在她露在空气中的下巴上：“我现在要去机场，把车先停在这儿。”他顿了顿，低声询问，“要一起吗？”

一起是不可能一起的，岑惜回酒店房间后，一猛子扎进软绵绵的大床。

她趴在床上，宛若躺尸。

她如果这个状态上了飞机，极有可能直接撬开逃生通道跳下飞机，再在空中做几个优雅的360度回旋转体挽回颜面。

酒店的空调风开得很暖，穿了四天的衣服气味肆无忌惮地蔓延。

她忍无可忍地站起来，脱下衣服扔到床上，仿佛能看见隔夜的酒精味、汗味、消毒水味，还有火锅味从里面飘出来，把这身衣服放狗面前，狗都得扛着火车连夜跑了。

可她竟然穿着这种衣服出现在简珂面前。

不管平时再怎么完美无瑕，但只要出现在简珂面前，她一定会出岔子。

这到底是什么勾股定理啊！

哦不是，墨菲定律啊！

岑惜进浴室洗澡，把这几天的事情在脑子里过了一遍，把真相猜出了八九不离十。

短短半个月，点点的形象从萌妹变成大叔，最后具象成为刚刚牵过她手的简珂。

世界成了五彩斑斓的万花筒，原本你不动它的时候，它不动，现在你一动，它瞎动。

也就是说，自己偷拍他，自以为在暗地里夸赞他，全都发给正主了？

还有，他连自己被关在图书馆一夜的事情，也知道哈？

我喜滋滋地骗你我手里有四个二和王炸，表面上你信了，其实你早就知道我手里只有对三儿，安静地看着我表演？

我以为咱俩都只知道自己的牌，到头来我一直是明牌在打。

岑惜心烦意乱地洗完澡，擦完身子站在浴室盯着自己的手看了好久。

这是一只被简珂牵过的手。

现在回想起来，还能清晰感受到那种温热干燥的触感。

又好心动。

岑惜抬眼，水雾朦朦的镜子上，她看到自己脸上加大加粗的两个字，纠结。

她把毛巾放到一旁，穿着浴袍小跑回床上，充电器是她上来前找前台借的，沉睡了两天的手机，终于再度重见天日了。

两天没看手机，一开机里面叮叮当当跳出来一堆未读，她全都无视，直接点开了某乎。

【如果你说讨厌一个人，但事实上你喜欢他，你以为他不知道，但其实他全都知道是种什么体验？】

结果栏是空的。

【如果你喜欢的人，现实中对你爱答不理，但是实际上他在网上偷偷加你，是不是也说明他喜欢你？】

结果栏还是空的。

岑惜不甘心，换了个问法。

【你跟你喜欢的人经历过最尴尬的事是什么？】

热门回答：他问我喜不喜欢他，我以为他在逗我，就说不喜欢，结果我朋友转眼就告诉他其实我喜欢他，好尴尬呀！

岑惜三分凉薄三分讥笑四分漫不经心：呵，就这？

手指向下划拉，她的目光被答主的下一句话吸引。

【现在我们已经在一起两年啦。】

忽然，她的脑海里蹦出了一段对话。

——“师父，我好像跟喜欢的人有点误会。”

——“那你把那人堵厕所吧，或者随便堵进一个没人的小教室。”

——“两年前，我不知道是你。”

嘴角止不住地向上扬，用力收都收不住。

简珂，喜欢自己。

怎么办，连空气都是粉甜的，岑惜把脸埋进被子里，忍不住笑出声，又翻身尖叫着打了几个滚。

像个可爱的神经病。

又是一夜无眠，但这次是因为兴奋，第二天早上，岑惜换好衣服，果断退房打车回学校，顺便同意了来自简珂的微信好友申请。

推开宿舍的门，舍友们纷纷围上来，岑惜感受到了久违的幸福和温暖。

“老三你是不是没事了呀？”老四说，“看起来心情挺好的。”

“嗯，这次是真的没事啦。”岑惜扬起嘴角，她关上宿舍的门，才发现房间里昏暗一片，“大白天的，干吗拉窗帘？”

岑惜侧头，看向桌子上那张照片，是简珂微信头像的放大版。

男人放大的五官清隽俊朗，嘴巴不知道是修的还是朦胧日光衬的，有种潋滟的绝色。

大家各自躺到床上或坐在椅子上，老二一边看书复习，一边想起来随口问了一句：“我听人说昨天简珂过来找你了？他不是不当助教了吗，是岑教授那边有事？”

听这平淡的语气，岑惜就知道她还不清楚事情的来龙去脉，于是做作地清了清嗓子：“咳，那个，他是自己要来找我的。”

“哦。”老二完全没听懂她话里有话，把真题拿过来，咬着笔杆问她，“老三你给我看看这题，著作权人 Y 认为网络服务提供者 Z 的服务所涉及的作品侵犯了自己的信息网络传播权，向 Z 提交书面通知要求其删除侵权作品。对此，下列哪些选项是错误的？”

岑惜接过真题，看了一眼，在 B 选项上画了个圈：“选 B。Z 接到书面通知后，可在合理时间内删除涉嫌侵权作品，同时将通知书转达提供该作品的服务对象。错的。”

“为什么啊？”

岑惜解释：“你比如说，有人抄袭了我的小说，从绿江发到粉江，如果粉江收到了我的书面通知，应当立即删除抄袭的小说，而不是合理时间。”

“哇，老三，你太厉害了呀！”老二星星眼，语气夸张，“你怎么什么都懂呀，简直是我女神！”

“咦，好恶心。”岑惜笑着推开她，自己也拿出书复习。

有了作业的插曲，大家也就把老三和简珂的事放在一边了。

当然最主要的原因是，大家并不知道两个人之间具体发生了什么。

大家都在认真复习，只有岑惜，眼睛时不时往手机那边瞟。

她的手机一直都处于亮着的状态，页面停在和简珂的聊天框上，只有有暗下去趋势时，她会伸手碰亮，以确保自己能第一时间收到他的消息。

空空如也的聊天页面，倒是和她刚加上点点的那天一模一样。

“丁零”一声，屏幕上终于多出了一小条白色的对话框。

【简珂：在做什么？】

岑惜立刻抱起手机，给自己的桌面拍了一张照片，临发送前，犹豫了一下，把照片删了。

不能这么快回复消息吧？

不然他不就知道自己一直在等他消息了？

这么主动，会被看轻的吧。

岑惜回头看了一眼他的照片，望梅止渴，咬咬牙退出了微信。

她强逼着自己复习了四个小时，直到点的外卖到了，才迫不及待地再次点开对话框。

她收了一下桌子，重新调整角度，拍了一张小清新的桌面发给他。

【七惜：在复习。】

你呢？是不是要回来了？回来了以后，要不要约我？要不要趁现在我复习完了，抓紧时间和我确认一下关系？

对了对了，今晚的月色很美。

超级美，特别美。

别看她发出去的只有三个字，脑补的小作文将近三百字了。

然而，对方并不能收到她的“颅内消息”。

【简珂：那你先忙。】

我不是这个意思！岑惜欲哭无泪，但是自己装的戏，含着泪也得演下去。

【七惜：好的，你也是。】

发完消息，岑惜仰靠在椅子上，发出了一声绝望的叹息。

跟喜欢的人聊天，好难。

她并不知道，此时此刻，在大洋彼岸，她喜欢的人正被人闻着衣领问：“简珂，你飞二十几个小时，外搭延误转机，就是为了吃顿火锅？有这工夫都够你在这里开家火锅店了吧！”

简珂眼底含着淡笑：“不懂。”

包宏艺：“……”

上了飞机，包宏艺又问：“那你干吗又这么着急回去？”

简珂：“办卸任手续。”

包宏艺：“确认不是千里追妻？”

简珂波澜不惊地回答：“不确认。”

包宏艺：呵呵，神仙谈恋爱，比普通人还不要脸。

关机前，简珂给岑惜发了最后一条微信。

【简珂：考完试以后的时间留给我？】

岑惜挑了一件浅粉色的宽松版型卫衣，下面穿了一条杏色的阔腿裤。

本来她想穿裙子的，但是又觉得裙子太刻意，这样打扮，“软糯”得更加不经意一些。

大的范围不经意，但是小的地方全是小心机。

化妆时，她在耳垂和锁骨上扫了淡淡的一层腮红，刘海也卷成八字刘海，蓬松地搭在颧骨两侧，还喷上了定型喷雾。

出于某种特殊的期待，她涂了口红后又叠加了一层口红雨衣，这样不管碰到什么，口红都不会掉色。

舍友们对她这个出门前必精心打扮的行为并不觉得奇怪，只觉得今天的她特别精致漂亮。

一路往教室走，吸引来的目光也比平时更多。

本来以为，她这个装扮要考完试才派得上用场，但谁知，正巧监考老师不舒服，碰上来办卸任助教手续的简珂，阴错阳差，现在监考位置上坐的又是他。

于是，岑惜经历了有生以来最做作的一次考试，腰背挺得笔直，不管多难的题都面带微笑，时不时拨弄一下发梢，至于前面的刘海，快把眼睛扎瞎了也不动一下。

简珂坐在讲台上，眼睛扫到她的方向时，嘴角向上弯了一下。

他想起她高中时的样子，和今天有点像。

那天她数学没考好，被岑教授说了一嘴，委屈得想哭鼻子，却还要挺直腰板，红着眼睛嘴硬："我只是这次没考好而已。"

简珂对于不相关的人和事向来过目即忘，但那个画面却记了很多年。

可惜只是一个画面，而不是具体的人脸。

况且后来再在大学里见到她，她的变化很大，以至于他一直以为岑教授有两个女儿，过去他见到的那个叫岑臻，大学里的这个叫岑惜。

三天前，他才知道自己错得有多离谱。

考完试，各自走上去交卷，岑惜克制住自己内心的激动，装模作样像个正常人似的朝他走过去。

她从来没有承认过，从以前到今天，每一次向他走过去的这短短几十步，在她心里都是一场盛大的奔赴。

为他披荆斩棘，为他神魂颠倒。

和从前一样，岑惜两只手把卷子呈到他面前。

男人拿过卷子时，伸出修长的食指旁若无人地在她小拇指上钩了一下。

始料未及的温热触感，心脏都被钩出来，她差点叫出声。

她兵荒马乱地抬头，眼前依然是那张倨傲的脸。

眼看他身体往前倾了倾，距离拉近时他抬手要帮她理碎发，岑惜立刻后退了半步，红着脸快步走出教室。

大庭广众之下跟他发生点什么，她实在是没这个勇气。

"啊啊啊，还差最后一场就考完了！"老大一副被人吸了血的虚脱样栽进岑惜怀里，其实是借机拉她，"走走走，老三咱们吃饭去，华堂那边新开了家火锅店，据说还不错。"

嗯，是挺不错的，岑惜在心里默默回应："那个，你们去吧，我今天约了人。”

老四问：“约了谁啊？要是李槿容她们找你，你可不能一个人去。”

“不是她们，是我爸的一个朋友。”岑惜一时没想好怎么跟她们解释自己跟简珂的事，只好临时给他安排了一个身份，反正这也不算说谎。

“嗯？岑教授的朋友找你吃饭？”老二觉得奇怪，“岑教授哪个朋友？不会是简珂吧？”

岑惜：“……”

这个智商不用在学习上真是太浪费了。

“想什么呢，他俩要能单独出去，我把今天考试卷子吃了。”老大笑着拉走老二，“那老三你真有事我们就走了，有事你跟我们发微信。”

岑惜表面应着：“嗯，好。”

岑惜内心：也不知道你是想吃生卷子，还是想炒着吃。

和舍友们告别后，她才敢看手机。

【简珂：在哪儿？】

【七惜：简珂，我们开车去吗？还是打车？】

【简珂：开车。】

岑惜像个特务一样，身披茫茫月色，潜伏到车库后回复。

【七惜：在车库。】

简珂整理完卷子走到车库，看到小姑娘在车的另一边偷偷整理碎发，就是他想整理但被她躲开的那一撮。

于是，他故意踩重了脚步，果然，她马上低头看手机，假装什么都没发生过。

他敛下笑意，走到她身旁。

特务有特务的职业道德，两个人的身体快触碰时，岑惜立刻向反方向移动，小跑着到副驾驶的位置，打开车门，抬腿轻巧地迈上去。

简珂只当没感觉到她的害羞，上车后问她：“先吃饭？”

岑惜盯着自己的大腿：“嗯。”

忽然想起了什么，她问：“可以不去华堂吗？”

简珂没来得及应，就听见她又说：“那个，如果您想去华堂也行，我随口一说，不算数的。”

她话里的小心翼翼快要溢出来了，像是生怕自己做错事要被家长训话的小孩。

“岑惜。”简珂忽然侧过身，目光与她的相对，他的瞳眸里有摄人心魄的钩子，攫取她的心脏。

车内空间本就狭隘，这样一来，他的气息几乎打在她的脸上。

岑惜紧张地屏住呼吸，在这个男人面前，打腮红什么的，真是太多余了。

“我是你的男朋友。”简珂的声音被放大，磁性的声音灌满了双耳，“不是你的老师，也不是你的家长，和我说话不用这么紧张。”

岑惜微微愣住，“男朋友”三个字仿佛浸入了她的身体，在她滚烫沸腾的血液中四处碰撞。

直到他们涌入车水马龙中，岑惜才抿嘴，偷偷地笑了。

轻盈的月色像是一层纱，落在她摊开的掌心上。

简珂似乎压根儿就没打算带她去华堂，车停下的地方面前是一方清澈湛蓝的湖。

风吹来时波光粼粼，画出一道道清凌凌的涟漪。

暖色的灯光昏黄，罩着远处的空濛山色和疏影横斜的红梅花。

简珂下车，正要去副驾驶的位置给她开门，只见她已经自己下车，走到他的身边，又刻意隔着半臂距离。

他们两个的关系就像这段距离一样，看似很近，却又始终无法真正融合。

这是一家装修得很有质感的西餐厅，隔着玻璃，岑惜看见每个桌子上都洒着浪漫火红的玫瑰花。

然后坐在靠窗位置的那个女士微笑着切了块牛排，顿时鲜血四溅，原本干净的玻璃上立刻挂了几滴血珠，比玫瑰花还红。

尽管血滴隔着玻璃，但岑惜还是下意识地战术性后仰了半步。

简珂顺着她眼睛的方向看过去，抓着她的手，忽地往相反的方向走。

岑惜小声“咦”了一下：“我们不吃这家店吗？”

“不吃。”简珂用拇指摩挲着她细嫩的手背，带着她往旁边的火锅店走。

岑惜觉得手背有点痒，笑着想，还好是火锅，火锅的肉都是熟的。

还是岑惜先点菜。

简珂单手拿着手机，给包宏艺发微信。

【简珂：预约帮我取消。】

【包包：？】

【包包：现在取消？钱可不退啊。】

【简珂：嗯。】

火锅店里在放一首很有节奏感的歌。

简珂发完消息抬头，发现点餐的纸已经放到他面前，而且好像已经放了有一会儿了。

岑惜舔了舔嘴唇，小心翼翼地问：“简珂，你是不是还有事要忙？”

简珂无奈地笑了下，姿态慵懒地把面前那张带着塑封膜的纸朝自己拨了两下。

她轻描淡写两个字，就把他和她之间隔了一整个人间。

他一手拿着马克笔画了几样菜，另一只手捏着她的手指揉搓把玩，小姑娘的手软得像没骨头，心怎么就这么硬。

简珂声音温淡："不忙，刚刚是包子。"

岑惜的呼吸顿了一下。

提起包宏艺，她就想起自己之前兴致勃勃地去拍两人的背影。不知道那时候面前这个男人收到自己即将偷拍他的消息，心里在想什么，是不是觉得自己尴尬。

可他是怎么知道七惜是自己的呢？又是怎么知道自己要收徒弟？

关键是为什么要隐藏身份那么久啊，是因为自己一直针对他，所以他生气了，报复自己？

不知道。

岑惜也不敢问。主要是怕他说出来的原因自己接受不了。面对不了就不面对，这是岑家小惜永远的鸵鸟精神。

简珂把菜单交给服务员时，抬头看见她在发呆，他故意逗她："他比我好看？"

岑惜愣了下神，才发现自己的视线前方是一桌正在吃饭聊天的男生，看年纪和他们差不多大。她立刻回过神，双手在脸颊两旁轻轻摆动表示否认："没没没，没你好看，别说好看，我都没敢仔细看。"

真没出息。

简珂看她这个样子，没忍住笑了下。

他笑起来时眼尾的弧度很柔和，像是春天盛艳的蔷薇花瓣。

岑惜感觉自己好像彻底破功了。

辛苦维系的骄矜校花形象荡然无存，成了一个每天坐在粉红色爱心球上的小鸵鸟。

两人吃完火锅从店里走出来还不到晚上七点，一般情况下如果跟别人在一起，岑惜会问一句"咱们接下来去哪儿"，但是跟简珂在一起她好像不太需要废这句话。

因为他似乎永远有目的性地带着她走，甚至不知道他是提前规划好的还是临时起意。

说过刚才那番丢人的话，岑惜似乎在面对他的时候也不像刚才那么紧张了，偶尔看见他某个不曾见过的角度时，她还会激动地哈一口气。

奶白的雾气从她嘴里跑出去，跌跌撞撞碎在他宽阔的后背上。

岑惜看着看着，嘴角就不自觉地往上翘。

"冷？"简珂感觉到她在后面哈气，尽管她的小手很热，他还是问了一句。

岑惜怕被发现，半秒收起笑容："不冷。"

简珂动作没停，脱下外套披在她身上。

他的肩比她的宽，岑惜双手抓着外套不让衣服掉下去，抬起眼时，看见了三个女生从对面的西餐厅出来。

与此同时，对面的女生也看到她了，似乎有朝她走过来的迹象。

是李槚容她们。

想到那些不愉快的经历，岑惜并不想在这时候跟她们有任何交集，她抓起简珂的手："我们快走吧。"

简珂垂眼，看着主动牵住他的白嫩手指，微妙地勾了下嘴角。

上了车，他并不急着启动，而是慢条斯理地整理着因为脱下外套而褶皱的袖口："怎么了？"

岑惜一愣："什么？"

简珂不厌其烦："为什么忽然急着走了？"

岑惜还以为他没发现，脸色微赧，羞于承认是因为李槚容："没什么，有点冷。"

不知道简珂有没有发现她在撒谎，反正他听完之后只是闷闷地"嗯"了一声，然后随口问了一句："想逛街吗？"

"嗯，好。"岑惜应下，她想象着两个人一起逛男装店给他选衣服，或者逛超市的温馨场景，还有点小雀跃。

简珂应该是一个偏爱安静的人，他的车里从来没有音乐或者广播的声音，狭小的空间里，只能听见他浅淡的呼吸声在耳侧，缱绻到她的心轻易被攻陷。

岑惜身子向后仰，眼神偷偷往左瞥，借着张扬的路灯，把他的轮廓看了个仔仔细细。

她抿嘴不让自己笑出声，觉得这真不愧是她喜欢了六年的人，从发丝到下巴，没有一处的线条不是完美的。

那个一直只在期末考试的时候活在照片里被她们膜拜的人，竟然活生生地坐在她身旁，这才最神奇。

岑惜满脑子七荤八素的思想跟在简珂后面进了商场，直到导购员专业的问候声响起，她才发现简珂带她来的是一家奢侈品店。

是之前学校论坛里说她背高仿的那个品牌。

她一下子没反应过来。

简珂低声问："有喜欢的吗？"

岑惜扫了一眼被吊灯照得金碧辉煌的货架上那一个个精致的小包，偷偷靠他近了一些，踮起脚尖，一只手遮住自己的嘴巴，跟他说悄悄话："这家店太贵啦。"

"什么？"简珂没听清，下意识地弯腰凑近了些。

导购员天天在这里见人来人往，吃的就是识人的饭，这一个动作她就看明白了两个人的心态和关系。

她大概观察了一下男人的气场，知道今天只要这个女生开口，就是要星星他都能给这女生摘。

导购稍加思索，上前了一步："您看我们这个项链，不仅和您的衣服特别搭，而且和您先生的袖扣是同一系列的，您要试戴一下吗？"

先生？

这个称呼暧昧成分有点超标，但岑惜完全不想否认，还顺着导购的话往简珂袖口瞥了一眼。

一个略显冷淡的暗银色袖口隐约可见。

还真的是同个系列的。

不等岑惜回答，导购已经把玻璃柜中的项链拿出来，准备给她戴上。

"我来。"简珂把自己放在兜里的手抽出来，从导购手上接过项链。

一条白金项链，中间有一朵镶嵌钻石的山茶花。简珂的手很大，花落在他手上的时候瞬间有种迷你感。

他站在女生身后，把项链从她细白的脖颈前绕过，低头给她系扣子时，不经意扫到了她纤细漂亮的锁骨。

她的耳后有几绺碎发调皮地抓挠着他的手指，一种想犯罪的冲动顷刻间涌上来，连扣子都错开了孔。

岑惜微微泛红的脸颊和他白皙的手指也形成了鲜明的对比。

她甚至没跟着导购去镜子前欣赏自己戴上项链的样子，就匆匆买下了这条项链。其实当她知道这条项链跟他的袖扣是情侣款的时候，她就已经决定要买。

当看见女生掏出手机结账的时候，导购有些犹豫，不过见女生很理所应当的样子，她也不太好多说什么。

当岑惜拎着黑白小袋子回到简珂面前时，简珂有一瞬间的诧异。

再开车回学校时，简珂目不斜视地开车，眼神里没什么情绪。

车里莫名的低气压，跟去商场前明显不同，岑惜也不知道哪里出了问题，但是感觉似乎惹他不高兴了。

可她仔细回想了一下，她什么都没做啊。

简珂的车可以直接开到学校里，下车前岑惜把他的外套脱下来，叠了一下，犹豫后回身把衣服放在后座上。

看样子是铁定不打算跟他说话。

其实她只是不知道这时候该说什么。

浓重的夜幕下，星星一闪一闪，像是珍珠洒落在波光粼粼的海里。

等她把身子转到一半时，一张浓颜俊脸猝不及防地靠近。

他的呼吸近在咫尺，比刚才给她戴项链的时候还近，说话时旖旎的气息扑在她发梢："小惜。"

像是怕她听不清，他抬手把她的头发挽到耳后，温热的气息似要烧烫她的耳垂：“其实我不太会和女孩子交往，如果哪里做得不好，告诉我，嗯？”

岑惜收好自己粉红色的大泡泡少女心回到宿舍，舍友们并没有发现她的异常。

只有老大看见她手里的包装袋，认出了品牌，调侃她：“发财了？”

“还真是。”老二附和，好奇地探头探脑往袋子里看是什么东西，贴近岑惜时，忽然发现她身上还是暖和的，“哎？今天外面不冷吗？”

正在复习最后一门课的老四咬笔杆：“老三属于教职工家属，应该有点特权吧？”

哎呀。

教职工家属。

怎么以前没发现“家属”这个词这么浪漫。

舍友们觉得岑惜最近不太正常，时不时傻笑，时不时脸红，正要问个究竟，听到了敲门声。

老二站着，离门最近，她“咦”了一声，趿着拖鞋过去开门。等看清门口的人是谁之后，她毫不犹豫地把门“嘭”地摔上：“你们能不能不烦人了啊！”

“我不是来烦人的。”门外是李樰容的声音，她的声音有些迟疑，“我可以找岑惜聊聊吗？”

“老三跟你没什么可聊的！”老大声若洪钟，护犊子是401宿舍的优良传统。

可今天的李樰容很执着：“我今天是来跟岑惜道歉的，如果岑惜不愿意跟我聊，我就站在外面说吧。”

老二盯着门缝，想看看这回她玩的又是什么把戏。

岑惜两只手抓着老二的肩膀，把门神般的老二移开，小声说：“我去看看。”开门的同时她补充，“如果有任何异常，我会通知你们的，放心。”

李樰容看到岑惜的瞬间怔了一下，这是她们两个第一次在清醒时刻这么近地面对面。

不得不说，岑惜真的很好看，离得这么近也看不见她脸上的毛孔，眉眼五官，无一处不惊艳。

感觉到李樰容的视线黏在自己脸上，岑惜别扭地别开脸：“找我什么事，说吧。”

“哦。”李樰容反应过来，“就是想就之前的事情，跟你说一声对不起。”

岑惜微微蹙眉，一时没拿准她的态度。

“我当时太冲动了，也没想到后面的事情会是那样的发展，如果给你造成困扰了，我可以出面替你解释。”

“不用了。”岑惜其实挺不喜欢跟人掰扯什么事的，见李槚容态度诚恳，也拿出息事宁人的态度，况且那件事她也不能说一点责任都没有。

“还有……”

“还有什么？”

“我……能和你做朋友吗？”李槚容说话时小心谨慎，和她以往张扬的性子不太像，怕岑惜多想，她又补充道，“我跟许韵还有高佳佳她们绝交了，今天你看见我们吃的就是散伙饭。不过我不是道德绑架你，就是……”

“好啊。”

“哎？”已经做好被拒绝准备的李槚容有点意外，没想到岑惜这么好说话。

岑惜不是好说话，她是看见楼下那辆SUV还没走，急着去找车里那位：“我回来给你微信。”

她说完匆匆往楼下跑。

简珂舌头抵着下槽牙，一只手肘慵懒地撑在车窗上，另一只手拿着手机有一搭没一搭地磕着方向盘。

他拿不准小姑娘的心思，想好好思索一番，一闭眼却全是她细嫩白皙的脖颈。

疯了。

岑惜跑到楼梯拐角处，脚步倏地顿住。

这时候见他，要说什么？

如果他只是很累，想要休息，并不想跟自己说话呢？

岑惜不知道别人是怎么跟男朋友相处的，但她其实能感觉到，自己跟简珂之间不是那种正常的情侣关系。

他们两个人之间的关系，更像是镜花水月。

这一切来得太突然，远比梦更像梦。

她只敢碰最表面的那一层冰凉莹白，害怕再往下用力，月亮就消失了。

岑惜身披涣散的光影，沉默地走回宿舍，走到一半，她还是没忍住，悄悄地往楼下看了一眼。

像是有所感应，底下的人扬眸，彼此的视线在乳白月光下交汇。

狂风暴雨的情绪在注视中抵死缠绵，只这一眼，她好像化成一潭水。

六年的暗潮涌动一溃千里，呼吸开始灼热。

太喜欢他了。

真的太喜欢了。

无数次口是心非后魂牵梦萦。

小心谨慎，只是因为太害怕失去。

如果是梦，她愿意从此久睡不起。

手机忽然振动，岑惜拿到耳边：“喂？”

她看见楼下车里的男人嘴巴轻动，声音通过电话听筒传来，被电流渲染得更低沉磁性了一些：“发什么呆。”

“我……”有黑夜做掩护，岑惜才敢咧开嘴，胆子也不自觉地大了，“我在想，明天考试，你要不要给我开个后门？”

“你需要？”男人的尾音上扬，有种勾人的魅惑，像是午夜令人沉迷的白兰地。

岑惜发出带有犹豫的哼声：“好吧，不需要。”

“好好复习。”简珂直直地看着她，浅色的清眸里倒映着溶溶月光。如果不是他说出来的话足够正经，这个眼神足够她想歪一百次。

回宿舍已经很晚了，舍友们都已经早早地睡觉准备迎接第二天的期末考试，只有岑惜，在挂了电话后双眼瞪着天花板，激动得睡不着觉。

爱情能当饭吃吗?

能。

不仅能当饭吃，还能当觉睡。

只是睡不着的滋味实在有点难受，岑惜抱着手机，不太敢骚扰简珂，只好回头看自己的小说数据，准备虐自己一把好睡觉。

之前看数据是如履薄冰，现在看数据履险如夷。

岑惜没想到，看过数据之后，她更兴奋了。

之前来她这里找点点的读者有不少人留下看了她的书。

【好看哎！为什么人这么少？】

【第一次见到这么可爱的女主，爱了爱了。】

【看完这一本又看了其他四本，感觉这本最好，其次是第一本，中间的三本套路有点固定啊。】

【这里是不是有点问题？为什么男主管舅舅的儿子叫堂哥啊，不应该是表哥？】

岑惜顺着这条评论打开章节，又在网上搜了一下表哥和堂哥的关系，发现读者说的还真是对的。

发了个红包感谢读者，岑惜默默地修改了称呼。

有人在认真看文，连细小的称呼都可以注意到，对岑惜来说，是莫大的鼓舞。

她这本和简珂断更了的那本都和律师有点关系，尽管在她这本里律师是配角，但也有人把她这本当作那本的“代餐”来看。

岑惜不由得发自内心感慨，只要靠近简珂，日子就会像开了外挂一样一帆风顺。

本来是想看了评论睡觉的，最后变成当场打开笔记本电脑又码了两章。

当岑惜把最新章节放进存稿箱后，忽然发现数据不太对。

已经凌晨三点了，她的收藏数还在以肉眼可见的速度唰唰唰地涨。

一个眨眼就能涨几十个。

不对。

这个数据不对。

不要说凌晨三点，就算是白天也不可能涨这么快。

稍微联想一下，岑惜反应过来她的小说是被人恶意刷了数据，看似是在上涨，但实际上这些假数据一旦被网站的编辑查出来，小说从此就会屏蔽下架，连带着她的笔名都会染上污点。

对方很狡猾，选择了凌晨这种不容易注意到的时段。如果不是她正好注意到了，根本不会发现是被人恶意刷了，到时候有嘴都说不清。

岑惜“扑街”了这么久，这种事情仅仅听说，根本没亲身经历过，一时六神无主。

她抱着手机惶惶搜解决办法。

现在是周二凌晨，周三编辑排榜，到时会清查数据。也就是说，她必须要在一天之内把这些假数据弄掉。

遇到这样事情的人不多，毕竟这样坏心眼的人还是少数，她唯一能够参考的解决办法就是跟编辑报备一下。

但具体是否可行也没人给个准话。

岑惜不敢跟编辑说，怕编辑觉得她贼喊捉贼。两年了，好不容易新书有了点起色，她承担不了这个不确定性。

第二天期末考试，岑惜用遮瑕遮住了她硕大的黑眼圈，但拧紧的眉心遮不住。

她低头答卷，中性笔划过木浆纸，发出“唰唰唰”的笔触声。

简珂坐在讲台上，沉默地看着她。

他看出来她心情不好，但是具体原因无从知晓。

遇到烦心的事情，他习惯性磕手机。

他青筋隐现的手抓着手机，为了不发出声音，一下一下磕在自己的大腿上。

三个小时后，岑惜和其他同学一起走上讲台把自己的卷子交上去，对上简珂自上而下投来的视线，她没来得及躲，勉强笑了一下。

才刚出教室，手机就响了。

【简珂：打算什么时候回家？】

岑惜想了想：【我没什么事情，应该等会儿收拾下就回去了。】

【简珂：我送你？】

岑惜看到这条消息，默默切换到跟爸爸的聊天页面：【爸爸，我自己回家，不用来接了。】

然后，她又回到和简珂的聊天页面：【嗯嗯，那我就不坐地铁了。】

车窗外光秃秃的暗色树枝从眼前一闪而过，岑惜满心想着的都是自己小说的数据。

刚刚回宿舍拿东西时，有人加她企鹅账号，申请备注上自称可以抹掉数据。但从她通过了好友申请后，对方像是在耍她，发出去了十几条消息都没回。

她急得口干舌燥，不自觉地舔了一路嘴唇。

“小惜。”红灯时，简珂微微侧过一点身子，“你心情不好的时候，一般喜欢怎么排解？”

岑惜发散了一下思维：“你心情不好吗？”

交通指示灯变成绿色，简珂右腿踩下，车启动时，他若有似无地“嗯”了一声。

不一样的原因造成的心情不好有不一样的排解办法啊，但是既然简珂没说，岑惜就默认这是他的隐私。

她仔细思考了一下比较通用的办法，结合天气，她说：“以前我心情不好的时候，特别喜欢看雪，白茫茫的一片，烦心事就都被白雪裹走了，只是……”

只是现在为了道路安全，一旦下雪就会大规模清除，所以现在都看不到那种茫茫白雪了。

后面的原因还没说出来，她发现车忽然掉了个头，疑惑地问：“我们去哪儿？”

“看雪。”

两个小时后，车停在距离市区五十千米外的近郊，岑惜还以为自己出现幻觉了。

脚下大地一片银装素裹，远处的天与地连接在一起，仿若身处在白色的银河间。

北风吹来雪花迎风飘舞，蹁跹纷扬。

比她见过的任何一场雪都美。

很难想象燕市还会有这样宛若仙境又无人打扰的地方，她惊讶又惊喜，回头看向简珂：“你是怎么发现这里的？”

“不是发现。”简珂抬睫，琥珀色的瞳眸里倒映着蓬松松的雪球，“是中漾开发还没对外开放的滑雪场，喜欢吗？”

岑惜小鸡啄米似的点头，旋即想起刚刚的对话，小心问道：“看到雪景，心情好一点了吗？”

对上她灵动的小鹿眼，简珂胸腔起伏，倏而弯唇：“好多了。要下去走走吗？”

岑惜的眼中难掩兴奋：“可以吗？”

简珂低头不知道给谁发消息，过了两分钟，他轻拍了下她的头顶：“走吧。”

雪场的铁门从里面被人打开，一个面容和蔼，穿着军大衣的看门人伯伯把他们带进去。

为了不影响他们，进了雪场后伯伯再没有出现过，只留下了两排脚印证明他曾经出现过。

岑惜是真的非常喜欢下雪，从小就是，每次下雪，她都要拉着岑臻出去堆雪人。

姐弟俩一人堆一个，男孩子发育晚，在玩雪的那个年纪，岑臻是很好欺负的，因此每次岑惜都赢得毫无悬念。

白雪把她带回到那个无往不胜的年纪，岑惜把烦心事暂时扔到了脑后，看着面前那个肤色被映到几近透明的男人，不知道从哪儿来的勇气：“我们比赛搭雪人吧？”

简珂修眸微凝，静静地看着她，嘴角轻扬：“好啊。”

小小的身子蹲在雪地里，岑惜哼哧哼哧地从雪人肚子开始堆，还没堆出来个形，手就冻得通红僵硬。

她哆哆嗦嗦地把手缩在肚子上，准备捂一会儿再战，正思考等一下该用什么来充当雪人的双眼时——

忽然，她陷入了一个温暖怀抱里。

均匀浅淡的呼吸打在她的耳郭上缘，冻过的耳朵急剧发烫，她看着自己衣袖上的六瓣雪花化开。

然后看着从纯白色到比衣服深一点的水渍。

“冷就不比赛了。”男人的唇在她耳旁翕动，从喉结传来的酥麻触感充斥全身，大概是能猜到她某些不愿说出口的意图，顿了顿他又补充，“是你赢了。”

滑雪场旁有几间配套民宿，都是独栋的玻璃房小别墅，因为尚未对外营业，所以有供暖的只有其中一间。

看门的伯伯把他们带到房间里，哼着小歌回到了他在山下的小房间。

窗外的雪厚重而凛冽，寒风呼啸，小别墅里却始终干燥温暖。

像是童话中冰天雪地里的小木屋，好像还能听见篝火的噼啪声，岑惜觉得自己好像变成了《冰雪奇缘》里的艾莎。

刚刚在外面，眼睛在白雪的刺激下始终是白茫茫的一片，感受不到天色变换，这时进到房间里再往外看，才发现已是暮色将沉。

玻璃屋的灯是暖黄色的，和窗外青灰色的天空形成了反差。

岑惜双臂搭在窗台上，一只手撑着下巴，在温暖的房间里欣赏着窗外纯美的雪景。

简珂走到她身边，背靠着窗台，右手手肘闲闲地搭在上面，声音温淡而慵懒："衣服脱下来。"

岑惜："？"

全开放式的玻璃房，四周皆是雪景，尽管现在这个雪场还没对外营业，但是这不代表这里的封闭性就很好。

尤其是这里还有一个看门的伯伯，岑惜不确定伯伯等会儿会不会再回来。

她脸不动，目光不动声色地偏移，先是看见男人波澜不惊的侧颜，紧接着看见他已经脱了外套，里面穿着一件宽松的白色毛衣。

哦，这个意思啊。

岑惜没犹豫，脱下自己湿漉漉的外套，顺手搭在他外套旁边的暖气上，听见他说："等衣服干了，我们就回去。"

时间差不多是下午五点，冬日暗得早，眨眼时间天色从青灰色过渡到蓝紫调。

雪扑簌簌落在地上，声音清晰。

在这样落雪可闻的安静环境里和简珂独处，岑惜又不知道该做什么了。

被血冻僵的手指很快完成从僵硬到肿胀再到回暖的过程，她背着简珂趴在窗台上，偷偷打开搜索引擎。

【和喜欢的人待在一起不知道该说什么怎么办？】

像是卡着点一样，昨天加她企鹅的那个人这时忽然给她发来消息。

【星空网络数据运营：xiaojiejienihao（小姐姐你好）。】

"衣服干了，走吗？"正要回消息，简珂的声音从她身后响起，双臂把她虚拢在怀里，他应该是低下了头，说话时宽厚的胸膛在她的后背上微微起伏。

这个姿势……

岑惜的思想一下子就变色了。

她并不想让他知道自己发生了不好的事情，怕他这么完美的人发现他的女朋友不完美，从而后悔。

她拇指飞快切换屏幕，把聊天记录掩盖过去。

等屏幕切换过来，她感觉背后的男人呼吸似乎顿了一下，仿佛带了点笑。

岑惜低头，看见自己屏幕上显示的是有关于"和喜欢的人待在一起不知道该说什么怎么办"的回答。

她绝望地闭上眼睛，平静地给自己洗脑"他一定什么都没看见"，缓缓呼吸的同时，按下了锁屏键。

“嗯？”简珂从嗓子里发出一个单音节，声调微扬，在询问她上一个还没回答的问题。

“嗯嗯。”岑惜把手机攥在手里，“走。”

走出雪场的速度比进雪场的速度快了许多，岑惜心里着急，她还没来得及回那个自称可以抹掉她数据的人。

简珂被她拽着往前走，眼皮微耷，盯着她倔强的后脑勺，眼中情绪晦暗不明。

最后，他败下阵般轻声叹气。

岑惜坐在副驾驶座，紧紧握着手机，打算等他开车之后再和对方进行交涉。

可没想到简珂把车子启动后，车厢里响起了冰冷的警告音，很长的“嘀”。

“怎么了？”

简珂垂眼看着车内显示屏，胎压故障灯那里亮起了红色的标志，他尽量让自己的语气不那么复杂：“车胎被扎了。”

“被谁扎了啊？”岑惜脱口而出，这个地方本来就离市区有点距离，加上还没对外开放，除了他们和门卫厅里那个慢悠悠喝茶的伯伯，连个鬼都没有。

简珂扫了一眼门卫厅，一个念头在他脑海中闪过，他静默片刻，改口道：“也可能是胎压过高。”

岑惜“哦”了一声，她没考驾照，不太懂这些东西，挠挠耳垂问：“那我们现在怎么办？”

简珂迈开长腿下车，敲开门卫厅和伯伯交涉了一会儿，回来打开副驾驶的门：“今天晚上得住这边了。”

岑惜挺喜欢这栋唯美的玻璃别墅，她刚走的时候还在想什么时候找个机会来这里住一天，但她绝没有想到这个机会竟然来得这么快。

她看着男人脱下自己的大衣挂在衣架上，暖黄的灯光把他的毛衣照成暖白色，瘦高的身形看起来格外温柔：“今晚没办法回家，需要我帮你跟岑教授打声招呼吗？”

岑惜倒抽一口凉气：“不用了。”

跟简珂在一起的事，岑惜一时半会儿还没想好要怎么跟她爸说。

她担心爸爸知道以后贬她一顿，跟她说类似“你怎么配得上简珂呢”这种话。

她也不确定现在跟简珂到底算是什么情况，两个人又能坚持多久，所以听不得这种话。

岑惜给岑臻发了条消息，让他帮忙打个掩护。

雪未停，屋外白雪皑皑。

简珂的声音夹杂在雪里，显得有些淡漠，而后指着别墅里的两间房，问她："你想住哪间？"

岑惜抿抿唇，左右看了看，指向左手边那间看起来小一点的房间："这里吧。"

"好，那我先进去打个电话。"简珂说完，进了右手边那间选剩下的房间。

简珂打开窗户，寒风夹着雪花吹在他脸上。他把电话打给包宏艺，对面很快接起来，他问："包子，你现在在哪儿？"

包宏艺笑呵呵道："刚从中漾出来。那边给的顾问费用可真高啊，感觉以后都能直接躺平不用再打诉讼了，你什么时候回来？你不来这合同签不下来。"

"你知道我在哪儿吗？"

"你？你不是在……"包宏艺感觉简珂似乎跟他想象中的态度不太一样，说到一半改口，"这个点了，你应该已经带着岑惜回市里了吧……哎哟，哎哟，谢总，您怎么还亲自来送我……那个我有事就先不跟你说了啊，签合同再见！"

"……"

简珂背靠在窗台，冷风和凉凉月色一起打在他的后背。

他闭着眼，一只手捏着鼻梁山根处，另一只手臂闲闲地搭在窗台上，手机有一下没一下地打在玻璃上。

岑惜一边看手机里的那位运营给她解释她刷数据的行为以及清除数据有多难，一边想着简珂。

她感觉简珂好像不太高兴，她有点担心他是因为不想跟她住在外面，才会在进了房间以后心情不好，这样的话，看雪也没用了。

对面之前看她态度焦急，发消息本来不紧不慢的，但是这会儿似乎是看她一直不回消息，所以急了，直接出价。

【星空网络数据运营：小姐姐，你这个小说我看了，写得很好，如果上榜的话估计能多赚一千块，你转给我五百，我帮你把数据清了，还是划算的。】

岑惜还没来得及看消息，忽然听到对面简珂在的房间传来"哗啦"一声巨响。

雪虐风饕，深山独栋别墅，奇怪的响声。

当这些词在脑海里出现时，岑惜无意识地发出一声惊呼，拔腿噔噔噔跑到对面房间，却发现门怎么也推不开，她焦急地趴着门："你还好吗？发生什么了？"

门打开的瞬间，趴门的岑惜踉跄着往前摔了几步，被一只有力的大手拽进了怀里。

寒风没有一点阻力地在房间呼啸，她有一瞬间愣神，还以为他的房间在室外。

简珂抱着她往外走出房间，反手关上了房间门。

怒号的狂风顿时被隔绝在门后，屋里安静下来，岑惜听见自己心脏剧烈跳动的声音，她的气息打在简珂清冽的脖颈间："发生什么了？"

简珂抱着怀里人的手臂没松，另一只手轻轻揉了揉她的头顶："没什么，玻璃碎了。"

怀里人一怔："玻璃怎么会碎？"

玻璃碎这事儿真不是简珂故意的，他只是习惯性地磕手机，没想到玻璃尚未完全固定，那么脆弱，竟然会磕裂。

但他这时候怎么说？

如果实话实说，是不是显得扎车胎他也有份了？

先把人困在这儿，再让两个房间变成一个，怎么看都像是一套完整流程。

约莫安静了有半分钟，简珂语气平静："风太大了，把房顶的石头装饰物吹下来，把玻璃砸碎了。"

岑惜想了想："石头掉下来，还会拐弯的？"

简珂："嗯，刚刚北风吹过，由于风力的原因给了装饰物一个向窗户方向的平行力，导致花盆的下落轨迹与原定火箭发射轨迹发生了偏离，向着我窗户砸了过来，并持续受到风力影响严重偏离了轨道无法自行修复，最终导致砸碎我窗户这一无法挽救的后果，你要进去看看吗？"

乱七八糟的一大串话，岑惜只听懂了最后两句。想到刚才那个房间刺骨的冰冷，她肩膀瑟缩，顺便趁这个机会享受他的怀抱："不用了。"

如果这时候她抬头，还能看见男人脸上一抹惊艳又隐蔽的笑容，但是她没有，她只想被抱着。

别墅只有两间房，刚刚岑惜选房间时选的算是子母房中的子房，这个房间她一个人睡有点大，睡两个人又显得有点挤。

可是没办法，别墅二楼没有暖气，客厅里又没有沙发。

虽然房间小了点，但不幸中的万幸是房间里的双人床足够大。

简珂主动把大屋里的被子拿过来，岑惜想要接手时，两人的视线在安静的小屋中猝不及防对上。

房间中萦绕着一股暧昧的气息，并不受控制地开始蔓延。

男人率先挪开视线，没把被子给她，也不肯再面对她。他放下被子后清了下嗓子，嗓音变得低哑："我去洗澡。"

岑惜只觉得刚刚抱的那床被子冷到像是刚从冰窖里拿出来的，她想着等房间的温度把被子烘暖太慢，等他走后，她起身从空荡荡的衣柜里找出了吹风机。

她把吹风机调成热风模式，弯腰给被子吹风。

把被子吹暖时，她已经热到把卫衣领子尽可能扯低。

这时，房门再次被打开，简珂洗完澡出来，因为没找到吹风机，凌乱的头发湿漉漉的。

发梢上的温热水珠顺着下颚线滴落，落在他贴身的白色卫衣上。

房中热气升腾，潮湿氤氲，岑惜手一软，吹风机“啪嗒”一声掉落在地上。

岑惜看着简珂向自己走近，弯腰把掉在地上的吹风机捡起来。

等他出去吹头发，她才重新审视自己。

刚刚他朝自己走过来的时候，她在想什么？

简珂再回来时头发已经干了，他站在开关旁垂眸看她：“现在关灯？”

岑惜“嗯”了一声。

关灯后房间里一片漆黑，因为看不见，所以感官上的刺激尤为突出。

他从开关处走上床短短的几步，像是踩在她心上，咯噔咯噔，声音停下的瞬间，她身侧的床陷下去一块，木质柑橘味的气息顺着空隙飘过来，勾起后颈一片酥麻。

身边躺着她的梦想，岑惜浑身毛孔都在战栗。

只可惜简珂比她淡定太多，躺下一会儿，他的呼吸就渐趋于平稳。

还有事情没解决，岑惜强忍着不能让自己睡着，待到紧绷的掌心和脚趾也渐渐放松下来，她看了一眼手机，已经是周三的凌晨一点半。

手机屏的蓝光有些刺眼，岑惜把灯光调暗后仍担心晃到他，干脆把头埋进被子里。

刚才的对话被中途打断，对面在她没回复的时候还持之以恒给她发了几条消息。

【星空网络数据运营：是嫌贵吗？】

【星空网络数据运营：给你刷数据的后台挺厉害的，不是哪家都能清。】

【星空网络数据运营：周三就排榜了，你尽早回复我，价格可以商量。】

因为她在论坛提问的时候并没有留下自己的联系方式，所以一开始，岑惜以为这个人是绿江平台官方运营。

直到对方说要钱，她才反应过来。

后来想想，既然对方能清掉数据，那能得到她的联系方式也挺正常的。

与此同时，一个想法蹦出来。

【七惜：你跟刷数据的是不是同一拨人？】

【七惜：自导自演？】

对方沉默。

被窝里的空间很闭塞，岑惜等待对方回复时，手机屏幕上多了一层水雾，她把手机在被子上擦了擦，同时脑袋钻出去小口小口地换气。

“小惜？”简珂的声音带着一点刚睡醒的倦意，有点沙哑。

岑惜呼吸一滞，声音软糯，像犯错的孩子：“吵醒你了？”

简珂低低地“嗯”了一声：“你在和谁聊天吗？”

“没有。”岑惜下意识地否认。

空气一瞬间静默，她感觉男人侧了下身。

已经被抓到现形了，这时候的否认显得欲盖弥彰，尤其是半夜背着男朋友给别人发消息。

不等简珂追问，她主动交代：“是有点事情要解决。”

“嗯？”

岑惜想了想，拿出“我有一个朋友”大法：“我在网上有个作者朋友，叫御猫，你知道吗？”

为了让这事看起来更可信，她还搬出了真实存在的人。

“知道。”

岑惜的作者专栏下面有个友情链接，所以他知道。

人物都已经找好了，岑惜放松下来开始编故事：“她小说被人恶意刷了数据，然后又不知道怎么办，你知道的，我比较厉害，就帮她解决一下。”

谎也编完了，她也不用藏着掖着了，把手机从被窝里拿出来，被窝被她呼出去的热气打湿，有点黏糊，她不舒服很久了。

简珂像有夜视功能一般，黑暗中准确无误地抓住了她的手，好像对这件事很有兴趣：“那你准备怎么帮她解决？”

一旦说了一个谎，后面就只能说无数个谎去圆第一个谎，岑惜抠了抠脖子：“我也是刚知道这件事，暂时还没想好要怎么解决。”

“刷数据，是不是就和游戏里开外挂是一个意思？”

“嗯，差不多吧，应该都是篡改了原代码之类的。”岑惜很少玩游戏，只是偶尔听老二破口大骂对手买外挂，对这类了解得不多，“怎么了吗？”

“没怎么。”简珂的声音淡下来，带着点如愿以偿后的慵懒，“只是忽然想起来，我之前帮一个游戏公司打过著作权的官司。”

岑惜的眼睛倏地亮了，她压不住内心的激动，声音不自觉地放大了：“这么巧吗？”

巧什么巧，她又没打过官司，岑惜只是忽然联想到，擅自修改数据，也是侵害著作权的！

又过了两分钟，简珂的呼吸再次变得均匀，岑惜感慨男人睡眠真好，又一头钻进被窝。

已经快两点了，没想到对面也没睡觉。

【星空网络数据运营：你是不是不想出钱？等着被举报下架吧！到时候你一分钱也赚不到。】

岑惜“嘁”了一声，她已经完全不担心了，慢悠悠地打字。

【七惜：网站代码是有著作权的。】

【星空网络数据运营：说的啥呢？】

举着手机有点累，她从躺着转为趴着。

【七惜：你们私自复制了网站的服务器程序，擅自修改数据，并以此获利。第一，你们侵害了著作权中的复制权。】

【七惜：第二，你们侵害了著作权中的信息网络传播权。】

【七惜：第三，获得报酬权。】

【七惜：第四，保护作品完整权。】

对方就算不懂法律，但是这一长串的专业术语也足够把他们整蒙了，也不跳脚了，似乎在思考怎么回复。

等白天编辑上班后就要开始排榜了，岑惜没时间再跟他们进行拉锯战。

【七惜：聊天记录已截图取证，你的地址通过IP就能查到，我们法院见。】

【星空网络数据运营：小姐姐！等等！】

【星空网络数据运营：我们都是遵纪守法小市民，哪敢干这违法乱纪的事啊！】

【星空网络数据运营：我们强烈谴责刷数据的行为！帮你把数据清理干净是我们应该做的！】

【星空网络数据运营：您那个数据真的不是我们刷的！】

岑惜的嘴角不自觉地咧开，后面的话她也不用再回复了。

困扰她的事情终于解决啦！

啦啦啦！

她掀开被子，长吁一口胸中闷气。要不是旁边有人，她现在一定激动到在屋里翻他五六七八九十个跟头！

笑到苹果肌都快僵了，岑惜才侧头，用夜色做掩护，光明正大地看躺在她身边的男人。

他真优秀。

长得也好帅。

从内在，到外表，每一处都是她的心头好。

冷漠也喜欢，高傲也喜欢，温柔也喜欢，怎样都喜欢。

“简珂，你睡了吗？”岑惜探着脖子，小声再小声地询问。

回答她的只有绵长的呼吸声。

她把手机扔到一边，小心翼翼地挪动，不让床发出一点声音，在他的脸颊上，落下一个轻轻的吻。然后，她把那句藏在心里六年的话，轻声告诉睡着的他："我好喜欢你。"

做贼似的做完这一切，她又小心翼翼地挪回到属于她的墙角。

今天好喜欢，明天好喜欢，以后的每一天都好喜欢。

那你呢？

为什么和我在一起？会和我在一起多久？

我要有多优秀，才能让你在我身边留得久一点？

乱七八糟的问题缠在脑海里，岑惜想着想着，终于合上了眼睛。

浅浅白月光下，身旁的男人似乎勾了下嘴角，牵着她的那只手，一整夜都没有放开。

昨夜下了雪的缘故，第二天早上的天空变得干净澄明，像是一件刚洗过的巨大白衬衫。

等他们走到山下，车已经被伯伯叫来的修理队修好了。不管他们怎么说，伯伯就是不肯收钱，还说不然谢总会把他开除。

也不知道怎么修个车，就和总裁有关系了。

上了车，简珂给她解释，这种情况下一般集团会给伯伯报销修车费，让她不用担心，说完他又问："你作者朋友的事情解决了吗？"

"嗯，解决了。"岑惜回答，顺便给昨天的谎画个句号，"我一开始没跟你承认，是因为我觉得御猫可能不想被别人知道，不是故意瞒你的。"

"嗯。"简珂目不斜视地开车，很随意地问了一句，"她现在知道了吗？用不用我加她帮你解释一下？"

"不用了！"岑惜这句话几乎是喊出来的，意识到自己的反应有点夸张，她紧张地给自己找补，"那个，就是，御猫有点社恐，可能不太习惯有陌生人加她，就跟……"

她想说跟点点有点像，想起点点在自己面前，她又改口说："跟我舍友有点像。"

简珂没什么反应，平淡地"嗯"了一声。

"所以……"岑惜觉得这句让她纠结了一晚上的话有必要说，"我不是在跟什么乱七八糟的人聊天，才不敢承认的。"

简珂眉梢微挑，慢条斯理地问："忽然解释是怕我吃醋？"

"……"

岑惜只是觉得自己应该解释就解释了，完全没想过自己这么做的原因，不过听他这么问，好像……自己潜意识是真的担心简珂吃醋？

不过自己应该是想太多了吧，他怎么可能吃醋。

只有别人吃他醋的份吧。

他会不会觉得自己自恋什么的。

她还没想好怎么给自己搭台阶，忽地听见他说："那你解释得可有点晚，该吃的都吃完了。"

岑惜猛地侧头看他，不相信这话是从简珂嘴里说出来的，她怕自己又在自恋，想要跟他确认："你……"

她张了口，却不知道这话该怎么问出来。

"我——"简珂接着她的话茬往下说，在停车的时候，转过视线，与她的视线对上，一字一句，"已经吃醋了。"

轰隆一声，岑惜听见自己内心的粉红色泡泡，膨胀到爆炸。

说也奇怪，人的情绪有时候像个弹簧，极度亢奋会迅速反弹到另一个极端。

岑惜瞬间冷静下来，思索了一番简珂的话。

他怎么可能主动说自己吃醋？他一定是意有所指，这时候要是顺杆下了，下一秒就要被扫地出局。

他在考验自己，这是来自情商和智商的双重考验。

对，一定是这样。

如此说来，想必所谓吃醋是一种警告，他在暗示自己，不可以对他有任何欺骗，尤其是不能被他抓到现形。

岑惜正襟危坐，双目如炬，严肃回答："我知道了。"

简珂："？"

车停在小区楼下，岑惜背着自己的双肩包下车，走到单元门时发现简珂的车纹丝未动。

她正想着他是不是有话要跟自己说，一转过头，看见了她爸。

算起来也一周没见了，结果岑父就只是匆匆跟她打了个招呼，然后提着公文包快速走向简珂的车。

原来他没走是因为他俩有约。

刚放假就迫不及待地约出去见面，这"亲儿子"真是名副其实。

见到父亲后，和简珂在一起的甜蜜瞬间下头，父亲对他的热情和对自己近乎于打发的态度形成了落差，被打压的情绪悉数占据了思想根据地。

她知道他有多优秀，在她心中，他一直都是无所不能的存在。

但是这不影响她失落。

坐电梯上楼的途中，她有点恍惚，等她反应过来的时候，已经打开了和简珂的微信页面。

岑惜被自己的行为吓了一跳，她要干吗？难道她被刺激到想提分手？

她疯了吗？

美梦哪有主动醒来的道理！

岑臻开门，看见他姐是这副恹恹的表情，立刻用拇指和食指托住下巴，做出思考状：“不应该呀，跟梦中情人共度良宵怎么会是这反应？”

“梦中情人，你二十世纪八十年代的人吧？”岑惜被气笑了，随手从沙发上抄起一个枕头，朝着他脸甩过去。

第六章

/ 破冰的粉尘过敏 /

这个寒假岑惜过得很忙碌，埋头写小说的同时也开始准备法考，加上今年过年又很早，走亲戚接待客人，所以从雪山那一别，一直到假期过半，她都没有见到过简珂。

别的情侣也是这样一到假期就不见面吗？还是只有她？

再发散一点，她还会想，是不是简珂终于记起她在网上的样子，发现她是一个表里不一的人，想要冷暴力和她分手之类的。

因为有这个想法，她已经有很长时间连企鹅都不敢登录了。

但是今天有点特殊，因为版权编辑给她打了个电话，让她上线沟通一下出版事宜。

于是时隔两个月，她再次登上了快要落灰的企鹅。

一上线，她就鬼使神差地先点开了和“点点”的聊天记录。

上一次两个人的对话停留在元旦，她在体大旁边的KTV喝醉了给他打的那通电话。

那次她喝断片了，醒了之后完全不记得那通电话，所以根本不知道自己在电话里和他说了什么，也不知道他为什么在听到那通电话之后会像天神降临般出现在她身旁。

想问又不敢问，岑惜苦恼地搓了搓脸，点开版权编辑的对话框。

【编辑微微：七惜，情况就是刚刚电话里说的情况，我先把合同电子版

给你看一下，你确认没问题后我给你寄出纸质版。】

【编辑微微：你的地址还是之前那个吗？】

岑惜回了一个“是”，然后点击接收文件，不过她没有第一时间把合同点开，而是继续和编辑聊天。

【七惜：那个，我这本书还没写完，之前不都是写完才出版吗？】

【七惜：是改规则了吗？】

她第一本书也出版过，所以大概了解出版的流程。

【编辑微微：[可爱]哈哈，没有改，是出版社觉得你这本书写得很好，所以先出版上册，等你写完，再签约下册出版。】

【编辑微微：合同里有写呀，你可以看看。】

哦？

竟然连出版社都觉得她写得很好。

不然怎么敢在出版行情如此低迷的情况下，跟她签合同！

岑惜满面红光，一开始盯着自己键盘上的双手低低发笑，到后来实在忍不住，一脚蹬上床开心地在床上来回蹬腿打滚。

网文顶流七惜，又回来啦！

岑家小惜就是最厉害的！上天入地无所不能！不接受任何反驳！

在床上又叫又跳，散了好一会儿精力，她才再次坐到电脑前，面带大笑地准备跟编辑沟通后续详情。

这时，她看见右下角的粉色小企鹅被跳动的空白头像取代。

像是担心对面能越过屏幕直接看见她，岑惜立刻收起笑容，揉揉脸让表情变得正常。

【.：师父？】

【七惜：不敢不敢。】

最厉害的？无所不能？

在简珂面前，不存在的。

摆在显示器旁的手机忽然欢快地振动，岑惜看了一眼来电人的名字，清清嗓子，又“啊”了两声听自己的声音，确保一切正常后接起电话：“喂？”

电话那边先是传来一阵窸窸窣窣的摩擦声，应该是临时戴上耳机，而后才传来简珂的声音：“今天不忙？”

因为不想让他觉得自己是一个无所事事的人，所以每次他给她电话，岑惜都会缓个十几秒再接，问起来她就说自己在忙。

今天太开心了，所以她一不小心就忘了这个烦琐的步骤，她的右手食指在键盘上敲敲打打：“不是，也挺忙的，但是今天临时出了点别的事。”

“嗯？什么事？”

岑惜尽量让自己的语气听起来云淡风轻，把收到出版邀请的全过程事无巨细地讲给他，完事儿补一句："唉，出版好麻烦的。"

对面的呼吸声重了半秒，像是一声淡笑："嗯，是很麻烦，需要我帮忙吗？"

岑惜差点忘了简珂也是出版过书的人了："不用了，你在御诚那边应该挺忙的吧。"

"跟你差不多。"

"……"

简珂几次找她，得到的回答都是在忙，比他这个诉讼律师还不得空，其实他隐约能感觉到，她是在伪装什么，但是他找不到深层次的原因，也不敢贸然去打破那层伪装。

以他对小姑娘的了解，她大概率会受不了选择逃避。

他没办法承受这个损失。

难得找到她完全放松下来的时刻，他适时问道："后面你应该会更忙，要不要趁现在还有时间，出来放松一下？"

"嗯，好。"岑惜挂了电话。

终于可以见到简珂啦！

为了和简珂见面，岑惜做的准备堪比结婚——

提前一天做了指甲，给头发做了护理，拿出版社的稿费充值了一张美容卡做了全身美容。

到了见面当天，化妆两个半小时，挑衣服一小时都是基本操作了。

比约定时间提早一小时收拾完，她站在阳台望着小区单元门外，一辆车也不肯放过。

岑臻对此的评价是"好家伙，望夫石看见你都得羞愧"。

岑惜想了想觉得好像有点道理，而且这样等时间过得太慢了，可这时候让她干点别的正事不现实，因为根本集中不了精力。

她只能拿出手机翻翻联系人，看看能把谁揪起来聊会儿天打发时间。

本来不抱希望，没想到还真被她找出来了一个。

是昨天给她发了消息但是她忘记回的鸢鸢。

鸢鸢是她的网友，同时名义上是她的师父。之所以说是名义上，是因为加了好友之后，鸢鸢什么都没教过她，聊了两句和人设还有剧情有关的话题后就再也没理过她。

所以，昨天岑惜看见鸢鸢的消息有点不想回。

眼下实在没事做，再看她昨天发来的消息，鼓励的态度也算诚恳，就觉得回一下也可以。

【七惜：谢谢呀。】

鸢鸢秒回：【哈哈，之前我刚结婚事情有点多，就跟你断了联系，还以为你不打算理我了呢。】

哦，原来是结婚了，那能理解。

【七惜：不会的，结婚快乐。】

【鸢鸢：谢谢哟，话说你这新文写得真不错，樱花味道的吻，挺带感的。】

那当然！不只有樱花味道的吻，还有双学位的大脑，还有高级合伙人的能力！

岑惜微笑回道：【嗯，我也觉得不错。】

闲聊的时间果然过得非常快，又和鸢鸢聊了几句，简珂的电话就来了。

岑惜脚步轻快，几乎是跳着下楼。

他只比自己大了五岁，但是他身上深沉的气质和从容内敛无不彰显着时间沉积的阅历。这样的简珂，不管她见过多少次，内心的雀跃和欣喜都不会减少一分一毫。看着他清瘦高大的身形靠在干净的车身上等她，岑惜彻底按捺不住心底的心动，小跑了两步，扑进他温热的怀抱里。

小鸵鸟从来没这么主动过，以至于向来处变不惊的简珂都难得有一瞬间晃神，他一只手勾在她的腰上，怕她要躲又不敢用力，只是虚搭着，低头问："怎么了？"

岑惜快速而平缓地吸了一口他身上浅淡的香气，满足自己的占有欲，而后抽离，语气有些苦恼："啊，没事，刚刚看了半天法理，头都晕了。"

简珂挑了下眉。

刚才看她站在窗台上站了一刻钟，他以为她是在想事情便没打扰她。

所以那时候她手里有拿书吗？

简珂回忆了一下那个姿势，得到的答案是没有。

他给她开车门，一只手挡在车顶，略作思忖："嗯，那些字又小又密，确实很容易头晕。"

如果简珂打定主意要骗人，一定是做好了准备，从被骗对象的心理到他自己的情绪和语言，因此被骗的人不会察觉到。

比如现在的岑惜。

她喜滋滋地从包里拿出一瓶茶饮料拧开，一边往嘴里送一边问："我们要去哪里呀？"

"嘉福寺。"

岑惜手一顿，显然是对这个地点有点意外，她还以为他会带她去看电影之类的。

不过随即她低头笑得更开心了，再抬头喝饮料时液体险些从上扬的嘴巴两侧淌下来。

这个地点她很喜欢。

简珂微微侧身，伸手调了一下空调扇的方向，不让空调直吹她脸，余光瞥见她上弯的嘴角，他也跟着勾了下唇。

看来他猜对了。

嘉福寺颇具盛名，时处寒假，适逢周末，来来往往的香客比肩接踵。有的香客穿着时髦在古树下合影，也有的香客三五成群说说笑笑。

简珂打开车门准备去副驾给岑惜开车门时，旁边副驾的车门同时打开。

两扇车门发出一声极轻的碰撞，简珂清晰地听见旁边车上驾驶位上的人说："我就说他不可能矮吧！"

"哟，不好意思，不好意思，没看见，真是没看见。"旁边车的副驾驶座下来一个瘦瘦小小的男生，他的目光不敢和男人有交集，只看向两扇门摩擦的地方，露出苦恼的表情，"唉，现在去修车也不现实。要不这样，您给我留个联系方式，回头是要走保险还是怎么的多少钱您跟我说一声？"

简珂长腿站定，关上车门，自上而下冷冷地扫了他一眼。

忽然，简珂的右手里不由分说钻进了一只暖烘烘的柔软小手，带着那么点霸道。

不等他开口，小手的主人扔给瘦小男生一张她不知道什么时候准备好的字条，煞有介事地说道："这是我老公助理的联系方式，有事儿你找他说，后续涉及赔偿的具体事宜，你也跟助理沟通就好了。"

她说完，头也不回地拉着身后的人走向售票处。

还听见后面的人说："姐，人家媳妇儿比咱好看多了，我就只能帮你到这儿了。"

都是弟弟，她们家岑臻怎么就没这么油腻。

岑惜身后的人一直都没说话，要不是手上还有温度，她都怀疑自己拉着的是一个机器人。

她一边走，一边疑惑地回头看了他一眼，猝不及防地撞进那双琥珀色的瞳里，带着点浅浅的笑意。温柔又温暖，像太阳照射下粼粼发光的林间溪涧。

岑惜的耳朵一烫，下意识想松手，却被他用力握紧，她迅速在心中替自己拟好一套说辞。

之所以用那个称呼喊他，是为了显得有威慑力一点，以防对面持续纠缠不休，毕竟他很忙的！

她根本不是占有欲或者无理取闹，就是单纯地为了他着想而已！

简珂什么都没问。

进去之后，简珂在一旁等岑惜。

男人身姿笔直，一只手插在兜里，另一只手闲闲地垂着。

他也并不像外界所传的那样六根清静，他只是比谁都清楚自己想要什么，也知道怎样才是正确的途径。

对他，岑惜有特殊的障眼法。在眼前，又在无论怎样都够不到的远方。

岑惜出来，看见简珂遗世而独立地站在古柘树下，他就算是在想事情的时候，头也是微微仰着的。

与生俱来的高傲从骨子里透出来。

也正是因为如此，偏殿出来的三个女生一直在他身后嘀咕着，大概率是在选代表来要联系方式。

岑惜捋了下自己的头发，露出了半招牌笑容，浅浅地带有一丝甜美。她走到简珂面前，轻轻拉着他的手，巧笑嫣然："走吧。"

她的脚步不算快，听到身后挫败后拉长的尾音。

岑惜不是美而不自知那一类的，就算最开始不知道，从小到大接触的人说的话，周边人对她和对其他人不同的态度就让她很清晰自己的颜值水平。刚刚她的行为也确实有点恃靓行凶的意思在。

没办法，在和简珂在一起的这不知道多久的时间里，她想私有。

两人牵手顺着古道走，沿路皆是四季常青的松柏，上面挂着蓬松松的雪球，与根茎缠绵依偎。

岑惜忽然说："你的手有点冷。"

简珂没跟上她的思路，只是顺着问："冷吗？"

"嗯。"岑惜肯定地点头，两只手解自己脖子上的烟粉色围巾，抓了抓围巾的边缘确认温度，面不改色，"我把我的围巾给你戴吧。"

简珂敛眉，看着她已经准备递过来的围巾，抿了下嘴唇，弯下腰："好。"

岑惜本意是让他自己戴，可是他都已经纡尊降贵地弯腰了，于是她踮起脚，帮他在脖子上绕了两圈。

把围巾一边别进去，她的后脚跟才着地，和他的目光对上时，她不自觉清了清嗓子询问："现在暖和了点没？"

"暖和多了。"

她的围巾之前岑臻拿错戴过一次，大小伙子戴这种烟粉色刺绣围巾，怎么看怎么别扭，于是岑惜本想着是给简珂盖上一个"岑家小惜所有"的印章，却没想到真的戴上去之后，他整个人看上去出乎意料地温柔。

白皙的皮肤被粉色衬得更干净，原本有些凌厉的下颌角被挡住，五官就柔和多了。

以前岑臻打趣，说他们家这基因，是赢在起跑线上了；遇到简珂，属于意外输在终点。

日薄西山，两人坐车回到市区。

路上，简珂接了一个长达三十五分钟的电话，以至于两人一路都没什么交流。

一直到岑惜家楼下，简珂跟对面打了声招呼，才算把这通电话结束。

他把围巾解下来给她套在脖子上，听见她小声问："那个，刚刚那个电话是不是中漾集团那边的呀？"

简珂"嗯"了声，撩起她和围巾穗缠绕在一起的长发。

"这个集团很大吧？"岑惜问，"到处都是他们的产业，感觉事情一定很多，做他们的法律顾问很耗费精力吧？"

"嗯。"简珂收回手，"怎么了？"

也许是因为和他确认关系的那天，自己住的酒店就是中漾旗下的，所以她隐约觉得他会同意做法律顾问好像和自己有关系，于是岑惜斗着胆子问："你都这么忙了，为什么还要做？"

"因为——"简珂似笑非笑地看着她，逼仄空间里气息丝丝入扣混进她的发梢，他慢条斯理地回答，"我想看很多场雪。"

看雪是一个很好的排解郁闷的办法，但是岑惜也不知道怎么回事，听完这句话后心跳就开始不听话，扑通扑通跳个不停。

以前也有过心跳加速的时候，但最多也就五分钟就好了。

可今天例外，不止心跳加速，到了晚上，连呼吸都变得困难。

她一直张着嘴，如一条被拍打到岸上濒死的小鱼，口腔里像是黏了一层薄纸，呼吸似残风，吹得唇边干到快要裂开。

岑惜想喝杯水，刚摸到水杯，眼前猛地一片黑。

她手上没有力气，连瓷杯子都拿不动，"啪"的一声，摔在地上四分五裂。

她不敢动了，侧躺在床上，快速呼吸，可每一口都没办法深入肺里。

不知道过了多久，视线才恢复正常。

白天爸妈就带着岑臻出去了，现在还没回来，岑惜一个人孤零零地躺在自己的小床上，被无声的恐惧笼罩着。

人之将死，其言也善，小惜将晕，其心也念。

恍惚间，她想起了许多事情，每一件都和简珂有关。

三年前，她在学校里见到有女生找简珂要微信，明明什么都不知道，却酸溜溜地跟舍友说"你看那个花心大萝卜"。

两年前，岑臻问她爸的"亲儿子"帅不帅，她说我怎么知道他长什么样，没敢承认那时候她还买了望远镜只为了偷偷看他。

一年前，简珂成为独立律师，并升级为律所高伙，她死不承认人家优秀，好像不承认人家优秀，就能离他更近一点似的。

……

她知道，定然是她谎撒了太多了。

思绪逐渐模糊，手机铃声把岑惜拉回了现实，她痛苦地闭着双眼，在床上摸索了几下，找到声源。

“你的耳机……”电话里简珂话没说完，听到对面不太正常的喘息声，他皱了下眉，改口，“小惜你怎么了？”

“难……受。”岑惜艰难地从嗓子里挤出两个字。

“在家吗？”

“……嗯。”

“等我。”

男人的声音是令人信服的冷静和笃定，岑惜虽然还难受，却已经不再那样六神无主。她攥着手机，就像是攥着他的手。

电话一直没挂，简珂开车的间隙时不时会说几个字，只是为了听她的声音确认她的状况。

胸闷给人一种衣服勒得太紧的错觉，岑惜难受到喘不上来气，不知不觉已经挣扎着把毛衣扯下来，只留下一件贴身上衣。

简珂戴着耳机，听着电话里的人报门锁密码，他抬手把身体的重量撑在门上，弯腰一个数字一个数字地按下去，却因为她的声音太虚弱，把“7”听成了“1”。

第二次再按下去，他手指经过的数字留下一圈带着雾气的水渍。

这是简珂第一次进岑家，家里没开灯，他进门时一片漆黑，没注意把门口的篮球踢出老远。

篮球骨碌碌一条直线，撞开了房间门，房中蓝风铃甜香扑面而来。

简珂低头快步朝着熟悉的气味走过去。

她的房间亦没有开灯，只有手机微弱的灯光能让他勉强看清眼前的少女。

她侧躺在床上，长发如水柔柔散开，胸前柔软随着她喘息的幅度上下摇晃。

简珂没迟疑，脱下自己的外套给她披在身上，弯腰把人打横抱起。

她冷到发抖的身体，终于得到了温暖。

岑惜身体腾空的瞬间，简珂感觉有什么东西从她手里掉出去，摔在地上，发出一声细微的清脆响声。

难受成这样还要拿在手里，那应该是一样对她来说很重要的东西，他抱着她蹲下，把那个金属物件捡起来，随手放进她身上披着的大衣里。

他本来以为她是发烧，直到进了电梯，刺白的灯光照下来，他才看清她的嘴唇苍白到几乎没有血色。

一同乘坐电梯的小区保安以为这是一对小夫妻，见妻子病成这样，他主动提出：“这时候不好打车，我送你们去医院！”

简珂低头看了岑惜一眼，闭上眼睛深吸了一口气，冷静下来冲保安颔首致意：“谢谢。”

上车后，简珂报了一个私立医院的名字，坐在司机位的保安听见这个名字惊讶地从反光镜里看了一眼坐在后面的男人，他没想到这个平民化的小区里还有人去得起那么昂贵的私立医院。

简珂没注意到保安的眼神，他的注意力集中在岑惜身上，他一只手穿过她的身子搂着她，另一只手给她擦头上没有温度的虚汗，眉毛拧在一起："小惜，还能听得见我说话吗？"

岑惜两只手缓缓伸到胸前，冰凉的手颤颤巍巍地抱着他的手臂。这个场景让她想起了小时候古装戏里主角交代遗言的样子，她的声音也像是电视剧里女主角那样虚弱："听……得到。"

简珂的唇线抿成一条直线，声音是一种近乎于可怕的冷静："哪里难受？怎么难受？能大概跟我描述清楚吗？"

如果不是他的手难以自抑地在轻轻发抖，光听声音，还真让人以为他理智到没有感情。

岑惜已经难受到模糊，可她潜意识觉得这宝贵的时间不能用来浪费："简珂，你听我说……"

"你说。"

"我不确定我还能跟你说多久的话……"岑惜的声音发颤，每说几个字，就要痛苦地咽下口水，但她仍然倔强地在说话，并且自以为挑出重点，"其实，耳机不是不小心……落在你车上的，是我……"

前面的半句话简珂还认真在听，越听到后面他越觉得这句话有些熟悉，直到想起了她小说里的某个段落，俏皮的文字和她的声音重叠在一起。简珂无力地扶了下额头，低头看她痛苦的模样，心疼又无奈地打断她："小惜，你没事的。"

"我……太坏了，这估计是……报应……"岑惜越想越难过，泪顺着眼角淌下。

她偷偷在背后说了他那么多坏话，还敢当他的女朋友，老天都看不下去了。

简珂拇指拂去她的泪水，温淡道："你很好。"

岑惜的泪水止住了。

她有点不敢相信这话是简珂说的，皱着眉头把眼睛睁开一条小缝缝，月光把男人清隽的轮廓映衬得更加迷离，让她一时分不清这是现实还是虚幻。

只是一想到他有可能夸她，她就觉得，自己这时候死了也值了。

私立医院不用排队挂号，简珂直接把人送进病房，周围医生护士跟着进去三四个。

医院走廊里，男人沉默地坐在椅子上，宽阔的后背在地上斜成一道黑影，惨白的灯光从他身后照下来。

像是想起了什么，他捡起掉落在地上的大衣，从兜里掏出一个从没见过的，还没手掌大的金属物。

前台的两个值班护士刚刚猜拳，茜茜获胜，赢得了来给男人送水的机会。

作为一个有职业道德的护士，她并不会主动向病人或家属搭讪，尤其是在家属是和异性一起来的情况下。

但是茜茜没想到自己会被叫住，男人的手掌里像是托起了一个小玩具，问她："您好，您知道这是什么吗？"

他的声音带着点焦急后松懈下来的哑意，性感得让人为之心头一颤。茜茜扶着胸口，看着他手里的东西回答："是睫毛夹。"

"睫毛夹？"简珂垂睫。显然，这个东西碰到了他的盲区。

茜茜："嗯，就是化妆时用来夹睫毛的。"

简珂垂下眼睑，拇指和食指分别插进睫毛夹的两个孔里，夹了两下空气。

他不知道她是什么病，但能看出来她刚才已经难受到快要不能呼吸，话都说不出来了，竟然还能想着夹睫毛？

简珂一时不知道自己现在该是什么样的心情。

但他知道病房里的那位肯定不想让他知道她做的事情，他只好把这小玩具放回兜里，等以后找到一个天衣无缝的机会再还给她。

简珂抬头看了一眼，墙上的挂钟指向晚上十点半，继而收回视线看向病房。

她病了多久？在这过程中有多难受？

如果自己不给她打那通电话，她家里又没人，她打算怎么办？

就这么硬扛着，也不肯跟自己说？

简珂在想自己是不是出现得太早了，那时知道她因为自己受委屈，他一时冲动出现在她身边。

但他没有给她时间思考，也没有询问过她的意见。

所以他自始至终都不知道，在她心里，自己到底是一个什么样的位置。

觉得好看所以可以多看两眼、多夸两句，但是从来没有想过要依靠自己？

她把她的世界砌了一层密不透风的墙，把他牢牢隔绝在墙外，每次敲门，她也只肯开一扇窗户。

他什么都不能做，他怕他做了，她连窗户都不肯再开。

时间滴答流动，简珂垂着眼睛，思绪纷乱。

不知道过了多久，病房的门打开，他抬起头，看见她委屈地嘟着嘴，在医生护士的陪伴下，缓缓朝自己走来。

岑惜身上穿着松松垮垮的病服，黑色长发垂在苍白的脸颊两侧，有点病怏怏的样子，单薄的身体如同一叶浮萍站在他面前。

简珂问："是经常这样吗？"

岑惜摇头，目光看向一旁的安全通道，指尖忽然用力。简珂顺着她的力度，不明所以地站起身，高大的身影顿时笼罩了小病号。

她其实也不知道自己是怎么了，只知道刚刚在病房吸入氧气时，能清晰地感受到生命所剩无几。

从前只觉得电视剧狗血，现在才知道，现实只会比电视剧更狗血、更无厘头。

才刚刚和喜欢的人在一起，就要面临生离死别。

想到自己的余生将万念俱灰地躺在病床上，身上连着无数根维持生命的线，她鼻子就先酸了。

她这一生到底是造了多少孽。

简珂跟在她身后进了安全通道，关门后外界的噪音像是被隔绝，她吸鼻子的声音也因此变得格外清晰。

她这一声抽泣让简珂心疼得要化了，他一把将人扯进怀里："到底怎么了？"

没得到回答，身前人忽然用力，把他推到门上，衣服被人扯住往下拉，脸降低到一定高度后，炽热的唇不由分说递上来。

她没有经验，吻得笨拙而又放肆，身体僵硬，只会用力吸吮他的唇瓣。

她前扑的力气很大，鼻尖撞得有些疼，但她确认，自己真的亲到他了。

岑惜的脑袋里五光十色的烟火炸开。

她常常这样，事情都做了，反应才慢一拍地跟上。

不确定他这时候的想法，岑惜不敢睁眼，但是随着自己意识的清醒，她吮吸的力度一点点变小。

简珂反应过来，没给她挣脱的机会。他单手掌住她的后腰，另一只手扣住她的后脑勺，让她的身体隔着薄薄的布料与自己的身体严丝合缝地贴在一起。

他轻而易举地占据了主动权，令她无处可退。

岑惜本就图谋不轨，因此牙关被撬开得格外轻易。

昏暗幽闭的通道里回荡着暧昧的啄吻声，听得人脸红心跳，两具紧贴着的年轻躯体越来越火热。

他的双唇滚烫，像吻住了一整颗恒星的心脏。

人间有七苦，生老病死，怨憎会，爱别离，求不得。

但因为这一刻的我有你，所以似乎也没那么难熬。

直到一颗咸苦的热泪流进他们紧贴着的口中。

简珂蹙了下眉，将两人的唇齿分开，拿下扣在她后脑上的那只手，用拇指蹭掉她唇边黏腻的水渍，嗓音低哑："到底有什么事，告诉我。"

岑惜怔怔地看着他，总觉得他下一秒就要说：告诉我，命给你。

等了一会儿没等到这句话，她才想起来自己要做什么。

人生的最后关头，面子和尊严都显得微不足道，她只想把自己一直以来想说而不敢说的炽热心事，在还能说得出话来的时候，告诉他。

“简珂。”岑惜鼓起勇气。

“嗯？”

话还没来得及说出口，安全通道的防火门被人从外面敲了几下，因为离得很近，所以能听到外面护士的自言自语：“检查结果还没拿呢，难道就走了？也没看见人啊。”

简珂深深地看了她一眼，直起身子开门。门口的小护士被他吓了一跳，检查报告几乎是扔进他怀里的。

岑惜擦干了眼泪，慢吞吞地从里面跟出来，绝望地抬眼，看看自己到底得了什么绝症。

她的眼睛四处找，最后在纸张左上角看见了四个宋体小字：灰尘过敏。

护士这会儿也缓过来了，面带职业微笑，对她解释：“听简先生说，你们今天是去寺庙了，香灰也是灰尘的一种，如果对灰尘过敏，就尽量离过敏原远一点。郝医生还让我跟您说，如果有条件的话，可以多进行锻炼，增强抵抗力。”

岑惜：“？”

哦，她死去活来、悲春伤秋一晚上，刚躺在病床上接受治疗时墓志铭都想好要写什么了，现在告诉她是因为香灰过敏？

她快被自己蠢到再次送进急诊室了。

简珂把检查报告收起来，放进大衣兜里，再把大衣给岑惜披上，低头系扣子的时候问：“你刚刚要说什么？”

“……”

岑惜还能说什么，说香灰过敏算是哪种绝症吗？

假期还剩下几天，两人心照不宣地没再提见面的事情，再加上岑惜一边准备法考，一边改出版稿挺多事情，总算是让她的尴尬减轻了不少。

回学校那天收拾行李时，睫毛夹怎么也找不到了，岑惜觉得奇怪，但也没多想，打开外卖软件从超市里买了一个，把盒子拆了，直接扔进化妆包里往地铁站走。

今天是工作日，地铁里没多少人，上车就有座位，岑惜把包放在腿上，把胳膊架在包上支撑，又开始看自己的数据和评论。

现如今她的心情跟之前完全不同，之前写得不好，看数据得酝酿半天恨不得沐浴更衣外加祈个福，现如今写得好了，想看就看，什么步骤都没有。

地铁上的信号不太好，页面缓了好一会儿才点进评论区。

评论以夸夸为主，偶尔也会有读者挑刺或者挑逻辑漏洞，有用建议岑惜全都采纳了，至于纯是来杠的她就当没看见。

被骂了两年，这点心理素质还是有的。

修改完再切回评论区，有一条五秒前发出来的评论吸引了她的注意。

【风风：大大这篇文的感觉和之前完全不一样了，鸢鸢大大倒是一直是这个风格，越看越像。】

岑惜无语，她这是遇到了传说中的“空口鉴抄”吗？

或许比空口鉴抄还过分，看这意思是直接怀疑她找鸢鸢代笔了。

确实，她之前一直都是写重生复仇打脸那类型的，从两年前认识鸢鸢开始鸢鸢写的就是现代都市小甜文。

但她这不是摒弃套路后的一次全新尝试吗？

风格不一样，还不允许人家在哪儿跌倒就在另一个地方爬起来吗？

淡定一路的她被这么看起来最没杀伤力的一句话气到了，随之摁灭了手机不愿再看。

一直到地铁进站，岑惜背着书包往学校里走，这口气都没缓过去。

对于作者来说，写一本小说需要耗费的不仅是时间，还有大量的精力、创作力，以及耐心。而且写完后还会吸引来杠精，承受巨大的心理压力。

所以被这么空口无凭地摆了一道，比吃了一口苍蝇还难受。

等红绿灯时，她当街拿出手机，气鼓鼓地回复。

【作者回复：如果觉得我们两个像，那就麻烦拿出调色盘。】

她本来还想说拿不出来就闭嘴，后来觉得看着有点凶，就删了。

但是，她心口一直堵着一口气，呼不出去也吸不进来，哽得心慌。

晚上，她和舍友们在宿舍复习第二天开学考试内容，这种心情也没能得到缓解，但是舍友都没有写作的经历，她没办法分享，只能自己默默消化。

这就导致了她这一晚上一个字都没看进去。

十点半，简珂的消息如期而至。

【简珂：还在家？】

【七惜：没，回学校啦，在复习！】

【简珂：好，那今天还要练习吗？】

【七惜：要。】

简珂说的练习是连词造句，岑惜从网上找到的方法，据说可以提高写作能力。

她还有一个更深层次的小心机，就是她知道简珂很注重时间管理，只好找个正当的借口每天都能骚扰他一下。

【七惜：我先说。】

【简珂：好。】

岑惜抬眼看见老四桌子上摆着的一本推理书，从上面选下来几个词。

【七惜：侦探，正确，线索，错误。】

在给出这四个词的时候，她在心里也造出了一个句子：侦探社的成员们蓦地发现，他们坚定认为正确的线索，其实从一开始就是错误的。

她随口造的句子，就打造了一个反转破案剧的基调，岑惜顿时觉得自己现在的水平越来越高。

对面安静了半分钟，可能在思考，也可能在打字，岑惜抱着手机默默等了一会儿，屏幕上出现了一排小字。

【简珂：舆论爆发时，网络侦探们如雨后春笋般破土而出，他们慷慨激昂地找出他们认为正确的线索，殊不知在这个过程中，他们很容易被情绪带进错误的方向。】

岑惜沉默了，收回刚刚自己心里想的那句自己越来越厉害的话。

同样的四个词，简珂表达出来的意境和思想高度跟她那句简直是云泥之别。

人神有壁，正常正常。

她默默地把这句话复制粘贴，存在自己的备忘录里。

粘贴进备忘录时，岑惜想起了什么，迅速切回聊天界面。

【七惜：你知道啦？】

【简珂：什么？】

【七惜：哦哦，没事。到你出题啦。】

岑惜没把那条回复的事情跟他说。

在她心中，他是一尘不染的谪仙，他应该所向披靡、无往不利，在他的生命里本就不该有不好的事情发生。

她不希望自己成为他生命中的例外。

简珂的题目是“清晨，黄昏，少年，白衬衫”。

四个一看就满是青春气息的词，为了不输给简珂造的句子太多，岑惜偷偷打开了绿江 App。

她记得自己在小说里写过类似的句子，打算找一段复制粘贴，精心整理过的句子肯定比随意想出来的要好。

想到自己现在在监考助教的眼皮子底下作弊，岑惜的心怦怦怦地跳，心虚又刺激。

然而，还没找到自己之前写过的句子，她就先冷不防地看见了评论区。

短短时间，读者在她回复的那条评论里盖出了一栋危危高楼。

有人跟着让风风出调色盘，还有的人骂她玻璃心，读者随便说一句都要上纲上线。

岑惜一口血差点没喷出来，实在气不过，另起了一个回复，没有艾特任何人算是她最后的温柔。

【作者回复：什么叫随便说一句？我随便说一句你不是亲生的，你能高兴？】

简珂再一刷新她的评论区，就看见了这么一条一看就是气话的回复，他哑然失笑。

叫七惜是因为七岁吗？

怎么还有人会这样吵架？还不敢回复，只能委屈巴巴地在那里对着空气叫嚣。

他笑着起身，去厨房给自己倒了一杯水，冰凉的矿泉水顺着喉咙滑进身体里，他的笑容也越来越淡。

他们两个的关系算是有了一些进展，她对他的畏惧少了一些，偶尔也会和他聊聊遇到了什么开心的事情，但是她所有的负面情绪都不曾真正与他坦诚相待过。

他是应该这样顺其自然地等她敞开心扉，还是应该做点什么？

又是一场开学考试，结束后，岑惜和舍友们一边往外走，一边讨论等下吃什么。

舍友问她要不要一起时，她想简珂在律所应该挺忙的，自然而然应约。

大家商定了中午去吃寿喜锅。

“岑惜。”

还没走出教学楼，岑惜就被喊到了名字。舍友跟着她一起停下脚步，回头看见了一个陌生的男同学。

见他看岑惜的眼神，还有拿着手机的动作，舍友们便知道他是来干吗的。

男同学朝她们这边小跑几步，有些不好意思地看了一眼岑惜以外的三个人。见她们没有离开的意思，他不敢说什么，只好看着岑惜做起了自我介绍：“我叫吕知，是金融系大四的学生，如果方便的话，我们可以认识一下吗？”

岑惜礼貌而又疏离地朝着他笑了下，熟练地回答：“我现在有点不太方便，如果有需要的话，我会找人问你的联系方式的。”

她说完挽着老二的手准备离开，才刚一转身，吕知居然抓着她的肩膀不让她走。

岑惜心里不爽，沉了下肩膀挣脱他的手，转过来语气已然不耐烦：“还有什么事吗？”

吕知语气焦急：“岑惜同学，其实我从大二就注意你了，马上就要毕业了可能以后都不会再见到你了，所以我……”

“小惜。”一道清冷的男声打断了吕知滔滔不绝准备表明心意的话。

简珂一身白衣黑裤，从走廊的尽头不疾不徐向岑惜走近，长长的走廊里，光影打在他身上，形成一圈柔和的暖黄。

他旁若无人地牵起她的手，低声问：“现在要去吃饭吗？”

岑惜觉得这个人好像有魔法，总能在她最需要的时候出现。

她为了掩饰自己的笑意，眉头都不自然地皱起，反问：“你不忙吗？”

简珂轻笑，揉了揉她的头顶：“和女朋友吃饭的时间还是有的。”

又是这个神奇的称呼，岑惜忍不住了，低头嘬了嘬嘴巴缓解。

带走岑惜之前，简珂还和她的三个舍友点头示意，那三个人哪见识过这个场面。她们甚至有点羡慕吕知，仅仅是石化就能解决问题，不像她们三个，汗毛竖立。

待那对养眼伴侣的背影彻底从她们的视线中消失，老大捅了捅老二，找回自己的声音：“那个，你想吃谁的手机？”

老二僵硬地侧过脸：“那你呢？打算什么时候去跟简珂说让他拜托吕教授给你打零分？”

老四眨眨眼，声音小到不能再小地补充：“我觉得你可以让老三帮你带话，简珂一定能满足你这个愿望。”

老大：“……”

老二：“……”

与此同时，她们也很想问，岑惜到底是怎么憋住的？

简珂没有打乱岑惜原本的计划，还是带她去了一家日料店，只是比她和舍友们定下来的那间高级些。

店内装潢雅致，一路可见绿竹流水与暖黄灯光，还有随处可见的淡雅工笔画，服务员领着他们到了最里面的高级榻榻米房。面前就是案板，厨师当着他们的面手工做餐，保证食材的鲜美与干净。

服务员领着他们两个入座，弯腰接过岑惜手里的大衣，又看向只穿了一件白衬衫的简珂：“先生没穿外套吗？”

“没有。”简珂说完，目光停留在岑惜脸上，眸色在暖黄灯光的衬托下越发深邃。

岑惜没察觉到他别有深意的目光，只是脱了大衣之后觉得有点冷，才蒙蒙问道：“你不冷吗？”

简珂沉默了下，面无表情地看了会儿面前案板上被无情切成一片又一片滚刀肉的三文鱼：“不冷。”

岑惜抠了抠下巴，隐约间感觉自己似乎遗漏了什么事，一时又没想起来。

厨师呈上两个精致的小盘子，开口跟他们打招呼。岑惜这才发现这厨师是日本人，她没听懂他在说什么，只看他的那个手势明白这是在让他们享用的意思。

她学着日剧里那样双手合十行了个餐前礼，厨师也冲她笑了笑又说了一句听不懂的话，岑惜只能尴尬地笑笑回应。

拿起筷子就更尴尬了，因为她发现无从下手。

盘子上面只有一片叶子，这是装饰？还是用来吃的？

简珂右手撑着她身后的坐垫，身子忽然没来由地倾斜，抬起左手朝她伸过来，他忽然靠近的男人气息配合着店里正在播放的轻快小甜歌特别让人心动。

就在岑惜又想入非非时，简珂慢条斯理地把她盘子上的叶子取下来放到一旁，淡声解释："这是山葵叶。"

叶子下面藏着粉嫩的虾肉，搭配鲟鱼籽酱、海胆和象拔蚌，精细搭配，像是一幅画。

褪去兵荒马乱，岑惜夹起一块虾肉缓缓送进嘴里的同时，又有些自卑。

跟他的游刃有余比起来，她显得好没有见识。

岑惜一边缩着肩膀咀嚼，一边偷偷瞄简珂的表情，想看看他脸上有没有嫌弃。

如果这时候简珂眼皮往下敛，就能把她抓个正着，一想到她要躲，他只好漫不经心地把自己盘子上的叶子拿下去，继而补充："应该是山葵叶，如果我没听错的话。"

"哎？"岑惜大胆了些，身子直接转过去，"你还会日语呀？"

简珂笑："会一点。"

原来他也是才听懂的呀，岑惜的腰板又挺直了。

听不懂语言，比没有常识要好一些。

从刚才厨师开始准备料理起，岑惜的手机就在振动，到他们吃完第一道前菜，岑惜的手机快把她的腿振麻了。

她一直捂着，时不时看他一眼，看完又不安分地舔嘴唇，话就在嗓子眼怎么也不敢说。

简珂面色平淡："我可以先回避。"

岑惜一愣："什么？"

简珂眼睫动了动："是因为我在不方便接电话吗？"

岑惜这才反应过来他在说什么，连忙解释："不是电话，是信息。"

简珂的吃相很好，薄唇干净，但当他有预感自己要出去时，还是拿起纸巾擦了下嘴："那消息挺多的，你慢慢回。"

"啊，不用不用。"岑惜见他要出去，慌张下按住了他的手，"不是我不方便，我是怕你在这里我一直看手机挺不礼貌的。"

简珂无奈轻哂，右手在她头上揉了揉：“我不是说了，我是你的男朋友，所以不用这么拘谨，做你想做的事就好了。”

岑惜“嗯”了一声算是答应下来，心里却又在想，哪有说的那么容易啊！

上一次是因为以为自己要死了，才敢鱼死网破地亲他一下，下一次又不知道什么时候才能有勇气了。

她在心里叹了一口气的同时，从兜里拿出手机，想都不用想，肯定是舍友们的疯狂逼问，只是没想到她们会这么疯狂。

岑惜的手机设置了锁屏时只显示消息的数量，并不显示具体的信息。

令她意外的是，平时用来和朋友们联系的微信里只有27条消息，反而是万年沉寂只用来回网友消息的胖企鹅有“99+”条消息。

她皱着眉头解锁的工夫，胖企鹅里的消息又多了两条。

餐厅的厨师格外注重客户体验，因为语言不通的缘故，更习惯时刻观察用户的表情和语调判断他们对菜品的评价。当看见岑惜皱眉时，厨师立刻放下手中的刀，双手毕恭毕敬交叠在小腹上，语气诚恳地说出了一句岑惜完全听不懂的话。

岑惜茫然地看向简珂。

简珂大概会意是小姑娘要他出面解决问题了，说出了一整句连贯的日语回应。

他表情松散，连语气都没太大变化，可是这种陌生感蓦地带给岑惜一种致命的吸引。

简珂和厨师用日语对话的空隙朝她扬起下巴，示意她继续忙她的。

暖黄灯光的衬托下，他清晰的下脸轮廓似乎会下蛊。

呜呜呜，我要被他帅死了。

岑惜猛地抬手握住桌子上的冰可乐，强行让自己降温冷静下来，不要一时冲动犯下什么不可饶恕的罪行。

为了不让人怀疑自己这个动作，她拿起可乐喝了一口，才佯装淡定地点开胖企鹅。

等消息列表刷新出来，岑惜再度皱起眉头，点进最上面御猫的对话框。

往上拉了拉进度，看到第一条消息时，她手中的可乐“哐当”一声掉在榻榻米上。

简珂和厨师的对话早已结束，所以声音格外清晰，刚才没来得及做翻译的服务员这时争先恐后迎上来擦地板。

棕黑色的气泡水顺着岑惜身下的蒲团往下流，没来得及擦干净的冰凉液体黏答答地浸入鞋里，岑惜仿佛失去知觉般，盯着御猫发来的消息一动不动。

【御猫：你抄袭了？】

【御猫：怎么回事啊，怎么有人说你抄鸢鸢的？】

【御猫：我看评论说得还挺像那么回事的，你要是没抄就解释一下吧，闹大了就不好了。】

“出什么事了？”简珂倾身靠近，手肘搭在桌子上，另一只手在她胳膊上摩挲，似是在安抚她的情绪。

如果岑惜能更了解他一些，或者这时候她看他的眼睛，就能看出他眼底极力隐忍的关心。

但是她没有。

她只是稍微偏了下手机，不让他看见自己的屏幕，然后习惯性地说了一句：“没事，只是手抖了。”

简珂瞥见她攥到发白的指尖，眼神如狂风骤雨袭来又戛然而止的倾颓。

厨师感受到两人之间的撕扯，也不再问菜品的事，安静地低头做菜，然后无声放到他们面前。

只是这样精心准备的料理没人再动过。

简珂觉得有点闷，抬手解开了领口的衬衣扣子，清晰的喉结在灯光下一览无余。

他拿起手边的柠檬水抿了一口，唇边不自觉地扯起一个自嘲的弧度。

岑惜一直觉得，她的小说都是自己创造出来的，花费的心力和精力快赶上十月怀胎，相比之下她只差个肉体之痛，因此她习惯管自己的小说叫“儿子”。

这时候，她正在自己“五儿子”的评论区下面飞速翻阅。

“鸢鸢”这两个字时不时就夹杂着出现。

岑惜深吸了一口气，但情绪仍然没缓过来。

这是她写的第一本现代言情，设定有点俗套，就是一本现代娱乐圈小甜文，主角的身份都不算新颖，讲的是男女主角拍摄一档恋爱综艺相知相恋的故事。

唯一新颖的就是故事里还有个反转，就是女主角是男主角的前女友，但是女主角失忆了，男主角一直记得女主角，不断地唤醒她的回忆。

她知道鸢鸢一直写的都是现代言情，所以她这是不小心跟鸢鸢撞梗了吗？

岑惜有点头疼，从鸢鸢的作者专栏里找到那本别人都说她抄袭的书买下来，打算先看一下再做回应。

余光扫到男人一尘不染的袖口，岑惜头更疼了，现在应该所有人都知道她是点点的师父，万一有人去点点那里闹怎么办？

她不想让简珂知道自己身上发生的这种腌臜事，她怕他觉得这样的女生配不上光风霁月的简珂。

“吃饱了吗？”听她的呼吸逐渐平稳下来，简珂不动声色地问。

岑惜看了一眼还有不少剩余的餐桌，不好意思说自己没饱，把手机摁灭后说："我吃饱了，但是打包吧，别浪费。"

两人一前一后地走出餐厅，简珂把装着餐盒的牛皮纸袋放到后座，垂眼睨她，没什么情绪："现在回学校吗？"

"嗯——"岑惜拉长了音表示思考，她觉得这时候回学校舍友们肯定要围上来逼供，想了想回答，"回家吧。"

正午阳光最充足的时候，但春天乍暖还寒还是有些冷，空调还没把车里温度带起来，岑惜坐在皮椅上裹紧了大衣，越看简珂一身白衬衫越觉得他穿得实在单薄了些。

简珂在热车，胳膊搭在方向盘上，岑惜伸出一根手指，点在他的手背上。

男人垂眸，又扬起视线，似是不解她的行为："嗯？"

岑惜如实说："有点凉。"

车内温度升高，空调吹散车玻璃上的那一层薄雾，眼前的景色回归本身清透明亮的样子。

简珂抓着她的手，目光停在她身上："今天回家，明天不上课吗？"

"上。"岑惜摇摇头，觉得不对又点点头，这会儿才想起来解释自己的行为，"我就是想找个安静点的地方码字，觉得宿舍里有点吵。"

"那你家到学校跨区，太远了。"简珂的手指张开，插进她的指缝，与她十指相扣，低头淡声询问时额前碎发垂下遮住一半目光，平添撩人意味，"要不要去我那儿？"

论破坏气氛，岑惜当仁不让一把好手，她歪头认真询问："那包包学长同意吗？"

简珂哭笑不得："不是学校宿舍，是我家。"

"哦，你家啊。"岑惜点点头，忽然又觉得哪里不对，"叔叔阿姨不在吗？"

简珂在脑子里绕了个弯才想清楚这个叔叔阿姨是谁，暗想是不是小说写多了脑回路都会和普通人的不太一样，然后不动声色地道："是我自己的房子。"

"啊？你这么早就买房了？"岑惜的注意力瞬间被房子吸引过去。

"嗯。"简珂脸往左边侧了下，干净的车窗上倒映出他上扬的嘴角，他清了下嗓子，"我比较看好房市。"

岑惜的梦想是以后也能有一套属于自己的房子，所以对买房这件事表现出了高涨的热情，趁着今天简珂心情不错，她问了许多关于买房的技巧。

简珂不厌其烦，耐着性子一一解答。

等她问完了，他也答完了，车也停在小区车库了。

等电梯上那个向上的按键亮成红色，岑惜看见周围的装潢都是陌生的，才回想起对话的最初。

——“要不要去我那儿？”

其实她那是故意不回答的。

所以她偷偷摸摸地得逞了。

岑惜猛地攥紧拳头，让指甲掐痛掌心，免得自己笑出声。

简珂腰背挺直，只屈起一条腿，垂眸输入家门密码。

岑惜早就知道简珂不管做什么都很认真，但她没想到原来离他近的时候，只是看他认真输入密码，都觉得性感得要命。他每按动一位数字，岑惜心中的小鹿就跟着撞一下。

当房门打开时，里面赫然站着一位中年男人，岑惜心中的小鹿搞不清状况，一时无措，直挺挺地晕倒在地上。

“简先生，房间收拾好了，您需要检查一下吗？”

简珂掀起眼皮随意扫了眼：“不需要了。”

哦，原来是保洁大叔，岑惜心里的那只小鹿又支棱起来了。

他为什么要叫保洁呢？是因为知道自己要来他家吗？岑惜扫了一眼干净得一尘不染的偌大房间，心里因为这个想法蹦出来而有一丝难以言说的兴奋。

简珂家的房子比他们家的高了半层，应该是刻意挑高的。入眼既是黑白和光莹大理石，头顶金黄璀璨的吊灯射下，猛地还有种误入城堡的错觉。与奢华空间成对比的是整体简约的布置，纯白色沙发，黑色电视机，落地窗前面摆了一架黑色的跑步机让房间看起来没那么空旷，连墙上挂的壁画都是他身上常出现的黑白两色。

刚刚他在车里说过家是他自己参与设计的，这么一看跟他的矜贵感真的很搭。

“来，先洗手。”简珂走在前面。

岑惜跟在后面，路过一间空荡荡的玻璃房时，她一边跟着他的脚步，一边好奇地问：“这个房间是干吗用的？”

简珂顺着她的视线看回去，而后语气无波，像是在说一件稀疏平常的事情：“你喜欢花花草草之类的吗？可以种。”

岑惜身子一顿，神经细胞稀奇古怪地张裂，她下唇反舔了下上唇，不让自己乱想。在石英灰洗手台前冲泡泡洗手，那个奇怪的想法越来越难以自抑，她只好用力甩手上的水珠，借此甩掉那些想法。

抬头时发现镜子前多了个人影，简珂闲闲地倚在门框上，左腿笔直站立，右腿与左腿交叠，领口白衬衫的扣子不知道是什么时候解开的，见她抬头，他不慌不忙地松开腿向她走近，从毛巾架上扯下毛巾给她擦手。

纯棉的毛巾质地柔软，像是婴幼儿用品，男人的体温轻而易举地透过来传导到她手上，像是照顾，又像是无声的诱哄。

岑惜整个掌心都是痒痒的，盯着包在毛巾外面指节匀称的手，险些难以自抑。

她怕自己一个冲动之下说什么白衣少年之类的话，强迫自己把话题扯开："那个，我等下在哪里码字？用你的电脑可以吗？"

这句话一出，围绕在他们周围膨胀的粉红色泡泡瞬间消失。

对于这样的她，简珂似乎已经习惯了，情绪一点起伏都没有，平静地收手，把毛巾平铺在架子上，牵着她出了洗手间，到另外一间看起来像是书房的房间："这里，电脑用我的，没密码。"

他说完又揉了揉岑惜的头，语气宠溺："师父去忙吧。"

岑惜脸倏地红了，还好简珂已经转身出去没注意到她的窘迫。

简珂走后，岑惜仔细看了一圈他的书房。

她之所以觉得这里"像"书房，是因为书架很空，只零星摆着几本法律相关的书籍，在庞大一整面书柜墙上只占了可怜的五六个格子。

这么点书岑惜用来应对法考都不够，更不要说简珂已经是执业律师。

岑惜猜要么他平时应该不常来这里，要么就是房子刚入住没多久。

可这和她又有什么关系呢？

岑惜耸耸肩，朝电脑走过去，弯腰按下主机上的开关。和简珂说的一样，电脑没密码，桌面也干干净净，看样子电脑也是新的。

岑惜左手托腮，右手双击网页，双手输入绿江的网址，登录自己账号点开鸢鸢的那篇文后，又把左手收回来接着托腮，认认真真看文的同时思考，如果她的文和鸢鸢的文真的撞梗了，她该怎么和鸢鸢解释。

师徒一场，要是闹出抄袭事件可就太尴尬了。

看了个开头，岑惜忽然觉得不太对。

她一改刚才颓懒的姿势，托腮的手规矩地放在桌上，连这里是在简珂家都忘了，不顾形象地将脖子向前伸，一字一句地看，恨不得脑袋都贴到电脑屏幕上。

两个人撞梗，她能理解，但岑惜本来以为最多也就是撞在小说里男女主角都是同一身份，且又是前男女朋友关系，撑死了再加上一个女主角失忆的桥段。

但是她看了第一章就发现，鸢鸢这篇不仅男女主角人设、开篇切入点和她的一模一样，甚至连形容词和她的都大差不差，她写"女主吓得脸都绿了"，鸢鸢改成"女主吓了一跳，脸一下子绿了"。

不仅如此，连男主角的外号都是一样的，岑惜笔下男主角身边都是男性，因此外号叫"寡王"，可"巧"了，鸢鸢文章里的男主外号也是这个！

这还叫撞吗？

这叫抄袭！

岑惜的呼吸声越来越重，手臂上的鸡皮疙瘩肉眼可见地冒出来。

没有拿着鼠标的左手因为攥得太用力，手指关节发出“咔哒”一声脆响，她平时没有掰手指的习惯，因此这一下让她瞬间疼回现实。

像是皮筋拉力绷到极点后瞬间松手，岑惜整个身子重重磕在椅背上，弓着背，在头发垂下的阴影中仔细和大脑确认发生的事情。

简珂穿着一套宽松卫衣，平时在学校或者律所他从没穿得这么休闲过，有种罕见的少年感，收紧的袖口处露出一小段白皙手腕，让他看起来格外干净。

他端着两杯咖啡在门口站了很久，一开始是看她专注的样子很可爱才没有上前来打扰，这会儿发觉她状态不对。

把咖啡放在桌上，咖啡匙和陶瓷杯托碰撞发出的响声略沉闷，简珂弯下腰，撩起岑惜额前的碎发，凝视她的双眼，看着那双眼睛完成从慌乱到镇定的转变，他低声道：“别再说你没事了，可以吗？”

被猜中心事的岑惜瞳孔缩紧，她呆了好一会儿，错开眼睛看向别处，却叫了他一声：“简珂。”

“嗯。”

“你……还有在写小说吗？”岑惜在问这个问题的时候眼皮轻轻垂下，停留在他的腿上，连余光都不敢瞥他的眼睛，问得没什么底气。

因为觉得自己在做点点师父那段时间很丢人，所以一直以来她都在有意无意地避开他们之间的这个交集。如果有可能的话，她甚至希望能够没有这段记忆，直接跳到和他在一起的那一天。

这一次是实在没办法了。

简珂微微蹙眉，但也如实说：“有一阵子没写了。”

岑惜松了一口气，太好了。

简珂察觉到她的情绪，敛眉思索，又补充了一句：“但我偶尔会看评论。”

岑惜猛地扬起眉眼，眼中情绪无措，如果他没看错的话，里面还带了一些恳求，四目相对后，又慌张低头。

好像又回到了最初她与他作对的时候。

午后的阳光从书房落地窗投射进来，细碎的尘埃在空气中悠悠沉浮，偶尔会有片刻静止，安静得像是时间也停了。

这段时间简珂一直在思考怎样和她相处，一直到今天来他家，他才确定，她需要稍微强制一些的指引。

简珂食指和拇指扣住她的下巴，把她的脸转过来，让她看向自己。他的手指甲修剪得很干净，不会刮到她脸上细嫩的皮肤。

近在咫尺的距离，男人温热的呼吸浅浅扑在岑惜脸上，随即落下了一个蜻蜓点水般的吻，不掺杂欲念，更像是一种慰藉。

他掀起眼皮，视线从她的嘴唇上移到她的瞳眸，拇指轻挲她的下巴："所以，你是打算自己和我说，还是等我发现了之后再问你，嗯？"

岑惜只觉得今天的简珂格外难糊弄，下巴被他捏着，头不能动，她只能靠身体其他部位的小动作缓解尴尬。

纤细的胳膊轻轻慢慢抬到桌子上，食指和中指拟装成两条腿，"一步步"朝前走到陶瓷杯托旁，拿起那杯已经不烫的咖啡。

简珂垂眸看了一眼她手里的东西，岑惜"嘿嘿"一笑，快速眨了几下眼睛，抿了一口咖啡。

一秒，两秒，三秒。

岑惜苦到从鼻腔里咳了一声，假装平静的脸一秒破功，皱得像一张揉挤过的白纸。

简珂被她的表情逗得发出一声轻笑，直起身从杯托旁拿起一块方糖扔进咖啡杯里，"扑通"一声，浅棕色的小方块掉进杯子底部，还有一声轻轻的"叮"。

他从她手里取过杯子，一边拿咖啡匙搅拌，一边继续刚才的话题："看来是打算让我自己发现了？"

"啊？发现什么？"岑惜已经给了自己足够多的时间思考，故作轻松道，"我就是写小说没有灵感了，你这也太咄咄逼人了。"

"小惜。"简珂淡淡喊了声她的名字。

"哎。"岑惜应声，还送上了一个自觉很乖巧的笑容。

半年多的了解，再加上几个月的相处，简珂很清楚岑惜说话时的一些方式，她是一个"说法其上，得乎其中"的人。

比如当她说一个人"语气有点凶"的时候，这个人往往已经是"咄咄逼人"的状态，当她说一个人"咄咄逼人"时，那一定还有另一层含义。

所以简珂知道她是在用这个词试图转移他的注意力。

"没有灵感，那我帮你写。"简珂倾身俯下，宽阔的胸膛把她的身体虚拢在怀里，右手握住鼠标。

电脑长时间没有触碰，已经是黑屏的状态，简珂这么一碰，屏幕倏地亮起，显示的是输入密码的页面。

他的电脑没有密码，只要敲一下回车，就会回到她刚刚在看的页面。

岑惜两只手猛地抬起，把他的手摁在鼠标上，不让他动。哪怕她自己也知道，只要他想，就能轻而易举地搬开她。

可她仍然这么做了。

她察觉到头顶的人低下头在看她，似是想要询问，但她却不知道该说点什么缓解尴尬，只能默默地垂下头，让头发遮住她的脸和微微发红的耳垂。

男人似乎是等不及了，手腕轻动，岑惜紧张到大脑一片空白，站起来回身搂住他的脖子，把自己的嘴唇贴到他微凉的唇瓣上。

亲昵的举动，却没有一点暧昧的氛围，岑惜急吼吼的，有点像想让主人挠痒痒的小猫在打滚耍赖。

简珂敛眉看她。

穹窿渐深，蓝紫色天空和清晨日出前同色，把她的脸庞映得越发白皙，连那点细小的绒毛都看得清。

岑惜实在是不会，稀里糊涂地亲，半天了连他的牙关都没撬开。感觉她再这么亲下去就快要把自己的嘴唇磕出血了，他才微微仰头，错开她的嘴唇，单手揽着她的腰，嗓音微哑："还没吻够吗？"

"我——"岑惜说话间，对上他那双浅淡的瞳眸，藏着克制隐忍，竟一时忘了自己要说什么。

其实，藏在她心底最真实的话是，她不敢让简珂知道她身上发生了不好的事情。尽管这非她本意，但她仍怕他觉得她不够完美。

在岑惜的心中，这么完美的他，本就应该拥有一个同样完美的女朋友。

可这种话，怎么能说出来。

盯着他的眼睛，她吞了下口水。

她脸上每个细小的表情简珂都没有错过，他静静地看了她一会儿，在想自己是不是做得过了。

这样逼迫她，是不是会让她往乌龟壳里缩得更紧，躲得更远。他们中间只隔着不到半个手掌的距离，却又像隔着银河。

她在努力和他对视，紧绷着，努力着，一刻也不敢松懈，这都不是他想看到的，那又何必。

最终，简珂缓缓将自己的视线收回："既然你……"

"简珂。"岑惜与他同时开口。

她不确定自己是不是看错了，刚刚简珂别开脸时，她似乎感觉到了他眼神里一瞬即逝的失望。

"嗯？"

"那个，其实，我刚刚确实是遇到了一点事情，我写的小说好像被人抄袭了，我正在确认，不过这都是小事，我很快就处理好啦。"岑惜手指在窗台上敲了两下，似乎是要做出一副她很不在乎的样子，"就这么点小事而已，也不是故意不告诉你，就是实在觉得没必要说。"

如果一定要她承认她身上发生了这些不好的事，岑惜也希望他知道，自己很强大，能够独立把这些事情解决。

她无时无刻想向他证明自己很厉害，厉害到足以匹配他，像从前那样势均力敌。

简珂的眼神一点点柔和，嘴角勾勒了一个淡淡的弧度，他伸手把她的碎发挽到耳后：“写得这么好，进步真大。”

岑惜微怔：“什么？”

“写得好才会被抄袭吧。”在离简珂很近的时候，似乎不管他说什么，都能带着点宠溺的感觉。

啊……是这样吗？

岑惜低头佯装揉眼睛，把藏不住的笑意偷偷释放出来。

能从简珂嘴里得到肯定她的话，没什么比这更令人开心了。

随后，她抬起头，自己也把头发往耳朵后面捋了捋，一根碎发都不剩，露出一整张明艳的小脸，语气是掩盖不住的轻快：“啊？是吗？还好吧。其实也挺烦的。”

她这个样子实在可爱，和刚才慌张的样子判若两人。简珂笑出声，胸膛微颤，夹杂着浅浅的气息。

岑惜也不知道自己哪句话戳到他的笑点了，有点不好意思地挠了挠耳朵。

天色暗下来，周围鳞次栉比高大建筑的霓虹灯亮起，简珂迈出几步开灯，似不经意地问了句：“那你打算怎么办？”

“什么？”以为话题已经过去了的岑惜没反应过来。

“被抄袭。”简珂顿了顿，“你打算怎么办？”

岑惜“哦”了声：“我打算找她说一下，让她把这篇文锁了就完了。”

简珂挑眉：“就这样吗？是不是大度了点？”

其实岑惜倒不是大度，不知道是性格的原因还是生长环境一直以来都比较安稳的原因，她特别抗拒，甚至说是害怕跟人起正面冲突。出事了能好好说就好好说，哪怕吃点亏也认了。

但是这些想法她没说，只是耸耸肩：“那能怎么办？总不能打官司吧，简律师。”

看得出来她的心情是真缓解了，都能跟他开玩笑了。

简珂：“那倒没有。”

他知道，官司是最后不得已的选择。

只要她能处理好就行。

简珂坐在电脑椅上，一条腿松松地伸展开，另一条腿弯曲在椅子下面，例行公事似的在看《九民法典》。

岑惜坐在他对面的沙发上，把照相机打开，不断地调整画面，放大再放大，偷偷看他。

长长的睫毛，高挺的鼻梁，沾上一点咖啡潋滟的嘴唇。

他认真起来分明没什么表情，却勾得人心里发紧。

像是察觉到了有人正在行不轨之事，简珂掀了下眼皮，岑惜就这么猝不及防地和屏幕里的他对视，手机差点吓掉了。

她这才想起来做正经事。

刚刚简珂那句“就这样吗”提醒她了，如果事情不能就这样结束，她起码要留点证据，因此在找鸢鸢之前，她先把她小说的前五章都截了图，才点开对话框。

【七惜：在吗？】

【鸢鸢：怎么啦？】

岑惜甩了两张刚刚就已经准备好的截图，一张是她的文，一张是鸢鸢的文，她把明显重复的部分用画笔圈出来。

其实她并不像刚才和简珂说得那样云淡风轻，这会儿隔着屏幕她的手都在抖。

【七惜：要给我一个解释吗？】

【鸢鸢：解释什么呀？】

岑惜愣了下，看鸢鸢这个坦然的语气，她甚至都怀疑自己找错人了，还抬头看了一眼，确认了下昵称，才确定自己没错。

【七惜：你再好好看看我给你发的图，这算是抄袭了吧？】

【七惜：你需要的话，我这里还有。】

鸢鸢过了一会儿才回复，语气比她还冲。

【鸢鸢：抄袭？】

【鸢鸢：我抄袭你？】

【鸢鸢：我之前不是跟你沟通过吗？你也没说我不能写啊，现在反咬一口？】

岑惜看她发过来的文字都觉得自己快不认识中文了，怎么说得好像鸢鸢事先经过她同意了一样？

她把聊天记录往上滑了滑，看见她们两个上次的聊天记录停留在那个“樱花味的吻”讨论上，这也算沟通？

还不等岑惜说话，鸢鸢又发过来了一条消息，看着比她这个被抄袭的还气急。

【鸢鸢：你抄你徒弟的就抄了，为什么要说我？】

岑惜哑然，抬头看了一眼坐在她对面的“徒弟”，她什么时候抄她徒弟的了？！

为了让她看得更清楚，简珂把脸扬起来，但他这个人有个习惯，就是一扬脸就会形成微微仰头的姿势。

他的面前开了一盏柔和的阅读灯，让本就突出明显的喉结显得尤为锋利，仔细看，喉尖似乎是桃心状的。

简珂干脆把书拿在手里，两条腿伸开，左腿闲闲地搭在右腿上，慵懒地靠着椅背，方便她想怎么看就怎么看。

眼神在空气中无声缠绵。

“对方不承认抄袭？”还是简珂先开的口。

“是。”岑惜眨眨眼，他都说她写得好了，她也就没那么多顾虑，“她还说我抄袭你，搞笑。”

她的文章可是简珂亲口夸赞过的，怎么可能是抄的！

“嗯？”简珂挑眉，也对这句话表示质疑。

他坐的椅子比她坐的沙发高，说话时有点居高临下，很容易给人压力。简珂察觉到两人的高度差后，把书放在一旁，朝她所在的沙发走过去。

微弱的阅读灯从他的身后打过来，把他周身照上一层晕染过的朦胧，像是从画里走出来的。

岑惜身子倏地一轻，男人把她抱起来，宽阔的胸膛抵在她后背就够让人心跳加速了，偏偏他还要在她耳边说话：“她还说什么了？”

岑惜揉了揉烫热的耳朵，心想你再来这么几次，我连你说什么了都不知道。

两人一起看着手机，岑惜手指打字。

【七惜：我什么时候抄我徒弟了？】

她打完这行字发出去，心里忽然想，她这小徒弟算不算以下犯上，调戏师父？

鸢鸢发过来两张图，一张是岑惜的文，另一张是简珂的《实习律师》，里面有一句意思很相近的话。

岑惜想起来了，她书里这句话确实是她看简珂的小说想起来的，但这句话绝对不是简珂原创。

她记得简珂之前当助教的时候，讲“为什么坏人也需要辩护”时提过这句话，但是她这会儿被人倒打一耙，却死活也想不起来出自哪里了。

身后似乎投来了灼热的目光，岑惜有种上课没好好听讲被老师抓个正着的心虚，连气都暂时生不下去了。

但她还是得故意做出一副自己生气又失望的假象，用来掩饰自己忘记这句话出自哪里的事实：“唉，大众就是不懂，媒体大众或者是普通人心里的那杆秤根本就不能评判一个人的好坏，一切都要靠法院的裁判文书才能判定！不然如果舆论就能定罪，那靠煽动舆论，得出多少起冤假错案呀！而且就算我们当律师的替当事人辩护了，都不可能完全没有差错了，但这不就像是做实验，我们可以努力把误差降到最小嘛！”

大概是越说越发现自己偏题，岑惜到后来小成蚊子声，要不是简珂隐约觉得她的说辞耳熟，都要怀疑她在念经了。

他一开始以为她是在跟自己抱怨，但是又觉得这时候不是该抱怨的时候，歪七扭八拐了好几个弯，才想明白她的意图，轻笑道：“是啊，所以《最好的辩护》里才会说那句话。”

哦哦哦！对对对，《最好的辩护》！岑惜想起来了！

她低头打字，为自己解释。

简珂在她身后淡声补充："作者是Alan M.Dershowitz(艾伦·德肖维茨)。"

岑惜没仔细听，反正作者是谁又不用解释给鸢鸢，她只让鸢鸢明白这句话不是她抄的就行，免得鸢鸢在这里混淆视听。

她把这条消息发出去之后，那边就像是被击毙了一样瞬间安静下来。

与此同时，没了手机按键音的打扰，书房里也安静得落针可闻，能清晰地听见两个人的呼吸。

她的呼吸比他的要轻，频率更快一些。

简珂拨了一下怀里人的肩膀，同时跷了下腿，岑惜身体随着他跷的方向倒，整个人倾倒进他的怀里，她的胳膊勾在他的脖颈，两人身体在这个姿势下贴得严丝合缝，简珂没给她逃跑的机会，说："我有点想看雪。"

"啊？"岑惜想了下，问道，"你心情不好吗？"

"嗯。"简珂的手上垂着她的发丝，他把她的发梢缠在自己修长的食指上，有一搭没一搭地绕圈，"女朋友被人欺负了，你觉得我心情会好吗？"

他在说什么！

岑惜第一次听到简珂这么明目张胆的情话。

算是……情话吧？

啊啊啊啊。她这次是真的忍不住了，胸口小幅度地起伏，快要没办法呼吸了！

天色越来越暗，天上的星星围绕在月亮周围，不知疲倦地冲人间调皮地眨眼睛，让万物都变得可爱起来。

岑惜的胳膊本来是轻搭在他的脖颈上的，但是一激动，全身肌肉就不由自主地紧绷，连带着抱着他的胳膊也收拢了一些。

她背脊绷直，鼻息间全都是他身上好闻的木质柑橘味。

在这个瞬间，岑惜俗套而又认真地觉得，自己一定是童话故事里最幸福的白色礼服小公主。

她担心的事情永远不会发生，甚至还会被好事取代。

安全感如果有形状，那一定是他的样子。

在她看不见的地方，简珂的嘴角轻轻向上弯了下："现在你那个师父不跟你道歉，你打算怎么办？"

说到这个，岑惜还是有点无奈。她看了一眼手机上的时间，已经晚上十点多了，自己给自己找了个台阶下："现在晚了，估计她要睡了，看看明天她怎么跟我说吧。"

简珂："一点起诉她的想法都没有吗？"

岑惜摇摇头，除了自身不爱跟人起冲突，还有别的原因："网络小说抄袭很难判定，一告就是好几年的时间，在这几年里我还要花更多的时间和精力去整理资料，没准到最后不痛不痒地只判她赔偿点钱。反正除了万不得已，我尽量不让自己走到那一步吧。"

像是哄孩子那样，简珂极其轻微地拍了拍她的肩膀。而后，他垂着眼皮，不知道在想什么。

第七章

/ 一场必要的争吵 /

第二天，简珂把岑惜送到学校，他直接回了律所。

岑惜一进宿舍就被舍友各种追问，暴风雨不仅来了，还把她的伞都给掀了，既然躲不过，就只能面对了。

岑惜大义凛然：“你们不要这样，我说，我说就是了。”

在接下来的半个小时里，岑惜没头没尾地说了她跟简珂从“相认”到“牵手”的全过程。

老大震惊：“简珂是怎么知道你企鹅号的？”

岑惜如实相告：“不知道。”

老二震惊：“那简珂为什么不直接找你，非要舍近求远先当网友？”

岑惜再度如实相告：“不知道。”

老四震惊：“简珂之前不是拒绝过你一次也没解释吗，那他是啥时候喜欢上你的？”

岑惜三度如实相告：“不知道。哦，对了，那次他也不算拒绝，没看清而已。”

“啧啧啧，就是不一样，开始维护简珂了。”老二坐到岑惜旁边，换了正常的语气，“你什么都不知道，怎么不问问啊？”

岑惜无语望天花板，那么尴尬的过往，她巴不得永远封存。

岑惜不想在这个话题上多聊，把话题岔开：“话说，你们之前谈恋爱，都是在一起多久的时候男朋友朋友圈发你们照片啊？”

“一般情况下，确认关系就发了吧。”最初的震惊过去，老大顺着岑惜往下聊，她看了一眼老二。

老二也跟着点头，同意老大说的话：“咋了，简珂朋友圈没发你吗？”

岑惜点头，她跟简珂已经在一起将近四个月了，她几乎每天都会刷一遍他的朋友圈，但是都没什么惊喜。

“那你问问他啊。”老二比较了解岑惜，“别把话都憋心里，他应该就是太忙了没往这方面想。”

岑惜低头，揪掉自己手上薄薄的死皮，这怎么问？问了会不会显得她很作？

老大十分仗义地拍拍她的肩膀：“这样吧，这事你不用担心，我找个机会帮你问。”

岑惜：“你找机会？啥机会？”

“比如……”老大疯狂挑眉暗示，“让简珂请他女朋友的舍友们吃个饭？让他女朋友的舍友们也感受一下，和可望而不可即的人坐在同一张桌子吃饭，是一种什么体验？”

老大话音刚落，岑惜的手机铃声恰好响起，她低头时，手机屏幕已经被三颗大脑袋盖住了。

舍友们几乎是一瞬间围过来，齐齐看来电显示的人是谁，然后不约而同冲着她露出了诡异的笑容。

岑惜：“……”

担心舍友瞎起哄，岑惜跟她们说了一下，去走廊里接电话。

“在忙？”她接电话的时间有点久，简珂根据以往的经验问道，电话把他的声音压低了，声线更为低沉好听。

岑惜指甲抠着走廊的窗台，发出“咯咯咯”的声音：“也不算，就是在跟舍友聊天。”

“嗯。”简珂想起了岑惜的那几个小舍友，一个个挺活泼也挺维护她的，他不担心她们，只担心另一个人，“那个叫鸢鸢的找你了吗？”

“还没。”岑惜答得很快。忽地，她觉得空气里清新的草味加重，随口说道，“应该快下雨了。”

她有点想快速结束关于鸢鸢的话题，对于一切可能会起冲突的事，她都想快速跳过。哪怕她知道未来这个问题仍要面对，但仍然觉得能躲一时是一时。

电话那头似乎传来了一声短暂的叹息，随即她听到简珂说：“是吗？看天气预报了？”

“没。”岑惜又吸吸鼻子，“我闻出来的。”

她的嗅觉敏感，以前的时候，能在十米开外的地方闻到简珂的气息，从而做好最佳的防御状态。

“小厉害。”简珂温声道，像是从电话里伸出了一只无形的手，温柔地揉了揉她的脑袋，“对了，你舍友们什么时候有空？找个时间请她们吃个饭。”

岑惜刚刚都没想好这个话题该怎么跟他开口，怕他太忙没时间，也怕他太累，没想到他会主动提起，但话到嘴边她却顿了顿：“那我回头问问她们吧。”

她心里明白得很，简珂要想请吃饭，她这帮舍友就算觉不睡了也能抽出空去吃，但她就是习惯性地端着。

“简珂！我们随时有空！白天有空，中午有空，晚上有空，今天有空，明天有空，后天有空！今年有空，明年有空，后年也有空！全看您的时间！”老二扯着嗓子说完这句话，立刻缩回来，在岑惜过来把她打死之前关上了门。

老四默默地冲老二比了个大拇指，十分佩服她的勇气。

老大乐不可支：“好家伙，偷听别人打电话，还生怕别人不知道。”

老二眼睛瞪大，反驳她：“那是一般的别人吗？那是简珂！再说了，你要真指望老三那个傲娇鬼帮你约饭，她能给你约到猴年马月你信吗！”

老四：“信。”

岑惜听到简珂发出了一声绵长的轻笑，热气好像隔着手机打到她的耳朵上，让她整个耳朵红得像红烧猪耳。

她的舍友们太丢人了。

真的太丢人了。

把她攒了好几个月的老脸都丢尽了，岑惜恨不得把她们和自己划分在象棋的两边，隔着楚河汉界，老死不相往来。

“那你回头帮我问问她们今天晚上有没有空，发消息告诉我就行，好吗？”简珂问。

岑惜答应下来，又说了两句话就挂了电话，她现在急着回去砍人。

把手机揣进兜里，她双手握拳，冲着空气甩了几下发泄尴尬的心情，正准备大打出手，正好有个不要命地拍了她肩膀一下。

岑惜猜是老二来道歉的，回过身就给了对方肚子一拳。

然后，她就迎上了李橲容诧异的眼神。

“啊！”岑惜惊呼，连忙道歉，“对不起，我不知道是你，我还以为是我舍友跟我闹着玩呢，对不起，对不起！”

李橲容也蒙了，傻呆呆地摸着自己的肚子：“啊，没事，没事没事，原来你这么灵活啊。”

岑惜：？

什么叫灵活？

“我之前还以为你是那种冷美人来着。”李樰容解释，“早知道你性格这么好，我三年前就跟你做朋友啦。”

走廊陆陆续续有同学路过，看到这对昔日闹得不可开交的校花和赛校花凑在一起心平气和聊天的样子，忍不住多看了她们两眼。

“谢谢啊。”得到了夸奖，岑惜习惯性道谢，“不过三年前你应该也不认识我吧。”

“怎么会。”李樰容正色，胳膊肘抵在她身旁的窗户沿上趴着，“你那么好看，成绩又好，我还偷偷去看过你辩论赛呢。早知道之前我就胆子大点了，也省得咱俩后来闹这么大误会。”

这回岑惜是真没想到了。

她一直以为李樰容跟她是水火不容的关系，没想到李樰容竟然也是她的粉丝之一？连她的辩论赛都看过？

岑惜的心情有点微妙，她转回身子，趴在李樰容边上，这回是彻底不急着回宿舍了。

李樰容盯着她好一会儿，发出一声感叹：“岑惜，你皮肤也太好了！为什么这么好？是不是从来不熬夜？这问题我想问你好久了！”

这话让岑惜想起自己写小说的连载期，那夜熬得堪比修仙。她摸了摸自己的脸：“可能是憋的？我很少出门，不太接触紫外线。”

“厉害厉害。”李樰容由衷地夸赞，“你从头到脚，从里到外，从长相到肤质，跟简珂都是绝配啊。”

这话岑惜可太爱听了，她正要习惯性地说谢谢，忽地又想了两人曾经的那次狭路相逢。她迟疑了一下，有点不知道怎么开口：“那个，你不是，不是……”

“我啊！”李樰容大剌剌地摆了摆手，手上叠戴的镶钻玫瑰金手镯和红玉髓手链磕在一起叮当作响，“唉，你当我犯病吧，因为大家都说不可能有人能追到简珂，我就想试试，然后，就像你说的嘛，我追不到。”

岑惜：“呃……”

这话她还是之前被许韵和高佳佳缠得烦了说的，那两个倒还真是能惹是生非啊，不过好在李樰容也没生太大气。

李樰容：“你之前说过要加我微信，还算数吗？”

岑惜点头：“当然算啊。”

她这么爽快地答应，是那天就答应要加李樰容微信，只不过后来忘了，绝不是因为李樰容说她和简珂配什么的。

“有空我约你出去做SPA啊，我知道有一家超级好的。”李樰容冲岑惜眨了下眼，为了不让岑惜拒绝，她还使出撒手锏，“到时候我告诉你个秘密。”

说完，她风风火火地离开，连个挽留的机会都不给岑惜。

托李槽容的福，老二免于一死。

当老二得知自己这条命竟然是李槽容救回来的，心情极度复杂，不过毕竟晚上还要跟简珂一起吃饭，她也顾不上复杂太久，忙着跟舍友们一起挑衣服化妆。

“哎哎哎。”岑惜食指挨个从她们脑袋上点过去，“打扮得这么好看，几个意思啊？”

“嗨，这不是怕给你丢人嘛。”老四态度极为放松，“我们再怎么打扮，能有你好看？”

岑惜：“也是。”

老大 & 老二：“老四你不说话没人把你当哑巴卖了。”

五点半，岑惜她们下了税法课，从法科楼走出来，远远地，就看见穿着白衬衫的简珂站在离她们不远的地方，身子靠在车上，膝盖微弯，随意却又倨傲，和他站在讲台上的样子相差无几。

学校里不能开车，但他应该是做助理教授的时候登记过，所以一台黑色商务 SUV 极为显眼，更不要说车前还站着这么一个人间极品。

如果每个人看他一眼都能在他身上留下一道光，那他现在已经是一片绚烂星空了。

岑惜的舍友们激动了，开始胡言乱语，说的话都凑不成一句完整的句子。

跟她们比起来，岑惜觉得自己之前在简珂面前表现出来的紧张，那都是小巫见大巫。

面对这样的舍友，她有点担心，主动提议：“那个，要不然，朋友圈的事，你们别帮我问了。”

老大露出了一个非常不解的表情，一身浩然正气：“老三，你这是看不起我们！”

岑惜面无表情：“是。”

舍友们识相地给岑惜开车门，让她坐在副驾驶，她们三个在后面乖巧的排排坐，安静得像是幼儿园等老师发苹果的小朋友。

大家互相认识三年了，第一次集体紧张成这样，毕竟多少带点差生同学遇到严肃老师的那种紧张。

大家都算得上是认识，岑惜简单介绍了两句，看着舍友们崇拜的眼神，她觉得说多错多，怕舍友们语出惊人，干脆打过招呼后就此止住。

简珂随她，不再说话。

岑惜坐在副驾驶座，视野开阔，车才开出几步远忽然发现，学校里好像多了许多穿白衬衫的男同学，这刚三月份，一眼望过去，一个个脸色苍白嘴唇发紫。她奇怪地问："哎？咱们学校是组织什么活动了吗？为什么大家都爱穿白衬衫？"

"我知道！我知道！"老大举手，左手垫在右手胳膊肘下面，活脱脱一个奥特曼，"因为上次简珂来找你的时候穿了白衬衫，同学里就流传一句谣言，穿白衬衫能找到女朋友！"

岑惜当场表演了一个"无语"。不过她回想了一下，简珂是从什么时候开始忽然穿白衬衫的？

一个奇怪的句子在她的脑海里排列组合，渐渐形成一串通顺的句子。她歪头，看向男人硬朗的侧脸轮廓："那个，你是不是有什么话想跟我说？"

简珂朝后视镜瞥了一眼后面排排坐整整齐齐的三位小同学，抿唇："没有。"

岑家小惜乖巧点头，伴随着那么一点儿，不知道哪里来的失落。

吃饭的地点选在火锅店，舍友们还是很懂事的，既然是托岑惜的福能和简珂吃上饭，那一切喜好都以岑惜为准。

在燕大，有三件事，哪怕想一下，都要被归结到痴人说梦：

第一件事，是期末考试不用复习也能拿满分。

第二件事，刷新简珂的考试纪录，成为新一代"考神"。

第三件事，就是能和简珂近距离接触。

其中，前两件事至少有人尝试过，最后这一件，别说尝试，想都没人敢想。

下车后，趁简珂去停车的间隙，老大激动得喜极而泣，抓着岑惜的手："都是托你的福啊！"

岑惜扶额："哪里哪里，都是雅你的思。"

老大一把鼻涕一把泪，一个字儿也没听见，想想自己都跟简珂吃上饭了，她生出了一种自己明天就能出任上市公司CEO的谜之自信。

巧的是，舍友们选的餐厅就是之前简珂带岑惜来的那个湖边火锅店。

已是阳春三月，湖边灰秃秃的枝条抽出一簇簇嫩绿的新芽，远处红梅落下，换上樱粉色桃花瓣，春风一来，盈盈摆动。

"走吧。"简珂停好车走过来，自然而然地牵起岑惜的手。

干燥温热的触感传来，她猝不及防打了个冷战，紧接着全身的温度从手指尖开始逐渐暖起。

物是人是，人间美好。

"那个鸢鸢真的没找你吗？"简珂拇指摩挲着她的指关节，一边走一边说。

岑惜用轻松的口吻回答："没有啊。"

简珂的手陡然停住，迈步的频率似乎也降下来了点：“不能骗我。”

“我真的没骗你呀。”岑惜侧过头，“怎么了吗？”

说话间，一行人已经进了店里。

在服务员的带领下落座，简珂知道这些小姑娘在他面前不敢点菜，他也没推托，单手拿过来，点菜前对岑惜说：“先吃饭。”

与此同时，微信群里，已经开始了一波崇拜。

【老大：好厉害，居然还知道要先吃饭！】

【老二：简珂好体贴，竟然让我们先吃饭！】

【老四：……你们真的觉得这句话是跟你们说的吗？】

老大发了个文字表情：就你有嘴一天叭叭的。

【老大：你不说话没人把你当哑巴卖了。】

老二同样补了个文字表情包：你运气好，我的刀今天限号。

【老二：你不说话没人把你当哑巴卖了。】

【老四：那我不说话了，你们记得帮老三问简珂。】

看到这句话后，饭桌上，老大和老二互相对视了一眼。

岑惜看见她俩这行为，不知道怎的，下意识就觉得不妙。她略刻意地清了清嗓子：“丹丹，雪瑶，陪我去个厕所。”

上厕所是假，警告她们两个不要乱来是真。岑惜只是洗了个手，认真叮嘱：“不用帮我问朋友圈的事了，记得千万别问。”

总感觉问了要闹点幺蛾子出来。

老大和老二无比爽快地冲她比了个“好”，别说这点小事，就算是岑惜跟她们说让她们去帮忙捞水里的月亮，看在简珂的面子上她们都能冲出去。

以前简珂身处可望而不可即的高位时，岑惜觉得自己的舍友除了花痴点，还是挺正常的，没想到如今近距离见到简珂，她们能给她表演一出失心疯。

她真情实感地觉得，没人比老大老二更丢人。

直到她一边跟老大老二重复“不用再问朋友圈的事了”，一边往座位走，穿过熙熙攘攘的公共区域，回到包间看到紧张得快要浑身痉挛的老四。

她才发现，丢人这事，真的没上限。

比起她们，自己的表现真是太好了。

也就误以为是在做梦，而已。

非工作时间，简珂也不太会主动抛出话题，不过他倒是不像老四那样紧张，一只手松松散散地搭在桌子上，和平常不同，今天他的手里还拿着手机，仰头垂眸看着屏幕。

以前他跟岑惜在一起时，除了很重要的事，其实很少会看手机，不过岑惜也没多想，只想着可能是他觉得无聊。

火锅热气腾腾，简珂难得把袖子挽到小臂上，不是那种皱皱巴巴地搓成一团，而是干干净净地堆叠翻折，露出手臂上清晰的青色筋络。

看见她的舍友们回来后，面色都有些紧张，简珂随口问："你们说什么小秘密去了？"

语气稀松，类似于朋友间的问话。

然而语气再轻松也无用，面对简珂，老大心理承受能力趋于零，诚实得一眼见底，偏偏自以为临危不惧："没有秘密，就是岑惜说不用帮她问为什么您朋友圈不发她了。"

岑惜："……"

合着我让你跟他说，是因为我自己没长嘴不能跟他说话吗？

速效救心丸，麻烦按斤批发。

简珂开车把她们送回学校，岑惜也正要解安全带时，手被轻压住，她面露不解地看向压住她手的男人。

男人轻抬下巴，岑惜顺着他下巴指的方向看过去，就看见她那三个舍友有说有笑，头也不回地扔下她走了，顺理成章得像是这世界上压根儿没存在过她这个人一样。

似乎感受到岑惜投来的目光，老二良心发现回头，蹦起来高高兴兴地跟她挥手告别，并且鼓动老大、老四，一起跟她道别。

岑惜："……"

"坐好。"简珂气定神闲地抬起手，放回到方向盘上，语气随意。好像除了岑家小惜，大家都已经默认了今天她会跟简珂回家而不是回宿舍。

虽然岑惜很喜欢简珂，也幻想过和他发生一些无法用言语描述的事情，甚至还为此偷偷看了几部那种两个人就能演完的小电影学习。但对于去他家这件事，她还是很矛盾的，因为她要在简珂睡觉之后卸妆，再在他起床之前把妆化好。

夜半鸡叫的周扒皮都没她勤劳。

她总觉得再去几次，她会因为睡眠不足而猝死。

胡思乱想被水滴打在玻璃上的声音打断，岑惜惊觉车窗外正在下今年的第一场春雨。

夜幕下，前车的灯光把雨水的形状映在简珂的脸上，从侧面看他的眼睛，好像是一汪深不见底的水潭。

有人是可远观而不可亵玩，简珂是远观有远观的好，近看有近看的帅，就差亵玩了。

岑惜一下子就不再纠结。

接下来的这一路，她开始担心"朋友圈"事件，她是万万没想到，她的舍友们能给她整一出防不胜防的情况。

简珂不主动问，她更不可能主动提，就这么忐忑了一路，直到两人进了家门，他都神色如常，一个字未提及。

岑惜终于放下心。

进门后，简珂从玄关鞋柜上拿下一个粉色盒子，上面标着一串黑色的英文字母，淡声道："我听说这个牌子的女生拖鞋还不错，你看看能不能穿。"

连拖鞋都要这么精致吗？

岑惜蹲在地上把盒子打开，白色包装纸里是一双浅粉调里调了一些橘红的拖鞋，是她最喜欢的颜色。

她光脚踩进去，大小正合适，从前头露出十颗珠圆玉润的白皙脚指，像是刚发芽的嫩藕，笑着问他："好看吗？"

意识到她在问鞋，他看了一眼，少女从脚趾到白皙白净的脚踝，都像是细心打磨过的艺术品。

她开心的时候，眼睛弯弯，里面像是藏着璀璨星星，简珂看得一愣，也随着她勾起嘴角："好看。"

可她这样，他不知道接下来的话该怎么说。

岑惜翘起脚指头，又欣赏了一会儿，扬起视线时才注意到简珂若有所思的表情。

她瞬间又想起"朋友圈事件"，想到简珂竟然去女鞋店里给她买鞋，她莫名生出了坦白从宽的勇气："那个……"

"我相信你。"

什么？他相信什么？

相信是自己让老大帮忙问的？

她小声嘀咕："这不铁证如山吗？"

"不是。"简珂沉声，朝她靠近了一步，男人的气息从上而下将她包裹，说出来的话因此更让人信服，"是信口开河。"

岑惜一脸黑人问号。

想让朋友帮忙问一下为什么男朋友朋友圈不发自己照片，这样就算信口开河？

她微微皱眉，低头看自己的脚尖，原本白皙的脚趾被男人携带的阴影覆盖，变得灰蒙蒙的："……是这样吗？"

男人的声音像是在讲台上那般严肃："是。"

"我……"岑惜只蹦出一个字，就察觉到自己的声音在发抖，双手背在身后，指尖抵在冰冷的门板上，给自己找来一个支撑。

她满脑子只有一个想法，简珂在否认她。

他在否定她。

简珂把她鬓边碎发捋到耳后："别难过。"

别难过？

岑惜竟然不知道自己听见这句话是想哭还是想笑。

她的男朋友，她喜欢了六年的人，她费尽心思吸引他注意力的男人，在否定了她之后，告诉她别难过。

一切都发生得那么匪夷所思而又顺理成章。

虽然和简珂在一起所有人都羡慕她，但只有她自己知道，这段感情并不对等。她不敢发脾气，有话不敢说，有问题憋在心里不敢问，因为担心他讨厌她。

可这并不代表她没有自尊，岑惜挡开他的手。

挡开那只她曾经无数次在台下偷偷看的、指骨分明的手，她直迎上他错愕的目光，说出来的话变得刻薄："是不是没想到，我会这么不知好歹地挡开你的手？"

吵架的时候太容易哭了，哪怕是她占理。

岑惜收回手，掐住自己的大腿根，控制自己的泪腺，声嘶力竭："我知道我不够好，配不上你，所以你可以一直躲在暗中看我的笑话，你想出现就出现，看我狼狈的样子，报复我，觉得很爽，是不是？"

简珂只觉得自己听到的话不可理喻，额角筋络突突跳着："小惜，我——"

"你别说话！"岑惜不能被打断，他的声音能蛊惑她的心，她已经破罐破摔到这个份上，没有回头路了，她的语速越来越快，"你在律所，在御诚是高级合伙人！能接触多少高净值客户？这些高净值客户里，有没有人喜欢你？我怎么能比得过她们？我也是女孩子，我没有安全感，这不正常吗？怎么就信口开河了？是不是我戳到你的痛点了！是，你遥不可及，高高在上，我够不到，我不要了还不行吗？"

她说完，猛地打开房门，冲出去之前，把他买给她的拖鞋踢开。

雨声，风声，焦急的喇叭声，走廊冷白的灯光打在她的眼皮上。她觉得自己好像不是在走廊里，而是在一片毒草丛生的荆棘。

淬着毒液的藤蔓攫紧她的喉咙，送进食人花张开的血淋淋大口里。

好了，憋在心底的话说出去了。

开心了吗？没有！

难过吗？要死了。

她亲手断送了自己的梦想，哪怕这个梦想本可以再走得长远一些。

大概这个世界上没人可以理解她突然发疯的行为，只有她自己知道这不是突然的，她努力了那么久，小心翼翼了那么久，他却依然否定她，这只是压死骆驼的最后一根稻草。

手臂猝不及防地被拽住，她还没来得及挣扎，脚下一轻，被人横空抱起。

胸膛的味道是她最喜欢的木质柑橘味，可她现在忽然好怕他，比他站在讲台上点她名字的时候还怕。

这次她被带到他的房间里，陌生而又熟悉的气息将她裹携。

她已在自己不知道的时候泪流满面，被放在柔软大床上时堵塞了呼吸，下意识地张开嘴呼吸。

简珂松了松胸前纽扣，倾身覆在她身上。

和过去温柔缠绵的吻不同，这次的吻来得急切而霸道，她无力反抗，被迫接受。

简珂的嘴唇上移，吮吸她咸苦的面颊，最后停留在她耳畔，哑声道：“别走。”

岑惜推开他的手傻傻地停住了。

雨点滴落在窗户上，像千针万线，想要缝补她支离破碎的心。

“听我说。”简珂的双唇仍在她耳边，湿热的呼吸令人不合时宜地心猿意马。

“那我不要在这里听。”岑惜听见自己说。

“去你想去的，这个家里的任何地方。”

岑惜光脚下床，又走回到门口，还是在刚才的位置站着，脚边还有一双鞋底朝上的崭新拖鞋。

简珂跟在她身后，单手撑在她的脸侧，领口微敞，胸口有一块指甲划破的痕迹，他想了下，说：“咱们两个说的不是一件事情。”

岑惜一愣：“什么？”

简珂：“但我们先说你的。”

岑惜：“我的？”

“这么不分青红皂白地冤枉我。”简珂背着光，眸色渐深，“总要给我一个申辩的机会？”

他单手系领口衬衫纽扣，语气无奈而诚恳：“首先，我不懂谈恋爱要发朋友圈，别人发的我也很少看，但我知道这是我做得不好。”

岑惜：“……”

不是，她不是这个意思，怎么听起来像是她在强迫他做自己不喜欢做的事情一样。

“其次，”简珂食指刮她的下巴，抹掉她没擦干净的眼泪，“我不是看你的笑话。”

岑惜呼吸一滞。

来了，她最想知道的那件事来了。

“我从图书馆说起。”简珂倚在墙上，单手捞过她的腰，把她揽在怀里，“上学期期末，我们在图书馆遇到过，记得吗？”

岑惜小声“嗯”了下，她不仅记得他们遇到过，她还记得有张黑白照片掉在地上，如果再仔细想想，连他说过的每个字都能记起来。

简珂淡淡道："我本来想找你要个联系方式，但你一直挺排斥我，所以我失败了。正好你电脑掉地上了，我就阴错阳差地加上你企鹅，我犹豫该怎么开口，你就喊了徒弟。"

是这样吗？

岑惜完全记不得了，她现在就很想把聊天记录倒到去年6月，他们说的第一句话那里。

"可是……"岑惜咽口水，慢吞吞说出自己的疑惑，"你看到我电脑的时候，那个屏幕已经被我下划到回复栏里了，你怎么会看到我的企鹅账号？"

简珂仰头靠在墙上，玄关的灯光把他的喉结照出一小块阴影："没看见账号，是地址栏。"

"地址栏？"大幅度情绪波动后缓和下来，岑惜身体都跟着乏累，正好鞋架子就在大腿根那儿，她问这句话的同时不动声色地坐在上面。

岑惜挠挠脖子，地址栏是网页最上面的那一排密密麻麻由字母数字符号组成的那个东西吗？

她只知道图书馆那天简珂没看到她发的帖子，但完全没想过他竟然能一眼记住那么一长串地址。

岑惜咋舌，惊觉这个人强大到深不见底。

可她还有一个问题，两人从前没有交集，他为什么会选择在那天去图书馆找自己要联系方式？

可是话还没说出口，她发现随着自己刚刚坐下来的动作，原本揽在腰上的手也往上移动了一点点。

岑惜脑子轰地炸开，看过的几部小电影在脑海里循环交替，平静的呼吸变得紊乱。

可是简珂似乎浑然不觉，仍在给她解释："那时候没能告诉你实情，不是看你笑话，我那时候以为小臻是你男朋友。"

"谁……"岑惜颤抖着，心绪飘远，脑海里一帧一幕撞击，已经抓不到他话里的重点，"谁看得上他啊。"

简珂："我解释清楚了吗？"

岑惜吞口水："吗？"

简珂："？"

看他忽然蹲下，岑惜想起自己今天穿的牛仔裤很紧，穿脱都很不方便。却见他慢条斯理地给她穿上鞋，手掌在脚踝点火，酥麻感从小腿传到全身。

他这样，她更把持不住了。

简珂把她带到卫生间，岑惜一路心跳怦怦怦，温水打在脸上更让她魂不守舍，连洗手台上多出了一套和她家里一模一样的崭新护肤品都忽视了。

他的胸膛火热，贴在她的后背上，快要把她烧着。

简珂给她卸妆的动作生涩缓慢，像是新上任的幼儿园老师，在学习如何帮小朋友洗脸。

“身上要洗一下吗？”他在她背后，说话时亲昵地吻了吻她的耳郭，像在安抚她激动过后的情绪，也像是印个标记。

两人的视线在镜子中无声交汇，浓烈缠绵，岑惜不确定自己有没有听清他的话，只是条件反射地“嗯”了一声。

简珂帮她把水温调好才离开浴室。

岑惜一件件把衣服脱下来，挂在架子上，进到朦胧玻璃房前，她看了一眼镜子里自己不知是因为哭过还是亲过变得红肿的嘴唇，在想这是不是猎人给猎物按摩，再把猎物洗了，吃下去肉质会更香甜？

咦，好变态。

然后，她洗得更起劲了。

简珂一颗一颗把自己衬衫纽扣解开挂在衣架上，换了件宽松的家居服，从自己的衣柜里拿出另一套粉色的，走出去挂在浴室外面岑惜一出来就能看到的位置。

他站在门口，低着头，拇指意犹未尽地从唇边扫过。

想到刚才吵的那一出莫名其妙的架，他仰头笑得无奈又纵容。

往客厅走的时候，微信里来了一条“简夫人”发来的消息。

【简夫人：你们老简家欺负人啊，这日子过不下去了！】

简珂垂眸，打了几个字：【和我爸吵架了？】

【简夫人：谁稀罕吵架！】

简珂笑：【说出来总比憋在心里好。】

顿了顿，他又补充：【加油，多吵几次。】

岑惜换好家居服，一边擦头发一边往外走，看见简珂在客厅坐着，笔记本电脑摆在腿上，修长的手指有一下没一下地点在触控板上。

每个男人安静又认真的样子都极为性感，更不要说这是简珂。

想到自己差点把这么个极品弄丢了，岑惜诚惶诚恐地拿出手机准备偷拍几张，又想到他认真和自己解释，说的那些话时，她嘴角不自觉地翘起。

还没解锁，她猝不及防看见屏幕上又是满满一整页来自御猫的消息。最近御猫找她都是和鸢鸢有关的，她擦了擦屏幕上从发梢掉下来的水渍，在相机和企鹅之间选择先点开企鹅。

御猫发来了好几张截图。

【御猫：小七快看。】

岑惜斜靠着墙，点开了御猫发来的截图。

截图的是鸢鸢的两条微博，都是今天发的，一条是凌晨四点，一条是今天下午一点。

凌晨四点的那条，鸢鸢截图了和岑惜的部分聊天记录，说自己因为被冤枉抄袭一晚上没睡，还说岑惜空口鉴抄，有“亲妈眼”，都是大众梗，偏偏觉得自己是抄袭。

字字泣血。

下午一点的那条，为了证明自己，鸢鸢根据她截图的聊天记录，逐章逐句做了一份解释说明。

这些“歪理邪说”，岑惜直接划拉过去，看鸢鸢最后的总结——

中心思想就是，“小说都是这样的，这些都是大众梗，每个人都这么写”，暗指岑惜别有用心。还提了自己过去是岑惜师父的事情，从身份证明，师父绝对不可能抄袭徒弟。甚至还提到七惜过去是写古代言情的，忽然转现代言情，说不准是谁抄谁的。

刚刚经历了那么大的情绪波动，再面对这样狠狠的倒打一耙时，岑惜竟然提不起来精神生气，只是觉得可笑。

她这个被害人还没去网上说什么，鸢鸢就急着先自爆了？还是以这么厚颜无耻的方式。

想着该如何应对这件事时，她对自己的冷静感到意外，这种网络上的指控，她怎么忽然就不害怕了？

岑惜抬头，看向沙发上神态认真的男人，是不是当人知道自己被爱着的时候，都会变得勇敢？

尤其是，对方还是自己很喜欢的人。

简珂应该也是洗过脸了，高挺的鼻梁上架着一副金丝边眼镜，平添几分清冷儒雅，好像对任何事情都能游刃有余，让人倍感安全。

她走过去，从后背抱住他，胳膊回弯，勾住他的脖子。男人太认真投入，以至于连她过来都没发现，简珂先是后背一僵，随即反应过来，一手合上电脑，另一只手拉住她的胳膊，淡笑道：“怎么这么淘气？”

他关电脑的速度慢了些，出于对自己写出来的文字了解，岑惜只需要一眼就知道他刚刚在看自己的文，她的头倒挂着埋在他的颈窝，声音闷闷道：“你是不是早就知道这件事了？”

“嗯。”简珂揉她湿漉漉的头发，扯过她肩膀上披着的浴巾，反手给她擦头，“但我说了相信你，别怕。”

原来那时候他指的是这件事，怪不得吵架的时候岑惜总觉得哪里有点不合逻辑。想想自己那番强词夺理的发言，岑惜自我检讨：“我真浑。”

“哪有，最多算个笨蛋。”简珂侧身，把毛巾给她包成一个发帽，两边多出来两个小球球像小熊的两只小耳朵。

岑惜抬头，深陷进他纵容的目光中。

简珂捏捏她的脸，两根手指搭在她的两侧嘴角，把她耷拉着的嘴唇扯上去，语气中带有一点警告意味："别这么看我，现在这个房间只有你和我。"

岑惜听懂了他的暗示，内心疯狂号叫这就是她要的结果，表面不动声色地"哦"了一声，揉了揉有点烫的耳朵，从沙发后面绕到前面，坐到男人身边。

简珂收回视线，也不再看她，只是解释了一句："我得把两篇文章看完。"

"啊？"岑惜惊讶，"鸢鸢那篇文你也买了？"

简珂淡淡道："买了。"

岑惜噘嘴，略表不满："她的那篇文我都买过了，你提前跟我说的话，就可以用我的账号看了。"

简珂失笑，指尖轻叩她的脑门："全文买下来才四块多。"

"那也不行。"岑惜执着，伸出一根手指到他面前，"对于她这种人，付一毛钱都是血亏。"

简珂没想到，她卸下防备后会这么可爱，心都快化了，情不自禁地把人捞进怀里，吻住。

岑惜不抗拒。

房间里拉上了一层纱帘，月色旖旎朦胧，气息越来越火热。

一切都顺理成章，可简珂偏偏停下来了。她对他的坦诚有多少，他心里有一个很标准的衡量，如果今天之前是20%，那今天就有了70%，可是在她100%信任自己之前，他不允许自己对她做出格的事情。

岑惜被放开后窝在他怀里小口小口呼吸，刚刚，她真的以为要开始了……

还是挺紧张的。

夜晚的后半场，不知道怎么就成了岑惜躺在沙发上，枕着简珂大腿的姿势。

他在聚精会神地看电脑，她在心猿意马地玩手机。

简珂问她要不要一起看，被她强烈地拒绝了，当着别人的面和别人一起看自己的小说，尤其这个人还是自己特别崇拜的人，这种尴尬到脚趾抠地的场景她想都不敢想。

所以表面上，她还是一副盯着手机目不转睛的假象。

岑惜在看鸢鸢的微博，虽然御猫已经把这些全都截图给她了，但她还是想自己来看看，边看边在脑子里整理她发微博"锤"鸢鸢，话该怎么说。

不过她越看越觉得奇怪。

从她这个内行人的角度来看，鸢鸢发的这逐章逐句的截图，摆明了两人男女主角人设和剧情发展脉络都是一样的，这不自己都把自己"锤"死了吗？

难道我把西瓜切成块，你把西瓜切成片，咱们俩就不是一个东西了？

这样想来，这条底下那好几百条评论应该都是帮她骂鸢鸢的吧？

等岑惜点开评论区，她才发现自己刚才的想法有多盲目乐观。

作为读者，或者作为鸢鸢的粉丝，那些人看东西的视角与她天差地别。至少前面几个的评论，全都是颠倒黑白，站在鸢鸢那边的。

【小兔兔小：醉了，鸢鸢大大多少粉，七某人多少粉，自己心里没点数过来碰瓷？】

【鸢桃桃：大大提到之后，为了公平起见我去看了那篇，我只想说，跟大大写的比起来真的差远了。】

看这些评论的时候，岑惜感觉仿佛有一把铁锤砸在她胸口，眉头越绞越紧，拳头时而握紧，时而张开，好像要把空气碾碎。

她刚刚真的以为自己已经累到没有精力再生气，她错了，她是真的没见识到这些人有多蠢！

不仅有人带头评论，还有盖出几十上百层的楼中楼，洗脑般互相加油打气鼓励，让他们无意识的情绪加快发酵，说出来的话也因此越发不可理喻。

如果现在这帮人站在她面前，她毫不怀疑自己要跟他们直接打起来！

简珂清晰地感觉到腿上躺着的那颗脑袋从摇头晃脑变成咬紧牙关，因为他听到她磨牙的声音。

“不气了。”男人并不知道她是刚看到评论，还以为她刚已经消化了，现在只是生刚才没生完的气，没过多地安慰她，只是伸出瓷白温润的手指给她揉着太阳穴，“这件事我来解决。”

他的手指看起来骨节分明，可落在她脸上时柔软温热，岑惜太阳穴气到凸起的青筋慢慢地被他安抚下去，但是脑中已然一片空白。

她发出一声沉闷的“嗯”，嗓子像是有沙粒，翻了个身，接着刷手机。

这时，她刷到了一条保持中立态度的留言。

【小野0902：话说，人家先别急着下定论吧，先看看七惜大大怎么说，这种后续有反转的也不在少数。】

至少还有一个人是清醒的，而且这个人的点赞数处于中排位置。

岑惜点开楼中楼，发现这里的评论和前面的几楼形成明显对比，没有姐姐妹妹，没有互相抱团，有的只是谩骂和阴阳怪气。

只有在翻到最下面，才能看到几个附和这句话的流言，少得可怜。

岑惜看不下去了，她登上自己的账号，打算直接在这条微博下面表明态度。

但没想到登录成功页面跳转后，那条评论没了。

连带着楼中楼全都没了。

不知道是博主自己扛不住压力删了，还是鸢鸢一直盯着评论区，觉得这条评论不利于她所以删的。

一个中立的人都会被骂成这样，更不要说在她没看到的时候，也许还有站在她这边的人呢？又会被骂成什么样子？

胜利不该是厚脸皮的勋章，抄袭者的胜利也不该是踩着原创者上位。

岑惜不想，亦不能姑息鸢鸢这种令人不齿的行为。她盘腿坐起来，语气严肃：“你打算怎么解决？”

简珂脸色未变，把电脑挪过去，给她看他刚发出去的微博。

刚刚鸢鸢有提到一句，“七惜”文里律师的办事流程跟“点点”文里律师办事的流程一模一样，并以此为论据，表明如果她这样算抄袭，那七惜也算抄袭。

而简珂发出去的这条微博反驳的就是这一句，不仅介绍了律师调查取证的流程，连取证之前的调查令都严谨科普了一番，解释了岑惜不是抄袭而是流程化，顺便起到了部分普法作用。

他还发上去了自己的律师徽章，以证明真实性。

简珂身上的那种严肃稳重，似乎有种老干部既视感，岑惜想起以前她跟岑臻的调侃，还挺贴切。

岑惜能明白他的想法，简珂是在抽丝剥茧，一点点揭开伪装者的伪装。

她放松了一些，点开评论区，看见他这里和鸢鸢那里大相径庭。

简珂向来独来独往，吃了不混圈子的亏。他不了解这种网络上的集体狂欢，用词冷静而专业和鸢鸢那种具有煽动性的语言相比，在微博这个地方落了下风。

发送出去才短短半个小时，评论区群魔乱舞。

有人说这条微博的意思是变相承认抄袭，还有人不懂装懂，大放厥词。底下的人跟着质疑“点点”的身份。至于真正懂法律的相关人士，根本没有那么快发现这条微博。

评论区沦陷，他们无脑欢呼，提前庆祝这一仗的胜利。

这一次，他们的行为彻底踩到岑惜的底线。

她捧在心尖上，连看一眼都觉得人间美好的人，凭什么被那些无脑的乌合之众、法律门外汉质疑。

简珂出现的地方，向来是赞美推崇。

他们怎么敢。

岑惜合上电脑，看着透明玻璃上贴着湿淋淋的枯黄落叶，心中泛起了一阵莫名悲伤。

她深吸了一口气：“我自己解决，好不好？”

“嗯？”简珂眉梢微扬，“理由是？”

最真实的理由，是岑惜不想让任何人伤害到他，尤其这件事的起因还是她，但这个理由对她来说太难以启齿，所以她想了想说：“因为能够打败魔法的，只有魔法。”

简珂掀起眼皮，他单手撑在脑后，调到一个舒服的角度，安静地看着她，像是要透过一双眼睛，把她整个人看穿。

暮色浓重，墙上的挂钟滴答滴答昭示时间的流逝。

岑惜看见那双琥珀色瞳眸里，自己已经换了好几个表情了，直到她有些不自然地别开眼，才听见简珂淡淡道："好啊。"

他顿了顿："现在换我问你，你打算怎么解决，魔法少女？"

岑惜想了想："我打算先做出一个回应，如果还是不行的话……"

简珂："嗯？"

岑惜："那我就……告她。"

简珂神色闲闲："哦。"

岑惜一时摸不准他这副表情的原因，她转了转眼珠子："如果我决定告她的话，你会接我的案子吗？"

"你觉得呢？"简珂反问她。

"我觉得……"岑惜观察他的表情，看不出一丝破绽，犹豫了下选择先问清楚，"那个，御诚的高伙一般怎么收费的？"

"咨询费一小时七千，不打折。"简珂说得慢条斯理，"拿我来说，市内的 to c（对个人）民事案件，代理费是七位数起，涉及外埠是二倍。法律关系复杂、当事人人数众多、涉外，有重大疑难或有重大社会影响的案件，代理费为上述标准的四到七倍。如果我愿意的话，这部分可以打个折。"

岑惜听得一脸蒙，面露痛苦。她就算把这三年来写书的全部稿费都给他也不够啊！她纠结了一下，还是决定掰开手指头，准备算数："那个，七位数是怎么个七位数法啊？一百万也是七位，九百九十九万也是七位，还有，能打几折啊？"

她并没有察觉到，在听过这段长长的报价后，她的心情其实比刚才放松了一些，至少没那么糟心。

简珂攥住她算数的那只手，一把将人捞过来，他似乎本来只是想把她抱回来，但岑惜平衡没掌握好，一下坐在他大腿上。

本就松了的"小熊头"在这番大动作后彻底掉了，她湿漉漉的头发垂在肩头，水滴顺着发梢掉了几颗在简珂纯白色的家居服上。水滴顺着一个点，小面积四散，他的衣服上颜色深了一块又一块。

岑惜想下去，却被他搂住了后腰，男人倾身向前，咬住她的耳朵，嗓音低沉："师父想要几折？"

两人这个姿势和她曾经看过的某部小电影男女主角重合，岑惜的耳朵红得快要滴血，可偏偏他这时松开她，松松散散地靠着沙发，似乎在等答案。岑惜咬牙："一折可不可以啊？其他的抵之前的学费。"

简珂笑："学费这么贵？我好像掉坑里了。"

岑惜这时彻底确定，简珂是在逗她。她反唇相讥："那就要怪你自己贪图美色了，我本来开的就是销金窟，你说是不是？小、徒、弟。"

简珂抓着她的手，捏捏手指又捏捏手背，慵懒道："那师父之前说的不要钱，是在妖言惑我了？"

什么啊，什么小妖精，什么魅惑，这个男人到底在说什么！岑惜发现自己好像一个字都听不懂，她只知道自己好像说不过他。

岑惜愤恨咬牙，恼羞成怒，从他身上弹开，一溜烟跑进次卧。

岑惜虽然躲进了次卧，但她并没有锁门，钻进被子里本来打算看简珂什么时候进来把她拉出去。没想到这一钻，从被窝里出来就已经是第二天早上了。

她是被煎荷包蛋的"滋滋滋"声和顺着门缝飘进来的香气叫醒的。

摸了摸平整的被子，岑惜无法相信，昨晚竟然是"平安夜"？

岑惜趿着橘粉拖鞋，刚走出卧室就迎上简珂，他已经换下了家居服，穿着剪裁合体的定制白衬衫："正好想来叫你起床。"

"你，"岑惜盯着他衬衫最上面的那颗扣子，"今天要出门？"

"嗯。"简珂说话时带出嘴里的咖啡醇香，"吃完饭我回趟律所。"

"周末还上班的？"岑惜挠头，"诉讼律师也太辛苦了吧。"

"嗯？"简珂听出她话里有话，正准备走回厨房的他脚步顿了下，"你不打算做诉讼？"

岑惜不敢看他，一边小声嘀咕一边往卫生间躲："我觉得考公也挺好的啊，有些岗位还只面向法学生呢。"

说完最后一个字，她"吧嗒"一声拧上门锁，拧开水龙头洗脸。

其实在岑惜心里，考公和做律师都是很好的选择，但能成简珂这样的，都是一将功成万骨枯，她没这个把握，到时候再转行从零开始更麻烦。

岑惜习惯性地抽了两张洗脸巾，碰到脸上时她忽然觉得哪里不对。怎么这里和她家里用的所有东西都是一模一样的？

洗脸巾，卸妆膏，化妆棉，连水乳精华都有套一模一样的。

她抬眼再看镜子，发现了一件更可怕的事——

她忘了化妆了！

不过，从简珂刚才的表现来看，他似乎并没发现？

对着镜子，岑惜戳了戳自己的脸蛋，手感确实还不错。想到以后都不用再辛苦晚睡早起了，她低头把笑容埋进洗脸巾里。

餐桌上，两人对坐。

透明玻璃杯里的牛奶提前热过，奶味浓郁，入口也没有那种奇怪的腥味，岑惜喝了两大口就见底了，她往吸管里吹了口气，"咕噜"冒了个大泡泡。

正在嚼吐司的简珂掀眼，看见这个行为他嚼了几下把吐司咽下去，低笑一声：“魔法少女过七岁生日了吗？”

岑惜猛吸一口，把剩余的牛奶全都吸光：“我又不是天天这样。这牛奶好喝嘛，简直牛奶届的Top1（第一名），什么牌子的？”

简珂没回答她，只说：“想喝的话每天都有。”

她的心跳像拨浪鼓般咚咚响，她戳了个荷包蛋送进嘴里，用咀嚼掩饰自己拼命上扬的嘴角。

“慢点吃，别噎到。”简珂什么也没想，气定神闲地起身又给她热了杯牛奶，放到她前面，顺便问，“今天打算做什么？”

“我等一下回家。”岑惜迅速给出答复。这是她已经想好的事情，今天她要整理文章，给抄袭事件一个回应。

简珂语气闲闲，像是在说一件理所应当的事：“我送你。”

“嗯，好。”岑惜低头喝他重新递过来的甜奶，这次她直接仰头喝完，“那我去换衣服。”

从简珂家到岑惜家路过去年暑假时他们来吃过饭的那家餐厅，天气回暖，楼外郁郁葱葱的叶子里藏着几朵粉嫩的蔷薇花骨朵，浅浅嫩嫩，含苞欲放。

在路上时，岑惜觉得，跟他在一起的时间过得太快了，她想一直沉溺在他的温存里不出来。等到了她家楼下，她又觉得时间过得太慢了，怎么还没到白发苍苍，能和他携手共度余生的那天。

“姐，帮个忙！”家门刚一打开，岑惜还没踏进家门，就看见来开门的岑臻一脸慌张。

岑惜：“怎么了？”

岑臻凑近她，小声恳求：“我上学期高数没及格得补考，爸刚知道了，正跟妈商量着怎么弄我呢，你快让你男朋友想办法救我。”

岑惜倒抽一口冷气，她还没对简珂提过什么要求呢，哪就轮得上岑臻了？她咬牙切齿：“你做什么春秋大梦呢！”

岑臻露出了一个没安好心的笑，猛地扭头冲着家里客厅喊：“姐，你还知道回来啊？我还以为你是谈恋爱了呢！”

跟简珂恋爱的事岑惜还一直瞒着爸妈没敢让他们知道，她不用想都知道，以她爸对简珂的喜爱，肯定会在简珂面前说出一堆让她尴尬的话，搞不好还要催婚。

岑臻这么一喊，她怕她爸会发现什么端倪，吓得立刻冲他挤眉弄眼，让他闭嘴。面对岑臻挑衅的表情，她心不甘情不愿地答应：“那我晚点帮你说，人家加班呢。”

解决完岑臻，岑惜正准备神不知鬼不觉地溜进房间，忽然被爸爸叫住：

"你刚刚是跟简珂一起回来的吗？我好像看见他的车了。"

"什么？"岑惜屏住呼吸，一边装傻一边思考对策。

同时和她一起屏住呼吸的还有岑臻，这要是被爸爸发现了，他就没有能拿捏他姐的东西了，于是他出声解救："爸，你想太多了，那车我姐她同学也有辆一样的，再说了，简珂哪能看得上我姐啊！"

岑惜："！"

岑父想了想，似乎觉得有点道理，当默认了。

岑惜："？"

"也是，他昨天忙案子忙到夜里四点多，还给我发了条消息，这么早估计还在休息。"等两个孩子都进屋了，岑父和岑母顺着说了一句。

岑惜回到自己的小房间，之前她一直觉得房间可爱温馨，可到了今天，她觉得这房间空空荡荡的。

与此同时，刚在御诚二楼会客结束的简珂，在办公室里，被如烟海的书和卷宗包围着时，也有这样的感觉。

他单手抄兜，站在书架前，精准无误地抽出三份卷宗，分别是去年10月、11月和今年2月结案的知识产权案，放在桌上，解开线封。

岑惜也没闲着，为了以防万一，她把鸢鸢那篇全文截图，存在自己电脑里。截到最后一章时，她在鸢鸢的评论区里见到了一个和整体画风不太一样的留言。

【风风：鸢鸢大大，七惜有一篇文和你的好像，你要不要去看一下？】

这个ID她记得，最开始，就是这个叫风风的读者给她留过言的，那时候她还在心里吐槽读者空口鉴抄。

现在看来，这位读者应该只是两篇文都看了之后觉得迷茫，分不清哪个读者才是原创，才会发出这样的疑问。

"对不起。"尽管知道风风听不见，但岑惜还是对着电脑屏幕，向这位被她误伤过的读者道歉。

不过，这条评论倒是让她也想通了一件事。

她昨天觉得奇怪，鸢鸢为什么要先把这件事情闹大，原来是已经有读者提前发现端倪，鸢鸢这么做，无非是要先占据舆论优势。

岑惜不知道鸢鸢这么做究竟是聪明还是傻，水能载舟亦能覆舟，舆论能让鸢鸢现在压她一头，等到真拿出证据，也能让鸢鸢自食恶果。

她打开文档，开始做她今天真正要做的事情。她把鸢鸢的文和她的文做了一份详细的对比。

不对比不知道，一对比岑惜自己都惊讶了，这两篇文不仅通篇下来的设定是一模一样的，甚至连男女主角人设，具体到家庭成员、喜好、成长经历都是一模一样的！

唯一的改动是将岑惜写的男主“樱花味”的嘴唇改成了“桃花味”的，如果这都不叫抄袭，那就只有一种可能了——鸢鸢是岑惜脑子里的寄居蟹，岑惜想什么她都能看到。

本以为会是一件很快就能完成的事情，可由于鸢鸢抄得太过分，岑惜把概括和调色盘全都做完之后，天空已经成了幽蓝色。

总共十七页，足够把鸢鸢“锤”到再无翻身可能。

为了以防万一，她决定把文档做成的图片发给简珂先看一眼，检查一下她的用词有没有会被抓住小辫子反咬一口的可能。

想到他也许在忙，岑惜想了想，选择登录胖企鹅，根据过往经验，一般情况下，他企鹅在线的时候都会比较清闲。

在登录上线的瞬间，岑惜的手机响了。

简珂问：“忙完了？”

他的嗓音温润，像山泉里的青梅子酒，呼吸声像打在瓶身上叮叮当当的泉水，轻而易举地治愈岑惜烦躁的心情，她两条腿抬起来，把脑袋支在上面：“这话该我问你才对吧。”

“嗯，好。”简珂笑得纵容，“我忙完了，现在接你去吃饭吗？”

也不管隔着电话对面看不看得见，岑惜点头：“好。”

出门之前，家里饭都已经做好了，岑惜拉来岑臻，一脸威胁：“给你姐打个掩护，你姐我出门去给你找救兵！”

岑惜家离小区北门近，但为了不让她爸发现端倪，她让简珂把车停在南门，怕他等太久，一路小跑赶到。

上车后，简珂拧开一瓶饮料递给她，随意问道：“怎么非要在南门？”

“我爸今天和我问起你了，吓死我了，这不赶紧躲躲，要不是岑臻，我今天都出不来了。”岑惜边说边接过他递来的饮料，捏到瓶身熟悉的包装质感时才发现是西柚味水溶C，她记得自己从来没跟简珂提起过自己爱喝这个。

想到他也许也曾在暗地里观察自己，她含着饮料抿嘴笑，像拥有了全世界最好吃松果的小松鼠一样满足地鼓着嘴，原本带点酸的柠檬味都像是渍了糖。

“岑建教授，”简珂蹙眉，淡色的瞳眸情绪不甚明朗，“不希望我们在一起吗？”

因为简珂没看她，语气也伪装得稀松平常，所以岑惜并没有第一时间察觉到简珂的情绪，她从他手里取过瓶盖拧上：“那他可太希望了。”

傍晚，黄昏沉沉地压在天边，火红的夕阳余晖照得人眼睛酸痛。

岑教授希望他们在一起，但岑惜却连岑教授问一嘴他都会担惊受怕，连自己的车出现在她家楼下都不愿意。

简珂垂下眼睑，看了一眼自己搭在方向盘上浮萍般垂下的手掌，抿唇，没说话。

他想要向特定的人掩饰自己情绪时，向来可以做得滴水不漏，曾经对簿公堂对方出阴招，连对方的当事人都震惊了，他仍然可以微微一笑，庭审结束后问对方要不要一起吃个饭。所以一直到餐厅后，岑惜才察觉到简珂有情绪，还是通过周边人的反应发现的。

和之前众星捧月的他不同，路过的顾客只瞟他一眼就迅速收回视线，不敢讨论，也不敢看第二眼，他在前，她走在他身后，她看不清他的表情。她去卫生间洗完手回来，简珂身边也没有过来点餐或者来询问顾客感受的服务员。

可当岑惜看向简珂时，她只觉得他和平时别无二致，拿着手机正在有条不紊地看她给他发的文档，心中的话就更无从说出口了，怕说了反而引起不必要的尴尬，只好试探性地把手头的粉红色小饮料往他面前推了推。

“这个词……”简珂推开饮料，把自己的手机倒过来让她能看清，文档里有些词被他用荧光笔标记出来，他有条不紊地指了其中一个，“比如抄袭，在有明确的法院判决书之前，你这样说是侵犯当事人名誉的。小惜同学，作为法学生，严谨一点，嗯？”

岑惜心虚地“哦”了一声，趴在桌子上，把屏幕往下划拉，十七页的文档，被他画得满满当当。像她写了鸢鸢的微博侵犯了她的名誉权时，简珂在上面画了个问号，还标注上让她看看《民法通则》101 条后端。

她整个上半身都压在桌子上，简珂感觉她这前伸的姿势有点累，贴心地把手机朝她的方向抬了下。

岑惜羞愧得难以自抑，当时写的时候一点都没觉得有问题，被他批改后岑惜顿时觉得全篇都是问题了，她有种以前上学时老师讲数学题的那种感觉，一听全会，一做全废，老师讲解后还要配合上拍大腿的动作懊恼地说“原来是这么回事啊”。

可她的成绩向来很好，还能叭叭给别人讲题呢。

岑惜泪。

“那个……”她指着简珂标注的《著作权法》法条，斗胆问，“你之前给我们代课的时候不是说，法律是要理解的，不能死记硬背吗？那你为什么……”

为什么还能清清楚楚地把每个法条记下来啊？

“别紧张。”简珂淡淡道，他看了一眼对面女孩的表情，确认她没有因为自己拆穿了她而情绪窘迫，而是表情定定地专心等他接下来的话，“这些对于现阶段的你来说确实不用背，但我是执业律师，这些高频法务耳熟能详。”

岑惜点头，简珂说得太对了，她有被安慰到！她这个法本小菜鸡干吗要和御诚高伙看齐！

简珂盯着她看了一会儿，似是猜中了她心里的想法，声音低沉到不可违抗："但是未来，你会和我一样，甚至比我更优秀。"

岑惜轻轻倒抽了一口凉气，始终低头在看他的手机，那一页花花绿绿的标注她来来回回地看。

忽然她想到了什么，抬头发出了一个认真的疑问："是不是因为我有你？"

简珂一怔，随即勾起嘴角："嗯，你有我。"

服务员进来送餐，将点好的菜一一放在桌上后，看到简珂的表情后似乎有些意外，和她身后的同事饱含深意地对视了一下，笑盈盈地报菜名，结束后看向他："请慢用。"

岑惜："……"

又来了。

为什么没人让她慢点吃！

简珂本来低低"嗯"了一声，余光瞥见小姑娘恶狠狠地拿刀子直接插了块牛排，他硬生生把"嗯"的尾音扬起，形成一个疑问词，随后低笑，跟服务员说："这份麻烦也放到我妻子面前，谢谢。"

他明白自己在想什么！

简珂太会了，呜呜呜。

岑惜从胸口开始变得轻盈，过了一会儿，她觉得自己好像长出了小翅膀，在洁白的云朵上飘来飘去。

晚上，岑臻正在家里挨训，作为一个体育专业大学生，被他爸安排了令人发指的高数补课计划，就在他打算以死相逼时，他爸出去接了一个电话，再回来时红光满面，仿佛接受了一番爱的洗礼。

岑臻忽然明白了他姐五分钟之前给他发的那条"晚上不回，靠你了"是什么意思。

简珂看着岑惜小心翼翼给岑臻发消息的样子，好奇地询问："你跟小臻都很怕岑建教授吗？"

"怕的呀。"岑惜收起手机，想了想该如何解释才能让这件事变得更好理解，"你知道那个故事吗？你要是想训练一只大象听话，就从小给他圈好地方，它一出去你就打它，这样等到它长大变得凶悍了，也不敢走出那个圈。"

简珂："你的意思是，你和小臻就是两头小象？"

"嗯嗯。"岑惜点头，从扶手箱把粉色饮料拿出来，跟在简珂后面下车，接着说，"小孩子小时候不都怕老师嘛，然后我们老师又特别尊敬我爸，我们从那时候开始就特别怕他了，觉得他坚不可摧，是世界上最厉害的人，直到——”

简珂低头换鞋，单手撑在墙上，听到身后喋喋不休的人忽然断了：“嗯？直到什么？”

“直到——”回忆起过往，岑惜忽然又觉得眼前的人强大到不真实，她盯着他，喃喃道，“直到我知道世界上还有你的存在。”

她的眼神清朗中还带着一点茫然，却把他的骨头都勾酥了。

岑惜才刚刚脱了一只鞋，连拖鞋都没来得及换上，忽然被简珂顶到墙上。

他的唇从她粉嫩的唇瓣吻到白皙的脖颈，岑惜双手无措地搂在他的肩膀上，从一开始的一片空白，被吻到心中爱火烈烈。

房间里的灯没有打开，暗蓝色天幕下熠熠繁星格外清晰，仿佛颗颗明珠，发出耀眼璀璨的光。一缕清柔的月光像是加了一层柔光般朦胧，透过落地窗洒在两人脚边。

“接着说，我的存在怎么了？”简珂的手指插进她的指缝，嗓音迷离低哑。

“你的存在……嗯……”岑惜被吻得气息不匀，说出来的话不经大脑，词不达意，“特别好。”

“喜欢我，是吗？”简珂第一次明目张胆地问她这个问题，想听她的答案，也指引她直面自己的感情。

岑惜意乱情迷，声音娇娇柔柔：“喜欢。”

简珂却仍不满足于此，拇指搓着她的指腹，酥麻的触感没有任何阻碍蔓延她全身。

“喜欢谁？”

“喜欢你。”岑惜的脸瞬间红透，克制地咬紧下唇，锁骨被惩罚似的咬住，她一声轻哼后如实交代，“喜欢简珂。”

陌生的手机铃声打断了暧昧的气氛，岑惜全身无力，整个人像摊水化在他胸膛里，身体里血液乱撞，找不到一个发泄口，胸脯难以自抑地起伏。

她的声音带着明显的委屈：“你手机响了。”

简珂似乎在找什么，手在她身上四处点火，最后从腰间口袋里拿出她的手机：“你的。”

岑惜靠在墙上，看见手机屏幕上一个来自企鹅的语音通话提示栏，除了“点点”来电话那次她喝醉了不记得了，这还是她第一次见到企鹅好友给自己打电话，对这个提示音难免陌生。

她慢吞吞抬手接过手机，好像还有点不情愿。

“坐着接，我去冲个凉。”简珂小心翼翼地放开她，确认她能自己站稳才松手，转身朝卫生间走。

手机屏幕上显示来电人是御猫，岑惜遗憾的同时还挺奇怪：“喂？御猫？”

“喂！是小七吗？”御猫平时就这么叫她，所以这一声就直接点名身份，她语气急躁，连寒暄都免了，直奔主题，“我跟你说，我好奇把鸢鸢的文买了，你猜怎么着？她不止抄你了，她也抄我了！而且我觉得这也就是咱俩闹出来了，她说不定还抄了好多别人的，别人压根儿就不知道！”

“我的天。”岑惜脱口而出，没想到鸢鸢竟然还吃“百家饭”，这么会剪裁拼贴，找个厂子当裁缝不好吗？写什么书啊？

“哎？小七你声音这么好听的吗？”都气成这样了，御猫竟然还重点跑偏，关注到了岑惜的声音，“听声音就觉得是个美女！真好，听到美女声音我心情都好点了，但这也并不妨碍我要去挂这抄袭狗！”

前半段岑惜听着开心又无语，直到听御猫说她要挂人才张口阻拦：“先别，你发之前给我看一眼，我修改一下你再发。”

御猫不解：“啊？为什么？”

岑惜解释：“如果你用词不当，到时候万一她倒打一耙抹黑你起诉什么的，挺麻烦的。”

“还反了她了！还有脸告我？”御猫愤愤不平，不过看在岑惜的面子上她还是答应下来，“行，我今天晚上写出来，你帮我看一下，我明天再发。”

尽管御猫话这么说了，但岑惜能感觉到她的不情愿，还是跟她说清楚：“事实在人心，法庭看证据，千万别冲动，有理都变成没理了。”

御猫应下来，但也不知道为什么，岑惜听她的语气就是没办法放下心来，隐约觉得要出事。

此时，御猫不给她再劝的机会，把话题扯远了，说完了正事，开始闲聊：“咱们认识有两年了吧？我还是第一次给你打电话呢，还有点害羞。”

岑惜笑笑：“害羞？我可没听出来。”

“你这人。”御猫笑着骂她，“那什么，听口音你也是燕市人吗？”

“是啊。”岑惜说，“咱们当时认识，不就是在同一个编辑群里，正好只有咱俩所在地一样才加的好友吗？”

御猫想了想：“咦，是吗？你不说我都忘了，咱们跟鸢鸢也是这么认识的吗？我记得她也是燕市人来着。”

岑惜正在想和鸢鸢是怎么认识的，忽然看见简珂从浴室里走出来，一边擦头发一边朝她这边走。

他刚说过他是去冲凉，所以头发虽然湿漉漉的，但是没有多余的水汽，显得他格外干净。

男人穿的仍是那套白色的家居服，袖口规整地翻折到小臂，头发上的水珠从发梢落下，顺着他的脖颈没入领子。

岑惜咽了下口水，默默别开了眼。

简珂不知道是不清楚岑惜在想什么，还是太知道她在想什么了，他从柜子上拿了瓶矿泉水，坐在她身边时才咽下，让她清楚地听到吞咽声，能联想他喉结上下密密滚动时的样子。他把水放在桌上："忙什么呢？"

"小七，你旁边是谁在说话啊？你男朋友吗？他声音也太好听了吧！你俩好配！"

还在耳边的电话里忽然发出惊天尖叫，岑惜说了声"我还有事"，就匆匆挂了电话，清了清嗓子对他说："哦，那个，就是我有个朋友，也被鸢鸢抄袭了，然后准备挂她，我刚跟她说写完给我看一眼……然后，我再给你看。"

"哦。"简珂笑声似调侃，"小同学还学会狐假虎威了。"

书房里开了一盏明亮柔和的阅读灯，岑惜用简珂的电脑修改他改过的文档，简珂坐在她对面，对着笔记本也在忙碌。

安静的房间里，只有外设静电容键盘和笔记本自带键盘噼里啪啦的响声。

岑惜改完前面的用词部分，发现简珂在后面的情节对比上也做了一些标注，比如像天上都出现双彩虹这种情节，被他直接标记划掉，岑惜有些不服气，把电脑屏幕朝他转了个角度："前面撞的都算，为什么这里不算了？"

简珂看了一眼她指的地方，不紧不慢地给她解释："双彩虹属于单纯描述性语句，无法构成情节的最小组成单位，两篇文我都看过了，在这部分的故事前后衔接处理上，没有实质性相同。"

岑惜不服："可是她前面都是抄的，这里肯定也是抄的啊！"

"小惜，我可以理解你作为创作者被抄袭后的心情，但是不要激动，不要主观评定，既然你要据理力争，就不要让她找到任何机会反咬你，得不偿失。"简珂神态整肃，除了上课，他很少说这么长的话，忽然他问，"你看过《让子弹飞》吗？姜文导演的。"

岑惜有点憋屈地吸了吸鼻子，她点点头又摇头："看过，但是忘了讲的是什么了。"

"不重要。"简珂目光深深地看着她，打算等她到情绪临界点时他就不打算再说下去，"里面有一个情节，是好人被坏人污蔑他多吃了一碗粉没给钱，好人为了证明自己没吃，生生拿刀把自己的肚子划开了。"

岑惜想起来了！她不自觉看了一眼自己的肚子，感同身受和好人共情，气得猛拍椅子："当好人真是太难了！坏人长张嘴瞎叭叭几句，好人就要剖腹！"

"是。"简珂没有否认，他挺意外，她的接受能力似乎在某些方面比他想象的更强，"好人在面对攻击时为了自证难以辩驳，比坏人脆弱得多，我举个老套的例子。"

他撕下书桌上的台历纸，合起掌心攥了下，本来整洁的纸张顿时变成一个纸团："我随手一下就能让这张纸变皱，那你呢，想要让这张纸恢复平整有多难，证明自己是清白的就有多难。”

岑惜抿嘴，从他手心里把纸团抠出来，再展开已经变得皱皱巴巴，她捋了几下，不仅没能捋平，还差点把纸扯坏。她叹气，把纸放在一旁，认命般地把目光移回到电脑上，准备进行最后的修改，忍不住牢骚道：“当坏人成本真低。”

“倒也不是。”简珂往后靠着，“拿这件事来说，抄袭这个标签会伴随抄袭者一辈子，以后只要是她出现的地方都会跟着这个名号，那些喜欢她的读者会因为喜欢她而战战兢兢，时刻担心被人提及这段黑历史，而你永远不会，永远光明正大、堂堂正正，在你喜欢和擅长的领域发光发热，这样好受点了吗？”

岑惜沉默了几秒，消化他说出来的话。几秒后，她下沉的嘴角在灯光的勾勒下缓缓上扬：“嗯！”

岑惜发出去整理过的证据后已经很晚了，当晚御猫的消息没发来，岑惜也没放在心上，只当她是没写完。

第二天，简珂有事早出门没叫她，岑惜安安稳稳睡到自然醒，吃着他留下的早饭，一边喝牛奶，一边翻开手机看昨天发出去的微博评论。

她没从后台点开，因为那样会有许多楼中楼里的评论单独蹦出来，所以她从前端点进微博，从点赞顺序看下去。

【楠风知我意：抄袭粉打脸了吗？你们的陈园和季白是照着我们陆黎和李祎宸生出来的。】

【小夫55221：洗地的来看看，亲妈调色盘，“锤”得不能再“锤”了！】

【立志做一个瘦子：没得洗，逻辑链相似到我甚至怀疑两人同用一个大纲写的。】

【本命李祎宸：抄袭作者昨天不是还在自己评论区蹦得很欢吗？现在怎么心虚躲后面去了？让粉丝替她冲锋陷阵？我都心疼抄袭粉。】

看到这个结果，岑惜心满意足，整个人靠在椅背上晃脚丫，还和上次一样往杯子里吐了个泡泡，享受满口奶味香甜。

她准备截图发给简珂共享一下这个好消息时，随手往下划拉了几下，顿时脸色绷紧。

因为她的微博算是她的主场，所以前面的评论都是向着她的，但是后面的却成了两极分化的状态。

【RedSun：无聊，管它抄袭还是不抄，角色我喜欢就行。】

【毛毛要上一中：鸢鸢抄袭是鸢鸢的事，可季白有什么错？他为什么要被你们骂？我的季白干干净净。】

【小森林在逃公主：季白是我小说入门男主，是我心中永远的白月光。】

【圆圆想睡觉：小说说来说去不就那几个情节？有必要抹黑季白？

无语。】

岑惜看到这些评论，胃里忽然有种翻江倒海的感觉，食道里的奶味不停地往上涌，她最喜欢的醇香味道也因此变得腥涩。

她呼吸变得困难，下意识地扯了扯自己睡衣的领口边，好像是睡衣让她变成这样似的。

此时的岑惜好像什么都明白，又好像什么都不明白。

她明白没有原创意识的人永远叫不醒，他们仿佛把自己隔在一个真空环境里，拒绝听到他们认定真相以外的任何事实。如果沉默不出来气人也就罢了，可往往这种人还是闹得最欢的那拨，对于岑惜来说，这些人无异于在往打她的枪弹夹里装子弹。

可她不明白，他们到底为什么这么自私。难道只有他们的白月光是要守护，其他人的白月光就可以随便被拿去篡改吗？

她把自己蜷缩在椅子上，发了不知道多久的呆，满脑子都在想，自己写了那么久，还让简珂帮忙改。如果信者恒信，不信者恒不信，那意义到底在哪里？

岑惜想到现在还被扔在书桌上的那张台历纸，皱皱巴巴，仿佛再也没有可以展平的那天。

桌上的手机响起，岑惜看了一眼来电人的名字，接起来的第一句话是有气无力的："对不起。"

突如其来的道歉让简珂心中一沉："怎么了？"

岑惜把头垂在膝盖里，语气诚恳："你……你一个小时的咨询费是七千块，给我修改个文档让你起码少赚了一万四千块，但是现在这个文档没起到作用，我浪费了你宝贵的时间。"

"就因为这个？"电话那头的男人好似松口气，"我还没来得及看微博，你先跟我说说，怎么没起作用了？"

岑惜挑重点给他把微博评论区的事情说了一遍，简珂听完之后问："所以没有人觉得你是对的？"

"也有。"跟他说了几句话，岑惜身体里就多了些力气，她一手拿着电话，一手把桌子上的盘子拿起来学着他之前的样子冲了冲塞进洗碗机，"但是那些没有脑子的人说话太气人了。"

简珂语气闲散："所以没什么好对不起我的，我的目的已经达到了。"

岑惜按下洗碗机启动键的手一顿，他想要的结果已经达到了？洗碗机轰隆滚动，她的大脑被吵得一团糟，一时想不通他的目的是什么。

"你在洗碗？"简珂忽然问，"放洗涤剂了吗？"

岑惜扫了一眼干干净净的洗碗池："还要放洗涤灵吗？"

简珂气定神闲地"嗯"了声："在柜子旁边的第一个抽屉里，那个长方形的塑料块，丢一颗进去。”

两人闲扯了几句洗碗机的工作原理，简珂又叮嘱了几句就挂了电话，按照日程表准备接见后面的当事人。

岑惜鼓鼓嘴放松，擦擦手机屏幕，再次打开了微博评论区，依然辣眼睛。可当被人无条件支持的时候，人的承受能力会变得无上限的强大。

【鸢桃桃：就算鸢鸢是抄袭的，那也比你的好看一百倍，怎么了，原创还高贵上了？字里行间没一个字尊重人，看着真难受。】

岑惜眨眨眼，连她自己都没想到，自己竟然能平静而郑重地回复：原创本就高贵，融梗者不配“尊重”二字。

即便是在这个时候，她仍然记得简珂提醒过的，有些词眼，在法律判定前不能提及。

这行字发送出去，岑惜忽然明白过来，简珂刚才说的那句话的意思。

她匆匆换了衣服，在打车软件的目的地上输入“御诚律所”。

第八章

/ 案件进展 /

“小姐您好，请问您有预约吗？”写着“御诚律师事务所”的洁白大理石后面坐着两位前台，其中一个正在处理行政事务，另一个女生朝着岑惜走过来。

岑惜抓住包带：“不好意思，没有。请问简珂简律师现在在忙吗？”

“啊？这……”女生回头看了一眼坐着的同事，接收到了来自后者一个“赶她走”的眼神。

“哎？岑惜你怎么过来了？来找简珂的？”包宏艺刚从打印机里拿出合同准备去盖章，路过前台时看见了岑惜。他似乎不是很忙，还在跟前台逗趣，“小雨，你不是心心念念想知道谁把你男神收服了吗？怎么了，今天看见了激动得连水都忘记送了？”

叫小雨的前台惊讶地看了一眼岑惜，她慌张地揪了揪衣摆回身拿矿泉水，庆幸自己还好没轰人。

“不用了，不用了。”岑惜拦下小雨，“不用麻烦了，严格意义上来说我也不是客人。”

“这有什么好客气的？喝呗，又没几个钱。”包宏艺大剌剌把水接过来塞到她怀里，带着她往律所里面走，安排她进了一个空房间，“我先把文件给你老公送过去啊，你先坐这儿等会儿。”

岑惜噎了一下，小声提醒：“你让他先忙，别影响工作，我没什么要紧事。”

“你脸红什么？”包宏艺不懂女孩害羞心事，还以为是外面天热，拿桌子上的遥控器，把空调气温调低了点，冒出了句，“他最忙的事就是忙着想你。”

岑惜：“……”

包宏艺说的话半真半假，但这不妨碍她听完脸红得快紫了。

半小时后，当事人离开。

包宏艺趴在桌子上，双手交握贴在脸侧，换上了一副略带讨好的笑容：“那个，简珂啊，我送你一份大礼，这个案子庭审你带上我呗？这案子我跟了全程，挺了解的，文书也是我写的，调查取证我也跑了，证据材料我也准备了，而且我也有……”

简珂一边揉着太阳穴，一边回想刚才和当事人谈话时的几个细节，突然出声打断他：“岑惜来了？”

包宏艺一愣：“你怎么知道？”

“你把今天的录音整理成文字版发我邮箱，该抄送的记得抄送。”简珂说完，拿起桌上的档案夹往外走，手握上银白色门把手时，他回头问了一句，“她在哪儿？”

包宏艺：“门口小等待室，你到底带不带我……”

他话没说完，简珂已经把门关上了，只留给他一个步履生风的宽阔背影，他从来没见过简珂在室内走路这么快过。

包宏艺咬牙，他包包这一生，到底是错付了！

简珂推门进来的时候，岑惜正在看鸢鸢新发的那条微博，尽管她已经事先做好了诉讼的全部准备，但是她仍然知道，不到最后一刻不能走这一步，所以她刚刚本来想，如果鸢鸢已经道歉删除文章，她现在都可以接受。

可是鸢鸢的新微博正在怒斥“点点”，欺负弱势女作者，并且引经据典地说出了许多例子，说明女性作者的地位有多低下，硬生生把“抄袭”的重点转移到“男女对立”。

时至此时，她没有一丝悔改之意。

道德谈不拢，只能让法律成为最后手段。

“嗯……”简珂的声音忽然从岑惜耳后响起。

岑惜猛地回身，看见简珂弯腰站在她身后，她的鼻子差点蹭到他脸颊上。她下意识地锁屏，但是知道来不及了，那些被带节奏的骂他的评论他肯定都看见了，她倍感自责，想了许多安慰他的话，却又觉得每一句都苍白无力。

“还不错。”简珂亲昵地刮了下她的鼻尖，语气听不出喜怒，“等再发酵一会儿，应该能骂得更难听点吧？”

完了，都把他气傻了，他这辈子都没听过别人这么骂他吧。

简珂从容道：“这样就可以顺便再告一个侵害名誉权了。”

岑惜：“哎？”

简珂脱下西装外套，搭在她对面的椅背上，好整以暇地看她：“决定好要起诉了？”

“啊？”岑惜揉揉鼻子，她本来还想打迂回战术的，乍一下被直接点明，人都蒙了，“你怎么知道……”

简珂掀起眼皮扫了一圈接待室四周严肃的白墙，最后目光停留在白板上，闲闲道：“不然呢？来这里找我给你上课？看不出来呢。”

岑惜挠挠脖子，茫然问：“看不出来什么？”

简珂低笑：“看不出来小同学喜欢办公室。”

拜偷偷看过的那些小电影所赐，岑惜秒懂，瞬间把自责的情绪抛到脑后，恼羞成怒伸手轻轻掐了下他搭在桌子上的小臂。

此时，包宏艺在外面敲了下门推门而入，目光扫过岑惜的脸，接着中气十足地问简珂：“你媳妇儿脸怎么这么红啊？是不是对咱们所里的什么味儿过敏？”

岑惜：“……”

简珂闲靠在座椅上，想起她上一次在学校办公室说自己“过敏”的情形，了然于心地向上弯了下嘴角。

包宏艺像往常会客一样拉开椅子坐下，奇怪地问：“你笑什么？”

简珂：“笑你可爱。”

包宏艺倒吸了一口凉气。

简珂瞥见岑惜看着他，补充道：“你也挺可爱的。”

岑惜：“？”

用同一个词夸女朋友和另外一个男人似乎有点奇怪，简珂清了清嗓子：“我也可爱。”

一个面色整肃、西装革履的男人，沉着声音说自己可爱，这反差萌让岑惜一个没忍住，“噗”地笑出声。

包宏艺本来也以为简珂是在小岑惜面前卖萌，直到他看见女生低头笑时男人倏地温和下去的眼神，忽然明白男人的用意。

这个男人强大到在任何时刻都有洞若观火的观察力和运筹帷幄的把控力。

可越是这样，包宏艺就越担心如果简珂真接了小岑惜的诉讼，会混淆自己的身份，和当事人共情，为了帮助小岑惜，提出法律层面上不利于当事人的建议。

感性用事是做律师的大忌。

这场会议格外简单，事情的原委在今天之前简珂就已经清楚，流程大于实质意义。

因为岑惜也是法学生的缘故，有许多问题她给的答案也比不懂法律的人回答得更清晰有效，到最后，她提出了一个关键性问题："我小说的前面几章修改过，章节修改之后在网站上显示的就是修改后的时间了，现在鸢鸢的第一章显示是在我之前发布的，我还能证明她在发表之前接触了我的作品吗？"

"可以。"简珂神色如常，把手边的文件夹旋转到正向角度，向后翻了两页，从里面取出一沓已经提前打印好的合同，隔着塑料纸膜指给她，"根据绿江的《签约作者版权合作协议》，当你的签约作品相关信息网络传播权以及其他各项著作权受到非法侵犯时，有权利要求网站帮助协调处理相关的各项事务，以维护你的权利，首次发表时间以及内容他们后台的服务器一定有所保留，放心。"

岑惜盯着那份合同，心里有点蒙。她没想明白为什么他会提前准备合同，是知道自己最后一定会走到起诉这一步吗？还是不管自己是否起诉，他都会通过法律途径帮她解决这件事？

她刚伸手想要去拿那份合同仔细看，忽然听见简珂问了一句："你确定她的作品是在你之后发表的吧？"

岑惜的手僵在半空中，张开嘴呆呆地看着他："你的意思是……"

连包宏艺这个没写过小说的人都听明白简珂话里的质疑，再加上小岑惜的表情，他确定这句话对于作者来说是一句挺扎心的话。好心包包生怕两人因为这事会在所里吵起来，连忙出来打圆场："嗨，他就这么一问，你就这么一听，别往心里去，他没别的意思。是不是？哈哈哈。"

一只白嫩的小手和一只骨节分明的大手放在同一份合同上，手的主人安静地看着彼此，包宏艺感觉自己坐在这里好像在主持离婚仪式。

他们俩都不理他，显得他那声用来烘托气氛的"哈哈哈"极为尴尬。

包宏艺拿签字笔反面轻戳了一下简珂的那只手："小岑惜是自己人，你别……"

简珂先是垂眸看了一眼戳他的笔，随即掀起眼皮瞥他，语气仍是有条不紊的冷静："因为她是我的人，所以我才更要把每一个细节都为她考虑到，在法律范围内尽可能为她争取更大的利益。包宏艺，你现在不在学校里了，你要知道这件事情一旦到了法庭上，岑惜面对的是什么。同时你也别忘了，隐藏证据的当事人将会面临什么。"

岑惜想起还没在一起时，宿舍夜谈会曾经说起过简珂的神仙事迹，当事人隐藏了证据被对方做证据突袭，她有点后悔当时没仔细听舍友聊天，不太知道中间经历了什么。

简珂沉冷的声音再次在会议室里响起，带有不容置疑的压迫："抄袭官司需要大量的精力和时间去整理资料，光是去年各级法院共新收十九万五千多起著作权案，有多少起是判原创作者赢了，需要我告诉你这个数字吗？"

"不，不需要了。"戳在简珂手背上的那支笔默默地缩回去，包宏艺望着天花板，心里默念，他还是小瞧简珂了。

这个人冷静起来，真的是厉害。

"所以——"简珂再次对上岑惜的视线，眼神柔和下来，语气却仍然严肃，"刚刚的问题，你确定吗？"

岑惜没有立即开口，而是打开手机翻了一下和"点点"的聊天记录，找开文时间，直到她看见聊天记录她说"我发表第一章啦"的那句话确实是早于鸢鸢发表小说那天，才敢点头："确定。"

她刚刚没有及时回答，并不像包宏艺想的那样是因为听见这个问题难以接受而生气，而是因为她完全没有想过简珂会问这个问题，有点蒙。

可她心里清楚地知道，这个问题问得有多必要，又有多重要。他沉着冷静，把感性和理性完全分开的样子，简直帅爆了！

岑惜一个分神，在心里吸溜一声。

简珂看了她一眼，忽然身子向后靠，起身道："我去下洗手间。"

房间门关上的时候，岑惜手肘打在桌子上，把脸埋在自己的掌心。

包宏艺一看情况不好，还以为岑惜这是哭了，简珂临阵逃脱把哄媳妇儿的事交给他，他只好临危受命："小岑惜啊，你也别太难过。简珂工作的时候就是这样，像个没有人情味的机器人，但是……"

他话没说完，岑惜已经把手从脸上拿下去了，她看向包宏艺的眼神里带着疑惑，还有没有来得及消散的炽热崇拜。

包宏艺："……"

他真是没想到，小岑惜可是那个跟男生说一句话不超过五个字的高冷校花啊，怎么在简珂面前也成了小迷妹呢！

简珂在卫生间里洗了把脸，他必须保持专注冷静。

水珠从脸颊均匀地滑到下巴，他伸出食指轻勾去，甩甩头，抽了张面巾纸把脸擦干。

岑惜的事情处理完毕，简珂后面没有预约，三人一起从御诚离开。吃过晚饭后，包宏艺十分有眼力见儿地开溜。

简珂自然也不会多说什么，开车带岑惜回家，一路上小姑娘一句话都没说，他有点担心地看向她，却看见她嘴边若有似无的笑，时不时还会双手捧住脸颊。

他有点没明白，这小姑娘是遇强则强？准备开始诉讼，反而更开心？

等两人进了家门，简珂就更蒙了，他刚把西装挂在衣架上，岑惜的胳膊就像两条滑腻腻的小鱼跳上他的脖子两侧，迫不及待地吻他。

身后是坚硬的墙，怀里是柔软的她。

以前这件事一向是他主动的，但今天不知道她这是怎么了，他暂时按兵不动。

岑惜自己都不知道原来她这么胆大，从刚刚吃饭时开始，她脑子里就是他说自己是他的人的声音，以及他冷静工作时的样子。

她觉得自己好像有偏执症，想把这个男人全部占有。

见男人不动，她怀疑是自己吻得不好，一边用力亲吻他，一边竟然笨拙地伸手扯他的领带。

这个男人太致命，每多了解他一点，就会喜欢他更多一些，内心深处压抑了那么多年的喜欢，全都在今天释放出来。

简珂压住她解领带的手，头微微向后仰腾出说话的空间，低声问："真的想好了？"

岑惜吞口水，把头埋在他脖颈间，胸前起伏的柔软贴在他的胸膛上，轻轻地"嗯"了一声。

简珂拿脚把卧室门踢开，打横抱起岑惜，后者瞬间腾空，耳尖紧贴着他的颈窝肌肤摩擦，心跳越来越快。

想要属于他，也想要让他属于自己。

直到简珂把她放在床上，岑惜的双臂仍没松开，带着一点颤音在他胸口低声呢喃："别走。"

简珂没说话，只是弯腰把人捞起来，让岑惜坐在他身上，低头含住她的双唇，浓情肆意，溢出黏稠声响。

昏黄的床头灯微弱地亮着，不抵窗外朦胧月色耀眼。

她紧绷着的手臂终于缓缓松开，轻轻搭在他的胸口，像是两摊温热的河流，潺潺化开。

不知道吻了多久，两人的唇齿才分开，岑惜在他肩头伏了一会儿，忽然说："估计鸢鸢以为你退圈了，所以才敢出来说你，肯定没想到你会站出来'锤'她。"

简珂的手轻轻拍着她的后背："嗯。"

岑惜的语气骄傲："而且她肯定也想不到，点点是我男朋友。"

简珂轻笑："嗯，是很难想到。"

他接的这句话让人有点没法往后聊，岑惜也安静下来，听着两人浅浅密密的呼吸。又过了一会儿，她缩了缩，又重启了一个新话题："今天在你们律所的时候，包包学长还以为我生气了，其实我一点也不生气。"

简珂低头吻她的头顶："嗯，我知道。"

她反复找话题说话，一刻也不肯停下来，让简珂想起她高中时在岑建教授面前的样子，习惯用说话掩饰自己的真实情绪，他认真附和，偶尔也会顺着她抛出一两个问题。

就这么说着话，不知道过了多久，岑惜终于不像刚才那样急躁，她似乎什么也不想做，只想缩在他怀里絮絮叨叨。

这么想着，她真的就又往他怀里钻了钻。

简珂单手抱着她，另一只手去给她把鞋脱下来，扯了蚕丝被盖在两个人身上，告诉她："别怕。"

岑惜稍愣，原来他还是知道了。

她不爱跟人起冲突，连架都很少吵，更不要说跟人打官司。人与人之间的安全感被打破，只有离他近一点，再近一点，那种不安的感觉才会消失。

岑惜吸吸鼻子，说出自己的想法："你说，抄袭者抄完名利双收，我要花这么多时间和精力去整理资料，最后才只能不痛不痒地赔那么一点。这种性价比极低的事情，是不是本身就在告诉我，别做这件事？"

"不用担心，也别猜。"简珂看着她的眼睛，沉稳的目光让人不由自主地安心，"你只告诉我，这件事你想不想做。"

他家的楼层很高，明晃晃的月亮仿佛打开窗户就能碰到。

岑惜借着月光，仰头呆呆地看着他，似乎在消化他刚才说的话。

他说，只要她想要做的事情，什么都不用担心，不用担心结果，不用担心过程，只需要告诉他，这件事是不是她想做的，是吗？

她换了个姿势跪坐在他身边，乌黑的瞳眸亮晶晶的，前所未有的认真："想。"

在岑惜说"想"的第二天，抄袭事件在一天之内发生了反转。

第一个反转在早上，岑惜上课时刷到了御猫发的微博，甩出证据证明自己也被鸢鸢抄袭了。一个人说她抄可以是看错了，但两个人站出来，而且都给了十分有力的证据，除非是瞎了，不然明眼人应该都明白事情原委。

两个人的力量就比一个人的大多了，岑惜的微博一下子就热闹起来了。

在版权意识逐渐加强的今天，这件事不仅吸引来了一些小说圈里的人，还吸引来了许多正义路人。

下课后，岑惜在宿舍里一边心不在焉地复习法考，一边看御猫微博下面的评论。

【DC：愿原创灿烂盛大！】

【玫瑰咖啡豆：真有脸啊，拿着不属于自己的成绩，赚着不属于自己的钱，蹭着抄袭来的热度，赚着不要脸的流量。】

尽管还没开始正式走诉讼流程，但是“微博小法官”们已经开始判案了。

别说，确实是比她之前的评论看起来爽……

她发的微博，改来改去，硬生生从酸辣粉改成了一碗白粥，一点味道都没有。

岑家小惜瘪瘪嘴，委屈巴巴。

爽归爽，为了以防万一，岑惜还是给御猫打了个电话。对方接起电话时和前天的气愤状态截然不同，元气满满中带有一点小嘚瑟：“真逗，我还治不了这抄袭者了！你就等着她跟咱们道歉吧！对了，我们需不需要让她把这本书的收益也贡献出去啊，做点有意义的事？”

岑惜忍不住被逗笑：“你怎么这么乐观啊，就这么肯定她会跟你道歉？”

御猫信誓旦旦：“你没看评论吗？她粉丝连路人都说不过，我这微博发出去半天了，我不信她没看见。”

“所以……”听她的语气岑惜有点头疼，岑惜轻轻叹气，“如果我跟你说，我给你打电话，是为了让你把微博删了，你肯定不愿意吧？”

“啊？”御猫那边沉默了一会儿，试探性问道，“为什么？你俩私下和解了？”

“没有，这件事出了之后我把跟她的聊天记录截完图就把她拉黑了。”岑惜解释，“我的意思是你在微博上言之凿凿说她抄袭，这样太容易被人抓住小辫子了。”

御猫听了这话反而松了一口气：“啊，这样啊，没事的。我知道你是学法律的，但是法不责众嘛，大家都说，她有本事还能一起告了吗？再说了，现在这个情况，她要是告了我就曝光她，更没人看得起她了。我就不信了，能抄还不能说了，真是新鲜。”

岑惜焦躁地按了两下手里的弹簧笔，她知道自己这时候劝也没用，只能默默地祈祷是简珂高估了鸢鸢。

挂了御猫的电话后，岑惜越发心神不宁，桌上摆着的真题一个字儿都看不进去，来回地刷微博。

托御猫的福，她自己微博这边也挺热闹的，之前在她这里维护鸢鸢的粉丝被骂得狗血淋头，扛不住压力，已经自己删了评论。

舆论在几个小时内发生了翻天覆地的变化，不仅如此，岑惜的小说后台也增加了不少收益，变相给她引了一波流量。

一切看起来似乎都在朝好的方向进行，好到岑惜都有那么一瞬间的错觉，这场诉讼似乎已经不需要了。

反观鸢鸢那边，一天下来她都没有出现过，不论是夸她的还是骂她的，她都没有回复。

今天简珂要加班，岑惜知道后吃完饭就自己先回了家。不知道从什么时候开始，两个人莫名其妙而又顺理成章地开启了半同居生活，谁都没多问过一句。

晚上简珂回家时，只有书房里的灯亮着。他的脚步不算轻，可直到他走到书房门口时，那个小姑娘仍然没注意到他。

此时的岑惜倒着躺在书房的沙发上，两条白皙纤细的长腿紧贴墙壁，一边进行她的瘦腿放松，一边看手机看得入神。听到门口传来一声轻咳，才注意到那里不知道什么时候多出了一个男人，她瞬间坐起来："你不是说你要十二点才能回来吗？"

简珂斜倚在门框上，扯松了领带，懒懒道："所以你打算十一点五十分再学习？"

岑惜心虚地低头，刚刚简珂问她回家打算干吗，她十分装相地回了"复习法考"，没想到被人抓了个正着，但她仍梗着脖子替自己辩解："还不都怪你，非要让我看 2005 年到 2007 年的考题，太难……"

简珂朝她走过来，男人高大的身躯自上而下遮挡住她面前的灯光，带来的强大压迫感让她连话都说不完整。忽然，他俯下身，手臂撑在她身体两侧，在她的唇上落下盈盈一吻，而后抬起身子，温柔地训诫："不许嘴硬，嗯？"

他的家居服就挂在书房的椅子上，是岑惜早上出门觉得这里阳光好专门拿过来晒的。简珂瞥见衣服，意味深长地笑了下。

岑惜还没明白这个笑容的意味，简珂已经把窗帘拉上，当着她的面，漫不经心地解衬衣纽扣，一颗，两颗，三颗……他虽然看着瘦，但是肌理清晰明显，带着荷尔蒙的诱惑。

岑惜把刚被她扔在腿边只看过一眼的真题又拿起来，装腔作势地挡在脸前，耳朵竖得比谁都尖。

等听见他把衬衫脱下来的声音时，她悄摸把真题往下挪了一点，露出一双充满期待的眼睛。

即使这时候房间里只有他们两个人，她也把戏做全套，假装是非常不经意地往椅子那边一瞟。

岑惜万万没想到，这时的简珂也在一动不动地看她，两人的眼神在空气中交汇的那个瞬间，她的目光瞬间变得惊慌。

岑惜："……"

她把手里的书往上挪了挪，恨不得把自己整个变小藏进书里，但现在的情况是，她似乎必须要说句话解释一下情况。

岑惜："我什么都没……"

简珂肌理匀称，腰线清晰。岑惜感觉自己鼻子热热的，然后听见"啪嗒"一声，液体落在裤子上的声音，她摸了摸鼻子的人中，看见一手血。

岑惜："……"

简珂把她的脏衣服扔进洗衣机再出来，看着她鼻子里塞了一张卫生纸的样子，忍不住低头轻笑了下。

缓了会儿，他抬头，正好看见她在那里戳自己鼻子，像是童话里努力想把长鼻子按回去的匹诺曹，这次他是真的觉得好笑了，肩膀微颤，喉咙里发出细碎笑声。

举着书一个字儿也看不进去的岑惜装不下去了，她强行挽救自己的尊严，板着脸拍拍手里的书："这题这么难，谁看了不上火呀！再说了，春天上火多正常呀！"

"对。"简珂咳了一声敛去笑意，顺着她的话说，"2008年之前三年的法考确实比较难，那时候通过率才3%，但是复习的时候难一点，考的时候才会轻松。"

原来通过率才3%，现在通过率都将近20%了！岑惜拧了拧鼻子里的卫生纸，她就是被这些难题气到上火的！

一定是这样！

给了个台阶，岑惜不用人提醒，拿起手边的书接着看。

简珂也没再继续这个话题，坐在她旁边支起一条腿，把笔记本拿出来放在腿上翻开屏幕，页面直接亮起来，他从律所回来，连电脑都没来得及关。

春末夏初，窗外一排排都成了青绿色，裹着嫩黄的小芽，树旁迎春花谢了，蔷薇在仿若丝绒的叶墙上争相探头。

今天发生的事情多，本来岑惜就心不在焉的，这会儿他坐在身边，她更看不下去了，把视线从窗外收回来时偷偷瞄了一眼他的屏幕，冷不防看见了一个熟悉的东西。

起诉书。

看见自己的名字和简珂的名字放在一起，岑惜的注意力被吸引过去。简珂看她那颗小脑袋偏得越来越明显都快盖住屏幕，干脆直接把手揽在她的腰上，漫不经心地问："眼熟吗？"

"嗯，以前模拟法庭的时候我也写过。"岑惜一边说一边划拉页面，看见里面许多信息还没有补全。

简珂想起之前给她做助教时看过她的起诉书，淡淡道："这是包宏艺写的起诉书草稿，你写的比这个好，小作家。"

成为诉讼书上原告的坏心情被他的夸奖取代，岑惜靠在男人肩头，拿书挡着脸，偷偷弯起嘴角，只不过没忍住抖了下肩，暴露了自己的心情。

天色渐渐暗下来，房间里没开大灯，简珂的屏幕亮着不觉得，但是岑惜已经看不清书本上的字了，她也没说什么，借机玩上了手机。

以前天天在微博上"吃瓜"，这回自己直接成了那个"瓜"，不自觉地时时刻刻都在关注“瓜”的动向。

而且因为简珂正在她身边一丝不苟地审阅诉讼书，她觉得自己做“瓜”都比别人有底气。

有底气的“小红瓜”未承想当她休息够再回到“瓜田”时，事情已经闹大到不在她能够掌控的范围里了。她们这场原本小范围的抄袭事件，像是有人在背后推波助澜一般，竟然登上了微博热搜。

热搜的内容是#绿江作者鸢鸢告御猫#，后面黄色的框框里标记着一个“热”字。

她又仔细看了一遍，确认词条里的主谓宾，才确定是鸢鸢告了御猫而不是反过来，还没来得及点进词条，御猫的电话打过来了。

岑惜的心“咯噔”一下，等她反应过来的时候，手已经攥紧了简珂的手臂。

男人回过头，低头看了一眼她亮起来的屏幕，会错意，准备站起来给她腾地方：“你先忙。”

“别。”岑惜把他抓得更紧了，她预感到御猫这个电话的内容不是她自己能解决的，攥着他的那只手用力到指尖发白，“别走。”

她这无助委屈的样子简珂有点受不了，他压着性子问：“我接？”

“我……我问问。”岑惜应着，接通了电话。

御猫慌张的声音从听筒里传来，已经是六神无主、前言不搭后语了：“小七，小七，怎么办啊！法院给我传票了，但我没污蔑鸢鸢，我真没污蔑她你知道的！”

岑惜记得，御猫现在好像才大二，一般来说这个年纪的人，还没接触社会，也没有完成从高中到大学的蜕变，还处于一个非黑即白的阶段，面对这样充满恶意的倒打一耙，一时间接受不了，实在太正常。

就算她早就跟御猫说过不要这样做，但是面对御猫慌张到快要哭出来的声音，她没办法责备御猫。她皱眉看着简珂，轻声问电话里的人：“猫猫，我男朋友是律师，这种事情他比较有经验，可以让他一起听吗？”

“律……律师吗？”那边御猫的声音有点迟疑，“是不是他一说话，就要收钱了？我今天去咨询了几家都是这么说的。”

她这么一问，岑惜才想起来简珂那可怕的咨询费，她捂住电话声筒：“我那个作者朋友有事想咨询你，你能不能先跟她说几句，费用以后再算？”

算上实习那段时间，简珂入行已经有五年的时间，五年来他从来没做过任何无偿咨询，任何有关于法律层面的事，哪怕是亲戚间的“我就随口问一句”，他也会从自己说出去的第一个字就开始收费。而且不是他的相关领域，给再多钱他也不接，这是他的从业底线。

他想说不行，他也想告诉她，不止他不行，如果以后她遇到类似的事情也要拒绝，但是对上她央求眼神的那个瞬间，简珂闭上眼，缓了好一会儿，最后认命般地告诉自己。

现在她才是底线。

规矩以后再立。

男人吸了口气，扬了下脸，示意她可以把免提打开了。岑惜听话照做，然后跟电话那边打了个招呼："猫猫，我把免提打开了，你有事就说吧。"

"七姐夫！"御猫憋了许久，在电话那头憋出这么个词出来。岑惜挠挠脸没敢抬头看面前的男人，一直到快把手机盯出个窟窿，御猫的声音才再次响起，"李鸢，就是网上那个鸢鸢，告我诽谤她，我能找你做辩护律师吗？其他律师我也没有熟悉的，怕信不过。"

岑惜看见简珂的表情明显顿了一下，他拿起原本放在她大腿上的手机，五根修长的手指端着，即使穿着宽松的家居服也依然矜贵，冷静的声音跟对面形成了反差："你确认是诽谤，不是名誉侵权？"

"嗯嗯嗯。"带着哭腔的三声答应，"我确定。"

岑惜奇怪地看着简珂，一时间没明白他为什么要问这个。

简珂揉揉她的头，仍是一副不紧不慢尽在掌握的模样，像是在安慰她，说话时的稳重和温柔的动作仿佛是两个人："你收到起诉状副本了吗？"

御猫："收到了。"

简珂淡淡道："抬头念给我听。"

"抬头？"御猫那边发出了一个疑惑的语气，然后弱弱地说，"抬头我就看不到写了什么了。"

岑惜本来眉头紧紧拧着，但御猫这个反应实在是太可爱了，她没忍住笑出声，身子一歪倒在满满安全感的怀里，顺便插嘴跟电话那头解释："不是，他说的那个抬头的意思就是副本最中间的那个类似于标题的东西，你念给他。"

"哦哦。"御猫明白过来，对着抬头一个字一个字地念，"人民法院，刑事裁定书，自诉人李鸢，女，一九……"

简珂打断她："停，不用念了。"

听到第二句话时，岑惜猛地坐直，眼睛也不由自主地瞪大了，她终于明白了简珂刚才问那个问题的原因。

鸢鸢竟然是以诽谤罪提起的刑事自诉！

刑事上的诽谤罪和民事上的名誉侵权完全不同，民诉上哪怕御猫输了，后果也只是赔偿，但是一旦到了刑诉，如果判定御猫输了，面临的是坐牢的风险！

岑惜忽然觉得可笑又可怕，可笑的是在今天之前，她还一直想着得饶人处且饶人，可怕的是，鸢鸢沉默了一天，原来是憋着坏做好了要她们坐牢的准备！

简珂把电脑合上放到一边，把岑惜搂到自己怀里，面无表情地继续打电话："我是民诉律师，做不了刑事辩护，我建议你找一个刑诉律师，越快越好。"

他的语气整肃而疏离，十几岁的小女生明显没办法接受这个态度，从前又没有接触过诉讼这种事，一下子更慌了，带着哭腔央求简珂做她的律师，有种病急乱投医的绝望。

岑惜忽然明白这时候该做什么，拿过电话跟御猫解释了民诉和刑诉就像内科和骨科一样有天壤之别，无法互通，又安慰了她几句，稳住了她的情绪。

虽然岑惜在电话里安慰御猫没事，但其实岑惜自己也有点拿捏不准，挂了电话以后跟他说话的声音都有些颤抖："御猫会不会真的坐牢啊？她才十九岁。"

简珂单手撑着头，脑袋顶在墙上，在脑海里回溯了一下现有的证据，语气仍然闲闲道："其实不一定，李鸢这么闹，或许情况对你那位小朋友更有利了。"

他说"你那位小朋友"的时候岑惜有点晃神，她上一次听到类似这样的词，还是小时候妈妈接她从幼儿园回来，问她和小朋友今天做了什么好玩的游戏的时候，因此声音也不自觉带上了一点稚感："为什么会有利啊？"

这个声音让简珂有点意外，扬眸看着她才说："刑事跟民事的审判不同，还记得'疑罪从无'这个概念吗？"

他严苛的样子瞬间就回到了高高在上的助理教授模样，岑惜抓耳挠腮想了好久，隐约记得这个词，但实在又记不清楚怕自己说错。

"辛普森杀妻案。"简珂提醒道。

"哦哦哦！对！"岑惜瞬间想起来，眼睛也亮了，两只手在空中激动地挥舞，"检察院对犯罪嫌疑人的犯罪事实不清，证据不确实、充分，不应当追究刑事责任的，应当作出不起诉决定！"

简珂勾起嘴角，轻轻地"嗯"了一声对小同学表示肯定。

针对这一有效信息，岑惜想通了他的逻辑："所以本来走民诉，鸢鸢根据网上现有的东西就能完成举证，但是走刑诉，鸢鸢没办法证明御猫所说的是捏造的，所以她肯定赢不了对不对！"

简珂看岑惜又把手机拿出来，挑眉问："你干吗？"

岑惜理所当然地回答："当然是告诉御猫这个好消息呀！"

"我不建议你现在就告诉她，因为这事儿没那么绝对。"简珂身体靠在沙发上，语气懒懒的，"而且我觉得这件事情对她来说，也能算个警示。"

他说这句话的语气，让岑惜想起了某次期末考试结束后，有同学问他自己的著作权被侵害时他的样子了。

淡漠，甚至还带有一点不满。

“好吧。”岑惜放下手机，决定听他的，暂时不跟御猫说了，然后她伸手抠他的袖口，撒娇似的嘟囔，“你这人，也太不近人情了，人家还是个小朋友呢。”

简珂瞥她：“我家只养一个小朋友。”

岑惜不知道是太震惊，还是太惊喜，发了好几秒的呆，在脑海里把这句话重复了好几遍，她得出了一个结论，这男人是真的会说情话！

她不得不承认自己被撩到了，放飞自我尖叫一声红着脸扑进简珂怀里。男人懒懒地靠着沙发，被她这冷不防的动作从喉咙里压出了一声闷哼，随即手疾眼快地把左手抬起来，避免她的头磕到他的腕表，才慢条斯理地伸出右手，把她勾进怀里。

紧接着，他的声音在她耳边响起：“我不近人情？你确定？”

想起他刚刚为了自己没有收御猫的咨询费，岑惜立刻乖巧改口：“你怎么会不近人情呀？你最亲民了！我那就是随口一说！”

第二天，岑惜有早课，不能赖床，和简珂一起吃过早饭后，坐他的车回学校。路上，她又习惯性地拿起手机刷微博。

热搜那种寸土寸金的地方自然已经没有了这场闹剧的影子，但是在网文圈子里，这场抄袭事件还在持续发酵。

被御猫锤的鸢鸢经历了一天的沉默后，在昨晚把诉讼书公布在她的微博上。

这个行为与其说是在伸张正义，还不如说是在给她的粉丝吃定心丸，短短一夜间，鸢鸢连“超话广场”都有了。

他们欢呼鸢鸢的胜利，痛骂御猫和七惜的“泼脏水”行为。

作者不是明星，就算有人喜欢看书，也不会有那么多人专门去关注作者，因此作者往往没那么流行化，鸢鸢的热度能这么快地涨起来，跟昨天的那条热搜不无关系。

懂得操控舆论，又下得去狠手，岑惜忽然发觉，这场战役也许比她想象的还要长久。

她放下手机，闭着眼发出了一声长长的叹息。

“怎么了？”简珂把车停在学校门口，手轻轻地搭在方向盘上，另一只手抓着准备下车的她，“说清楚再走。”

“也没什么。”岑惜声音恹恹的，“还不就是鸢鸢那点事。”

简珂揉了揉她的耳郭：“如果是诉讼这方面的事你不用担心，我和我的团队会帮你处理这件事……”

他的话还没说完，忽然被岑惜打断，她的手指蜷缩，小心翼翼地问：“如果你明知道这场官司会输，还会接吗？”

这几天，她从网上和课本里找了许多有关网络小说抄袭的案子，结果是最后能打赢的官司少之又少。而比起能赢的那几本书，她手里掌握的证据实在太少了，她不希望他在明知道这个案子会输的情况下，因为她而接下这个案子。

如他而言，他的代理费七位数起，她不希望自己这个没有希望的案子让他白白损失这么多钱，除此之外，她更不希望辜负，在这七位数的背后，他需要付出的精力和心血。

“每一场案件在敲锤定音之前，都没有‘明知道会输’这回事，就算一审败诉，还有二审，再审。而且在这个案件之外，本身需要考虑的问题就有很多，例如网络小说抄袭的判定，对创作者的保护诸如此类。”简珂说话的语气淡淡的，但每一个字都像是治愈的暮鼓晨钟，敲在岑惜的心上。

紧绷的面色松下来，她想起他刚刚没说完的话：“刚刚你说诉讼方面的事情不用我担心，那还有其他什么需要我做的吗？”

“有。”简珂顿了顿，看了一眼腕表，确定她还有时间，“出于舆论方面考虑，你的新小说得开始连载了。”

“啊？”岑惜用没被他抓的那只手搓了搓耳朵，还以为自己听错了，“小说连载跟舆论有什么关系啊？”

简珂淡声说：“人走茶凉，你需要时刻保持热度，才有机会占据舆论高点，否则在诉讼期间，针对你的质疑声会越来越多。”

这种质疑，或许对于有些人来说无所谓，但是简珂知道，她一定不是“那些人”。

两人说话时，一道刺眼的闪光灯照过来，尽管是白天，但还是晃得人一下子睁不开眼。

对话被这突如其来的插曲打断。

简珂微微皱了下眉。

车前面站着三个女生和一个男生，男生岑惜见过，之前跟她一起上过选修课。他旁边三个女生就显得稚气些，化着不太精致的妆容，应该是刚刚高中毕业开始练习化妆的新手。

看了一下他们的站位和各自的表情，大概猜得出来是一个大三的学长看到简珂的车后正在和学妹们介绍一下简珂的事迹，学妹的朋友本来想偷拍简珂，结果开了闪光灯被抓了个正着。

岑惜看到简珂这熟悉的表情，暂时停下刚才的对话，光顾着和外头的那几位小学妹共情：“小学妹们一直听着简珂的传说，一直遗憾不能在学校里见到他，今天好不容易见到一次太激动了忘关闪光灯了，你理解一下嘛，别生气。”

简珂侧过脸瞥她，表情缓和了些：“你怎么知道她们的想法？”

“还能怎么知道的，虽然你不在燕大了，但燕大到处都是你的传说呀。”岑惜耸耸肩，一副理所应当的样子，她还擅作主张摆摆手，让不知所措的他们回去上课。

“哦。”简珂感觉握着的那只手越来越蔫，说着说着话手指头都耷拉下来，“吃醋了？”

四人中唯一的一个男生一步三回头地看岑惜，然后旁边的女生笑着揶揄了他什么，他才不好意思地回过头。

岑惜冲简珂使了个眼色，嘴角带着笑意：“喊，才没有。”

简珂脸色沉了沉，忽地又想起了什么似的，指了下刚刚偷拍他的女生背影，意味深长地问道：“你之前也是这么偷拍我的？”

岑惜下意识地想否认，但一想到自己过去偷拍的那些照片都发给正主了，只好及时住口，声音瓮瓮地改口：“那我好歹没开闪光灯。”

她没有矢口否认这件事，倒是让简珂意外地挑了下眉。

虽然还在嘴硬，但这是个好现象。

快到上课时间，岑惜接过简珂从后座递过来的书包下车。

他没立刻走，而是看着她的背影等了一会儿。

海藻般的长发垂在她的后背上，被早晨的太阳照成金棕色，随着风和她走路的幅度晃晃漾漾，完全垂下来的时候能盖住整个细腰。

他看得正入神，她回过头来，笑着跟他道别，巴掌小脸明媚漂亮，让人移不开眼。

简珂一怔，冲她点了下头回应。

他们两个不管出现在哪里，在外人看来都是天造地设的一对，但只有简珂自己知道，直到今天，他才察觉到她的外表如此出众。

感情伊始，就非因外貌而起，否则如包宏艺所言，三年前，他就该喜欢上她了。

“离你毕业还有一年零两个月。”简珂收回视线，扫了一眼自己空落落的手，喃喃道。

下了课，岑惜翻开自己的电脑，从文档里复制了“六儿子”的第一章，粘贴到发表页面，保存在草稿箱里，设置了今晚发布。

其实她的“六儿子”已经写了十多章了，因为之前“五儿子”在连载时没有存稿，她为了全勤每天要赶“生死时速”，还要在下课后绞尽脑汁分享她新编的故事，太累了。所以岑惜本来打算“六儿子”全文存稿，都写完再发的。

但简珂说的有道理，就像演员需要一直曝光在大众视野面前一样，她需要靠小说吸引人注意她，不然鸢鸢这么擅长煽动舆论，她稍微一销声匿迹，估计会被喷到再也不敢冒头。

她先看了一遍大纲，确认了今天要写的内容后，打开了 Word 文档，坐在电脑前哼哧哼哧码完了三千个字。她看了一眼时间，距离下节课还有半个小时，她一刻没歇着，在网上刷了一套担保物权专项练习才去上课。

从宿舍去法学院的路上，岑惜偶遇刚上完一节课的爸爸。

岑父拿手里的文件夹戳了戳她的手臂："你这丫头一天天的，忙得人影都看不见，行啦，你也不用瞒着我，你跟简珂的事我都知道了。"

岑惜声音都跟着变尖："您知道了？"

"是啊，岑臻都跟我说了。"岑父一副了然于心的模样，慈爱地拍了拍女儿的肩膀。

父亲的态度令岑惜迅速冷静下来，她知道岑臻虽然浑了点，但是背叛她的事情他肯定不会做，而且她爸要是真知道了点什么，也不应该是这么淡定的反应，电话都会打爆才对。综上分析，岑惜心里有了底，顺着说："哦，他都告诉您了啊，那我就不用再跟您说了。"

岑父赞许地点头："嗯，想去御诚实习是好的，但是如果能顺便请教简珂一些金融上的知识就更好了，两条腿走路！"

岑惜："……"

谁说她想去御诚实习了！她都能想象到岑臻那小子严肃地在爸爸面前说完这句话后在背后坏笑的样子了！

"算了，你也别问他太多了。中漾那边内部换血事情多，他这边案子又多，估计顾不上你。"岑惜还没说话，岑父忽然改口，"我没别的事，你上课去吧，对了，这周回家还是住学校？"

想想自己应该得帮忙收集材料证据之类的，岑惜说："住学校吧，周末人少，我复习下法考。"

"嗯，行。"岑父没劝，忙学习上的事情他一向是鼓励的。

这节课是选修，岑惜选这门课纯粹是因为期末好过，缺点是点名率有点高，所以她只能坐在教室里发呆。

别人不想听的会在点名过后睡觉，但她怕自己睡相不好可能会被人偷拍，因此只能坐得直挺，玩手机。

微博提示栏那里又从数字变成了省略号，代表着别人给她的回复超过了 99 条，岑惜一时间还没反应过来。前两天御猫和鸢鸢的事闹起来之后，她都快要被大家遗忘了，怎么忽然又被人拎出来了？

她带着好奇心点进省略号，这次不是别人给她的回复多，而是她被艾特的次数多。

岑惜点开，满满的一排"@ 绿江 _ 七惜"。

岑惜被 @ 的那条微博是重力文化出版社发布的微博。

【人气作者鸢鸢作品上下两册同步预售！资深经纪人白真雨作序，本条转发抽三个宝贝送出特签，感谢大家支持！】

鸢鸢那本虽然是抄的，但是热度不低，作品出版，出版社预售本来是一件很正常的事情，但不正常的是她这本有人作序，而且似乎还是一号人物。

对方为鸢鸢写的序言被直接放在下面九张配图的最中间——

在演艺圈里摸爬滚打已有二十载，见证了这个圈子的几朝风雨，几朝盛世。

也眼看一代又一代的巨星起朱楼，宴宾客，楼塌了。

我曾以为这个圈子不管发生什么事，我都能心如止水，运筹帷幄，将自己置身之外，不再被激起一点涟漪。

直到我看到了这本书，将我眼中平淡的圈子描绘得如此精彩，令我热血沸腾，为此我几经辗转，认识了鸢鸢，不得不说，她单纯的眼神和对生活的热爱由内而外地打动了我，我也因为她了解到了写作圈。

这个圈子并不比我们简单多少，也有尔虞我诈，也有各种明枪暗箭，但是清者自清，小人多行不义必自毙。

最后，亲爱的鸢鸢，祝你的书大卖，让所有读者都认识到那个会发光的你！

倒数第二句，一看就知道在暗指谁，评论区里 @ 岑惜的也多数和这条序言有关。

岑惜把手机扔在桌上，双臂无力地耷拉在身体两侧，低下头用头发遮住整张脸，眼泪无声地从脸颊滑落。

她并不知道自己为什么会哭，好像是一种奇怪的生理反应，面对莫须有的指责的一种无力感。

比解释自己做了什么更困难的事情，是解释自己没做的事情，她终于明白了《让子弹飞》里那个男人为什么要剖腹，只为了证明自己只吃了一碗粉。

如果现在砍了手或者挖了眼睛就能让那些人明白她没有做这件事，真正在逆转风向的人是鸢鸢，岑惜毫不犹豫地就会去做。

哪怕她知道那样没用。

看不到尽头的黑暗里，像是一只看不见的钢筋巨手，剖开骨血，死死地握住她的心脏。血液一半冰冷一半滚烫，在身体里狠狠地冲撞厮杀。

过了一会儿，老师宣布下课，岑惜被这个声音从网络世界里拉回现实，匆匆从包里拿出一包纸巾，擦完眼泪又擤了下鼻涕把纸扔回包里，在心里默默对自己说：“不行，人生自古谁无死，抄袭者先死我后死。”

说完这句话，她似乎回血了一点，拎包回家。

家里清新好闻的木质柑橘味治愈了她一点点，瞬间回血四分之三。

简珂还没回来，她站在衣架旁，抱住他的外套蹭了蹭，闻着属于他的味道，终于满血复活。

家里有大书房她不去，客厅里也有大桌子她不坐，跪坐在沙发上整个人缩成一小团，拿出电脑摆在沙发扶手上。

除了他的房间，这个地方因为有个衣架，因此他身上的气味最重，最令她有安全感。

岑惜深吸了一口气，为了防止手滑不小心给别人点赞，她用电脑登录上微博，点进了那个经纪人的微博。

她不认识这个白真雨,但见过这个人微博里一直出现的那个男演员舒杨，火倒是不火，但演过几个小角色。

这位白真雨不仅是舒杨的经纪人，岑惜看了一眼她的认证，还是真新娱乐公司的联合创始人。

怪不得她一下子被这么多人 @，得有一半是这个演员的粉丝吧？

岑惜烦躁又不屑地哼了一声，瞎编个娱乐圈文，还是抄袭的，就把你整得热血沸腾？

还不直接把“我收钱了，还收了不少”打在公屏上！

简珂回家时屋里没有开灯，也没关窗帘，月色照在房间，只能隐约看见沙发上一个圆圆胖胖的小东西正在哼哧哼哧地打字。小东西穿的衣服是粉红色的，又戴上了帽子，乍一看像一个在生气的小猪。

沙发上的“小猪”并没有发现家里进了人，他的动作幅度不大，关门声也轻，主要还是因为沙发上的“小猪”看电脑看得格外认真。

男人带着倦意的目光笼上了一层温柔，他脱下成熟干练的正装外套，又松了松领带解下来放在玄关的架子上，朝她走过去，把这一大团粉红色抱进怀里，把头埋在她的颈窝间，做了和她刚刚回家时一样的动作，只是吸气的力度比她轻，让她脖子四周一阵酥麻痒意。

岑惜怕痒，耸着肩往后躲了一下。简珂没再追，目光放到一旁的电脑上：“在写小说了？”

不说这个还好，说到这个岑惜就又委屈又气：“我写不了了。”

简珂好整以暇：“怎么了？昨晚上不是还发了一章。”

岑惜自己调整了一个更舒服点的姿势，平躺着窝进他怀里：“那是之前写好的，我回头把写完的都发上去，然后就不写了。”

简珂：“现在存稿够几天的？”

“十多天吧……”岑惜被问得没底气，但是又觉得自己没错，理直气壮。“我又要上课，又要准备四个月后的法考，回头再过一个半月还要复习期末考试，这工作量本来已经够大够我累的了，现在还要被人在网上无端责骂，我怎么写啊！写小说最需要灵感了，我的情绪不对，写出来的东西也不会好看，到时候没准被骂得更厉害，还不如不写！”

话头一开就收不住了，她问了一个脑子不转的问题：“你能不能催催法院啊，让他们快点。”

“想什么呢。”简珂笑得无奈，轻弹了下她的脑门，“普通的案子审理都要三个月，像抄袭这种知识产权的案子，材料多证据多不是简易程序，时间只会更长，反正不管怎么样，十多天都是不可能的。”

岑惜无语望天花板，她好想偷偷去时间老人那里拨动他的时钟，让时间过得快一点再快一点，让所有人都早点见识到鸢鸢这个抄袭者的真面目，把清白还给她。

不过岑惜知道，世界上没有时间老人。这个晚上过后，她为了能早一点提交立案材料，在学习闲暇废寝忘食地收集证据。

她知道该如何整理法律所需材料，同时也是原作者，没人比她更了解她写出来的文字。

不过正因为她是原作者，容易主观过盛，一些并不能算抄袭的情节在她眼里也被打成抄袭。

针对这个情况，简珂允许岑惜以实习律师的身份加入他的团队。

他的团队里除了包宏艺，还有其他几个人，不过岑惜和他们没什么接触的必要，所以她谁也不认识。律所里除了包宏艺和前台两位小姐姐知道岑惜的身份，其他人都单纯地以为简律手下来了个漂亮实习生而已。

他们向法院提交鸢鸢抄袭立案材料的那天，正好法院正以自诉人缺乏罪证为由，驳回了鸢鸢对御猫的起诉。

接到御猫电话时，岑惜正在茶水间里接咖啡，御猫底气十足的声音从电话里传来：“我现在就把裁定书发网上去打那帮人的脸……那个，这个能发吗？我会被抓走吗？”

“现在知道问我啦？”岑惜拿起杯子，笑道，“想发就发吧，不会被抓走，裁定书本来在网上就能查到。”

御猫：“那我得想一个爽一点的文案，邪不压正？不不不，抄袭者滚出网文圈？这样够爽吗？”

“你快打住吧。”岑惜说，“你就公布一下就完了，话别说太多。这次她被驳回是因为她太心急了，要是告你名誉，她未必会输。”

经历了之前的教训，御猫对岑惜言听计从：“哦哦，好，都听你的。”

挂了电话，岑惜拿着杯子从茶水间出去。从她对面的大会议室里乌泱泱走出将近十个中年女人，她们面带笑容把简珂和一同参加咨询的高律师围在中间，显然这场咨询他们进行得很愉快。

其中一个人问："简律师有没有女朋友呀？我给你讲的，我有个小侄女，宾大毕业的，国外学的也是法律，人还很漂亮的咧！要不要我介绍给你们认识呀？"

高律师对于这样的事情似乎已经见怪不怪了，他只是奇怪怎么今天简珂这么淡定，平时不是不等别人开口就婉拒的吗？简珂不开口，就只好他来开口了："卢女士，我们这里是律所……"

"哦哦哦，我明白的啦。"卢女士闻言压低了声音，"那简律师要不要的啦？不喜欢学法律的，我这边还有搞金融的外甥女……"

岑惜："……"

刚刚岑惜从茶水间一出来，简珂就看见她了，别人问他问题的时候他故意不说话，想看看她的反应。

岑惜刚才也确实是想以女朋友的身份过去的，但是对上他意味深长的目光时，她走到一半直接转身回了办公室。

才不要犯这个傻。

与此同时，简珂手机里收到一条微信：【加油，相信你能处理好[可爱]。】

男人挑眉，肩膀抖了下，轻笑出声。

似乎这个结果也不错？

等简珂回到办公室，包宏艺看了一眼墙上的表："简珂，晚上跟谢总的饭你给他回复了吗？咱去吗？"

简珂像是没听见似的整理手中的文件，刚才的咨询里至少结合了民诉、刑事、执行、诉讼好几大块，他分别贴上标签后才抬头，淡淡看向岑惜："你要去吗？"

从包包学长的语气和谢总这个称呼，岑惜分析这应该是个挺重要的人物，但怎么到了简珂那里，这么大个人物好像自己不去他就不打算去见了似的？

迎上包宏艺期待的目光，岑惜觉得似乎该去，木讷点头："那就去吧。"

晚饭的地点是谢徊的私人会所，来之前岑惜听说谢徊是中漾的董事长兼总裁，她本来想着那样身份的人会偏爱典雅或者奢侈的装修风格，但是没想到他的会所极为古朴。

四周古树参天，红墙亭台，花园装修的说是古代御花园都不为过，正值夏初，风动花落，姹紫嫣红。

不过单看这黄花梨木门，就知道价值连城。

身居高位的谢徊比他们先到，三人被服务员领进房间时，他特意站起来示意，彰显尊重。岑惜也一下子就明白了简珂在集团里的地位。

想到这儿，她多了几分自豪的同时，也添了一点自卑。

吃饭期间，他们在讨论股东和公司的一些法律章程制度，岑惜插不上话，只觉得毛血旺特别好吃，多夹了几筷子，后来发现餐桌不管怎么转动，认真与人谈话的简珂都会把毛血旺岿然不动地转到她面前。

等他们正事都说完了，话题就自然而然地被带到了岑惜身上。谢徊推了下金丝边框眼镜，笑道："简律，你旁边这位，还没给我介绍呢。"

"谢总，这位是我女朋友，岑惜。"简珂慢条斯理地给双方做起介绍，"小惜，这是中漾集团的谢总。"

就在岑惜犹豫要不要站起来握手的时候，她的手被简珂握住，再抬头，谢徊已经冲她点头，想来招呼这就算打过了："你好，谢徊。虽然是第一次见，但之前常常听你旁边这二位说起你，久仰。"

"谢总客气。"岑惜也点头示意，心里忍不住尴尬，她坐在这里就像是误入大人酒桌的小孩，好像下一秒就要被叫起来回答问题。想到这儿，她在桌子下面恨恨掐了把简珂大腿。

都怪他非要带上自己。

身后有服务员过来送餐后水果，房间门打开时，岑惜下意识地把自己手抽回来，不小心磕到了桌子上发出"嘭"的一声，疼倒是没多疼，就是这个动静把她吓了一跳。

简珂瞥了一眼，不动声色地抓过她的"小爪子"给她揉手。

谢徊什么都没看见似的，整理了一下衣服，再次把目光看向岑惜："听闻你最近牵扯了一些不太愉快的事情，方便和我说说吗？或许我能帮上忙。"

哎？

要不是同时看到包包学长惊讶的表情，岑惜差点以为自己幻听了。

中漾集团的总裁竟然主动提出要帮她？

尽管对于商界的东西她了解得不多，但岑惜也知道，现在坐在她对面的这位总裁，集团下面起码有金融、文化、地产商业等产业，文化集团下面也有知名的影视娱乐公司，所以，如果她提出要他帮忙扭转一下网络上的舆论，作为集团董事长兼总裁，这应该是一件易如反掌的事情吧？

这个想法冒出来的同时，岑惜作为一个思想健全的正常人也意识到，人家身份摆在那儿，不会平白无故地就说要帮她，肯定给的是她男朋友的面子。

岑惜侧过头，看了一眼简珂的表情，想知道他的想法。

男人的头微微仰着，闲闲地靠在椅背上，垂下眼睑，眼中没什么情绪，抓着她的手仍是温柔地揉捏着，一副她想怎样都随她的纵容，把主动权全都交给她。

岑惜用没被牵着的那只手拿起椰汁抿了一口，在脑中仔细分析了一遍利弊。

如果现在扭转舆论的话，作用其实并没有很大，毕竟御猫那边都已经发微博了，应该能叫醒一部分人。而且，与其操控舆论，以自己为中心闹得血雨腥风、乌烟瘴气，岑惜觉得还是踏实等开庭来得更安心一些。

至于其他的，就算他是总裁，也不可能直接越过司法程序出判决书。

更何况，一旦她接受谢徊的帮助，用来回馈的只能是简珂的面子，岑惜想想，觉得舍不得。

初夏夜晚的风最为撩人，天空蓝成深紫色，像是梦里才会出现的颜色，马路中间篱笆上的花争奇斗艳，乍一看像是长在茫茫云朵里。

宾利从会所地下车库开出来，行驶在空旷的马路上，岑惜刚把车窗摇下来，就听到简珂的声音："热？我开空调。"

"不热不热。"她说，"我就是想闻闻这个季节的空气，甜的。"

"甜的？"坐在后座的包宏艺闻言也使劲吸了两下，皱了皱眉头，"这不就汽车尾气的味儿吗？"

专注开车的简珂听到两人的对话低笑一声，连侧颜轮廓都极尽温柔。

岑惜关上车窗，看着他的侧颜呆了一会儿，忽然问："你今天带我来，是不是早就知道谢徊会问我这个问题？"

"嗯？"简珂想了下，温淡道，"没有早知道，只是碰巧猜中了。"

那不还是早就知道了……

岑惜本来还想接着问他怎么看待自己的选择，就听见包宏艺插嘴说："还好你没同意让他帮你，不然他肯定要让简珂给他做那个企业员工法律培训。"

"法律培训？"岑惜眨眨眼，她从来没听简珂提起过，不过听包宏艺嫌弃的语气，大概也知道这是一个费力不讨好的活。

说到这个事，包宏艺似乎有无限多的槽想吐："嗨，就是给中漾董事会那帮老家伙，他们自己的法务是下属员工又不合适……"

"包子。"然而他的话头才刚打开，便被简珂打断，"你到家了。"

包宏艺看着外面陌生的小区，心说这不是我家啊，回过头从后视镜对上了简珂"我说你到了你就是到了"的眼神，他深吸一口气，舍身取义道："嗯，我到家了，明天见。"

孤独的胖包子游荡在素未谋面的小区外面，欲哭无泪，打开软件准备叫车回家时，收到了三条微信。

【简珂：别给她太大压力。】

【简珂：[红包]】

【简珂：这里好打车。】

言简意赅又恰到好处，包宏艺没客气，直接点开红包，嗯，这红包不仅够他打车回家的，还够他这礼拜的咖啡钱。

收下红包后，他咧嘴一笑，边切换打车软件边喃喃自语："没想到还真有人能治得住这人。"

虽然包包学长的话被打断了，但岑惜也知道如果自己当时让谢徊帮忙，简珂肯定要被资本家疯狂剥削，想到他为自己铺垫了这么多，自己刚刚还不知好歹地掐他大腿，岑惜内心一阵愧疚，伸出“小爪子”，带有讨好意味地给他揉揉自己刚刚掐过的地方。

“男人的这个地方。”简珂略不自然地拿开她的手，淡色的瞳眸在夜色的渲染下格外幽深，“不能随便碰。”

岑惜听懂了，红着脸僵硬坐正。

白天刚刚向法院提交了立案材料的岑惜，一半紧张，一半激动，躺在床上翻来覆去地睡不着。

她知道自己这时候最应该做的事情是不去看网上的言论，而是认真学习，准备开庭，早睡早起保证状态。

但就是忍不住。

想知道在御猫发出裁决书后别人是怎么看待这件事的，最重要的是，想看看有没有人支持她，又有多少人支持她，还有一点侥幸心理，想看看舆论的风向会不会在今天突然变了。

然而，她打开手机，映入眼帘的依然是铺天盖地的谩骂，只多不少。

那些跟着闹事的人就像没有脑子一样，不看不取证，小说就摆在网上他们也不看，无脑冲上来就是骂。御猫发的裁决书他们当没看见，但凡有人在岑惜的微博下面发表一句正向评论，一样会被他们喷得狗血淋头。

岑惜揉揉酸胀的眼睛，她不想哭，只觉得极度憋闷。

关掉手机，岑惜爬起来准备上厕所洗把脸缓缓心情再回来睡觉。

走出房间时，她看见隔壁书房发出一点微弱的光亮，还以为是简珂忘记关了，挠挠头走过去。

然而走到门口时，她才看见房间电脑的屏幕是亮着的，椅子上隐约有个清瘦的身影。

“没睡？还是起夜了？”男人回身靠在椅背上，电脑屏幕发出的白光打在他清隽的右脸，左边半张脸压在幽暗里。

“呀！”岑惜被吓得条件反射地尖叫，愣了一下才迈着小碎步哒哒哒地跑过去。

他坐着，她站着，她一低头，就能看见他那双淡色的瞳眸里布满红血丝，岑惜摸了摸他的眼皮想让他休息，他闭上眼，眼皮仍抖了下。

岑惜心疼死了。

她这几天和他在一起，知道他平时有多忙，也知道封神的背后的代价是动不动要连轴转连觉都没得睡。

相比之下，她觉得自己所谓的辛苦和努力不值一提。

岑惜温声道：“别忙了，睡觉去吧。”

书房里的阅读灯关掉的瞬间，房间里顿时一片漆黑。岑惜出来上厕所没带手机，两人就只能借着简珂手机里的手电筒光亮回屋。

不知道他是故意的，还是太累了来不及思考，竟然把她也带到了他的房间。

同样质地的枕头，但是他房间里的柑橘味要更浓重，不觉得刺鼻，只觉得像是全身都被他包裹着。

本来就失眠的岑惜，躺在这个陌生而又熟悉的枕头上时，她彻底睡不着了。

和她不同的是，身旁的男人一上床就闭上眼，好像都没注意到旁边还躺着个人似的。

而且这还不是一个普通人，是他的女朋友。

也不是一个普通的女朋友，是美女！校花级的！

岑惜侧着躺，抬起在上面的那只手，赌气似的戳了戳自己胸前那块柔软的地方。

虽然瘦，但是不小，而且还挺软弹的。

她的手又往下挪了一点，划过分明的肋骨，摸到自己平坦的小腹，没有多余的赘肉，如果吸气的话，还能看见马甲线。

这么一搭配，还挺具有观赏性的。

所以他为什么就不想试试呢？

屋外下了今年夏天的第一场雨，淅淅沥沥的，草地里清香的气息顺着窗户缝钻进来。

上一次这样的雨天，还是他在讲台上，她在讲台下，两人隔着几米，却又碰不到的距离。

再往前回忆，之前的几年里，每一个这样的雨天，她都是一个人在幻想里度过的。

幻想着有一天，可以躺在他的身边，把那么多年以来对他的喜欢，一个字一个字地告诉他。

给他看她叠过的纸星星，拆开后每一颗里面都写着他的名字；给他找她看过的星座书，两个人的星座不管隔得再远都会被分别圈起来，用丘比特的爱心连起来；给他翻她偷偷买过的同款，囊括了他一年四季的衣服。还有，她想亲口告诉他，这么多年来，每一年生日许过的，和他有关的每一个愿望。

可现在真的有美梦成真的这一天，她才发现原来自己什么都不想说，好像说什么都是多余的。

他这么这么好，言语怎么能表述得清楚。

在他身边的时光，每一秒都是上天的恩赐。

眼睛越来越适应黑暗后，连他鸦羽般的睫毛都能看得一清二楚。岑惜忍不住伸手，轻轻碰了一下，又像是触电般迅速把手抽回来。见他没反应，她胆子大了起来，撑起上半身，在他嘴唇上啄了一下。

亲完，她又开始偷笑，像是采到蜜的小蜜蜂，开心得想要打滚。

过了一会儿，她又起身啄了一下，重复着这个过程乐此不疲。再然后，她又不满足了，把手挪到她刚刚在车上碰过的地方。

为什么男人这里不能碰？我碰了，你倒是起来打我呀。

她看着男人熟睡的侧脸，没等来他起身打她，先等来了自己的困倦。

她的手停在他的大腿上，手上的力气越来越小，眼皮眨了几下就没再睁开，保持着这个姿势，缓缓进入梦乡。

身边男人在她睡着后坐起来，无奈笑了笑，拿开她的“小爪子”放回到她身边。

“小姑娘。”简珂的嗓音像是睡哑了，低沉成气音，“什么时候才能完全信任我？”

面对他的时候，她始终不是真实的自己，甚至还没有网络上的那个小师父真实。

身体睡在一张床上，也仍能感觉到她内心的逃避和闪躲。

他确认她喜欢自己，但是找不到她这样做的缘由。

不确定她会这样待在他身边多久，他不能，也不敢轻举妄动。

开庭的那天正值夏至，清朗的天空万里无云，青葱的树木被晒得无精打采。岑惜打开车门的瞬间，一股热浪扑面而来。

岑惜穿了一件质地轻薄的白色缎面衬衫，下身穿了一条黑色伞裙，有一点轻熟气质，跟简珂的上白下黑相呼应。

出门的时候，岑惜就注意到简珂领口上别的律师徽章，是他之前发过微博的那枚，这枚徽章她在现实中从来没见别人戴过，指着他胸口好奇地问：“为什么要戴这个？”

“律师徽章？”简珂垂眸，看了一眼自己胸口，“对自己的警醒，法律人应该时刻保持对法律的敬畏，以及对本职业的使命感。”

岑惜听完蓦地抬眼，她忽然发现，自己身边的这个男人，认真起来，有着无限大的魅力和令人敬仰的精神。

他的倨傲，他的矜骄，全都有据可循。

男人下车，将袖子工整折叠，频繁来往法院的他神色稍显淡漠，只是在扫到某个角度的时候目光停了下，扯过身边的女生：“那是你朋友？”

岑惜把手搭成小凉棚，遮住炎炎烈日，顺着他的目光看过去，几乎是一瞬间认出了御猫。

御猫和岑惜说过她要来旁听，介于这是两人第一次见面，为了能够认出彼此，她主动提出自己头上会戴一个“必胜”的条幅。

岑惜本来以为她只是说说，没想到她还真的戴了，还站在台阶上面那么明显的位置上。

岑惜跟简珂打了个招呼，朝御猫小跑过去。刚才一直盯着岑惜看的御猫，反而在岑惜到她面前时别开了眼。

“猫猫。”岑惜先开口打招呼。

御猫深深地吸了一口气，满眼的惊喜和不敢相信，想抱岑惜又不敢，激动得来回搓手：“我的天！真是你啊！你怎么这么漂亮！比我想象中的好看一万倍！我刚还怕自己认错了！”

岑惜被她逗笑，摘下她脑袋上戴着的那个条幅放在她手里：“别戴这个，有点奇怪。”

“嗯嗯。”在发现自己的朋友是学霸法学生加美女作者的双重震慑下，御猫一个反驳的字都说不出来，攥紧了手里的条幅，这时她看到刚才从车上下来的那个男人朝岑惜走过来，顿时双目圆瞪，“我的天，那是你男朋友吗？太帅了！我仿佛看见你小说里的男主就这么走出来了！”

岑惜拍了拍她，让她冷静点。

出于好心，岑惜没告诉御猫，她嘴里的这位小说里走出来的男主，同时还是那个天赋异禀的新晋网文大神点点。她怕她说了，御猫可能看不到庭审，就先激动得晕过去了。

半小时后开庭，这也是岑惜第一次见到李鸢。

记得曾经刚加上好友的时候，还畅想过以后见面要穿姐妹装，没想到真正见面的这天，两人一人坐在原告席，一人坐在被告席。

不甚唏嘘。

落针似的雨夹杂着冰雹毫无预兆地落下来，窗外的景象从艳阳高照一秒钟变得乌云密布。

瓢泼大雨中，冰冷的电子提示音响起，这场在网上引起轩然大波的抄袭案，终于正式开庭。

原告是岑惜，被告除了李鸢，还有重力文化出版社和销售商叮叮网。

双方在庭前已经举行过证据交换，原来提交过的证据再算上简珂后来又补充的证据总共十九份证明抄袭，不知道对方是放弃了抵抗还是怎样，竟然只给出了两册实体书。

举证质证的环节简珂掌控全部主动权，他运筹帷幄、侃侃而谈的样子，甚至让岑惜在某个瞬间产生了这里是他的主场的错觉。

被告代理律师似乎也没想到，在男人斯文俊朗的外表下，实际办事竟然如此凌厉果断，相比之下，他们的质疑显得都有点像无理取闹。

而重力文化出版社和叮叮网的人态度都很明确，不站队，只要确认侵权就立刻下架。

在网络上操控舆论呼风唤雨，声称自己才是被害者引导粉丝网曝的李鸢，在法律面前，渺小得一无是处。她戴着口罩，全程不敢抬头。

除了会时不时看一眼简珂。

出于女人的直觉，岑惜觉得李鸢不是单纯地觉得简珂好看想多看几眼那么简单，她的眼神里，似乎有话要对简珂说。

岑惜抬头看了一会儿简珂，男人的目光灼灼，却从未有一刻向被告席李鸢那个位置看过去，她又觉得自己也许是想多了。

到了核心证据对比，这些证明李鸢情节以及人物设定抄袭的证据材料全部由岑惜一手操办，并且由简珂、包宏艺检查过，被告律师除了挑几句在岑惜作品发表之前就能找到的句子之外，没有任何反证的余地。

而被告律师挑出的这句话，岑惜之前在网上见到过，全都是李鸢的粉丝为了泼脏水总结出来的。

水能载舟，亦能覆舟，李鸢大概是没想到，那些无脑粉丝曾经给过她多少自信，现在就能让她有多自闭吧？

再之后的辩论环节简珂口若悬河，连对方身经百战的辩论律师都会在某个时刻跟不上简珂的反应速度，更不要说第一次参加庭审的岑惜。

她的思路完全被简珂带着走。

被告认为证明岑惜就是作者七惜没有证明力，简珂一个字儿都懒得多说，直接甩证据。

被告认为作品不构成抄袭，简珂从线索、构思、情节、人物关系，甚至连特征描写，包括时间地点都逐一给他们掰开。如果这样都不算抄袭，那请问是不是只有复制粘贴才算？

连岑惜都不知道，简珂竟然对两部作品这么了解，其中男主眼下有颗泪痣这种细节她自己都快忘了！

最后到了赔偿部分，岑惜不知道被告那边到底是怎么算的，最后只得出了一个结论，就算赔偿最多只能赔偿一万元。

简珂给出的回应是，要求赔偿的三百万中包含诉讼费用，以及文章周边授权应付出的经济赔偿，包括但不限于的出版和影视版权费。

岑惜听得一愣，这文已经卖出影视版权了吗？她怎么不知道？网上骂得那么欢都没有传出过消息。

那简珂又是怎么知道的？

带着这个问题，岑惜坐立难安挨到了庭审结束。

走到法院门口时，御猫已经在那里等待很久了，她又重新戴回了那个条幅，抠掉了上面的“必”，只剩下“胜”。因为连她这个法盲都能感觉到，这场庭审原告稳了。如果要问为什么，大概是法官的态度，以及叮叮网声明自己没有参与过任何书的形成环节，极力撇清自己的样子吧。

这一次，她再也按捺不住内心的激动，一把抱住岑惜，带着骄傲的泪水："小七，你男朋友太帅了！"

岑惜："？"

"真的。"御猫擦擦眼泪，语气里透着一种解脱后的轻松，"我前段时间太委屈了，明明就不是我的错，虽然她的起诉被驳回了，但我还是委屈，今天，我终于能睡一个好觉了，太谢谢你和你男朋友了。"

"有什么好谢的。"岑惜从包里拿了张纸递过去，御猫的这个状态又何尝不是前几日夜不能寐的她自己，"等审判结果吧。"

"嗯！"御猫猛点头，看到那辆黑色的车缓缓驶来，一刻都不敢多打扰他们，"你男朋友来了，我撤啦！"

男人下车时撑着一把黑色的伞，把副驾驶的门打开，像往常一样单手撑在车顶，接她上车。

他不知道，这场庭审已经让岑惜彻底失控。

这是她第一次见识到"考神"之外的简珂。

在尖酸刻薄的质疑下，游刃有余地据理力争，有的放矢，时不时陷入沉思给对面以希望，又在抬起头的瞬间，露出淬有毒液的獠牙，把对方杀得措手不及。如高高在上的审判者，冷漠地欣赏垂死之人无用的挣扎。

曾经让她害怕到钻进被窝都打哆嗦的眼神，如今给了她最多的安全感。

岑惜自诩不是一个情绪外露的人，否则她不会把对他的喜欢掩饰那么多年，但是今天，她的喜欢，她的醉心，她的崇拜，她的折服，她的笃爱，从左心房开始升腾，蔓延到四肢，操控着她的行为，用力朝他扑个满怀。

"我好喜欢你啊。"岑惜软趴趴地伏在他的胸口，细雨落在伞上，糅杂着她轻微的细声，要了命一样地往男人心口钻。

雨被风吹到他的白衬衣上，化作一块又一块的水滴，伞和日光的夹角下，他的脸半明半暗，只是下意识地把怀里人勾得更紧了一些，嘴角缓缓漾起一个温柔的弧度，略略弯腰，在她耳边低声说："我也是。"

全世界最幸福的人，岑惜当如是。

不知道这样抱了他多久，直到天空闪过一道闷雷，岑惜不舍得他一直举着伞，才恋恋不舍地把人放开。

临放开之前，她还贪心地吸了一口他怀里浅淡的香气。

然而，这一口气刚吸进去，还没来得及呼出来，岑惜忽然僵住了，保持着一个固定的姿势，一动不动。

简珂顺着她的目光看过去，看到了和她姿势完全相同，连惊慌失措表情都差不多的岑建教授。

教授旁边跟着的，是捂着脸不忍直视，浑身上下每一个细胞都在哀号惨不忍睹的岑臻。

第九章

/ 附期限 /

晚饭还是在那家一面墙都是蔷薇藤蔓的餐厅，岑惜战战兢兢地和简珂走在后面，全程一个字儿都没说过，努力降低自己的存在感。

岑臻这种新潮热血青年对这种中规中矩的装潢不是很感兴趣，懒洋洋地插着兜评价："真不愧是老教授喜欢的店啊，那简珂为什么也喜欢这里？"

岑惜在心中默默作答，因为他是老干部。

眼看简珂要张嘴说话，岑惜出于对她爸的了解，拉了把他的手，他低头时给他一个"这不是插嘴的好时机"的眼神。

岑父皱眉，表情严肃："你们是第一次见面吧？简珂比你大，要有礼貌，叫哥哥。"

岑臻对着墙翻了个白眼，不情不愿又不得不叫，"哥哥"两个字像是从鼻子里哼出来的。

简珂很久没被人叫哥哥了，面对的还是一个和他差不多高的男生，他觉得好笑，点头应下。

同时，他好像有点明白为什么岑惜这么怕岑建教授了，在他面前，岑教授是个良师益友，但是在他们面前，岑教授是个连细枝末节都严格到一丝不苟的严父。

而他没想到的是，教授的这番教导还没完："年轻人，不要过于追逐外表，发表言论之前一定要多加了解。你是新一代，是这个社会的新鲜血液，如果只从一家餐厅的外表就做出判断，是一种非常不负责任的行为，不符合社会对主流青年的发展期待！”

岑臻：“……”

岑惜给简珂一个“你现在明白了吧”的眼神。

上菜前，岑惜和岑臻一起去洗手。

岑臻故意把水甩到他姐身上，声音闷闷道：“你可真行。”

岑惜直接拿岑臻宽大的球衣擦手，冷着脸，说：“你以为他不会把我和简珂放在一起比吗？”

想想姐姐辛苦维系了那么久的偶像包袱，要在那么喜欢的人面前被爸爸亲手拆穿，岑臻顿时觉得他姐更可怜一点。

唉……谁让他给他姐打了二十多个电话他姐都不接！

爱莫能助。

姐弟俩磨磨蹭蹭回到包间，看到他们的父亲笑得一脸慈爱，对视一眼，交换了自己内心的不祥预感。

岑父：“小惜，你和简珂交往，这是喜上加喜的好事呀，怎么还瞒着爸爸？”

简珂理所应当地接过话题：“不是小惜的问题，是我觉得在一起的时间太短了，担心和您说了之后您会不放心。”

“对你我还有什么不放心的！”岑父声如洪钟，随即又一副遗憾的样子，“我是不放心小惜。她妈从小就娇惯着她，邋遢，也不怎么守规矩，天天就爱摆弄电脑，要不然就去买衣服，知识储备跟不上你呀！”

岑惜：“……”

这就是她一直以来不敢跟父亲承认她跟简珂在一起的缘故，父亲损己抬人的功力，从来没让她失望过。

岑臻捂脸，他有预感，今天是要见证他姐丢人的全过程了。

之前岑惜和简珂同时出现在岑父面前时，岑父对岑惜的评价就不太高，没想到两人在一起了，岑父好像变本加厉，还有一种自家培养出来的小孩配不上别人家小孩的自责意味在。

一向和岑父关系好的简珂也没想到会有这种事情，简珂愣了一下才说：“您可能对小惜有误解吧，她还是挺优秀的，期末成绩一直在班里名列前茅，教授也常常跟我夸奖她。”

“你不用替她说话，我的女儿我还能不知道吗？”岑父摇头笑，“她也就是背书强点，你让她算数，五加三都能等于七。”

岑惜：“……”

岑臻这回真没忍住，“噗”地笑出声。

得亏这时候服务员进来上菜了，要不然谁都不知道这段对话该怎么收场。

岑惜心累，一点胃口都没有，简珂根据她的喜好，往她的盘子里夹了满满一座小山的菜，但是岑惜连筷子都不想拿起来。

她的全部注意力都集中在等着听她爸接下来要说出什么话贬损她。

许是今天格外注意身边的一举一动，岑惜才发现，坐在她左侧的简珂，抬起来的是离她远的那只胳膊，她微微睁大眼问道："咦？你是左撇子呀？"

"嗯。"简珂又给她夹了只虾，微微扬眉，尝试转移桌子上的话题，"小的时候幼儿园老师说用来吃饭的手是右手，以至于我有很长一段时间左右不分。"

一想到小时候的简珂皱着眉头，顶着一张肉嘟嘟的小奶脸，分不清左右，迷茫又可爱，但仍能看出来几分帅气的模样，岑惜真的有一瞬间心情被治愈到。

"左撇子都很聪明。"岑父见缝插针地夸奖。

岑惜刚刚松下来的唇线再次绷直。

岑臻面无表情地拿左手舀了一碗汤。

这一次，简珂也跟着沉默了，他沉默不是因为他接不上话，而是因为他感觉到身边人压抑不住的情绪。

他忽然明白为什么她一直不敢在他面前做真实的自己。

她是不是担心，那个真实的她也会像在她父亲面前那样被否定？

简珂不动声色地多给她夹了些菜，想让她多吃点，然后带她走。

相识多年，他第一次希望和岑建教授的见面快点结束。

桌子又转了几圈，岑父看见岑惜面前的餐盘，面色微愠："小惜，怎么不吃饭呢？"

岑惜叹气，有气无力地拿起筷子，苍白解释："没什么，有点累。"

岑父放下筷子，谆谆教导："小惜，不要让人这么不省心。简珂平时那么忙，自己的案子忙不过来还要给你小说打官司，你累，他就不累吗？要互相体谅。"

岑惜抿抿嘴，夹起面前盘子里一块鸭血放进嘴里，配合着岑父贬低的话吃起来味同嚼蜡，恹恹道："知道了。"

"不只是这样。"岑父喝了口水，做足了长篇大论的准备，"你的小说，写得累死累活，能赚几个钱？你看简珂，现在接一个案子，代理费是多少？我的意思也不是说一切都要向钱看齐，但钱是你对这个世界的规则掌握多少的一种证明。想成为像简珂这样好的律师，绝不是你光背法条，考出好成绩就能达到的。你要多听，多看，多思考，需要大量的时间投入，不断储备和积累相关知识，未来才能向你的客户提出有质量的解决方案！"

岑惜目光水平向下，看着满桌的玉盘珍馐，两只手握住对侧手肘，把自己缩成一团，极为艰难地开口，为自己辩解了一句：“其实写小说也会经历这个储备过程，不是一件那么简单的事。”

说完，她闭上眼，默默祈祷：爸爸，别说了，求你了。

别在他面前说我，以后你再怎么说我、骂我，我都不反驳。

我真的不想，在他面前颜面尽失，求你了。

岑父显然没有接收到岑惜内心的诉求，仍是恨铁不成钢的语气：“所以呢？难道你和简珂交往，什么都让简珂帮你？就像今天这场官司这样？”

“岑教授。”简珂猛然出声，眉眼间带着不怒自威的气场，似乎又察觉到自己蓦然开口多有不尊，他缓了缓，“这次的庭审在收集证据这块，小惜自己其实……”

“是啊。”岑惜倏地开口，打断了简珂的话。她的情绪在极度的撕扯隐忍后分崩离析，用平静的语气，说出自己都觉得荒唐的话，“我就是什么都不会，打算一直靠他，做一个一分钱都赚不到的废物，我犯法了吗？”

岑父愕然，从前的岑惜虽然学习不好，但是在他面前向来乖巧，从来没有这样忤逆过他，以至于他怔了好一会儿，才拍桌而起：“岑惜，你听听你自己说的什么话！”

岑惜抬头，直迎父亲不解中夹杂着愤怒的目光，眼泪毫无预兆开了闸一般扑簌簌落下：“我知道我自己在说什么！那你知道吗？既然你这么喜欢简珂，你认他当你儿子啊！你要我干吗啊！我就算再努力、再学习，也一辈子都比不过他，一辈子要丢你的人！”

“你！你！”岑父指着岑惜的鼻子，气得浑身发抖说不出话，低头似乎想找东西打人。

岑臻怕出什么事，手疾眼快地把父亲手边所有易碎的物品全都收到一边去。

简珂抓着的那只小手忽然脱离掌控。岑惜站起来，绝望地挑衅：“你打啊，把我打成残疾，我就能名正言顺地一辈子躺在简珂身边！”

岑父为人师为人父几十载，从没有被小辈这样冲撞过，当即站起来抬手就要往岑惜脸上扇。

岑惜犯起拧脾气，躲也不躲，就这么死瞪着。

简珂抓着她的小臂，把她整个身子拽出椅子，岑惜还没反应过来，只觉得耳边一凉，想象中的疼痛并没有传来。门口进来一个端着菜的服务员差点撞到岑惜身上，简珂瞥了服务员一眼，冷静地把岑惜扯到自己怀里，沉稳指挥：“岑臻，你安抚一下岑教授。”

岑臻也没见过他爸这么生气，被叫到名字才反应过来，死命把他爸抱在怀里，大义凛然得像抱着敌人的炸药包。

“岑教授，学生改日登门道歉。”简珂深吸气，搂着岑惜的肩膀把她带出包间。

白天的雨停了没多久，地面还是湿漉漉的，从餐厅冷空气里走出来，风像蜘蛛网似的黏答答地贴在身上。

简珂什么也没说，把人抱上车，开车回家。

坐在副驾驶座的女生看着窗外车水马龙，无声哭了一路，他的眉心也跟着皱了一路。

此时岑父的表情和简珂如出一辙，他瘫坐在副驾驶座，擦了擦眼镜，声音疲惫：“小臻，你是不是也觉得爸爸做错了？”

“其实吧……您不一向都这样吗？”岑臻收起自己懒洋洋的姿势，目不斜视地开车，小心翼翼斟酌用词，“不过我姐吧，好面子，您平时也不在外人面前这么说她啊，今天怎么说得这么……这么……”

他斟酌了半天，还是吃了头脑简单的亏，没能找出一个中性词形容他爸今天的恶劣行为。

“唉。”岑父长长叹了一口气，摘了眼镜拿手背擦了一下眼睛，岑臻开车，没注意到他爸是不是哭了，“如果我告诉你，我本来以为我这样做，在外人面前先说她，日后简珂就能承我这份情，对你姐好一点，你应该也不能理解吧。”

岑臻挠挠脸又蹭蹭屁股，他好像能理解一点，但又不能完全理解，一脸纠结，不知道该怎么回答，干脆自己又扯了个话题：“那您刚才还要打我姐……”

“我能真的打她吗？就算简珂没把她拉起来，我的手也不会碰到她！那是我的女儿，我怎么舍得！”岑父急得跺脚，说完，又颓然叹气，发出一声自嘲的笑，“五十多岁了，我这老旧的思想，也终于被这个飞速发展的社会淘汰了。”

岑臻这回听出来他爸的鼻音了，本想着偷摸看一眼，刚一扭头，猝不及防地看见父亲不知道什么时候长出来的满鬓白发。

那个曾经把他举在脖子上都能挺直腰背的男人，现在连坐着后背都微微佝偻。

岑臻鼻子一酸，收回视线，不敢再看。

“就是委屈你姐了。”岑父无力地靠在椅背上，看着远方双目失焦，“她这丫头，比你心思重。”

岑臻突然就不好了。

好家伙！骂他缺心眼呢这是！

得亏他姐先谈恋爱啊！他都不用猜，今儿这事要出他身上，他爸绝对不带反思的！

岑惜像个失了魂的木偶娃娃，任由简珂把她牵上楼，给她脱鞋，换鞋，洗脸。她的护肤品很多，在架子上摆了满满四排，从前都是水乳精华一样不差地抹一遍，但是简珂不懂那些顺序，翻了翻找到一个写着 moisturizing cream（保湿霜）的瓶子，给她涂了一层面霜，岑惜什么也没说。

简珂把她领到她的房间，拆开床上新买的丝绸睡裙："衣服是自己来，还是我给你换？"

岑惜盯着简珂一双深邃的眸，良久，她说："你是不是要……和我分手了？"

"分手"这个词有点刺耳，简珂眯了下眼，勾着她的细腰，惩罚似的掐了一把，把人带到自己的身边环着，食指在她脸上轻弹表示不满："来，说说，分手的原因是什么。"

压在心底的自卑无处遁形，岑惜又想哭了，但她觉得做得不好的是自己，没资格哭，咽了好儿下口水才忍住："我……我不是我看起来的这个样子。我特别邋遢，不爱收拾房间，只有在外面才好看。我学习也不好，考的那个分数都是死记硬背的。我小说写得也不好，那都是撞了大运。我根本就不是什么随随便便披个麻袋就美成校花，我每次去上课都要化好久的妆，挑好久的衣服，那些看起来的随意都是假的。"

岑惜越说越难过，越说越觉得自己一无是处，抽噎得浑身无力，干脆蹲下去，把头埋在膝盖中间。

"还有呢？"简珂微微弯腰，单手挑起她的下巴，直勾勾地看着她的眼睛，"跟分手有什么关系？"

岑惜咬着自己的下唇，像是做了很大的决定，嘴唇都白了她才松开牙："我……我之前对你的讨厌都是装的，其实我特别喜欢你，从第一眼见到你就喜欢你，我怕你看不起我，所以故意针对你，想引起你的注意，我很假，对吧？连在一起都是我把你骗到手的。"

"作为当事人，我还没评价，你没必要这么急着否定自己。"简珂略严肃，把人从地上拽起来，抽过床头的纸巾给她擦眼泪，"都喜欢我这么多年，好不容易到手了，就这么放弃了，不觉得可惜？"

岑惜稠成糨糊一样的脑子艰难地思考着他的话，吸鼻子的频率都放缓了，好像……是有点可惜？

简珂身子往后靠在床头上，空闲的那条腿抬到床上，歪着头："算下时间，这是喜欢我六年了？"

岑惜感觉他在怀疑自己，急得打了下他精瘦的小腹："快七年了，不信你问岑臻！"

在她收手的那个瞬间，简珂抓住她的手，往反方向一勾，带到自己怀里，让两人的上半身紧紧贴在一起："小姑娘，你先弄清楚，首先，我不是怀疑，我只是确认一下；其次，我要是连你都不信，我更不会信岑臻。”

他说话的时候胸腔震鸣，震得身上的她也酥酥麻麻的。岑惜听着他的话，思考了好一会儿，手指无意识地搭在脖子上挠了挠。

“你要是不信你就去问谁谁谁”这是她从小用到大的句式，以前和家人说的时候，他们偶尔还会打电话去问她提到的这个人。

但是，这个逻辑，似乎在简珂这里不成立。

在他的心里，信任的只有她而已。

所以，他好像没有看不起自己？

得出这个结论，岑惜抿抿嘴，不动声色地往他身上贴紧了一点，见他没躲，这才偷偷弯了嘴角，得寸进尺地把胳膊也搭在他身上。

她躺在他身边，看到他耳朵后面有一块小黑点，以为是什么脏东西，伸手搓了搓。

“别搓了，那是一颗痣。”简珂把她的手拿下来，拇指在她的小臂里侧揉了揉，“来，接着刚才的话说。喜欢我六年也好，七年也罢，我又不知道，追人的不还是我？”

“你还好意思说。”隔着薄薄的布料，岑惜挠他的胸口，“我喜欢你七年，你才喜欢我一年，我一直都觉得好不公平。”

“不公平吗？”简珂漫不经心扯了下嘴角，把她脸庞的碎发撩到耳后，像是为了让她听得更清楚，“喜欢我七年，骂了我三年？不知道我惯用左手，也不知道我身上哪里有痣。小姑娘，这就是你的喜欢吗？”

岑惜刚要爹毛，就听到头顶传来低沉的声音：“但我知道你喜欢穿粉红色；不洗头的时候才会梳马尾；有一点强迫症，走路的时候喜欢低头数格子；难过的时候一定要先嘴硬；写字拿笔的姿势不正确，还总是倒插笔。”

简珂轻描淡写地说着，忽然解开一粒她的衬衫扣子，精准无误地指着她锁骨斜下方的位置：“还有这里有一颗痣。”

岑惜用力低头，双下巴都挤出来了，才看见这里还真的有一颗明显的痣，因为这个位置是她的视线盲区，所以连她自己都没怎么注意过。

简珂拢起她的衣服，语气松散：“还想听吗？我知道的还有很多。”

岑惜：“……”

简珂：“没有你时间长，但比你深刻，这样算公平吗？你说了算。”

岑惜胸口微微发烫，好像被安全感堆满了。想要克制自己内心的悸动，却抖得更厉害，就算用力掐自己一把，疼痛都没能让她放下嘴角的弧度。

她像只树袋熊似的把人抱得紧紧的，头发在他温热的颈窝磨蹭，心情复杂：“你怎么这么好啊，好到我觉得，我自己不够好。”

“你不完美的样子。”简珂肩膀微微往外扩了一下，本来靠在他胸膛的身子被带到他的胳膊上，她如痴如醉地看着他的眉眼，随着他启唇的动作，她又缓慢把目光移到他的双唇上，“特别美。”

岑惜脑中一片空白，语言仿佛丧失了。她无法清晰地表达自己此刻的感情，不仅言语不能，拥抱、亲吻、哭泣，也通通不能。

她不受控制地下陷在他的深情里，缓缓地抬起手，勾住他的脖子，将滚烫的身体再度贴紧他，犹豫似的咽了下口水，又在下一秒吻上了那双唇。

对于他的一切，她如饥似渴，无法抵抗。

简珂闭上眼，被动承受她的热情。

暧昧至极的距离，他能看清她脸上干涸的泪痕。

岑惜睁开迷离的双眼，眼前是潋滟唇色。

身体抬高的同时，腰下空出一块，男人的手穿进去，手掌托住她的后腰，很轻的触碰，指尖却烫得像是在点火。

他哑着嗓音，眼角是极尽忍耐后的微微发红：“你现在的举动意味着什么，你明白吗？”

“嗯。”

如果这时候他再没有反应，那也就称不上男人了。简珂反客为主，咬住她的嘴唇，岑惜承受不住，不自觉地哼喘，吟出一室旖旎，身体里某种本能被他激发，难以自抑，纤细的胳膊无力地垂在枕边。

他的唇瓣下滑，从她细尖的下巴、修长脖颈一路吻过。岑惜微仰着脖子，随着他的动作，她呼吸的频率越来越失控。

裙子后面的纽扣松开，岑惜紧张地抓住他的肩膀，松开的裙子却又在下一刻被攥紧。

简珂把头埋在她的小腹上，侧过脸重重地吸气。

她是一个多要面子的小姑娘。

几个小时前才在他面前发生那样的事情，眼下好不容易对自己卸下那层伪装，坦诚相待，还不确定明天的她会不会后悔，会不会想逃，会不会在处理家里的事分身乏力。

他的呼吸渐稳，眼底是尚未消退的情欲，他把解开的裙子扣又系回去，撑着身子坐起来：“时间不早了。”

岑惜眨了眨眼睛，像是没明白他说这句话的意思。

简珂又开始给她系胸前的扣子，丝绸质地的衬衫满是他压过的褶皱：“我去冲个凉。”

这不是他第一次说他要冲凉，上一次也是停在类似这样的进度，可上次是忽然有人打扰，这次没有。

是他主动停下来的。

清凉的空调风打在黏腻的身上，岑惜的手指划过身上被他亲过的地方，有一刹那的出神。

待她回过神的时候，她的手已经抓在他的手臂上了。

简珂回头，视线先是落在被她抓着的地方，旋即看向她，幽邃的眼神里带有询问。

如果说之前的几次，她都还有犹豫的话，今天的她一点都没有了，她想让他了解全部的她，抓着他的那只手仍然没松开："你怎么不问问我，想不想洗澡啊。"

简珂接着她的话，像是低声轻哄："好，那你想不想洗澡？"

"想。"岑惜想了想，仍怕自己暗示得不到位，一只手没松开的情况下，伸出另一只手，"抱我去。"

简珂的声音带了点笑意："怎么今天这么能撒娇？嗯？"

岑惜抬头，反正她的情绪根本掩盖不住，用直白的眼神问他，你觉得是为什么。

这个眼神简珂看懂了，他倾身，手臂撑在她身体两侧，男性气息再度将她携裹，咬住她的耳尖。

岑惜顿时浑身战栗，听见他引诱的声音问："你有没有想过，以后会嫁给什么样的人？"

"没有。"岑惜一副苦恼的样子，看着男人无奈垂下的眼角，她凝视着他，眼神替代千言万语，"骗你的。"

简珂刮了下她的小鼻头，无奈地笑："怎么这么淘气。"

岑惜仍不罢休，她跪坐起来，扫视了一下房间，像是忽然明白了什么，试探着问："有些东西，是不是家里没有？"

简珂一怔，想了一下才明白她说的是什么，他似笑非笑地"嗯"了一声，顿了顿，他侧过脸，说话时嘴唇能扫到她的脸颊："但那不是最重要的，我不想你有朝一日，后悔。"

"如果有那一天的话。"岑惜也把头偏过去，说话时唇瓣贴着他的，轻轻吸了一口气，像是早就准备好了答案，"你娶我？"

简珂双瞳似好不容易平静却又忽然袭来巨浪的海水，在她的额头上烙下承诺般的吻，深沉到时间都静止。

不知道过了多久，他才又躺回床上，把人搂进怀里，打开外卖软件。

这时候，岑惜反而不好意思起来了，不敢看他的手机上选购的页面。

指纹支付后，简珂把界面切换到微信，看了一眼屏幕上的消息，捏捏她的脸："说个正事。"

岑惜心不在焉地揪着自己的头发扫在他的胳膊上，软绵绵地道："嗯。"

简珂挠了挠被她扫得有点痒的胳膊，屈起一条腿："李鸢的代理律师找包子约我明天见面，这时候找我，只能是想要和解，所以我想先提前问问你这个当事人的看法。"

“审判结果出来了？”岑惜惊讶地问，撑起胳膊趴起来。

简珂失笑：“哪那么快。”

“哦。”想想也是，岑惜略失望地躺回刚才的位置，但她很好奇鸢鸢那边会拿出什么样的诚意来和解，扬起头，“带我一起去吧。”

“嗯。”不是什么大事，简珂没多想应下。

“咦？”岑惜瞄了一眼他的手机，不小心看见了包宏艺的微信头像，是李橒容喜欢的那个品牌的logo（商标）图，“包包学长也喜欢这个牌子？”

简珂挑眉，重复了她的称呼：“包包学长？那你叫我叫什么？”

岑惜眨眨眼，理所应当道：“简神啊！”

包包学长，简神，怎么听都是前者更亲切点，但是看见怀里小姑娘提到简神这个称呼一脸自豪骄傲的样子，简珂没办法开这个口，不然显得他太小心眼。回到上一个话题，他言简意赅地解释：“他是喜欢，喜欢这个牌子的人。”

岑惜捋了捋这句话，好像被她捋出了一个奇奇怪怪的三角恋关系，我喜欢的女孩跟我最好的兄弟表白了这样的……

岑惜挠头，作为这个故事里唯一的一个局外人，她也是唯一一个为这事陷入沉思的人。

简珂不知道她又开始了天马行空，反正从现在到外卖敲门之前，两个人都没什么正事，他想到什么就直接说了：“你有没有发现，你有个习惯，现实中和写小说的时候是一样的。”

“什么习惯？”说到自己了，岑惜被他从脑洞里拽出来。

“错别字。”简珂手机里有保存过这些，之前看她状态不好就没跟她提起过，现在似乎是个恰到好处的时候，“这里，李祎宸‘摘下眼睛’？一篇现代言情文，被你写得好像科幻小说。”

岑惜：“……”

“哦！就你懂得多！”岑惜气鼓鼓地把他手机按灭，好像这样就能消除罪证似的。被指出错误的时候应该怎么办？承认是不可能承认的，应该马上找出对方的错误指责回去。

岑惜的脑细胞在这时格外灵活，她伸出一根手指，一下一下戳点在他的胸口：“刚刚你跟我说那些话，我有个问题，为什么你觉得喜欢你的女生就该知道你惯用左手，该知道你哪里有痣？难道是别的喜欢你的女生表白的时候跟你说过，然后你记下来了？”

简珂沉默。

她猜得确实很准。

这确实是上学的时候，收到的情书里常常会写到的东西。他不是故意记的，只是看过之后没有刻意地去遗忘。

但这不是最重要的，最重要的是，简珂忽然发现她变了。

之前没跟她说这些，是怕她知道之后又要闪躲，可能还要哭着鼻子改错，但是眼下她的这个态度显然没那么软弱，她今晚的种种举动，都跟他网上那个张牙舞爪的小师父形象越来越重合。

剥掉了一层伪装的完美外壳，真实到可爱。

想到这儿，他的嘴角轻轻上扬。

岑惜小声嘀咕着“有什么好笑的”，眼睛却不由自主地盯着他的嘴角，在黑夜中低亮度的灯光下，吸引力成倍叠加。

门铃响了。

先提起这件事的岑惜慌张得连眼睛都不知道该看哪儿，最后目光落在被子上，抓紧被子不敢动。

头顶上落下轻盈的一个吻，她听到男人向外走的脚步声。

家里的窗帘本来是电子感应的，但她似乎仍觉得哪里透光，光着脚下去把窗帘拉得更紧了一些。简珂拿着银白色的方盒子回来的时候，就看见她蹲在床头，鼓捣本来用来装饰的八音盒，尝试掩盖一些东西。

“没用的，那声音持续不了多久。”简珂把盒子随手扔到床边，弯腰打横把她抱起来，坐在自己大腿上，啃咬她的耳垂，“起码不会有我久。”

“你说什么呢。”岑惜把红通通的脸埋进他的颈窝，感受着他大手在她后腰上的揉挲，像是要把她整个人融化。

“放松。”他滚烫的唇在她的耳垂若即若离，一点轻哄，更多蛊惑。

结束后，岑惜觉得身体都不是自己的，一点力气都没有，手心脚心都是麻的。

她感觉刚刚压在她身上的人关了空调之后走出房间，她猜他是去洗澡了。经历了刚才那一番，她身上也是黏答答的，格外不舒服，但是却没有力气跟着他出去，只能闭着眼睛，清醒地等着他回来。

他回来得很快，脚步声越来越近，最后停在床边。

下一刻，温湿的柔软落在她身上，毛巾擦过的地方，分外清爽。

岑惜把眼睛睁开一条小缝，偷偷看他湿润的额前碎发，他给她擦身子仔细的样子，像是在写重要文书般认真。

男人有所感应地抬起头，看见她上扬的嘴角，有些意外：“我还以为你睡了。”

“快睡了。”岑惜说，声音轻飘飘得像是气音，忽然，她感觉到他即将要擦某个地方，轻轻别了一下身子。

简珂轻哂：“这时候害羞，是不是有点晚？”

他在说什么，岑家小惜听不懂！

岑惜以为自己第二天会睡到日上三竿，但是没想到，竟然在听到外面传来拖鞋趿在地上的声音后，她就跟着迷迷糊糊睁开眼睛。

不要说昨晚经历了那么激烈的运动，就算是平常一动不动，她也不会这么容易醒啊。

这是怎么了？难道整个身体机能经历过昨晚，都被改变了？

岑惜拖着酸痛的身体走出去，男人看到她之后的表情也很平静，似乎她就该这么早起似的。岑惜疑惑，但是面对他忽然又一句话都不好意思说，又拖着酸痛的身体默默躺回到床上。

简珂挑眉，慢条斯理地跟上去，把她盖在头上的被子掀下来一点，对上一双大大的眼睛，想了想："怎么了？不想跟我说话了？"

"不是。"岑惜如实说，她没刷牙，把嘴巴掩在被子里，"我昨天打呼噜了吗？"

简珂："没有。"

呼……那就好，以前听舍友说，如果她特别累的时候就会打呼噜，看来昨晚她没有太累。

简珂："但是抢我被子，拽都拽不出来。"

岑惜："……"

简珂："而且你真的睡着了吗？"

岑惜："？"

简珂露出略不解的表情："为什么一个劲儿地往我怀里钻？比醒着的劲儿还大。"

岑惜："……"

简珂看着她两只"小爪子"正在拽着被子轻轻往上抬，忽地笑了，伸出一根食指勾住被子，一股清甜的木质柑橘味扑面而来，他弯腰："再多睡会儿？"

两人的距离挨得很近，他似乎全然不介意她没洗漱的状态。岑惜看着他那根手指，想起了昨晚发生的一些事情，脸忍不住一红，瓮声瓮气道："不睡了。我也不知道怎么了，好像不是特别困，你知道的，我以前一般不会起这么早。"

简珂声音温淡："因为你昨晚八点就睡了。"

哈？

岑惜惊讶，昨天没看时间，只知道天黑了，原来她睡得那么早？她拽着他略冰凉的手掌，向自己的方向转了转，看腕表上的时间。

已经九点了。

所以……

她连轴睡了十三个小时？

怪不得不困啊……

“我不睡了。”她放下他的手，刚掀开被子，忽地被人打横抱起，她熟练地缠上他的脖子，“今天不是还要去御诚？你几点上班？”

简珂把人抱到卫生间，怀里人却不肯下地，扭着蹭着让他把她放在舆洗台上，先漱口，然后挤好牙膏，把牙刷递给他。

他笑了下，一手托着她的下巴，一手拿牙刷给她刷牙，像在清洁贵重的汝窑天青釉陶瓷那般耐心仔细，回答她刚才的问题：“没有具体的几点，李鸢那边约了下午两点，我两点前到就行。”

顿了顿，像是想起了什么好玩的事情，他冷淡的眼尾勾勒出一道温柔的弧度：“那边没人点我的名字，不用急。”

岑惜几乎是瞬间联想到，某个周一和现在差不多的时间，她赶着去上他的课点名，怕迟到一路着急忙慌打车又骑共享单车，还傻乎乎地给“点点”发消息实时报位置，她顿时愤愤不满，也学着他的样子一只手把他的下巴托起来，让他的视线向上平移，对上她恼羞成怒的小眼神：“你这样欺骗女大学生，啊不，欺骗漂亮的校花女大学生，放在古代，是要浸猪笼的！”

简珂眉尾微扬，这语气，还真是和之前不一样了，他慢条斯理地给她接了杯水漱口，像是真的在认真思考她的话般沉吟片刻：“不是娶你吗？”

“噗——”岑惜没忍住，一嘴漱口水直接喷出去，身前男人一身矜贵合体的衬衫被她弄得深一块浅一块，还有零星的几个点上沾着白色的牙膏沫。

两人顿时笑作一团，她是不小心恶作剧后的开心，他纯是纵容。

她一边笑一边扯起身旁的卫生纸给他擦，但是水渍越擦越大，连某处淡红色的痕迹都洇出来了。

男人攥着她的手，敛起笑意，克制地低声道：“今天还想下地就别摸了。”

岑惜秒懂，耳朵微红，触电般地收回手。

简珂把她抱回床上，自己去洗澡换衣服。

岑惜看着男人转身后宽阔的背影，默默想，娶也不是不行，反正拐个大神回家，岑家小惜不吃亏。

昨夜下过雨，城市被雨水冲刷后焕然一新，泛着青草气息的空气弥漫着甜润。湛蓝的天空一碧如洗，雨后初霁的太阳像是遮了一层滤镜，分外柔和。

两人神清气爽地到御诚时是下午一点半，两只手十指紧扣地交缠在一起，路过前台，岑惜抬头瞥了一眼小雨身边的另一个前台宁宁。

没什么感情，但是极具警告意味。

御诚和其他的公司不同，连前台也都是有硬件要求的，英语口语要流利。之前岑惜听公司人事聊天时说起过，宁宁是个留学回来的富家女，来做前台只是找点事做，连他都没想到她能做这么久，不过大家都心照不宣地明白她能留在这里这么久的原因。

岑惜这个眼神的意思是告诉宁宁，电梯里“故意”的摩擦，走廊里“不小心”的偶遇，送资料时“不经意”的指尖触碰，可以收起来了。

从前台一路往办公室走，路过的人看见她的手牵在简珂手里，皆投以十二分震惊的注目礼，以及，从他们的眼神中可以看出来懊悔的哀号——简珂出手了，一点希望都没有了！

虽然律所里的大多数人都没和岑惜接触过，但岑惜的长相本就是那种惊艳的漂亮，偶尔走廊上的偶遇，也能看出来她对待工作的认真仔细，律所里的部分单身男性如果说对她完全没感觉，那纯属违背人类本性。

但仍有人不死心，推推搡搡让简珂团队里的吕律师帮忙侧面打听，小吕人缘好，面子抹不开，只好买了四杯咖啡端上去，趁着访客还没来，故作惊讶地问道：“咦，岑惜和简珂在交往吗？”

“不是。”简珂平静抬眼，就在小吕想好怎么出去交差的时候，他眼睁睁地看着简珂轻慢吐出五个字，“是我未婚妻。”

小吕出去不多时，李鸢的代理律师就带着她由包宏艺带领一起到了会议室。

会议室的布置很简洁，一张竹木纹大桌子，十几把椅子，一面玻璃黑板，再无其他。

从里向外看去，干净的落地窗外是生硬冰冷的钢筋，一如简珂在法庭上给人的压迫感。

岑惜注意到包宏艺和李鸢的代理律师聊天时的口吻似乎轻松熟悉，她不免有些紧张，担心地看了一眼简珂，但简珂似乎什么都没察觉到似的，在桌子下面揉了揉她的手。

可这个动作仍然没能让岑惜安心下来。

尤其是她看见李鸢一直盯着他们搭在一起的手臂，她连面对抄袭者的愤怒都暂且被排在第二位。

落座前，李鸢的代理律师率先做自我介绍，他伸出手，面带职业微笑：“简律师你好，我是李鸢本案的代理律师李丞明。”

简珂略略抬眼，无视另一双一直盯着他看的眼睛，也起身握起李丞明的手：“李律师，好久不见。”

之前的庭审会面，双方气氛剑拔弩张，当时要是没有其他人在场，都恨不得捏死对方的两伙人，现在竟然不仅能心平气和地握手，而且还敢坐下来喝咖啡。

岑惜想，她要是对方，应该会担心咖啡里是不是被下毒了吧。

“今天我和我的当事人李鸢女士过来，是想跟你们谈庭外和解的相关事宜。”李丞明直奔主题，他的目光看向岑惜，“既然岑惜女士也在就更好了，当面沟通比转达更有效。”

忽然被提起，岑惜呆呆地把目光从咖啡里抬起来。

坐在她身旁的简珂掀起眼皮，弯起一只手臂，抵在下颚，淡淡道：“我是岑惜女士的代理律师，和我谈就好了。”

他的当事人是个以和为贵的小姑娘，当初对面都欺负到她脸上了，她还想着息事宁人，他担心她直接跟对面谈，心里不想同意，但是被道德绑架到崩溃。

李丞明愣了一下，看了看岑惜，又看了看简珂，他心里知道和代理律师谈比和当事人谈难得多，但饶是不愿意，也只能点头：“也好。”

“虽然简律师主张赔偿三百余万，但是依大家这么多年来的经验，想必简律师也清楚如果按照正常起诉流程，法院最终会判给你们的并没有预期的高。”李丞明迅速调整状态，从他随身携带的包里拿出一个天蓝色的文件夹，推到简珂面前。

简珂似乎不怎么着急，慢条斯理地挽了一圈袖子，才徐徐伸手拿过文件夹，而后整个身子慵懒地靠在椅背上。

他看文件也不是低头看，而是一如既往地微微仰头，垂着眼皮。

夹子里是一份早就准备好的和解方案草稿，他钩了下岑惜的手指，让岑惜和他一起看，顺便用食指圈出了某个重要数字。

那个庭审上口口声声说自己只能拿出一万的辩护律师，眼前给出的数字已经赫然超过了他们主张赔偿的数字。

在那个数字下面，岑惜还看见了一个条款，他们还承诺在电视剧播出后，编剧一栏添加岑惜的署名，哪怕岑惜没有参与一点编剧内容。

这个署名虽然不给钱，但是可以成为编剧这个圈子的敲门砖，是许多科班毕业的编剧都梦寐以求的。

岑惜抬头，看见李丞明一脸势在必得的表情。

对上她的眼神，李丞明笑着说明：“这是我方当事人的诚意。”

简珂略作思忖，他在脑中迅速过了一遍和解的利弊，打算先和岑惜沟通一下，再做后续的打算。

“可是如果我没记错的话，我们的诉讼请求，除了经济赔偿之外，还有另外三点，确认抄袭作品侵权，要叮叮网停售，以及要您的当事人在新浪微博以及绿江的作者专栏发表致歉声明，对于这三点，您的和解方案里似乎没有提及？”

冷不丁地，他听见小姑娘已经先出声了。

简珂有点意外，放下文件夹，饶有兴致地看着她。

她真的不一样了。

不仅是在他面前不一样，对待这个世界似乎也有了一些变化。

如果不是她桌子底下无处安放的右手手指在拼命给左手手掌扇风，他都要以为她脱胎换骨了。

简珂身子稍稍前倾，右手握住了她的左手。

这个动作无疑是在给她信心和支撑，让她说所有她想说的话。

同时他心想，怪不得要扇风，左手手心儿紧张得都出汗了。

李丞明大概是没想到她会这么执拗，眉头瞬间皱起来："我不确定简律师是否有跟您普及过一些相关资料，我就拿上个月我手下的一个案例和您说吧，我的当事人是公号的原作者，被一本出版书过度借鉴了，同时被借鉴的还有其他十九位原作者，我们这个案子打了多久呢？三年。到最后坚持告的就只有我的当事人一人了。赔偿多少呢？两千四百元。而在这期间对方抄袭的出版书卖出了多少本呢？九万本。"

他的一番话，侧面回答了岑惜的两个诉讼请求，而且有理有据。

"哦对了，在现行法律体制下，'道歉'这种民事责任承担方式，是人民法院没有办法强制执行的。"李丞明扫了一眼桌子上的监控，又说，"当然了，我只是就事论事，我的当事人是一位遵纪守法的好公民。"

不要脸！

这是岑惜心里第一时间蹦出来的三个字。

她抿了抿嘴，忍住了自己口吐芬芳的冲动，看向李丞明："如果您的当事人，真的抄袭了，您也会这么理直气壮吗？"

"岑小姐，抄袭与否，不是我来判定的，也不是由您来判定的，否则咱们何需人民法院呢？如果是我方给出的和解条件您不满意的话，我觉得我们可以针对细节再谈。"李丞明说得滴水不漏，反正话里话外表达的意思就是"是不是真的抄了这事根本不重要"。

他的这个态度让岑惜想吐。

生理上的那种想吐。

像是吃了一口活苍蝇，苍蝇还在嘴巴里乱飞，最后自己飞进食道里那种感觉。

她拿起刚才小吕送过来的咖啡抿了一口，本来是想压过去那种反胃的感觉，但没想到咖啡已经凉了，被凉咖啡这么一激，她直接一声干呕。

面对大家或不满或关切的目光，岑惜抽出一张纸擦了擦嘴，给出来了一个听起来礼貌一点的解释："怀孕了。"

简珂对上包宏艺的眼神，平淡无波地把大手搭在她的肚子上，凉意顺着单薄的衣服传到他的掌心。

陪着她熬过几个夜，他知道她看似轻松只是写了几千个字背后要付出多少，因此也明白她干呕的真实原因。

他有点想结束这场见面，但看她似乎还有话没说完，他想了想，低头打开外卖转件，下单了几种胃药。

这个解释一石激起千层浪，其中一直沉默着试图把自己的存在感降到最低的李鸢反应最大。

其他人都还只是面露诧异而已，她是直接惊呼出声了。

岑惜侧过头看李鸢。

岑惜不是不知道李鸢在这里，她只是觉得她无耻，觉得她下作，所以不想和这种人说话，但是既然她的代理律师跟她一样，那岑惜就觉得和她说话也一样，反正都恶心过一次了。

“你呢？结婚这么久，没要小孩吗？”岑惜顿了顿，不动声色地给李鸢施压，“如果日后，你的小孩也喜欢看小说，发现妈妈是惯抄，你打算怎么面对他呢？”

“我根本没结婚，你别血口喷人！”李鸢慌张地解释，尽管是在跟岑惜说话，但目光时不时就会偏向简珂。

她看简珂的眼神和那天在法庭上如出一辙，怯懦而带有一丝期待，但岑惜暂时没空去管这些。岑惜忽然想起，今年鸢鸢第一次联系她，就告诉她当初是因为忙结婚才断了联系的事。

所以，其实从一开始，李鸢和她联系就做好骗她的准备了。

相比之下，她的得饶人处且饶人变得有些讽刺。

既然道德无法制裁，善良不能自保，那就让法律做她最后的后盾，岑惜在众目睽睽之下从桌子上扯过一张A4纸，在桌子下面用黑色的马克笔写了五个大字“我不想和解”，然后捅了捅简珂。

脱离了课本，在真实的法律世界，她还有很多盲区，不确定不和解是否是正确的，所以她这个举动其实是在征求他的意见，但不管是不是正确的，她都顺便用这个行为表明自己对对方的敌意。

她把笔递给他，想看他的答案，如果他觉得应该和解，岑惜想自己应该也不会说什么。

简珂低头扫了一眼，拿过笔丢进笔筒里，他比她更明目张胆，语气里还带着不经意的松散，比她的行为可气人多了：“你想自己说，还是我来？”

岑惜微怔，紧张感荡然无存，把A4纸叠起来，因为知道有他撑腰，所以她的语气笃定：“当初你们告御猫的时候，直接提起的刑事自诉，怎么没想过和解？在网上掀起舆论，集中粉丝火力来骂我的时候，怎么没想着和解？所以现在到我了，我选择拒绝接受和解。”

“我根本就没有想过要伤害你！”李鸢的情绪变得出乎意料的激动，“我跟你无冤无仇，我为什么要伤害你！我只是希望我的作品不要受到影响！至于后面粉丝的行为，根本就不是我的主观意图！”

“李鸢！”李丞明出声呵斥，制止了李鸢的话，李鸢不像岑惜懂法，知道什么能说什么不能说，李鸢说得越多，漏洞就会越多，后续对他们就会更不利。

“你没想过吗？”岑惜冷冰冰地反问，她掏出手机打开微博，那些在评论区维护李鸢坚信她没有抄袭的人，在发给她的私信里，说的全是不堪入目的语言和一些幼稚吓人的行为。

一场没有达成和解的会面，双方当事人和律师不欢而散。

岑惜一个人站在简珂办公室的窗台前，望着写字楼下面一颗颗被灼灼烈日晒得无精打采的树木，回想着刚才发生的事情。

有点不现实，又有点超现实。

直到鼻尖飘来了一股浓厚的姜味，她才回过神。

简珂把杯子放在她面前的窗台上，把她的身子环绕在胸前，两条手臂搭在窗台，从她身后温声道：“先喝了，胃能舒服点。”

岑惜低头，看见律所的纸杯里装着红糖姜水。她说了声谢谢，拿起杯子，一边吹凉水温一边小口抿。

红糖的味道，甜甜的，但是也没能盖过姜的辛辣味。

简珂知道岑惜现在的心情不好，一场和解就能看出来，她和对面站在两个不同的立场，不仅如此，连在乎的细节都千差万别。

世人三观不尽相同，简珂没有发表任何评判，他只是问：“怎么不早跟我说？”

岑惜从杯子里把头抬起来：“什么？”

简珂提醒：“私信。”

最开始，岑惜不跟他说的原因，是因为不想让他知道自己被人用这么脏的话骂过，她希望在他面前自己永远都是一个干干净净的形象。

到后来，这类的发言她看多了竟然也有些麻木，也很久都没再看过，要不是今天李鸢在，她还真不一定能想起来。

到今天，这些都可以总结为一句：“怕你担心。”

“知道我会担心才应该更早告诉我。”简珂放开她，倚在旁边的白墙上，单手插兜，眉心微蹙，仿佛站在三尺讲台上教书育人，下面站着的还是个调皮的学生。

岑惜想往杯子里吐个泡泡才发现没有吸管，鼓了鼓嘴：“知道啦。”

等她喝完了姜糖水，简珂把手伸到她面前：“手机给我。”

“你干吗？”岑惜愣了一下才反应过来，“你不会是要收集那些骂我的证据吧？”

简珂看她：“不可以？”

“可以，但是没这个必要呀，而且他们其实也很可怜。”岑惜把他抬起来的手按下去，对上简珂质疑的眼神，她双手举到身前以示清白，“你别用这个眼神看我，我以前也犯过类似的错。”

简珂双手环在胸前，一副准备听故事的少爷模样：“你也给别人发过恐怖的照片？”

岑惜：“我没有！”

虽然她没给人发过这种东西，但是以前上小学的时候，她喜欢的小说作者光光被指抄袭。当时网络还没这么发达，没有微博这种东西，光光在杂志上天天卖惨，岑惜就信了他的一面之词，为表支持，还买了好多光光的书。

一直到长大后的某一天，岑惜读到了被抄袭的那本书，才知道原来她在无意中做了抄袭者的帮凶。

以己度人，岑惜不怪那些被欺骗了的人，因为觉得在某种程度上，他们和过去的自己是一样的，只是他们中某些人的行为比她过激。

她越想越自责：“所以，你说，我遇到这种事，是不是我当初支持光光的报应？”

“报应。”简珂淡淡重复这两个字，他偏过头，状似漫不经心，“要不要我们再去一趟嘉福寺？”

岑惜没好气地瞪了简珂一眼，一不小心刚才自责的情绪都给冲淡了：“总之，他们也是被蒙蔽的人，还傻乎乎地以为自己守护的是真相和正义，我们最该做的就是消灭源头。”

“嗯。”简珂故意扬高尾音，像是在逗她，用修长的指尖把她鬓角的碎发撩到耳后，“都听我当事人的。”

自从她来御诚实习之后，他一直都在外面陪她，很少进属于他的这间独立办公室，因此第一次在办公室里有这样亲昵的举动，岑惜的耳朵还是红了一点。

她略不自然地捋了捋他刚刚碰过的头发，有点不敢看他的眼神，硬逼着自己把话题扯到刚才的事情上：“刚刚我可真想把他俩按在这里打死啊，咱们这边三个人，他们那边两个人，应该还是有胜算的。”

简珂拿起窗台上的纸杯，长腿迈了两步扔进垃圾桶里，发出一声轻笑：“那你早说啊，早说就在这里好好打一架。”

男人顶着一张认真脸说这句话的样子过于反差萌，岑惜没忍住，“噗”地笑出声。

这一声笑过后，夏蝉仿佛也感觉到屋内逐渐轻松起来的气氛，在榕树上声声叫着夏天。

简珂扔完垃圾，随意坐在一旁的沙发上。

他坐下后拍了拍身边的空位，问："你站着不累吗？"

哦。

是，腿都快站麻了。

刚刚她站着是因为和李鸢会面后胸口有一阵闷气出不来，跟他说了会儿话也确实好多了。

岑惜自然而然地走到简珂旁边的位置坐下。

忽然，她的手腕被轻轻扯了一把，瞬间失去平衡，跌坐在男人怀里的同时，双臂也自然而然地勾在他的脖子上。

她蒙了好几秒，想要站起来的时候小腿被钳制住，她压低了声音反抗："这里可是办公室！"

简珂的手松松地搭在她不盈一握的细腰上，面色竟然保持着一贯的沉静："我知道。"

两个人离得很近，肌肤相亲，他说话时的气息循序渐进地靠近，加之昨晚的种种画面，暧昧气息抽丝剥茧地融进呼吸里。

岑惜噎了一下。

分明是他主动的，但是怎么心猿意马，与办公室氛围格格不入的反而成了她。

气氛在一瞬间变得微妙，岑惜紧张到眼睛不知道该往哪儿看，忽然她感觉自己屁股麻麻的，红着脸恼羞成怒给了简珂胸口一拳："你干吗呢！"

简珂："你手机振动了。"

哦。

她面无表情地从牛仔裤兜里拿出手机。

没想到时隔两个多月，竟然又接到了版权编辑的电话。

"七惜呀，我是微微，你是不是最近都没上企鹅？给你留言你也不回。我这边有个影视公司想买你文章的网络剧和影视剧版权，报价我已经发你企鹅上了，比之前第一本卖出的价格高了三倍，我来问问你这边的想法。"

几乎是脸贴着脸的距离，虽然没开外放，但岑惜知道简珂也能听见电话里的内容，她惊讶地抬起头，却看见男人一脸淡然，好像早就知道了似的。

岑惜想了想，问电话那头："是哪个影视公司啊？"

微微："中漾影业。"

挂了电话后，岑惜一副了然于心的模样："是总裁主动的，还是你提的？"

"跟他没关系。"简珂答得很干脆，"文娱只是中漾的一个小分支，这种小事他未必记得。"

"那怎么这么巧？李鸢的影视版权刚卖出去我的就卖出去了。"岑惜不信，她又想起来之前的事情，"而且你之前在法庭上说，李鸢的影视版权卖出去了，我都不知道，你怎么知道的？"

"那可能是我无意间跟中漾影视的联席总裁提过，然后他们考察了一下觉得项目有可实施性就买了。"简珂上半身慵懒地向后仰，"至于版权那事，白真雨不会贸然替人说话，我猜是她有利可图，然后找人问了一下，真新娱乐把版权买了，准备启用他们公司选秀出道的那几个新人拍。"

"哦。"岑惜挠了挠脖子，想起之前在会所吃饭那次，包宏艺说的什么法律培训的事，再联想到他们这次中漾买版权，她有点担心地问，"为了卖版权，你答应他们什么了？"

简珂低笑，在她面前语气难得地带了点傲："小姑娘，你觉得，我要是为这事儿卖了人情，收购的价格就这么点儿？"

岑惜想说这价格也不低啊！

不过回想起那天在会所里谢徊对简珂的态度，她觉得简珂的话也有道理，如果是通过他的话，购买版权的这个行为就相当于联席总裁在讨好董事长，为了能顺利拿下，价格应该还能再翻个几倍。

但不管怎么说，岑惜还是挺开心的。她张开双臂，两只手抓着男人的肩膀，也顾不得这是在哪里，"吧唧"亲了一口。

正要起身坐好，后脑勺被他的大手扣住，他把她禁锢在手掌和胸膛之间："不是说这里是办公室？那这是干吗？嗯？"

"我……"岑惜小声说，余光看着倾泻一地的落日余晖，"我就是高兴，所以就想亲你一下。"

"哦。"简珂像是接受了她这个解释，但仍没把她放开，略冰凉的唇瓣紧挨着她的颈窝，说话时不经意地触碰，"我也有个事想问你。"

岑惜觉得有点痒，但又挣脱不开，只能红着脸答："嗯，你说。"

简珂的拇指在她颈后轻而慢地摩挲，慢条斯理地问："之前不是不喜欢跟人起冲突，怎么今天这么厉害了？是不是又发生了什么我不知道的事？"

言下之意，是除了私信，她还有没有受到其他的什么伤害刺激到了。

晚霞透过窗户照进来，给他看向她的目光里渡上了一层淡紫色。

"没有，没发生你不知道的事情。"岑惜也盯着他，莞尔一笑，"但是我还没跟你说过，你能喜欢我，是我这一生最大的勇敢来源。"

喜欢你的时候，我把所有情绪都藏在黯淡无光的暗格夹层，直到后来你告诉我你也喜欢我，那一瞬间有如白昼袭来，深藏已久的秘密破土而出，成了声势浩大的勇敢。

岑惜怕他不明白自己的感情，还想再多补充几句解释，简珂忽然就封住了她的唇，右手紧扣住她的后脑，让她没有一丝可以躲藏的余地。

唇瓣被含住，正要说话还没来得及闭紧的牙关任由撬开。

男人的呼吸渐重，和某些记忆片段中的声音相重叠。

忘了在哪里听过一句话，开荤之后，一顿不吃肉都难受。

岑惜大脑短暂放空后，双手软趴趴地抵在两人中间，含糊道：“这……是……”

“办公室，我知道。”男人单手钳住她的两只手箍在身后，宽阔的胸膛贴着她的柔软，“没人会进来。”

他的手穿过薄薄的衣料，触碰到她肌肤时，门外响起了敲门声，接在他说“没人会进来”那句话后面。

同时响起的还有包宏艺疑惑的声音：“谁把请勿打扰的牌子放这儿的？这不耽误事吗？简珂，你在里头不？”

简珂闭上眼，深吸气缓了一会儿，还是没忍住骂了一个单音节的脏字。

他放开她时，岑惜感觉到自己的额头上落下了一个潮润的吻。

办公室的门打开，坐在沙发上摸着额头的岑惜听见简珂淡漠的声音：“有事？”

“我就说嘛，你在里头，还没人信。”包宏艺自顾自地说话，一副很骄傲的样子，拜精神极度大条所赐，连简珂冷漠的表情都没影响到他旁若无人地走进办公室，看到岑惜时他关切道，“你媳妇儿脸怎么比之前还红了？这都夏天了，按说就算是花粉过敏也该好了，你要是有空要带她去医院看看啊。”

岑惜：“……”

简珂斜倚在门框上，一条腿屈起，头微仰着，垂眸看着房间里走来走去的那个胖子：“有事说事。”

包宏艺仍然毫无察觉：“哦，没什么事，就是下班了，问问你俩要不要一起吃饭。”

简珂看向岑惜，用眼神询问她的意见。

岑惜点头：“好啊。”

正好她还有点事想要问包宏艺。

去餐厅的路上有点堵车，正好把时间空出来，岑惜没等吃饭就先问：“包包学长，你和李鸢的代理律师之前就认识吗？”

“认识啊。”包宏艺想也没想，“你俩在办公室那么久，简珂没跟你说吗？”

说完这句话，空间陷入了短暂的沉默。

等等。

两个人……

在办公室那么久……

还有那个请勿打扰的牌子……

包宏艺脑子里某根弦连在一起猛地一亮！

察觉到这道目光，简珂掀起眼皮，面无表情地扫了一眼后视镜，就当回应了。

岑惜不知道身边的两个男人已经完成了一场无声的对话，蒙蒙地问简珂：“你也认识李鸢的那个律师吗？”

简珂云淡风轻地“嗯”了一声：“他之前也是御诚的，我跟包子刚来的时候跟过他一起做案子，现在他应该是出去单干了。”

跟过案子？那不就相当于前辈级别的人了？虽然说在律师这个行业，大家前一天兄友弟恭，第二天为了各自当事人的利益剑拔弩张的事情并不稀奇，但是岑惜还是有点心虚：“你怎么都没跟我说……”

“这有什么好说的？”简珂不以为意地笑了下，“各凭本事。”

他没说谎，但是只说了一半。

另一半是，如果他说了，他怕她替自己争取利益的时候有所顾虑。

包宏艺点了点头，表示认可简珂的观点：“我刚还以为你是怕岑惜吃醋呢。”

“啊？”岑惜回头，表示不解，“我吃什么醋啊？”

包宏艺道：“之前李丞明在御诚的时候带李鸢来过，李鸢喜欢简珂，那时候好多人都知道，后来李丞明从御诚走了，还有人私下讨论是不是因为简神。”

嘶——

岑惜瞬间明白过来李丞明、李鸢还有简珂的关系。

简单来说，在某些方面，李鸢似乎也算是一个翻版的她？

岑惜把身子转回来，又把目光投向简珂。

快到商业区，简珂一边找停车位，一边咳了声，声音略不自然：“我不知道。”

“那当然不知道了，除非表白到你脑门上，不然别人就算暗送秋波到你眼皮子底下，你也感觉不到。”包宏艺语气酸溜溜的，“不过就算表白到你脑门上，你也得跟人家说你没空。”

简珂停好车，小姑娘瞬间打开副驾驶座的门，看都没看他一眼，小腿捯得飞快地往商场里走。简珂回头扫了后座下来的人：“吃饭前说那么多话不怕噎死吗？”

包宏艺：？

吃饭前说话咋了？

他看着简珂沉下来的脸色，又看了看小岑惜的背影，一脸惊恐：“难道……难道你对小岑惜也……”

简珂忍无可忍：“闭嘴。”

天气越来越热，也表示岑惜大学生涯的最后一个暑假就要来了。

从前说着要当律师的舍友们一边复习法考和期末考试，一边在得知律师从业前期千军万马过独木桥后觉得太辛苦，准备毕业后就考公。

而从前说过以后要考公的岑惜，却在这时候已经参加了一场完整的案子。

命运最爱捉弄人。

路过图书馆的时候，岑惜又想到一年前的那张黑白照片，再想想现在，他竟然能真实地在自己身边，她低下头，轻轻弯了嘴角。

“你看见熟人了吗？”李槿容跟着岑惜看向图书馆，大热的夏天，外面一个人都没有，她不禁露出疑惑的表情。

“没有。”岑惜说，“只是想起了一些事情。”

她也顺便想起了她们两个。

估计一年前谁都不会想到，在学校论坛上掀起一片血雨腥风的校花和赛校花，一年后居然能一起相约去美容院。

李槿容不愧是赫赫有名的白富美，挑的美容院都富丽堂皇的，要是从外面路过，岑惜还以为是个富豪的私人别墅。

而且这里进进出出的好几个女孩子岑惜都觉得很眼熟，看着像是哪个小演员。

岑惜没挑美容项目，而是选了一个头部放松，躺在美容院的床上，她听见旁边正在做焕颜护理的李槿容说：“唉，约你出来可太难了，你有没有数过这是我第几次约你啊？”

“第三次？”岑惜说，“我不是一直在打那个抄袭案的官司嘛，举证什么的还挺麻烦的，不过现在没什么事了，等着审判结果就行了。对了，你之前不是说还有秘密要跟我说吗？”

“我的妈呀。”李槿容语气夸张，“果然，人类的本质都是爱八卦的，连我们岑大美女都没能免俗。”

岑惜闭着眼睛笑出声：“你少来这套。”

“哪套？”李槿容明知故问，“岑大美女吗？是因为我说岑大美女所以你害羞了？那这个忍不住啊！其实比起帅哥，我还真的更爱看美女。这么多美女里，我最爱看的就是你。你别说，我还有点羡慕简珂。”

虽然岑惜已经被夸习惯了，但是已经许多年没被同性朋友这么当面夸过了，她还是有点害羞，下意识问了一句：“你不喜欢简珂了，对吧？”

“看哪种喜欢了，如果是出于对考神那种崇拜的喜欢，整个燕大就没人不喜欢他吧。”李槿容回答得也很诚恳，“但要是说男女之间的那种，那就没有了，我其实更喜欢包宏艺那样的，胖胖的，多可爱，生气的时候捶他两拳他应该也不会生气的那种。”

“你认真的？”岑惜的声音不自觉大了好几倍，把正在给她做头部护理的理疗师都吓了一跳，连声说对不起。

“你也不用这么激动吧……”李槿容停顿了一下，“不过这就是我要跟你说的那个秘密，大概是见不得天日了。毕竟我在许韵她们的怂恿下跟你老公告白了，我要是再跟包宏艺告白，估计他会以为我是为了你老公才喜欢他。”

别说，这俩一人一个“你媳妇儿”，一人一个“你老公”，习惯性的口头语还挺搭。

岑惜想了想，觉得现在还不是说的时机，而且李槿容的担心也不无道理，她还是回头探探包宏艺的底再说。

两人从美容院出来时，简珂已经在车库等着了。

岑惜跟李槿容道别，兴冲冲打开车门，上车第一件事就是看后座：“你今天没和包包学长一起吃晚饭吗？”

慢条斯理挂挡的简珂扫了她一眼：“你想跟他一起吃？”

岑惜沉迷于自己的新发现，满心的激动使她全然没注意到男人目光里危险的信号：“有点想！要不然明天咱们约他吧？”

简珂目不斜视地开车，哼了一声，道路上车水马龙，时不时有人按喇叭发出刺耳的鸣响，导致岑惜以为他是淡定地说了一声“嗯”。

一直到了家门口，简珂单手抄在兜里，垂眼输入家门密码一言不发时，岑惜才弱弱地感觉出了问题。

但是这事关李槿容的隐私，还没经过李槿容的允许，岑惜觉得不能擅自把这件事跟简珂说，她舔了下嘴唇，决定先试探着问：“那个，你是不是……”

话音未落，家门打开的瞬间岑惜感觉自己腰间一紧，旋即眼前天旋地转，被他放在床上的同时，她牛仔裤上唯一的一颗扣子被轻而易举地解开。

带有侵略感的吻从唇瓣到锁骨，在她朦胧的低吟里，她听见他哑着嗓音说：“是。”

早上，岑惜睁眼的时候已经快十一点，身边的男人好像没事人一样正坐在床上看书，她的视线再悄悄往上，才知道他已经发现她醒了，一双淡色的眸透过金丝边框眼镜看她，四目相对的那一刻，她立马凶巴巴地偏过头：“看什么看，讨厌死你了。”

像是早就已经习惯了她的口是心非，简珂把书放到一旁，身子往下躺，从后面揽着她的腰，温热的气息打在她的耳尖，低笑问：“真的讨厌我？”

昨晚情至深处时，他在她耳侧说那些话的气息也是这样的。想起他额前碎发被打湿后放纵的模样，她连一句口是心非的话都说不出来，犹豫了半天，才戳了戳他的胳膊，问：“中午吃什么？”

“点了火锅外卖。”简珂掐了掐她的脸，用遥控器把窗帘打开，“下午去趟超市吧，买点菜以后在家做饭。”

亮光一点点透进来，看见窗户上还沾着圆滚滚的雨珠，岑惜才知道原来在她睡着的时候还下了一场雨。

置身这样一个简单的场景里，她忽然有点想哭。

下过雨后湿润清新的空气，睡醒之后喜欢的人躺在身边，去超市推着小车，里面装着新鲜的菜。或许现在打开窗户，能听见楼下小孩子追跑的笑闹，还有蛋糕店里传来的甜腻香气。

曾经幻想里，藏在细枝末节里的爱。

有关于他的全部幻想与期待。

竟然美梦成真。

那个嘴上说着讨厌的人，从洗漱完，就一直像树袋熊一样抱着男人的后背，寸步不离地跟着他从厨房挪到餐厅，时时刻刻都在确认着他是真实存在的。

吃完饭，也要抱着他，连他弯着腰往洗碗机里放碗筷，她也要脸贴着他的后背跟着往下弯。

只不过他腿有点长，虽然岑惜也不算矮，但是身高差距在这儿摆着，每次她跟着弯下去，双脚都要离地腾空十几厘米。

说是两个人一起逛超市，但是岑惜对做饭一窍不通，所以是她在后面推着车，简珂一边问她有什么忌口，一边随手往车里扔食材。

一直到了零食区，岑惜才满血复活。

薯片、豆干、巧克力、凤爪一股脑塞进去，没一会儿购物车就变成一座五颜六色的小山。

她稍微给零食小山整理了一下形状，拿出手机给它们拍了张照片。

简珂又另推了一辆车，往里面装饮料，看见她这从前没有的习惯，问：“你拍这个做什么？”

“拍照呀，拍得好看一点可以吸粉的。”岑惜说，“我昨天才知道李橒容现在还是个网红，她说就是平时有什么拍什么，积累了粉丝就能接到广告了，我也想试试。”

简珂拿完她爱喝的饮料，又给自己拿了矿泉水和苏打水放进推车里：“怎么忽然想赚钱了？岑建教授不是说你不喜欢赚钱？”

两人一人推着一辆购物车往收银台走，忽然提到父亲，岑惜的步子都不由自主慢下来。

自从上次和父亲在餐厅吵过一架后，她一直都没回过家，除了岑臻偶尔来燕大附近问她要不要一起吃个饭，她没跟家里其他人联系过。

像是心照不宣地要给彼此一段时间冷静，但是谁都不知道该怎样走出迈向和好的第一步。

或许，最根本的原因是，造成他们冷战的问题没有解决吧。

正这么想着，岑臻的电话打进来，岑惜看了简珂一眼，莫名觉得这是他们说好的，看他一脸无辜，她又觉得自己的想法挺荒诞的，接起了电话。

岑臻的声音是一贯的吊儿郎当，每个音节都往下沉："喂，你这私奔挺彻底啊，下回再见面我都得当叔叔了吧？哎？叔叔？还是舅舅？没事爱谁谁吧，反正你能听懂就行。"

"……"

岑惜听出了他话里的讽刺，沉默了会儿："你打电话就为了跟我说这事儿？"

"单你……"岑臻清了下嗓子，似乎是想调整状态，这时应该是岑父正好走到他身边，他先弱弱地叫了声爸。

再然后那边窸窸窣窣说了什么，隔着电话，超市里又吵，岑惜听不清。只知道又过了一会儿，听见岑臻严肃了一些说："也没什么，反正你有空也回趟家，爸什么样你也不是不知道……"

之前岑臻从来没让她回过家，因此虽然可能性有点小，但岑惜还是问了一句："是不是家里出事了？"

"是啊，出大事了！"应该是岑父走了，岑臻又恢复了懒洋洋的声音，"你爸快死啦……爸，我开玩笑呢，别！轻点！"

再然后的声音惨不忍睹，岑惜默默地挂了电话。

听她爸中气十足的骂声，起码能再活五十年。

简珂一边打开手机扫码付款，一边问她："是小臻？"

"嗯。"岑惜把打包好的袋子放进购物车，接着刚才被打断的话题说，"可能是和你在一起之后就想赚钱了吧，我总不能比你差太多。"

"我不阻拦你做你想做的事，但如果是为了我，那大可不必。"简珂笑，把买回来的东西从购物车放进后备厢，"这个行业不是平稳上升，而是厚积薄发，前期的高压力高强度高竞争和与之成反比的低工资就能把你的同行吓跑一半以上，所以不用担心眼前，目光放长远。"

岑惜想，她有说过以后要做律师吗？

不过没关系，来自简珂的经验，听一听准没错，听君一席话……胜读十年书！

上车后，岑惜看见简珂拧开苏打水，一副受过伤害的表情问："你为什么爱喝苏打水？感觉很像是碳酸饮料埋伏在纯净水大军里的卧底，明明有气泡，但是喝进去一点味道都没有。"

"不愧是小作家，形容词都比别人贴切。"简珂由衷地夸奖，"不过苏打水其实是有一点甜的。"

岑惜瘪瘪嘴，心说甜不甜的她又不是没喝过，过了一会儿她恍然大悟："应该是因为你很少喝甜饮料吧！"

简珂觉得自己的审美好像也没这么差。

岑惜看着他清隽的侧颜小心观摩，想从他的表情里找到讽刺她的蛛丝马迹，然而，她观察了半天，只看见简珂面不改色地道："你手机响了。"

岑惜坐正，拿出手机。

岑惜早上出门的时候，给李槢容发微信，征求了一下她的意见，李槢容估计这会儿刚起床，回的是"说呀，我还希望你告诉简珂呢！正好还能侧面打听一下包宏艺的想法，嘿嘿嘿"。

这种自信的敞亮，让岑家小惜不禁发出了一声拉长的："咦——"

简珂："怎么了？"

李槢容的事情很简单，岑惜三言两语说完后有点渴，将信将疑地拧开他的苏打水，喝之前询问："我能对嘴喝吗？"

简珂扫一眼她的嘴唇，舔了下嘴唇："有区别吗？"

岑惜下意识地咽了下口水，蒙蒙地把苏打水往自己嘴里送，他买的这个苏打水和她之前喝过的不一样，确实有点甜味，岑惜评价道："一股甜甜的洗脚水味。"

简珂："……"

后来，岑惜再也没见简珂喝过这个牌子的苏打水。

大学生涯里的最后一个暑假，岑惜过得前所未有的充实。

白天他去律所，她在家里学习，一开始还会心不在焉，直到简珂开始给她定了惩罚策略。

被"惩罚"了几次之后，她体能耗尽，认真学习，努力程度堪比高考前的那两个月。

有一次，她被他逼着黏黏糊糊地喊了一晚上"老公"，第二天起床她才有机会表达自己的不满："喊那样的称呼，又不是那样的关系，你不觉得不合理吗！"

"怎么不合理了？"简珂从床上一起来，就不是那副样子，眼皮淡淡地垂着，尽管是在收拾碗筷，但白色的衣服干干净净、一尘不染，连水渍都没有，"附期限难道不算合同的一部分吗？"

岑惜一愣，真没听懂："什么附期限？"

简珂慢条斯理擦了擦手，洗碗机工作的声音和他低沉的嗓音同时响起，修眸微眯，像是盯着猎物，嘴角微微勾起，用最温柔的嗓音说着最可怕的话："昨天的民法没好好听吗？"

她像一摊水般化开，忽然想起了他说的概念，不合时宜地背诵："约定以未来发生的事实……”来影响效力，叫作“附期限”。

然而，她的话只说到一半，后腰被托起，剩下的话全都被他覆上来的滚烫唇瓣吞进肚子里。

第十章

/完美心动/

九月，天高云淡，落叶知秋。

岑惜捧着简珂给她买的热奶茶，在考场外吸得津津有味，和其他还在门口认真啃书的同学的状态截然不同。

许多人一看都是熬夜复习，临时抱佛脚，脸都没洗就奔过来考试的。穿着一身干净白衬衫的简珂，显得更加耀眼，他拿过一套真题随手翻了一页，只扫了一眼就把书放到一边："有效成立行政行为，非依法不得随意变更或撤销和不可争辩，这是行政行为？"

"拟定力！"岑惜声若洪钟，答题一秒钟都不敢耽搁，都快成条件反射了。

简珂淡淡地"嗯"了一声，余光看见小姑娘把没喝完的奶茶戳进杯架里，逃似的解开安全带，拿着自己的身份证和准考证打开车门跳下车蹦蹦跳跳地奔赴考场。

他单手撑着额头，靠在车窗上，忽地笑了。

有他这一个假期的魔鬼复习，岑惜真的太有自信了。

岑惜似乎也明白，简珂为什么时时刻刻都能保持一个傲冷的状态。

换位思考，她要是有简珂的实力，别说骄傲了，她出门都得横着走，顺便把眼睛改装一下安在天灵盖上。

真正答题的情况和她想象中的差不多，尤其是著作权的部分，这一部分题本身很复杂，又在考试中只占十分左右，所以大多数人都会直接选择放弃，但是因为之前自己的案子她全程跟下来了，所以此时此刻答得得心应手。

出考场时，来接她的除了简珂，还有包宏艺跟李橒容这对新晋小情侣。

也许是刚在一起，包宏艺说话腻腻乎乎的："宝宝辛苦了，今天这么早就起床，等会儿吃完饭我送你去实习。"

李橒容也没好到哪儿去，揉了揉包宏艺肉肉的脸蛋："辛苦宝宝，不过没关系，反正是我爸的公司，今天不去也行。"

两个人都把对方当成心肝，生怕别人不知道他们在一起，声音大到离他们有百八十米的岑惜都能听见。

简珂沉着脸，往旁边挪了半米，与他们保持距离："宝宝是指对婴儿或小孩的称呼，根据我国刑法第 237 第 3 款的规定，聚众或在公共场所当众猥亵儿童，应依五年以上有期徒刑从重处罚。"

李橒容："……"

宝宝害怕，但宝宝不敢说。

她觉得自己的眼光真的很毒，简珂果然不是能亵玩的。

岑惜笑笑，走到简珂身边时双手背在身后，踮起脚，亲了一下他略冰凉的脸颊："走吧，宝宝。"

简珂面不改色地"嗯"了一声。

刚刚下了一场秋雨，他把在旁边临时买的外套给她穿上，看见上面的标签顺手扯下来。

李橒容："？"

包宏艺："……"

宝宝们敢怒不敢言。

上了车，四个人准备去吃饭，路上包宏艺说："小岑惜，我这里有两个消息，一个好消息，一个坏消息，你准备先听哪个？"

岑惜眨眨眼，礼貌地笑了一下，旋即把目光投向简珂。

简珂勾唇，眼神里还有种"这就是我的人"的宠溺："一审判决书下来了，我方胜诉。"

"耶！"岑惜双手握拳，目光炯炯，立刻掏出手机下载之前被她删了的微博，"判决书发给我！我要发到网上去！我非得看看那帮人还有什么话能说！"

车里其余的三个人和她高亢的心情明显不同。

简珂抿唇，顿了好一会儿，似乎在想该怎么说，但是他没能找出一个更婉转的说法："李鸢比你先发。"

岑惜愣了下，确认自己没听错："她发伪造的判决书了？"

简珂：“不是。”

说话间到了餐厅，被服务员领着入座后，岑惜手机里的微博也下载完成了，简珂见过她私信里的内容，怕她看了会难过，伸手想把手机拿过来，被岑惜躲过去。

简珂眼神微沉：“从法律层面上来说我们已经赢了，抄袭铁证如山，就算她上诉结果也不会改变。”

岑惜扫了一眼私信，里面源源不断的消息仍然是骂她的，她不自虐，没有挨个点进去看，而是在搜索框里输入了鸢鸢的名字：“这种人脸都不要了，法律管不住她。我总要知道她在网上又说什么混淆视听，好对症下药，野火烧不尽，春风吹又生。这次不让她尝到厉害，下次她复活会变本加厉的。”

李槢容嘴巴大得快能塞进一个鸡蛋了，她记得以前的赛校花不是这样的啊，要不然当时的许韵和高佳佳怎么敢欺负到她头上！

包宏艺也挺诧异的，在他印象中小岑惜一直是文文弱弱的，得饶人处且饶人，不得饶人处她想办法饶人。只是当他看见简珂纵容又引以为傲的目光，顿时就什么都明白了。

吃饭时，岑惜把李鸢的行为全都看完了。

李鸢素颜出镜录了一段视频，视频里，判决书和她打了马赛克的身份证一同出镜。

视频的一开始，是她拿着判定她抄袭的判决书，坚定地说自己没有抄袭。然后声泪俱下地阐述自己的委屈，只肯承认自己写出来的文章非常受曾经看过的文章影响，思想或许和同样看过这些文章的作者共融，并且避重就轻地列举了几本她曾经看过的书，表示也许她和作者“七惜”都看过这些，才会写出“类似”的文字。

视频的最后，她还提出自己会再次上诉，给支持她的人一个交代。

岑惜都气笑了。

舆论战争中，公众一般来说会偏向于两种人。一种是弱者，这是人内心出于对弱者的同情。还有一种是信息更为公开的那一方，信息公开本身就表示着一种信任，对象似乎就从一个网络上虚无缥缈的人变成了一个身边真实存在有血有肉的人。

她都做到这个份儿上了，这样一来，就算二审判决她还是输，影响也不大。

但是她能有这个举动，说明她为了二审起码做过一些准备，岑惜不禁有些担心：“你说，李丞明会不会在二审做什么手脚？毕竟是他亲女儿。”

“不一定。”简珂淡声道，“他是个为了赢不择手段的律师，之前我跟包宏艺跟着他的时候，他就没少干伪造证据这种事。”

岑惜惊了：“还能这样！”

“是啊！”包宏艺说，“那人我都觉得有点心理变态了，为了赢官司，当时还让我跟简珂跟着他去法院门口拉横幅，给主审官压力！”

岑惜忽然觉得世界有点魔幻，虽然她是法学生，但是没正式从业，她一直以为律师都是电视剧里那样西装革履，顶多就是比电视剧里累点。

还真没想到……还能有拉横幅这种事。

简珂似乎全然不把这些小伎俩放在眼里，声音依旧很稳：“不过你不用担心，那个案子最后赢也不是因为几张破横幅，还是看证据。”

包宏艺没接触过写作这个行业，难免会被鸢鸢这段声泪俱下的视频带节奏，他试探性地问了一句：“会不会真的是这样啊？正好她也看了小岑惜的书，所以就正好写成一样的了？”

“不会。”简珂漫不经心地扯了下嘴角，作为一个出版过的作者，他在这方面很有发言权，“不要说她们两个都看过同一本书，就算给两个作者相同的大纲，基于生活经历、个人习惯、语言积累、偏好侧重，写出来的东西都是千差万别。李鸢和岑惜文章内核的相似度之高，只可能是主观上的恶意抄袭，还是最没水平的那种。”

几个法律相关人士在聊天，李橲容半天插不上话，终于大家都说完了，她才弱弱开口：“那个……岑惜刚刚说的‘李丞明’，是不是前段时间，给那个杀妻案的人辩护的那个律师啊？”

包宏艺讶异：“你还知道这个？”

李橲容点头：“是啊，那个事不是闹得挺大的吗？”

岑惜跟简珂对视，都从对方的眼里看见了“不可理喻”四个字。

不过，李橲容说的这个事，倒是提醒岑惜了：“容容，你有多少粉丝？”

简珂一听就知道她要做什么，提醒道：“李丞明只是在维护当事人的合法权益。”

“我知道呀，你之前还在课堂上讲过，还引用了那个什么教授的话，我记得的。”岑惜指了指自己的脑袋，“但是相比李鸢在网上说自己没抄袭这种谎言，起码李丞明替杀妻案的被告辩护是事实，我也没有冤枉他，也只是陈述客观事实。”

“对呀，对呀。”李橲容附和。

刚刚被那个视频差点骗过的包宏艺也跟着点了点头，相较于白纸黑字的判决书，带有煽动性和混淆真相的语言显然更容易令不懂这个行业的人信服。

简珂抿了一口小叶花茶，在岑惜期待的眼神中无奈道：“发之前给我看一眼。”

不过简珂检查与否的区别其实并不大。

因为李橲容直接转发的李鸢那条视频，只评论了一句：“咦？判决书上的这个豪杰律所的李丞明律师，是不是之前那个杀妻案的被告辩护律师？”

看起来就像是一个普通吃瓜群众发出的正常疑问，本来李橲容也就只是想试试看能不能引发一小部分舆论，但没想到，她的转发让豪杰律所的人坐不住了。

豪杰律所的人收集证据，声称要告李槢容。

可他们忽略了，李槢容不过说了一件事实。

一时间，“李丞明”和“李鸢”两个人在网络上成了两个不可提的人。

两天后，李鸢的微博也彻底沦陷。

删都删不过来。

最后，她设置了要关注她一百天以上的人才能评论，简单来说，就是只有粉丝才能评论。

但是这一举动，也让之前的虚假繁荣彻底显形。

没了所谓“正义”路人和水军下场，真正支持她的粉丝屈指可数，根本支撑不起来评论区。

与之相对应的是岑惜，一向乌烟瘴气的评论区忽然变得歌舞升平，有临阵倒戈来支持她的，也有呼吁之前骂过她的人来道歉的。

最开心的是那些真正看过她文，喜欢她文章的读者。

像过年了一样。

这一切发生的时候，岑惜已经在御诚实习了。

当时她跟简珂、包宏艺三人正在楼下吃午饭，说着晚上同学聚会的事情。

这种多人聚会，不要说简珂，连包宏艺也不怎么喜欢去，但是考虑到也许昔日的老同学现在就在各个重要的政法口，未来都有用得到的地方，可以说是不得不去。

“你晚上肯定会带岑惜去吧？我也问问容容去不去。”包宏艺说着，给李槢容发语音，声音腻得让人直起鸡皮疙瘩，“宝宝，晚上有空吗？我们同学聚会，我带上你呀。”

对面李槢容应该是同意了，然后把微博上发生的变化说给他听，包宏艺的嘴巴张得老大：“我的天，我宝宝力量这么大啊！一句话就能逆转风向？宝宝你别去你爸那儿实习了，去当公关啊！简直人才！”

李槢容害羞的声音被外放出来：“你别夸啦，这主意还是岑惜想出来的。”

包宏艺挂了电话，翘首以待地等着对面两位夸他。就算不夸他，应该也很开心才对吧？

毕竟也是解决了一件不小的事情。

简珂半眯着眼睛，似乎在思考，半晌，他垂下双眸：“看来我国的普法力度还是要加强。”

包宏艺：“……”

这个人真是太不懂打脸的乐趣了！

包宏艺把期待的目光投向小岑惜。

“跟水能载舟亦能覆舟是一个道理。”岑惜说，“如果当时她不是那样急着用舆论打压我，现在也就不会被反噬得这么狠了。能被她煽动的，应该从头到尾就没看过我和她的文章。”

包宏艺：“……”

人家夫妻俩一唱一和，终究是他第一百零一次错付了。

晚上下班时，李槢容过来找他们，本来应该是四个人一起去的，但是简珂说他临时有点事要去趟中漾，便成了他们的三人行。

彼此都很熟，倒也不尴尬。

李槢容是真喜欢看美女，得知简珂不在，她连男朋友也不要了，跟岑惜坐在后面，她一边跟岑惜预约下次一起去做美容的时间，一边翻朋友圈，忽然她惊讶道：“许韵怎么变成这样了？”

岑惜瞥了一眼，乍一看差点没认出来，好不好看单说，这整容痕迹着实有点明显。

“谁啊？”正好趁着红绿灯停车，包宏艺回过头好奇地问。

李槢容把手机递过去：“就是照片里左边的这个女生，之前跟我关系挺好的。”

包宏艺这一眼没看见许韵，而是看见照片里她旁边的男生了：“嚯，她怎么跟齐宇勾搭上了啊。”

李槢容：“你认识？”

“我们那届的，刚一毕业家里就发了，毕业后花天酒地。一天班没上过，朋友圈里晒过的女朋友我就没见过重样的。”包宏艺说，“等会儿他也去，估计不少人得抢他，回头他要出什么事儿，标的额得按亿起步吧。”

岑惜跟李槢容对视一眼，都瘪了瘪嘴，表示对这个花花公子的嫌弃。

这次的聚会来的人不少，一个大包厢里摆了四张桌子，包厢门一打开，就看见有个男人被围在中间，被大家“齐哥”“齐哥”地叫着。

而在齐哥旁边，正是整得快认不出来的许韵。

此时许韵也看见她们了，她笑着冲李槢容点了点头。

李槢容翻了个白眼，低声跟岑惜吐槽：“她这辈子也就认识钱了。”

岑惜想起之前许韵拿李槢容当挡箭牌的事情，安慰地拍了拍她的肩膀：“简珂说他快到了，我去门口接他。”

岑惜刚踏出包间，肩膀就被人拍了一下，她回过头，看见了一张满是玻尿酸，不怀好意的脸，兴致顿时减了大半。

“找我有事？”

许韵皮笑肉不笑：“没事就不能找你了？”

岑惜：“不能。”

她说完，加快脚步往外走，但是许韵就像一块狗皮膏药一样黏在她身后，声音绵里藏针：“搭上李槢容的感觉是不是还不错？”

岑惜抿抿唇，没说话，走路的时候在考虑如果现在回头甩她一巴掌，不引起其他人注意的可能性有多大。

“你倒是挺聪明的，没找她要钱，要的是资源。”许韵冷笑，“本来嘛，资源就是更值钱一点，这个道理我现在也懂了。”

岑惜不是泥人脾气，相反，她脾气其实还不小，过去是她不愿意与人起冲突，但是今时今刻她真的烦了：“你懂什么？你有什么资源了？你以为里面那些人叫你一声嫂子就是尊重你了？当你自身硬实力没达到的时候，就算认识的人再有钱，在别人眼里你也不过是一盘下酒菜而已。”

她顿了顿：“还有，我希望你别跟着我了，如果你想告诉我你现在过得很好，那我想说我已经知道了。”

像是被人踩到了尾巴，许韵的声音瞬间就尖锐起来了：“你牛什么啊！还不是觉得自己长得好看倒追的简珂？恶不恶心啊你！你有实力，你不是下酒菜？”

岑惜莫名其妙地看了她一眼，觉得这人说的仿佛都不是地球话，她决定一句话都不跟这个人说了，免得被降智。

然而她的这个行为被许韵理解为踩到了痛处，冷笑着追上来：“你这是被甩了，不服气，所以过来找简珂的吗？没想到吧，今天简珂就没来！失望了吗？这就准备走了？”

在学校里的几次交手，她被岑惜轻而易举地踩在脚下，今天终于能扬眉吐气，许韵等这一天已经等了太久了。

然而她没想到岑惜竟然一句话都没反驳，一副随她怎么闹都无所谓的淡然。

她讨厌岑惜这副样子，就像以前讨厌岑惜什么都不用做，在李槢容的心里就占有很高位置的样子，而自己就算再努力，也不过是李槢容无聊的时候才能想起来的玩伴。

见岑惜不理她，许韵的目光放到了路过服务员推的餐车上。

新仇和旧恨加到一起，她什么都没想，抄起摆在最上面的大份燕窝，朝着岑惜的头泼下去。

岑惜虽然一直没理她，但是为了以防万一，一直通过餐厅的大理石反光在看她。

因此在许韵看来，岑惜好像是后脑勺长了眼睛一样，肩膀轻松一避就躲过去了。

而这还没完，在岑惜躲过的一瞬间，她回过头抓住了许韵的手腕，往相反的方向折。

两个女孩子的力气相差不大，最后燕窝虽然洒在许韵身上了，但是洒得也不多，剩下的一多半都掉在地上，她有点被岑惜的转变吓到，竟然一屁股坐在上面。

倒是老实了。

岑惜瞥了她一眼，转身往洗手间走。

岑惜的凉鞋里也流进去了一点燕窝，黏糊糊的，她想在简珂来之前清理干净，不想让他担心。

餐厅洗手台很高，岑惜的腿抬不上去，只能打开水龙头，在掌心里接一片小水洼然后洒下去，勉强清理一下。

可许韵没打算这么轻松地了结这件事，她受了天大的委屈，这委屈不能白受。

她从地上爬起来，不顾身上的狼藉，在服务员们惊讶的眼神里，踩着高跟鞋哒哒哒走回包间。

从她一进门，所有人的目光都集中在她身上。

被人群这样注视着，许韵忽然就有了底气。她环视了一圈，只在看见简珂的时候眼皮抖了一下，不过很快她把目光收回来，朝齐宇走过去。

简珂到的时候岑惜没在，听包宏艺说她是去找他了，李槢容顺便把岑惜让她保管的手机递给简珂。

他才刚接过她的手机，耳朵里就猝不及防听见她的名字。

许韵正在和齐宇哭哭啼啼地讲述她是怎么在走廊里遇到岑惜，岑惜又是怎么想起过去的事情忽然对她加以暴力，还没来得及加以说明自己身上的这些狼藉，一个沉冷的男声入耳："岑惜呢？"

抬头，许韵第一次这么近距离看见简珂。

因为人多，他嘴角保持着上扬的弧度不让无关人太尴尬，但是许韵清晰地看见他淡色的眸里，一丁点儿笑意也没有。

想起刚才跟岑惜说的那些挑衅的话，许韵一时有点慌，看着齐宇半天，就是不肯开口。

包宏艺看见简珂的表情，心说坏了，赶紧跟李槢容说，让她过去劝劝那个叫许韵的，别不知好歹。

只可惜，李槢容刚走到一半，就听见许韵已经开口："我不知道。"

简珂垂眸，眼尾冷淡的弧线勾勒出他肃森的表情："那你们最后一次见面，她在哪儿？"

许韵往齐宇怀里坐了坐，像是找到了主心骨，眨了眨眼睛："忘了。"

"需要我帮你想起来吗？"伴随着简珂冷漠的语气响起来的，是玻璃酒杯"嘭"地在地上砸得四分五裂的声音！

许韵吓得惊声尖叫，回身往齐宇身上躲。

周围聊天的人全都停下来，把他们围成了一个圈。

这种砸杯子砸碗的事在各个律所起纠纷时都不少见，但他们却是第一次见到这种事发生在同届校友身上。

尤其当这个人是简珂的时候。

简珂一向冷静沉稳，连较大的情绪波动都很少，一旦出手就必然已经抓住了对方的七寸。可这次……包宏艺震惊的表情不亚于在场的其他和简珂不熟的人。

他在想，上一次见到简珂这样是什么时候来着？

而后，他得出了一个可怕的结论。

——他从没见过简珂这样。

岑惜就是在这时候回来的。

来参加聚会的没人不认识简珂，认识岑惜的却不多，因此岑惜在听到简珂的声音后隔了一会儿，才拨开人群看到眼前的景象。

“简珂。”她叫他。

虽然岑惜也不喜欢许韵，但是她不得不顾及简珂，对于简珂来说，齐宇确实是一个优质案源。岑惜知道许韵在狐假虎威，但是不得不说，她假借的这个虎确实不好得罪。

她拉着他，轻松地笑了笑：“走，咱们去吃饭吧。”

包宏艺看出来小岑惜想息事宁人，也配合着她招呼其他同届同学：“走了走了，吃饭要紧……来，咱俩接着聊刚才那个案子。”

但许韵却不甘心，她把自己弄得这么狼狈，可不是为了让他们敷衍了事的。她用不大不小，但是正好周围人能听见的音量委屈地说：“岑惜下手太狠了，把我身上弄这么脏，她自己一点事都没有。”

听见这话，才刚刚被岑惜拉走的简珂像想起了什么似的，又转过身，垂眸道：“道歉。”

许韵一愣，不敢看岑惜，喃喃道：“是她先……”

岑惜想说不是她先动手的，许韵在骗人，话都到了嘴边，却听见简珂说——

“岑惜不会没理由动手打你，如果你想说是她先动的手，那我倒是想问问你到底做了多过分的事。”简珂打断她，面无表情地问，“需要我调监控吗？”

——岑惜觉得自己好像触电般，肾上腺素流过全身。

他从头到尾，都坚定地、毫不怀疑地站在她这边。

许韵不是法学生，她过去只远远地看过简珂，对他的了解都是从论坛或者同学口中听到的。

听说他理智、冷漠、目中无人。

可是今天站在这里维护岑惜的他，不是传说中的那个样子，许韵看着地上的红酒杯碎片有点害怕，她求助地看着齐宇，希望齐宇能站出来给她解围。

简珂扫了一眼齐宇，嘈杂的包间里，他的声音平静无波：“你不用看他，没用。”

岑惜悄悄攥住他修长的手指。

她不委屈了，真的，一点都不委屈了。

齐宇虽然这几年没在外面上过班，但是跟着家里做了几年生意，他也不傻，调监控，不管调不调得到什么，只要走到这一步，他跟简珂几年的同学情谊可都全掰了。

得罪了如今在法律界名声显赫的简珂，可就相当于自断了一条康庄大道，冤家宜解不宜结，齐宇当即冷下脸先把态度表明。

许韵误解了他这个表情的意思，还以为齐宇是站在自己这边生简珂的气，还跟着拱火：“你看看，他怎么说话的呀。”

“你赶紧跟人家道歉！”齐宇推了她一把，“人家女朋友没事儿会找你麻烦吗？该道歉道歉！”

所有人的目光，或轻视或鄙夷，落在了许韵身上。

许韵呆住了。

“怎么了？”齐宇语气中满是不耐烦，像是急着和许韵撇清关系，“道歉还需要我教啊？”

许韵咬紧了下唇。

时隔数月，再次交手，岑惜依旧什么都不用做，就能轻而易举地把她踩在脚下。

屈辱，不甘。

同时，她想起了岑惜刚才评价她的话，没有硬实力的女人，只是一盘菜。

一盘菜，对于吃菜的人来说，不好吃了，就可以随意换掉。

可她还不想被换掉。

最终，许韵一身狼狈地在众目睽睽之下，向岑惜道歉。

岑惜无所谓地摆摆手，说了声“没事”，许韵的道歉是真心也好，假意也罢，她不在乎。

她只想跟简珂单独说话，想亲亲他，想抱抱他。几个小时不见他，再见到时，怎么就能这么喜欢他。

简珂带着岑惜先走了，他知道她不想在这儿待，也知道他们再在这里吃饭恐怕其他人也吃不安生。

刚才一直被大家众星捧月围在中间的齐宇见简珂要出去，扔下许韵小跑着追上来，卑微的语气和刚才的叱咤劲头大相径庭：“简珂，实在不好意思啊，我实在没想到会闹出这种事。改天我单请你赔罪行吗？咱俩老同学好久没见，也聚聚。”

简珂瞥了他一眼，不置可否。

天气又有了转凉的迹象，餐厅的门口不知道种了什么树，秋风吹下落叶时，还带来了扑鼻的甜果子香。

春华秋实，万物而成。

岑惜坐上车，只觉得满心的喜悦快从嗓子眼儿里蹦出来了，但她还是克制住，先把担心问出来：“咱们走了，人脉还怎么结交啊？”

“没事，一个团队的，包宏艺留在这儿也一样。”简珂揉揉她的头顶，松手时顺势把她揽过来，两人中间隔着中控台，却不影响他把头埋在她的颈窝。

小腹那里挨着中控台冷冰冰的，洒在颈间的呼吸却灼热，熟悉而又有安全感的木质柑橘味扑鼻而来。

安静的车内空间，岑惜快疯了，听见自己热烈的心跳。

紧接着，她觉得自己脖子上潮热了一块，一种说不好是疼还是痒的感觉。

简珂没骗她，确实，不管是他还是包宏艺留在这里其实差不多。包宏艺性子开，跟谁都还挺能聊得到一块儿的。

他带她来只是想让她多认识一些行业内的人，能工作得更顺些。

但刚才不管有没有许韵的事，他都想带她走。

他看到他们看她的目光，听到他们尽管知道她是他女朋友还忍不住打听的好奇，让他觉得有必要在她身上留一个简氏所有的印章。

只不过许韵让这件事变得更顺理成章了一些。

至于人脉，他想了下，他的人脉她还能用上好一阵。

十一长假过去没几天，岑惜迎来了法考主观题。

答完卷子，她看着刚写完的长篇大论，自己都有点头昏眼花，黑色碳素笔写出来的字就好像是一条条黑色的小蝌蚪在纸上爬来爬去的。

以至于简珂接到她的时候，就看到她一脸昏昏欲睡的样子：“中午简单吃点吧，下午别犯困，还要为明天的庭审做准备。”

岑惜点头，提及庭审，表情逐渐变得严肃。

虽然简珂说的是简单吃，但是找的却是离考场不远的一家火锅店，岑惜看了看，觉得他嘴里的简单，可能指的是这家店的环境。

没有网红店那种浮夸的装修，简单而朴素，很干净的样子。

简珂对她的喜好已经了如指掌，所以她没有看菜单，自从坐下开始，就全神贯注地看手里的证据。

这些证据她一直随身携带，并且都已经反复看过，快要背得滚瓜烂熟，但临近庭审却仍不放心。害怕对面会从某个细枝末节里找出破绽进行狡辩，所以她争分夺秒，每个细节都不能放过。

其实岑惜最想要的是所有衍生产品都下架，但是介于作品版权才只是刚刚卖出去，还没有平台正式上架，没有应诉方，只得作罢。

这些版权中，有不少是在抄袭事件闹大之后才卖的，在一些人眼中，作品没有原创和抄袭之分，而抄袭，俨然成了给他们带来免费流量的话题。

岑惜气不过，连喜欢的火锅都没能吃几口。

当天下午，发生了一件更让岑惜气得脑袋疼的事情。

抄袭作品发布了片花，不仅如此，两个靠选秀出道的主演还分别在微博发了一段 VCR（视频）。

之前岑惜跟简珂聊过几次这个事情，也知道像这种十八线小演员其实也是打工人的一种，能有个剧本拍就谢天谢地了，不会因为这是一本有争议的书就拒绝这个机会。

所以如果只是宣传，她不是不能理解。

真正令她生气的，是两个主演竟然公开支持原著，并声称这是一本非常好看的原创书。

而他们那帮同样靠选秀出道的选手十分团结地进行转发，演员们的影响力可比小说作者的影响力大得多。

岑惜的微博在那些粉丝的围攻下，再一次沦陷。

小演员的粉丝们认为，岑惜的维权行为侵害到了他们偶像的利益。

还有一部分看起来理智一些的，声称小说人物和电视剧人物没关系。

晚上吃饭，来找包宏艺的李槚容得知这件事，气得当时就抄起碗："连我都知道，电视剧一播，肯定得写什么原著作者谁谁谁，这是引了多大一波流量啊，这是公开支持抄袭！"

"是是是，是他们的不对，演员应该带头抵制抄袭剧。"包宏艺小心翼翼地把她手里的碗拿下来，然后才敢正常说话，"不过吧……他们这其实不算公开支持，这案子明天二审，还没正式结案，咱们说话要讲证据。"

"你怎么还向着抄袭的说话呢！"李槚容不干了，瞬间奓毛，"一审结果摆着呢，他们上诉还不是为了钻法律空子！要不然干吗在二审之前发这个片花！"

包宏艺缩着脖子："是是是，宝宝说得都对。"

看他们两个吵吵闹闹的，岑惜心情也稍微放松了些："其实我觉得容容说的也没错。"

包宏艺震惊地抬头，整张脸上都写着"她不懂法律你也不懂法律吗？为什么要跟着一起胡闹，难道就因为你们关系好"！

岑惜敲了敲手机上的日期："明天就要开庭，他们今天才发片花，这不就是钻空子，在举证期限届满才做这件事，打我们一个措手不及。"

包宏艺听完后“唔”了一声，觉得岑惜说的好像也有几分道理，表情也平和下来。

如果他们再早几天发的话，诉讼请求上应该就会再加一条要求平台下架视频，但是现在再加，已经来不及了。

不过他想了想：“就算早发，这个请求大概率也会被驳回，我国现有案例里没有这一条，也没有相关成功案例。”

大概是觉得他说得有道理，岑惜抿抿嘴，没说话。

餐桌上气氛即将变得沉闷时，李櫂容弱弱开口：“我还能做点什么吗？”

上次她就帮忙揭发了李丞明，不知道现在还能不能做点类似的事情，扭转一下舆论。

“不用了，你的流量跟他们比不了。”岑惜为了安慰她，勉强牵了一下嘴角，“哦，也不是，你现在能做的，就是等会儿简珂来了之后别提这事儿，他够累的了。”

最近不知道怎的，中漾那边三天两头地找他，好像每次都是火烧眉毛的大事，把人当奥特曼用。

面对岑惜的要求，李櫂容毫无反驳地应下，为表诚意，她还在嘴上做了一个拉拉链的动作。

他们又聊了半个多小时，简珂才进店，眸中透着连轴转后褪不去的疲惫。

难为他这么累了，白衬衫还是干干净净的。

他今天像是解决完了什么大事似的，心情看起来不错，吃得也比前几天要多一些。

岑惜特别喜欢看他吃饭的样子，安安静静的，斯文矜贵，像是文雅的小少爷。眼神里说不清是欢喜多一点，还是崇拜更多一点。

包宏艺和李櫂容对此见怪不怪。

倒是简珂，慢条斯理地卷起袖子，不知是有意还是无意地露出清瘦的手臂，手揽在她后腰，肌肤的温度隔着薄薄的一层衣料传导：“乖，回家再看，先吃饭。”

回家之后，岑惜在玄关慢慢吞吞地换鞋。

一双系带帆布鞋，本来可以直接左脚踩着右脚后跟脱下来的，但她愣是把这个过程分成了四步。

蹲下，慢动作般解开鞋带，把脚塞进拖鞋里，最后还要把鞋整整齐齐地码在鞋架子上。

先进家门的简珂坐在沙发上，等了五分钟都没等到人，略略偏头看了一眼，看见她这掩耳盗铃的举动明白她的目的后，抿唇低笑，自顾自打开了电视。

怕她错过某个重要声音，简珂调大了电视音量：“说好了今天不动你。”

正在努力拖延时间的岑惜愣了一下，趿着拖鞋气鼓鼓地噔噔噔走过来，他要不说这句话，她都快忘了兴师问罪了！

明知道她今天要考试，昨晚还不让她早睡！

以至于考试时满脑子都是那些奇奇怪怪的场面！

她还没来得及开口，先听见电视里传来浑厚而又带有一点机械感的男声："第一剧场，11 月 15 日起每晚七点，七惜原著，成思远、谢雨琼领衔主演。"

她听到什么了？

岑惜猛地转过头看电视机，可惜刚刚与声音配套的画面已经过去了。

像是一阵电流穿过了全身，岑惜愣怔了好一会儿，呼吸都变得困难了。她慢慢接受她听到的消息，嘴巴随之越张越大，而后大幅度地上扬，颤抖着发出一个代表难以置信的："啊？"

终于完全接受了这个消息的岑惜尖叫着捂住了自己的胸口，原地蹦蹦跳跳，而后满面红光地扑进沙发上的男人怀里："你听到了吗！刚刚电视里的人说我的名字啦！成思远！谢雨琼！我的天啊！他们两个演我写的小说！"

简珂抱着她，感觉怀里好像多了一只撒欢扑腾的小狗，他按不住她，索性任自己沉溺在她的气息里，嗓音低沉地"嗯"了一声："听到了，好棒。"

比起那两个十八线选秀小艺人，成思远跟谢雨琼简直就是两个当红演员，影响力跟号召力压根儿就不是同一个级别的！

这也是中漾影视实力上的体现。

"我今晚，不休息也行。"岑惜伏在他胸口羞怯地说。她折腾了得有十多分钟，闹够了，也闹累了。她抬头，一双湿漉漉又亮晶晶的眼睛看着他，本来是想主动把自己的唇贴上去，却猝不及防地看见他眼下淡淡的乌青。

简珂打横把她抱起来，腾空的瞬间听见她说："等一下。"

"？"

"你……"岑惜想知道答案，但又怕知道答案，有点犹豫，食指抠他的领口，嗫嚅着问，"最近是不是都在忙这件事？"

她今天还跟包宏艺吐槽了半天中漾，这会儿一想到他有可能是为了自己这么辛苦，岑惜呼吸都变得不自然了。

简珂没否认，低低地"嗯"了一声，把怀里的她轻抬了一下，接着往屋里走。

岑惜收回手，无意识地蜷缩着手指，一时没想好是该说"对不起"，还是该说"谢谢"。

"我也没想到他们会为了这件事这么着急，连我的顾问费都能翻倍。"简珂慢慢地把她放下，而后翻身把她压在身下，"算沾了你的光。"

岑惜垂着的眼皮一下子掀起来："什么？"

"跟他们说了抄袭的事情，他们就暂时把其他的原创项目暂停了先做你的 IP，以防抄袭的 IP 先播影响收视率。而且你是受害者，更容易让人产生情感偏向。”简珂说话的时候手指没停，熟练地解她的扣子，“他们知道我了解剧情以后，天天求我，没办法，谁让我拿了人家的钱。”

岑惜默默地听着，情绪越来越高涨。

她居然还让他赚钱了，而且听这语气，还赚了不少的样子。

因为她一直沉浸在骄傲的情绪里没回应，所以在简珂说完话之后，房间变得非常安静。两人视线纠缠，岑惜从余光里看见他在解衬衣的动作，然后清晰地听见衣服掉在地上的声音。

第二天早上，岑惜一口气喝了两大杯胶囊咖啡，感觉自己到达熬鹰标准了仍然觉得不放心，路过咖啡店时又下车买了杯生椰拿铁。

她拎着咖啡店的纸袋子，打开车门的时候斗志昂扬地说：“我现在就是‘鸡血少女’！”

钻进车里，她才慢半拍地看见简珂食指抵在唇边，做了一个噤声的手势，另一只手正举着手机，神情略严肃，应该是在和重要的人讲电话。

岑惜拍了拍自己的嘴，以老老实实的小学生姿态坐好。

“我这段时间有点忙，改天抽空回去看你们。”电话似乎已经到了收尾阶段，简珂说完这句话时就把电话拿下来，准备挂了。

哦，应该是他父母，岑惜想。

其实，她还一直挺好奇他父母的，不知道是什么样的父母才能养育出简珂这样的儿子。

“哎？刚才那是你女朋友吗？你回来的时候要不要把她也带回来？”简珂把电话拿下来，听筒的声音正好外放，以至于岑惜听见了简母无比兴奋的声音，“你放心，我跟你爸不会给人家小姑娘太大压力什么的，你把她带回来，也显得你认真对待这份感情是不是？而且……”

突如其来的外放让简珂太阳穴抽痛了一下，他出声打断：“她还小。”

话还没说完，简珂余光看见副驾驶的小姑娘在认真地点头。

像是在认同什么事情。

是认同“认真对待感情”这个说法？

“妈，你等一下。”简珂捂住电话听筒，侧头问，“你想见我家人吗？只是吃个饭。如果你不想去也没关系，跟我说实话，不用有压力。”

岑惜连思考这一步都省略了，直接点头：“好啊。”

简珂：“……”

这方面还真是小瞧她了。

“儿子，有件事，我得跟你说。”简珂刚把电话拿到耳边，就听见母亲幽幽的声音传来，“其实你压住了听筒，我也听得见你说了什么。”

简珂："……"

好像前阵子跟她一起看电视剧看得有点多。

简母更加幽幽地说："原来你谈了恋爱之后是这样的。"

简珂："……"

他忽然觉得，也许等她们见面之后，尴尬的人会是他。

同样的法院门口，不同的是天气不像从前那般闷热，枫叶被染成了鲜艳的红色，还有轻微的金桔芬芳。

岑惜喝了一口生椰拿铁，然后深深地吸气，像是给自己打气一般："最后一次开庭了，一切都要尘埃落定了，加油！"

简珂看着她斗志昂扬的背影，想了想，还是没告诉她，如果不服二审判决，其实还有可能会面临再审。

这段时间，岑惜除了准备自己的案子，也以律师助理的身份跟在简珂身边处理了几个其他的案子，积攒了一些法庭上的经验。

她上完厕所，往脸上扑了一把凉水清醒，最后演练了一遍即将发生的情况，擦干脸上的水，昂首阔步走进法庭。

然而，谁都没想到的情况发生了。

李丞明和李鸢竟然双双无故缺席。

上诉人缺席，法院按撤诉处理，此时一审判决送达已满十五天，一审判决即时生效。

一直到走出法院时，岑惜都还是蒙的。

她白准备啦？这么多天的夜白熬了？当初闹上诉不是闹得挺欢的吗？

岑惜抿了一口生椰拿铁，才反应过来现在这玩意儿除了影响夜里睡眠已经没别的用了，便扔进法院门口的垃圾桶："你把他们怎么了？"

简珂给她打开车门，手撑在车顶："跟我没关系。"

岑惜抱着手里的材料，本来想放回包里，但是转念一想她都胜诉了，这东西或许下车的时候就能扔了，干脆就搁在大腿上。等简珂上车之后，她一脸神秘地悄声问："是不是中漾那边……动手了？"

简珂看她，发现她问得还挺认真，觉得好笑："中漾是股份集团，又不是杀手组织。"

岑惜仍觉得今天的事发生得离奇，等车启动了，她又问："那是那个谢徊一个人干的？我老觉得他看起来阴森森的。"

这个词用来形容人有点罕见，简珂好奇问她："你为什么这么觉得？"

"因为他的眼镜老是反光。"岑惜仍旧认真无比，"特别像柯南遇到死者时眼镜里闪过的那道光。"

简珂沉默，摘下了自己也很容易反光的墨镜。

岑惜明显没打算把这个话题就此跳过，过了一会儿，又喃喃道："那到底是为什么呢？不应该呀……"

当时她让李槿容发完那条微博，李丞明跟他的律所还上蹿下跳地蹦跶呢，不像是退堂鼓演奏家的前奏啊。

岑惜圆润的头顶都透着疑惑，简珂偏头看她，嘴角浅浅上扬，揉了揉她的头发。

从李鸢第一次主动出击开始，他就察觉到对方背后应该是有更深的利益链，毕竟抄袭这种事，抄袭者怎么敢先出来闹。

直到真新娱乐出现，一切都变得清晰明了。

李鸢之所以急着跳脚，是为了保证小说的影视版权不被影响。

白真雨或许知道这是抄袭，或许不知道，但这不重要。因为小说的商业价值极高，对于商人来说，原创与否，那是不值钱的东西。

那他们真正在意的是什么？

利益。

同类型的剧，连剧情走向、人物关系都一样，任何电视台以及视频网站都不会傻到买两部。

尤其是在前面一部的演员阵容秒杀后面一部的情况下，招商回不了本。

所以必须要先播出。

所谓打蛇打七寸。

他们的小成本电视剧利益受损，强撑着打官司也变得没意义。不过他们直接缺席庭审，也是简珂没料到的。

他以为他只是把对方打晕，没想到对方这么脆弱，直接打死了。

简珂的蓝牙耳机一直处于连接状态，来电话了里面第一时间传出提示音，他抬手碰了下耳机，简母的声音传出来："儿子，你明天带你女朋友过来是吗？"

他摘下耳机，问岑惜："你明天能去我家吗？"

岑惜沉浸在胜诉的喜悦里："嗯嗯嗯。"

简珂回复那边："是。"

"哦，好。"简母说，"那你们是想去外面吃还是家里吃？我的意思是家里吃，显得亲切点；你爸的意思是去外面吃，怕她认生，你怎么想的呀？"

简珂："去外面吃。"

副驾驶座上的小姑娘侧过头，猜出了他们对话的内容，问："为什么不在家吃？"

简珂："在家吃。"

他大概是觉得做这个传话的中间人有点累，干脆把耳机摘下来开了外放。

简母又问："那你女朋友有什么忌口吗？有什么特别喜欢吃的吗？"

简珂扬眉看了一眼岑惜，岑惜朝他疯狂摆手，他笑道："没有，她什么都喜欢。"

简母一语道破天机："哪有女孩子什么都喜欢吃！她那是喜欢你！"

岑惜："……"

简珂妈妈的画风好像跟她想象中的不太一样。

"行了，王芸女士，没别的事我挂了。"简珂揉了揉眉心，挂了电话之后发现岑惜瞪大了眼睛看着他，像是看见了什么不敢相信的画面，"怎么了？"

岑惜："你妈也叫王芸？！"

跟其他要见男朋友父母的女生不同，岑惜的心态十分轻松，因为好奇心完全替代了应有的紧张感。

去的路上，她散发了一些奇怪的联想："万一你妈妈不喜欢我，砸给我一张支票，让我离开她儿子，你打算怎么说？"

并且在心中给出了一个满分答案，"我非她不可"，以及"妈，你冷静一点"，然后讲道理。

"怎么说？"简珂跟她不是一个脑回路，思考了一下这个问题，给出了一套完整方案，"我会说你不能接受支票付款。"

啊。

岑惜没想到，他会从现实角度去思考这个问题，还给了她一个这么残酷的零分答案。

虽然这个答案有道理，就现在来说，他们才是一家人，是利益共同体，但……

许多事情本就不该讲理的。

先抛出问题的人不知道该给出什么回复，干脆别过头，一言不发地看窗外秋日萧瑟的落叶。

简珂："因为支票如果兑现之前挂失就失效了，最稳妥的方式还是选择银行转账，我会注意不可撤销这个选项，然后签一份赠予合同，在签署之前确保款项到账。"

岑惜："？"

简珂继续："在合同上，我会写明离开的范围，我能够控制的最多离开距离也就是十米。所以根据合同条款，我们可以站在十米的距离，面对面打电话缓解思念。"

岑惜："？"

不是……不是这样的啊！

简珂："最重要的是时间，我相信这个时间最多也就是两年，再过两年我也三十岁了，想必她也能接受了。两年时间，什么都不做，你白拿五百万，两年后还能收获一个男朋友，听起来还不错。”

岑惜：“……”

她究竟为什么想不开要提这种法盲问题?

岑惜气鼓鼓地瞪了这个不解风情的男人一眼。

简珂轻笑,趁着停车等红绿灯的时间,揽过他,在她翘起的唇上亲了一下。

行吧。

美男计还挺受用。

岑惜揉了揉自己有点烫的耳朵，侧过头，接着欣赏窗外金色蝴蝶般的落叶。

简珂的妈妈来开门时，岑惜注意到阿姨的眉眼跟他还是有点像的，但是这副眉眼在简珂妈妈脸上就是笑吟吟的，看上去很好相处，在简珂的脸上却能显出冷硬。

真神奇。

“阿姨好。”岑惜递上简珂买的两篮水果，甜甜地打招呼，

“这就是岑惜呀，真漂亮啊，你好你好，快换鞋。”简母已经提前准备好了一双粉色兔子拖鞋，拆开包装放到岑惜脚下，“你这么瘦，怎么拎得动这么重的东西呀？哎呀，简珂你真的是，怎么比你爸还不会照顾人呢？”

忽然被叫到的简父声音从厨房里传出来：“你怎么什么都赖我头上？你怎么不说你不教教他怎么照顾女孩子呢？”

情况跟简珂想的差不多，他无奈地看了一眼岑惜，松松懒懒地换鞋。

岑惜跟简母打过招呼，跟着简珂走进他家客厅。

昨天晚上她自己偷偷想了很久，简珂家会是什么样子。

她把简珂自己房子整体放大，猜他父母家应该是一个金碧辉煌的状态。

像个宫殿一样也说不定。

毕竟那样的生长环境，跟简珂才搭啊。

今日一见，她发现简珂家跟她想象中的正相反。

他家的装修很简单，而且应该是比较老的那种，很多年都没有换过了，处处透着年代感和朴素。

而且简珂妈妈看起来也不像是能培养出简珂这种锋利性格的母亲啊。

岑惜职业病发作，给简珂编出了一场命运多舛的真假少爷大戏。

简珂是那个被抱错的假少爷，从小养在富贵人家，真相大白后回归，和他真正的家庭，也就是现在的简家显得格格不入。

怪不得他要那么早买房，一个人住在外面。

联想到他倨傲冷淡的性格，岑惜越想越觉得这个假设靠谱，随之生出了怜爱之情。

她轻轻握住了坐在她旁边的简珂的手，安慰似的摇了摇："我猜到了，没关系的，血缘之亲，没什么过不去的。"

独生子女且人生截至目前为止都很顺遂的简珂一脸蒙。

简珂："你想岑建教授了？"

岑惜愣了一下，也许是受大环境的影响，她鼻子忽然有点酸。

是真的有段时间没跟家里联系了。

她被自己刚才说的那句"血缘之亲，没什么过不去的"感染到了，决定今天从简珂家回去后，主动跟家里人破冰。

但是在此之前，她觉得有必要再安慰简珂一下："谢谢你带我来你养母家。"

"什么？养母家？"简母洗好水果过来时正好听见这一句，她看向简珂，"怎么着？你还有生母？来来来，让我听听你编的生母故事，是怎么骗取小姑娘同情的从而达到你不可告人的目的。"

岑惜："……"

完了，她是不是戏有点过。

这突如其来的深情告白跟更突如其来的兴师问罪连简珂自己都没明白，他双腿交叠，手堪堪撑在额头上："那个，她在跟我聊她的新小说。"

"哦。"简母恍然大悟，放下水果盘，一副请教的模样，"那个，岑惜，阿姨能不能也听听啊？阿姨特别喜欢你写的小说！我征求你的意见，你觉得不方便就算了哈！"

岑惜："？"

她看了看简珂，又看了看简母，挠挠脖子："阿姨您也看小说啊？"

"看的啊！"简母一拍大腿，眼睛放光，"我最喜欢小侯爷！新的那本李祎宸我也喜欢，但是小侯爷太可爱了所以还是最喜欢！"

小侯爷。

连岑惜这个原作者都要想一会儿，她哪本书出现过以小侯爷为主角的人物来着。

半晌，她才想起来，是第二本。

数据极差的那本。

因为那本书的数据真的很差，所以岑惜连评论区有谁给她留过言都记得。

忽然，她倒吸了一口凉气："您、您该不会是……wy 吧？"

简母笑道："就是我呀！"

岑惜陷入了巨大的震惊中，一时不知道该做什么反应。

是简珂让阿姨看的吗？

那本书是去年写的，那时候她还处于看见他就要口是心非地讽刺两句的时期，难道那时候他就已经知道她的笔名了？

他到底是什么时候知道的？

难道不是图书馆那次？

简珂见她半天不说话，还以为她是被他妈的热情吓到了，想着随便说点什么事转移一下他妈的注意力："对了，她妈妈也叫王芸，你们重名，挺巧。"

"我们那个年代的人啊，当初取名就爱用那几个字，什么芸啊、芳啊、慧啊，再加上我这'王'是大姓，重名真是太正常了。"简母见怪不怪，注意力明显还集中在岑惜的小说上。

话说到一半，她的神态和动作猛地僵住了。

简珂扬眉。

岑惜眨眨眼。

"等会儿，等会儿，等会儿。"简母比了个暂停的手势，不敢相信的目光在简珂和岑惜身上游离，"你妈妈叫王芸。你爸爸，就是简珂老去找的那个教授，叫岑建。"

岑惜木讷点头："是。"

"我的天啊！"简母惊声站起，小跑着到厨房里，"小五，我发现了一件你绝对想不到的事情！"

"让开，油大，别溅到你。"简父说。

简母丝毫不受影响："你猜！你儿子带回来的女朋友，是谁的闺女！"

简父笑："谁闺女啊，你激动成这样？总统的？"

"什么总统！"简母佯怒，但是声音中兴奋难掩，"是岑建！原来科大学金融的那个岑建！你之前给我写情书，后来因为重名，还不小心送到他女朋友手里的那个岑建！"

岑惜还没从上一个"简珂的母亲看过她的小说，而且简珂可能在图书馆遇见之前就知道她笔名，且不知道究竟是如何得知"的震惊中缓过来，又冷不丁地得知了第二件如此让她为之震惊的事情。

简珂的父母和她的父母竟然是老相识，听起来还有很深的渊源。

简珂也不知道这件事。

虽然"岑"这个姓不多见，但是"建"放在人名上却很普遍，加上简珂不是那种什么事都喜欢跟父母说的性格，简珂的父母也没有过问太多他的日常生活。

于是一直拖到今天才真相大白。

原来世界上还真有这么巧的事情。

简父乐呵呵地端着菜从厨房里跟简母有说有笑地走来——

今天的第三场震惊事件拉开了帷幕。

岑惜眼珠子都快瞪出来了。

简珂的爸爸竟然是简树平！

知名法考机构行政法教师！

岑惜前段时间几乎天天熬夜看他的视频学习！

简珂的爸爸深耕法考，在法考界无人不知无人不晓，岑惜怕自己尖叫出声，双手捂住嘴巴，僵硬地扭过脖子看简珂，眼睛里写着“简树平老师竟然是你爸爸，你为什么不早告诉我啊”。

简珂面色平平，似乎在他的认知里，这并不是一件值得一提的事情，不过岑惜的这个表情倒是让他想起了另一件事。他看着父亲努力思考的样子，淡淡提醒：“这是那位您曾经去我母校演讲回来之后赞不绝口的学生，还有印象吗？”

轰隆隆——

今天的第四颗雷，在简珂平静的语气中，炸了。

岑惜从来没想到，她竟然能有一天，在有简珂的场合，成为别人家的孩子。

而且，这个把她当成别人家孩子的，还是简珂的父母。

简珂父母坐在她对面，看她的眼神好像是在看亲生女儿，觉得她哪里都好。

尤其是简父，听简父话里的意思，他似乎不是很喜欢简珂做金融行业，觉得那些商人油滑老练、唯利是图、淡薄人性。

席间，他还举了中漾的例子，中漾的老董事死了以后，比起父亲后事，他的亲生骨肉更关心财产分割。

简父担心简珂也会变成那样冷血的资本家，所以他一直夸赞岑惜，认为像岑惜这样，做个律师更为稳妥。

今天，岑惜觉得自己的人生得到了升华。

只是她心底仍有一份疑惑，和简珂比起来，简父简母显得太平易近人，那简珂的高高在上难道是基因突变？还是经历了什么，变成了现在这样？

岑惜偏头看了简珂一眼，果不其然，即使在听家人对他不满的言论，他的头也依然微微扬起，带着他独有的傲矜。

她偏头的动作被简母捕捉到，简母似乎明白她的疑惑：“小惜呀，你有没有发现，简珂的性格跟我们俩不太一样？”

岑惜担心这是别人家的隐私，不知道是该点头还是该摇头，像是气泡卡在嗓子里，“呃”了一声。

“他呀。”简母已经自顾自地说上了，“四岁还是五岁的时候？受到了点刺激。”

“妈，你连这都要说？”这是简珂身上发生过的事情，他不觉得难堪，只觉得很久没听她提起过了。

简母笃定道：“这肯定是小惜想听的。”

五岁小孩，三不五时还尿裤子没有自理能力呢，能有什么好听的？

简珂垂眸，视线向岑惜的方向移动，只见她无比认真地点了点头。

“看看，我就知道，他以前没谈过恋爱，不懂我们女生的。”简母轻声笑。饭已经吃完了，简父起身收拾碗筷，岑惜本想帮忙，却又被简母一把拉住，“让他们俩忙，来，咱俩接着聊天。”

简母说着，带着岑惜去了简珂的房间。

简珂在父母家的卧室，比他自己的卧室大了不少，写字台、衣柜、书桌，还有玩具桌之类的全都堆在这屋。

因为他太久没回来的缘故，简母在这些桌子还有床上分别罩了一层布遮挡灰尘。

她熟练地掀开写字台上的布，小心翼翼地卷到一旁不让尘土飞扬，从书架上拿出了一本类似相册的东西。

相册打开到随便一页，正面是一位叫“高思哲”的同学写的同学录，反面是彩色笔画着的圆圆字体“简珂同学我喜欢你”。

“拿错了。”简母尴尬地咳了一声，挠了挠头放回去，这次仔细了一点，找出了一个颜色跟刚才同学录相近的册子。

这次简母也不随便打开了，而是从第一页认真地翻。

翻到某一页。

那时简珂穿着白白的小衣服，脸颊尚且圆润。

“就是这时候，哦，这都五岁半了。”简母把老花镜抬起来，看着旁边标注的年份，然后手指着照片后面的一辆红色小扭扭车，“看这辆车，这就是简珂这辈子受过最大的刺激。”

咋了，五岁的简珂被塑料扭扭车把基因撞变形了？

从此性情大变？

简母陷入回忆，面带浅浅笑容，将过去的事情娓娓道来：“那时候，他想玩扭扭车，但是他的扭扭车已经换了三个了呀，我不想再给他买，就跟他说，这个车很贵，咱们家没有钱了，不能给他买了。”

这句话听着莫名耳熟，岑惜想了想，她小时候也没少听过类似的。

“然后你猜怎么着？”简母似乎说到什么好玩的，自己先笑了，“他才五岁哟，居然就把这句话记住了。那时候他说他从那天开始要好好赚钱，你说那么大点小孩说的话，我们谁能当真？”

岑惜对五岁的简珂产生了好奇：“然后呢？”

“然后，”简母笑容渐渐敛下，再开口时，语气中多了些自责，“他就没了命一样学习，上三年级的时候就自己找大孩子借课本，把六年级的知识都学完了。然后就这么学，从小学，到初中，再到大学、研究生，一直到今天参加工作，别人的一生慢慢悠悠吃茶赏花，他这一生像是百米冲刺，一刻都没停下来过。”

岑惜的嘴巴微微张大，有点惊叹，怎么能有人这么上进？

学习这东西，从别人嘴里说出来总是很简单，一句话就能带过力学笃行的十八年。

但是岑惜才刚结束法考，同为法学生的她再清楚不过，这十多年中每一年的每一天，每一个小时，甚至每一秒，都孤独而漫长。

需要强大的自制力、自控力和自律。

且没人能陪伴。

没人真正享受痛苦，大家真正喜欢的，只有苦尽甘来。

岑惜下意识地想起了他的绰号，“简神”。

竟然如此贴合。

毕竟……普通人谁干得出来这种事。

简母把相册放回原处，拉着岑惜到床边，掀起盖着床的遮尘布，岑惜发现简珂的床还是很干净的，泛着洗衣粉的香味，应该是他不在家的日子，简母也会常常清洗。

“其实当时，我们挺快就发现他不对劲了。”简母说，“跟他说家里其实有钱，还专门给他买了扭扭车，但他说什么也不要了。你说说，五岁的小孩啊，怎么心里的那颗种子就能那么快长成参天大树呢？”

岑惜的眼睛像被沙子迷住了似的快速眨了眨。

她忽然想起，曾经老二问过她：“你说你这么个大美女，学习又好，写小说还能赚钱，为什么一遇到简珂就自卑啊？”

——因为，她不如简珂，这颗种子也在她很小的时候就种下了。

等她发现的时候，心里的那棵大树，已经浓荫蔽日。

“简珂啊，我从不怀疑，他走得最远，可他总是盯着前方的路，沿途多少美丽的风景都错过了呀。”简母说到这儿，攥着岑惜的手，轻轻地抚摸着，缓缓道，“还好呀，上天也眷顾了我们小珂一次，让你出现在他的生命里，让他能为了你停留下来。”

秋风徐徐飘到岑惜的脸上，把她原本垂在脸颊的发丝吹到颈后，余晖穿过藤蔓，光影斑驳地打在简母和她交握的双手上。

为了……她？

岑惜低头，怔然看着自己的脚尖。

猛地，才消失不久的自卑感破土而出。

不论是父亲说，还是她自己看到的，抑或是刚才简珂妈妈说的那些简珂的过往，全都在告诉她，她和简珂的差距。

她可以做他的女朋友，但她怎么敢做改变他人生轨迹的那个人？

她何德何能。

她刚要说话，门口响起了敲门声，紧接着听到简珂的声音：“妈，岑建教授来咱家了，说是您叫来的？”

岑惜一怔，茫然地抬头看着简母。

简母显然不知道他们父女之间发生的隔阂，只想着赶着这个巧合，正好找老同学来家里聚一聚，她像挽着女儿那样挽着岑惜的胳膊，换上了轻快的语气：“你爸跟你弟在外面吃饭，硬是被我喊过来家里。我跟你说，刚我想起来了，其实你刚出生没多久，我还见过一次，那时候你还不会走路呢。”

简母比了个怀里抱婴儿的姿势，回忆起过去，她打开门时看都没看自己儿子一眼，好像那个高高瘦瘦的身影不存在，她只有岑惜这么一个女儿似的。

岑惜则显得有些心不在焉，一来，这个时候，在这个地点看见父亲还有岑臻，着实有些尴尬。

二来，她刚刚走出房间时，不小心瞥到了简珂的书柜角落。

在那个角落，她似乎看见了自己去年不小心弄丢的一本教科书。

许久未见，本来以为会有些尴尬，没想到简母实在太热情，一来就把他们分开，连尴尬的余地都没留出来。

简母把岑臻分给他们让他们去里屋，跟简父一起围着岑父，还撺掇着岑父把另外的“王芸”也叫来，大家要一起回忆一下青春年少。

回屋之前，简母不忘跟岑惜嘱咐：“小惜，你要是有空，记得一定要更新啊，我看你昨天就断了，别说，这对我的伤害还挺大！”

这还是第一次遇到现实中催更的。

岑家小惜压力好大。

简珂低笑，搂着她回了房间，他本来想说不用管，但是岑惜已经先开口找他借电脑用了。

带着敬畏的语气。

简珂微微蹙眉。

不知道他妈在屋里跟她说什么了，好像人又变回去了一点。

现在后悔这么早把她带回来，也晚了。

“姐，你行啊，给爹找了童年好伙伴！”岑臻没有意识到他们两个之间微妙的关系变化，大大咧咧地扯过房间里唯一一把椅子坐下，“这下我完了，四海之内皆我爹，抬头不见低头见。”

他说完，抬头看见了简珂。

他又别扭地别开头。

岑惜坐在床上，翻开简珂的笔记本电脑，连屏保都没看清就直接点开文档，像是忽然想起了什么，她看了岑臻一眼：“对了，你上次给我打电话让我回家，不是家里出什么事了吧？”

岑臻挠挠头：“这事儿爸不让说。”

岑惜：“还真出事了？”

“也不算出事儿吧。”岑臻“嘶”了一声，非常努力地组织了一下简单的大脑，“就是你之前不是跟人打官司嘛，然后不知道怎么回事就有人找到咱家楼下来了，要对你进行威胁。”

“然后呢？”岑惜不可思议地瞪大了眼睛，她一直以为这是她跟李鸢两个人的事情，从没想过会连累到家人，岑臻的话让她一时不知该如何是好。

“你爸何许人啊！”岑臻显得比她放松很多，懒散的坐姿让他高大的身子都快从椅子上滑下去，“当时拉着人就不让走了，愣是给拽警察局去了，警察都傻了，还以为当街强抢民女走错地儿了呢！”

还好，没闹出什么大事，岑惜松了口气。

只是想到父亲为了让她能心无旁骛打官司，私下里帮她解决了这么多烦心事，岑惜难免有些动容。

“是不是挺感动？”岑臻一语戳破，吊儿郎当又贱兮兮的，“孩子，你爸跟我说，不赚钱就得了，还净惹事儿。”

岑惜：“……”

还真的省了。

算了，算啦。

她跟父亲大概永远都不能真正理解彼此的想法，但是没关系，就这样也很好。

虽然不理解，但父亲依然在用自己的方式保护她。

简珂倚在窗台，一条腿微微屈着，午后的秋日阳光像渡了一层柔光镜，把他周身笼罩出虚晃的金色线条。

“小臻，你去开车把你妈接过来。”简父在门外敲了敲门。

看来他最终是没抗住简父简母的盛情邀请。

岑臻翻了个白眼儿，在椅子上拧巴，犯懒不肯起来。

岑惜笑了笑，把笔记本电脑从腿上拿下去，下床给父亲开门。

开门时，岑惜和岑父面对面，父女相视一笑，冰释前嫌。

岑父拍了拍岑惜的肩膀，又看了看简珂，眼神中包含的意味不言而喻。

岑臻去开车接岑母，简父简母拉着岑父下楼去送他。

家里就剩下简珂和岑惜两个人。

岑惜似乎不打算说什么，安安静静地码字，简珂也不催，像从前一样，他随意从书架里抽出一本书。

过了一会儿，岑惜问：“我能用一下你的浏览器吗？查个东西。”

简珂的影子被西斜的日光拉长，没什么情绪地“嗯”了一声：“我出去走走。”

岑惜蒙蒙地抬头：“发生什么了吗？”

简珂罕见地低下头，静静地看着她，眼尾被日光勾勒成疏离的弧度：“让我想想吧。”

哦。

看来他是真的有烦心事了。

岑惜目送着他出房间，又看着他关上房门，小心翼翼的，没扬起一粒尘土。

她看他正烦闷，犹豫了一下，准备等他走完回来，稍作冷静后再出去找他。

岑惜收回视线，看见他浏览器自动打开上次关闭的页面，是她的微博主页。

岑惜顺手点开了自己最新微博下面的评论，第一时间被一个叫“风风”的读者吸引了视线。

她记得这个名为风风的读者。

事件的伊始，就是她先发现的两篇文章剧情相似，来给她留言，然后她似乎短暂地支持过岑惜，只是后来又见她替鸢鸢出头。

思想不是很坚定的样子。

岑惜已经很久不敢看评论了。

但如今事情已经尘埃落定，岑惜觉得也没所谓。

这是她第一次点进风风的主页。

没有预想中的谩骂和诋毁，只有“山高水长，再也不见”的文案赫然映入眼帘。

出于好奇，岑惜点开微博下面配图的备忘录截图。

各位姐妹好，我是风风，从去年鸢鸢抄袭事件开始，我们已经“并（zhu）肩（zhou）作（wei）战（nue）”一年多了。

这一年来，我也成了许多人的主心骨。大家在我的带领下，反抗，反击，甚至给某位无辜的大大泼脏水。

是的，泼脏水。

她没有错，她只是一个写故事的人，却因为招上了鸢鸢这样的蛀虫而遭受无妄之灾。

在这里，我仅代表我自己，跟 @绿江_七惜 说一声：对不起！

对不起，我曾经的无知和固执伤害过你，我给你发了私信，但你一直未读，我不知道你能不能看到这条道歉，但如果你能看到的话，希望你心里能好受一些。

我不奢求你的原谅。

下面是我想对曾经喜欢过的鸢鸢说的话。

最开始，发现有文章和你的类似时，我曾经无条件地站在你这边。

你也信誓旦旦地保证自己没有抄袭。

我们只是读者，又热爱你书中的人物，鬼迷心窍，相信你说的话不足为奇。

你说一切交给时间。

于是我们等来的是什么呢？

是你在判决书出来后一次又一次的卖惨，你说你只是一个普通人，无法承受网络舆论。

多好笑啊，我们为了你花了那么多钱，付出了那么多的心血，变成别人口中一身戾气的“抄袭粉丝”，而你说，你只是一个普通人。

你既然抄袭，那安安静静赚你的钱不好吗？为什么还总想奢望好名声？

你睁开眼看看，像我这样，真情实感为你撕过的粉丝，发现自己喜欢的作者抄袭的时候，有多绝望？

我们守护正义的心成了你伤害原作者的刀子，而你赚的钱，血淋淋地打碎我们的人生观。

山高水长，愿我这一生，再也不要在任何地方见到你的名字。

也愿原创，灿烂盛大。

岑惜的身子缓缓向后，靠在床边。她感觉自己好像变成了一朵云彩，正在轻快地缓缓升空。

内心感触良多，可当她两只手搭在键盘上，却一个字也打不出来。

密密麻麻的小字滚进胸口，此刻她心里满满当当的，快要从嗓子里溢出去。

岑惜把电脑放在床上，趿着拖鞋想出去找简珂。

才刚下地，她就想起来他明明心情不好。

在心情不好的人面前分享喜悦，是一个大忌。

岑惜收起笑脸，转身时，从门缝的罅隙中看见了那道熟悉的清瘦身影。

她快步走出去，把声音调整得听起来舒心一些：“遇到什么事了，现在方便和我说说吗？”

简珂站在光影半明半暗的夹角处，低头看她时额前碎发散落，看不清神情，只能看见他喉结清晰地滚动，发出“嗯”的单音节。

有点沙哑。

嗯？

已经做好了他说“不太方便”准备的岑惜有点意外。

与此同时，她也隐约察觉到，他心情不好可能和她有关。

想到自己在他心中或许地位比想象中更高，岑惜心情顿时更好了。她两只手交叉放在脑后，贴在他家的墙壁上，眼睛左右转了转，笑着说：“那你跟我说说吧。”

“那你先告诉我，你刚用我的电脑是想查什么？”

其实他想知道的是，是不是他妈妈说了什么，让她觉得心里不舒服，所以要从网上找一些不切实际的答案。

“哦。”岑惜用别在脑后的手顺便挠了挠后脑勺，“刚刚我不是想写小说吗？正好写到男主吃醋，但我不知道该怎么写，其实都卡在这里好几天了，就想着查查吃醋的人心里在想什么。”

但是后来她被微博带跑了，想查的还没来得及查。

岑惜想了想，觉得这也是个卖乖的好机会，把手拿下来，牵着他的手摇了摇：“还不是我男朋友太好了，都没能给我吃醋的机会。”

只是她并不知道，现在的简珂在想什么。

这句话没能让他放松下来，反而让他想起曾经抓过她手臂的那个陌生男人，激起了他心中的占有欲。

他猛地把手抬起来，连带着她纤细的胳膊一起，撑在她的头顶，将手指插进她的指缝。

“想知道吃醋的人心里在想什么吗？”简珂的声音沙哑而轻慢，唇瓣在她耳边，吐气滚烫烧灼，像是把她的耳朵含在嘴里舔吮，“我告诉你。要疯，想让你在我身边寸步不离——”

岑惜一口气吸到底，呼吸就此停滞。

怦怦跳的心脏像是被外界激烈碰撞的火红气球，下一秒就要炸裂。

男人的声音继而柔缓下来，手也从头顶滑落到身侧：“可是想到你会不开心，所以不能这么做。”

简母出门之前倒了一杯热茶，没来得及喝就出门了，现在已经凉了，碧绿的茶叶伸展开来，像溺在杯底的蝴蝶。

岑惜觉得自己就是那些蝴蝶。

她慌张逃出水底，小口快速喘气，吸进来的气让嗓子发干，她咽了下口水润喉咙，转为大口深呼吸，像是第一次品尝空气的甘甜。

他已经松开她，但指尖偶尔的触碰，仍让她感到一种电流的酥麻感。

男人身体板直地站到她面前，又恢复了清冷的模样，只有眼角还微微泛红：“我妈到底跟你说什么了？”

“咦？”岑家小惜茫茫然，并不知道简珂为什么这么问，因此也答不到重点上，“说你五岁时候不给你买扭扭车。”

简珂：“？”

简珂对他妈挺了解的，也看得出来妈妈是真的喜欢岑惜，但眼下岑惜的这个态度又让他捉摸不透。

他垂眸看她：“行，你不说我自己问。”

看着他说完就从兜里拿出手机，岑惜连忙把他的手按住：“为什么还问啊？我都说了呀，阿姨跟我说因为没给你买扭扭车，所以你就努力学习想早点赚钱！”

因为不肯袒露心迹，又或是因为阴错阳差，他们之前已经错过了太多时光，简珂不想再重蹈那些乱七八糟的覆辙。

他把手机扔回兜里，反钳住她的手，直截了当地问："那不给我买塑料车，跟你忽然不搭理我有什么关系？"

岑惜挠了挠头，她有表现出来不搭理的意思吗？

她本来想的是，有必要再多给这样优秀的他一点崇拜和尊敬，不能总是跟他插科打诨，这个行为竟然被他理解成"忽然不搭理"？

她的沉默让简珂眼底发黯，仰头深吸了一口气，像哄着她似的问："所以，五岁的简珂没有塑料车，跟你不搭理快三十岁的简珂有什么关系，嗯？"

岑惜咽了下口水，温暾道："我哪敢不理你，还不是担心自己会打扰你……因为你一直都很努力，我好不容易成为你的女朋友，不想拖累你。"

简珂气笑了似的轻叹出一口气，舌尖沿着下唇舔了一圈，像是在自言自语，又像是在问她："到底是谁好不容易？"

岑惜："嗯？"

简珂对上她的视线："还没发现吗，我们之间的关系，一直都是你在主导。"

如果人可以具象化，那岑惜现在就是一个大大的问号。

"最初，我不知道你内心的想法，但你不想理我的时候，我们一句话也说不上。"简珂眼中情绪不明，"后来能在一起，也是因为你有这个心。而就算名义上在一起，你想躲着我，我也一点办法没有。"

他的声线很平缓，十分平静地把这些话说出来，却让岑惜感觉全身血液往上涌直到头重脚轻，脑中的第一个想法是想表演单手倒立。

秋风穿过侧卧，把岑惜原本垂在耳侧的碎发扬起，吹进眼睛里。

她一边眨眼，一边用食指把头发勾出来，等头发回归原位时，她的眼睛已经变得红通通湿漉漉的。

简珂进去把房间的窗户关上，想起她灰尘过敏，正要把房间的门也一起关上，手背上却黏上了一只滚烫的小手。

她将门把手往下按，把门推开。

简珂："会过敏。"

岑惜："这点灰尘，没事的。"

比起这些，她还有更重要的事要确认。

岑惜三两步走到刚才简母拿过相册的书架前，吸气攥拳，从上面取下来那本疑似她一年前丢的本子。

夕阳的余晖顺着在白色封皮上铺开。

那天是模拟法庭。

上一组同学正在进行中，大型公开处刑现场，岑惜紧张到恐慌。

更不要说台上有个同学因为太紧张支支吾吾一句话都说不出来，岑惜被他渲染得更紧张，唯恐自己上台也会那样。

一个小时的时间，她来来回回去了五六次厕所之后，才看到坐在暗处的他。

指骨分明的食指和中指间夹着一支黑色的签字笔，有一下没一下地点在面前的评分纸上。

尽管是坐在台下，那股子倨傲仍从骨子里恣意散出来。

从她那个座位，能看见他脖子后面干净的领子翻折得一丝不苟。

她把随身携带的书翻到相对空白的一页，偷偷地把这一幕画下来。

那时候她已经喜欢他六年，他像是埋在心里的甜糖种子，画过之后，心真的平和下来。

连他都敢暗恋，还怕这小小的模拟法庭?

巨大的紧张过后人是不记得当时发生了什么的，以至于岑惜不记得在台上时自己说过的话，不记得对手的反应，也不记得台下人的反馈，她只记得，自己好像表现得还不错。

简珂从她手里接过那个本子，从他的表情就可以说明。

他知道这个本子是她的，而且是故意拿的。

阳光似乎偏爱他，碎了一部分在他卫衣边露出来的白衬衫上，他抿嘴笑，温柔似漫天星辰的模样，让她有片刻的晃神。

早些年，人生活的范围集中在学校时，简珂因为学习好，被老师众星捧月般地捧在手心。

他也用实力证明了自己值得。

但凡他想做的题，没有一道会做错。

如果他的答案和教科书上的不一样，那就是教科书印错了。

鲜有人知道，在其他人或羡慕或崇拜的风光背后，是日复一日的刻苦。

骄傲也是真的。

因为他不会出错。

直到那一年，他以助教身份去评审她的模拟法庭。

他对岑惜这个名字是有印象的。

偶尔探讨结束后，岑建教授说起他的家人，总要说一句：岑惜啊，不务正业，发愁死我了，你有空帮我看看她。

又或者是听到路过的男生说：我的天啊，岑惜那腿，那脸，真绝了。

频率还不低。

他跟岑惜接触得很少，课上遇到，几乎没见过她看黑板的时候。

更不要说提问，她从不回答。

除非点到名字，她才会不情不愿地站起来，坐下时瞪他一眼，然后下一个动作就是和身边人嘀嘀咕咕。

久而久之，她在他心里就形成了一个固有印象。

花瓶。

但是模拟法庭上，她的表现用“惊艳”两个字来形容或许都不为过。

思路明确，条理清晰，有条不紊，侃侃而谈。

把她对面本来教授心中的第一打到话都说不出来。

优秀得难以想象。

无关乎外表，她是他唯一判断错了的人。

在他心中，她成了唯一的例外。

他不自觉地开始去留意她。

散场后，他在她的座位上拾得这个本子。

不过他没打开过。

他听包宏艺说，有人在图书馆看到她。

见到她的时候才发现，她对他的排斥比他曾经感受到的还要强烈。

那是有记忆之后，他人生中的第一次不知所措。

后来，他看见了她的电脑屏幕。

本来只是想加好友认识她一下。

他连措辞都想好了，你父亲让我看着你。

没想到阴错阳差成了她的徒弟。

本想找个机会坦白，可她在网上的样子实在过于可爱。

他舍不得。

岑惜听他说着和她认知中完全相反的两个世界，小步后退，直到身子贴在冰冷的墙壁上，她才下意识地重复：“可爱……吗？”

“嗯。”简珂向她的方向迈了两步，攥着她的手，她的小手像没骨头似的，任他把玩，“有些话我之前跟你说过，现在我再说一次，如果你再忘，那我就无限次重复。不要总是用完美掩饰真实的自己，至少在我面前不用。”

岑惜怔然，为他说的结论，也为他说的“无限次”，连呼吸都有片刻的暂停。

“我应该是有点偏执。”简珂声线沉哑，“认准一条道往死里走，对人生如此，对你也这样。但我遇到你之后，真的想停下来，跟你一起看你眼中的万物和四季。”

像是被从天而降的礼物盒子击中，岑惜觉得自己头晕目眩。

她伸出僵硬的手指，掐了下自己大腿外侧。

好像真的不疼。

“做你想做的，我会跟上你的。”简珂第一次在非工作时间说这么多话，嗓子里像糅杂了砂砾，他两只手撑在她身体两侧，清浅的呼吸从脖颈缠绕进肌理，“如果你始终觉得没有安全感，那我只能承认我这方面经验不多，这种事我也没地方去补课，所以你给我点时间，别躲着我了，嗯？”

好似一场久病痊愈，一夜大梦初醒。

岑惜的全部感官归位。

暗恋的酸涩像是怕被遗忘似的，在心底做最后的挣扎，让她想哭。

金秋九月。

岑惜拖着硕大的行李箱。

迎新的学姐一边给她推销电话卡，一边跟她说：“燕大你是来对了，多少外校的女生得借课表来围观我们简珂啊！”

那是她第一次从同龄人的嘴里听到他的名字。

如想象中的高不可攀，而又朝思暮想。

如今，他终于站在她面前。

爱意从心口散发，浸透四肢百骸，她的声音颤抖：“简神……”

“不是神啊。”简珂的声音低沉温柔，像是波光粼粼海面上奏起的低音大提琴，“是一个爱你，也希望被你爱的，普通人。”

岑惜猛地扬头。

对上他目光的刹那，她看清此刻他淡色瞳眸中的倒影。

亘古至今瑰丽炽热的太阳，弥漫长空干净淡雅的云，攀枝绕蔓艳丽似锦的蔷薇科鲜花——和她。

番外一

/ 命定缘分 /

为了避免不必要的麻烦，毕业后岑惜没有选择留在御诚，在御诚实习做背书分明能进红圈所的前提下，她选择去了一家专精于知识产权的小律所。

对于这一选择，岑父自然又是一百个不理解，整天唉声叹气，又不好说什么，只能把气撒在儿子身上："天天拍你那破球，我看你就是个球！"

岑家小臻跟姐姐诉苦自己好委屈，好无辜，好可怜。

简珂倒是很支持她，因为随着新科技发展，AI人脸盗刷等情况层出不穷，同时，公众对"原创""版权"等意识增强，知识产权业务板块处于爆发式上升状态，如果能在早期站稳脚跟，后期的发展甚至有可能开拓出自己的独创领域。

而她又有一些先天优势，因为写作的关系，她的表达和共情能力极强，更容易理解客户的真实想法。

她在这个行业里最适合不过。

而他在工作时，偶尔也会听到别人对她的评价："简珂，你家媳妇儿不愧是你教出来的，法庭上那样子跟你太像了，顶着一张人神共愤的脸，说着一针见血的话，我可不愿意在法庭上碰到她，简直是噩梦。"

"是吗？"简珂轻笑，温柔道，"争取让你噩梦成真。"

渐渐地，岑惜在法律圈也逐渐有了一点小名气，尽管其中一部分是来自简珂，但被人提起时她也并不觉得难为情。

反正是一家的嘛，借点名气又不花钱。

天气逐渐回温，有天她正在拟文书时，律所里来了一位客人，指名点姓要见她。

当事人来时戴着口罩和遮住半张脸的渔夫帽，慌得整个人都在发抖，她一边哭一边说，岑惜听了好久才听明白。

一家垄断型企业擅自使用了她设计的专利，并稍作改动，声称是自己的原创设计。

岑惜正在记录要点，坐在她对面的当事人情绪再次激动，几乎要跪下来求她："岑惜，你一定要帮帮我，除了你，没人能打赢这个案子了！"

对方直呼她的名字，而且声音似乎有些耳熟。

她记完笔记后抬头，轻声问："我们认识吗？"

对方取下自己的帽子、口罩和硕大的黑边平光眼镜。

是高佳佳。

或许是曾经在岑惜面前耀武扬威过，所以如今这般卑微哀求，让高佳佳更加抬不起头。

可她没有办法。

岑惜想，毕业之后，她们再无交集，高佳佳怎么会忽然找上自己呢？

这个疑问，在见到简珂的时候解开。

对方企业找的辩护律师是简珂。

岑惜没犹豫："那这个案子我只能让她另请高明了。"

简珂从背后抱着她，一只手顺着她的衣服钻进去，滚烫的掌心毫无阻隔地贴在她喝过奶茶略冰凉的小腹上，呼吸吹过耳郭："那万一这是她故意的，在试探你的专业程度，怎么办？"

"那就当我不专业吧，我可以和任何人对簿公堂，除了你。"岑惜揉了揉耳朵，按住他不停向上游走的手，"一把因为你而变得锋利的刀，刀尖就永远不会指向你。"

简珂怔了一下，手却习惯性地伸进去。

她正在说正事，恼羞成怒地回头瞪了他一眼，却只看见他眼睛里明晃晃的勾引。

又或者是她想歪了，总之他的眸太深邃，像一片令她甘愿沉溺的深海。

算了。

她回身抱住他，把他的胳膊往下拽了拽，到一个充满暗示的位置："我们……"

"我还是建议你接这个案子。"简珂的声音一如既往的肃清和冷静，"在诉讼中除了你死我活，还有一种结果，叫调解，也叫双赢。"

岑惜一时不知道自己该说点什么，两只手就这么堪堪停在他胸前的扣子上。

可他的手分明箍得用力，让她挣脱不掉。

她咬牙切齿："你故意的，是不是？"

简珂像是没听到这句话，垂眸认真道："相信我，比起个人，如非必要，企业只会更不愿意打官司。"

岑惜："！"

岑惜："我不要跟你说话了！"

凭什么她说正事的时候，他在这样那样。

等到她想这样那样了，他反而一副认真的样子啊！

这是法官听了都要大呼"不公平"的事情啊！

"真的……"简珂顿了顿，一只手四处点火，胸膛贴着她，轻柔的声音像是在她心上蛊惑的手，"不想要我吗？"

饱胀的花蕾，舒展的花瓣，结成一室芬芳旖旎。

从来没有这样爱过一个人。

一想到，未来我们还会有无数个如今天的明天，就对未来充满期待。

第二年四月，燕市年度法院知识产权司法保护十大案例发布，鸢鸢的侵权案赫然列于其上。

而不论是新发布的刑修（十一），抑或是这一场初期几乎所有人都不看好的侵权案，都在向公众传达一件事。

公众对于案件的关注和发声，包括微博上的转发和评论，会推动相关学界对有关法律的讨论。

因为法律本身具有滞后性，而针对网文这一相对新兴产业，为了达到社会进步的目的，相关法律法规需要不断地更新。

因此，本次侵权案，其影响力已经远超案件本身。

而随之而来更令人意想不到的是，已经从公众视野消失数月的李鸢竟然再次上线。

发布了一条七百多字的长微博。

各位读者朋友还有网友，大家好，我是鸢鸢。

最近这段时间没有上线，是因为在处理版权合同的赔偿问题，目前已经接近尾声。

经法院判决，我笔名为鸢鸢的小说，抄袭了作者七惜的文章。在这个万物复苏的季节，我想跟所有仍然关注我、关注抄袭事件的人，说一句迟来的抱歉。

我不得不承认，在事情发酵的一开始，没有选择删除文章，而是向七惜泼脏水妄图颠倒黑白，是因为我的虚荣和侥幸。

其实，如果关注我久一点的人都知道，我在2019年的时候，也曾经被人抄袭过。

当时我向网站举报，网站判定她抄袭并因此锁了她的文章。

但是后来，她靠“卖惨”，为自己挣得了流量，并从那以后，又发表了数篇文章。

现在她仍然活跃在公众视野中，成了许多人心目中优秀的“大大”，除了抄袭的那部作品，其他作品几乎全部出版、改编，赚得盆满钵满。

在一次路过书店，看到那个作者的书后，我的内心变得扭曲。

我也想要走捷径。

在我贪婪的计划里，七惜成了无辜的受害者。

我本来以为，我最差的结果也只是这篇文被锁，但是可以把这本文的流量分摊给其他书，一样可以赚到钱。

我没想到的是，七惜比我勇敢很多。

在知识产权维权极难的时期，她选择了起诉。

其实我曾经也想过起诉。

但是我周围几乎所有人都告诉我，打不赢的。

从收到立案通知开始，无数个夜不能寐的夜晚，我都在想，我要是七惜就好了。

反抄袭是一件很厉害的事情。

不论七惜，又或者所有看到这篇微博，抵制抄袭的读者。

当抄袭成了捷径，且承担的后果极小时，就会有越来越多的人走上这条路。届时受到伤害的，除了原创作者，还有看书的读者。

希望我的例子，也能给跃跃欲试的后来者带来警示。

对不起曾经支持我的人。

也对不起七惜。

愿原创灿烂盛大。

也愿你们的生命中，再也没有我，也不会再遇到我这样的人。

李鸢

这条微博发出去两天之后，岑惜才看到。

为了避免被人拿出来再次讨论，她只在评论里写下了自己的留言，没有转发。

她忽然想到老子在《道德经》里说过的话，“天下皆知美之为美，斯恶已，皆知善之为善，斯不善已”。

天下人都知道了美的标准是什么，那么相反的丑的标准也被确定下来。

天下人都知道了善的定义是什么，那么相反的恶的定义也被确定下来。

但是关于抄袭，其带来的名与利诱惑太大，又有无数前驱者享受其带来的好处，有许多人就忽视了这是一件丑恶的事情，并为此趋之若鹜。

岑惜想，也许她在做的就是告诉别人，抄袭是一件错的事情。

手机上弹出一条企鹅消息。

【御猫：小七小七，你看鸢鸢的声明了吗？】

【七惜：刚看。】

【御猫：她说的那个抄袭的事我知道，我忽然觉得鸢鸢也有点可怜。】

岑惜长舒一口气。

【七惜：正确的路，或许不能让我们走得更快，但一定能让我们走得更远。】

简珂刚开家门，就听见了这一口长长的叹息。

他微扬脖子，扯了扯白衬衣上的黑色领带："怎么了？"

听到他的声音，岑惜下地，光着脚噔噔噔跑到他面前。

吧唧。

踮起脚在他左脸按上一个岑家小惜所有的小型印章。

"没怎么，就是谢谢你爱我，让我有勇气面对这世界上所有的丑与恶。"

在岑惜的提议下，简珂和她一起回了趟附中。

正值暑假，岑母跟门口保安打了声招呼，把他们两个带进来后，又匆匆跑回教学楼给准高三孩子们补习。

刚刚下过一场小雨，空气中弥漫着浅淡的青草气息，带着丝丝凉意，沁进心脾。

夏蝉躲到不知名的角落去避雨，除了教学楼里会偶尔传来一两句高三学生回答问题的声音，其他时候都很安静。

从门口去往操场的路上，岑惜每一步都踩着格子走，只踩向左边的格子。但是按照规律，她下一步要走的格子因为凹陷而积了不深不浅的水洼。

她在原地停留了好几秒。

如果不管格子，就这么往前走，总觉得别扭。

但如果管格子，她脚上的小白鞋就要被雨泥溅脏了。

岑惜轻轻叹了口气，正准备放弃强迫症时，被一只有力的手臂揽住了后腰。

两人的距离在一瞬间贴近，她被男人抱起来。

简珂穿着休闲款的皮鞋，踩上她计划中的那个格子，温淡道："算你踩的。"

"噗。"岑惜捂嘴偷笑，"你好幼稚。"

简珂："……嗯，我幼稚。"

历经千辛万苦，岑惜终于抵达操场。

她眯起眼睛，找到操场某个摆着五六个锥桶的角落："就是那个，我之前第一次见到你的时候，就是在那儿练篮球绕标，然后把衣服都弄脏了！"

那是她很长时间的心理阴影。

好吧，岑惜承认，她不是一个爱干净的女生，可她也很少会脏成那个样子。

白色的校服短袖快看不清本来的颜色。

而他偏偏又是干净整洁的白衬衫和清隽的面容。

以至于后来每每想起那场初遇，岑惜总觉得难堪。

如果可以选择性失忆的话，她一定会选择把那天见到他的那短短不到一个小时的时间抽走，存放到高科技芯片里，拴在石头上，扔进一望无际的大海。

简珂垂眸，嘴角勾起了一个浅浅的弧度。

原来她带他来这儿，是想说这个。

其实，那一天两人的初遇，在他心里是另一个完全不同的回忆景象。

比起初中直白而简单的作文题目，高中时期的题目总要显得文艺一些，简珂记忆深刻的有两个，一个是高考作文《仰望星空与脚踏实地》，还有一个叫《青春的样子》。

记得高考作文是因为那是高考，而记得另一个，是因为他那次作文考试得了零分。

忘记了是月考还是期中考试。

事后语文老师找他，对于优秀学生，老师向来都是温柔式教育，一句批评也没有，而是给他做了一整节课的心理辅导，生怕他高考也这样耍性子。

附中可全指着他跟一中争荣誉呢。

其实不管老师找不找他，简珂都不会那么感性，把脾气撒到高考上。

他感情也没那么充沛。

至于那篇作文，完全是个例外。

青春之于简珂没有什么特别的样子。

一眼就能看出来该画在哪儿的辅助线，扫一眼就能分清的时态和语态，还有默写了一遍又一遍的"六王毕，四海一；蜀山兀，阿房出"。

提前学了高数，顺便考了雅思四个八的成绩。

以前是这些东西，以后大概也都是这些，不同的只是难易程度。

他的人生像是一眼能看得到头，又像是一望无际的广袤深渊。

这样肯定不是作文里想表达的那种迷茫懵懂、多姿洋溢的虚伪青春。

硬编也不是编不出来，可他没来由地就是不想编。

大一刚开学不久。

简珂和自己崇敬的学术派教授相约校外。

一家静谧的咖啡店，没有故作小资的音乐，咖啡香气醇厚四溢。

言谈间，教授正在上高中的女儿推门进来。

简珂很少，可以说从来没有一次，主动留意和自己无关的其他人。

可是他那天就是注意到她了。

像不想写作文那样，没有理由。

她似乎不太习惯这种安静的地方，进门时先探进半个脑袋，而后显得有些局促。

习惯令她总想大声说话，但是注意到地点后又只能深吸一口气，把自己的声音吞下去，调成嘀嘀咕咕的小音量。

健康的小麦色肌肤，短发，额头上绑着黑色的发带，穿着附中的夏季短袖校服，露出手腕上两只黑色的护腕。

透着青春的气息，像是漫画里走出来的叛逆少年。

她的衣服脏了吗？

其实简珂从来就没注意过。

在他看来，那似乎是她身上该有的一种代表青春的颜色。

早几年因为他用眼过度，所以眼睛会在每年固定的月份发炎，以至于他看不清她的成绩。

只是在教授与女儿的对话中，听出她大概数学没考好。

倔强的，赌气的，不肯承认。

整个人的情绪都很鲜活、生动。

像极了早晨七八点钟，冉冉东升的旭日。

岑惜蹲在地上玩蚂蚁：“我那天其实还给你指我的名字来着，就在卷子上，希望你记住，但你好像也没记住。”

简珂苦笑，他的眼睛发炎得可真不是时候。

他不但没有看见她的名字，甚至连她的名字都没有听见。

因为那天岑教授没有特意喊过她的名字，都是用“你”代替的。

和她一样，他一直记得她。

可惜都没机会再见到。

毕竟作为学生，在没有任何正当理由的情况下，贸然与老师提出见其家里人，是一件极为唐突的事情。

直到她上了大学。

那时的她和高中的她已然判若两人。

她蓄起了及腰长发，军训后黑了一圈的新生里，唯有她白得突出，纤纤细步，温柔款款，说话时是自然的轻声慢气，而后他有机会向岑教授问起了家里的另一个孩子，听教授说岑臻去了体大。

岑教授并没有刻意提起，他的另一个孩子是儿子，所以简珂自然而然地以为，岑惜是姐姐，岑臻是妹妹，他见到的那个是妹妹。

简珂想，体大确实很适合那个蓬勃少年气的女生，她就该那般意气风发，肆无忌惮。

太阳爬到头顶，晒干了操场上橡胶跑道的水，然后功成名就般渐渐落下，岑惜牵起他的手，两个人慢慢地绕着操场散步，夕阳把他们的影子拉得很长。

“高一高二的时候，我跟我同学吃完午饭，大家讨论的除了班里的八卦，就是你了。”岑惜站在简珂的左侧，心里升腾起一种异样的感觉。

曾经梦里都摸不到的背影，现在与她并肩行走。

背后议论的时候，怎么敢想象会有这么一天。

“你们怎么会讨论我？”简珂问。

言下之意，是他们错开了三届，照理说，她和她的同学都应该不认识他。

“哦，我同学她邻居家的姐姐跟你是一届的，邻居姐姐跟她说的。”岑惜解释，“后来高三学习太忙了嘛，大家就不讨论别的了，抓紧时间只说关于你的事情。”

简珂觉得有些好笑，温声问：“那你们讨论里的我是什么样的？”

岑惜想了想：“就那样啊，就是学神啊，不管再难的题都一看就会，老师不会的题就问你。还有就是好看啊，什么某某某班的班花看你的时候不小心撞到柱子上，第二天都上不了学，然后你冷淡得很，对人家不闻不问的。”

“呵。”简珂轻笑。

流言蜚语传起来还真是可以无根无据。

“别笑。”岑惜佯装凶狠地警告他，“万一他们说的是真的，只是你没注意到呢！”

简珂想了想，或许有点道理，保持缄默。岑惜莫名有点不爽，轻轻掐了下他撒气。其实，她不知道的是，在她讨论简珂时，简珂身边也有人在讨论她。

不过那是他大三时候的事了，本科的宿舍是四人间，一中升上来的高宇极其八卦，而他又崇拜简珂，总喜欢拿八卦跟简珂套近乎。

“哎，简珂，我弟今年考上附中了，就是你母校，听说这届高三有个女同学可漂亮了！叫岑惜，你认识吗？”

简珂淡淡道：“不认识。”

“啊！那太可惜了，据说很漂亮，性格还特别好！”

简珂扫了他一眼。

嫌吵。

时过境迁。

他在想，如果那时候，听进去那些吵闹的话，那些独自一人走过的枯燥时光，是不是也能生动一些。

操场溜达完一圈。

简珂在离开学校时，注意到校门口缠绕在长廊花架上的紫藤花，紫白色的花瓣如水银般倾泻。

“你记得这个紫藤吗？”岑惜问，“当时我们传，那个班花学姐就是撞在这上面了。”

简珂瞥了一眼这棵陌生的树：“我上学的时候它还没种过来。”

“怎么可能！”岑惜的声音拔高，“我妈说，这棵树都在这四十多年了！”

简珂微怔。

可是在他的记忆中，学校里分明从来就没有过除了白纸黑字之外的颜色。

校门口这条巷子长得像没有尽头，雨露挂在嫩叶上时不时被风吹落在脚下。

短裙被微风吹动，裙摆宛若盈盈蝴蝶在她大腿根飞舞。

简珂的视线落在他们紧握的双手上。

若时光倒退十年，青春大概如你模样。

你还是短发吗？有没有交女朋友？除了咖啡，你喜欢喝奶茶吗？要不要珍珠？你见到我爸爸的时候，会不会想起曾经见过我？

你知道吗？

认识你之前，我没有羡慕过任何人。

认识你之后，我羡慕每个可以和你擦肩而过，哪怕是素昧平生的路人。

那些情绪藏在心里太多年，每天说一点，就足以把后面的余生填满。

一次和岑父约好了见面，简珂和岑惜一起回了大学。

相比起高中，进入大学要简单得多，就算是暑假也是对外开放的。

傍晚时分，岑父在忙，简珂与岑惜二人在学校里走走逛逛。倒也不是很随意，因为岑惜一直很有目的性地拉着他。

简珂本来以为她会喜欢那片有名的情侣圣地未央湖，却没想到她把他带到了法学楼前面的那片秃秃的空地上。

简珂敛眉，等着她说她的那部分他不知道的事。

“你站在这儿别动啊，脸冲着这边。”岑惜把他安排到教学楼门口，面冲着大门，自己忽然跑远。简珂的视线下意识跟着她的位置移动，只见远处的她手卷成小喇叭，冲他喊，“不许看我！就像你以前那样！”

好。

简珂按她所说的“以前那样”，慢条斯理地把手插进裤兜，面无表情地微微仰起头。

他仍然是那样，高高在上，目空一切的简神。

面前的他忽然与记忆里的他重叠，像是忽然被人从脊椎里注进了一阵热流，岑惜浑身起鸡皮疙瘩：“就是这样！”

她由远及近地走过来，一开始刻意走到他身后，后来又绕到他身前，一边走一边给自己的行为做注解："那时候就是这样，我一般情况这时候会挽着我舍友，走到你面前的时候要么忽然大声说话，要么忽然笑得很开心。你那时候有好奇过我们当时在说什么或者笑什么吗？"

简珂半眯着眼睛，分明从她脸上看见了"期待"两个字，沉吟片刻，点头："嗯，挺好奇的。"

"嘿嘿。"岑惜背着手，"那看来我当时成功啦。"

其实对于那时候的事，简珂不太有印象了。

毕竟在她大三那场模拟法庭辩论赛之前，他对她一直有些误会。

有点笨，不爱学习，不务正业，长得极为漂亮。

诸如此类不痛不痒的印象，不占据他人生中万分之一的精力去了解。

不过她说起的这件事，倒是让简珂想起了另外的事。

那时忘了谁要追她。

听闻他与岑教授关系好，想从他这儿来讨点情报。

简珂记得自己那时候给出的建议是"脾气不太好，可能无缘无故会瞪你一眼，如果你觉得能接受的话，就去试试"。

那男生当时的反应非常激烈：赛校花可是出了名的好脾气！怎么可能瞪人啊！

男人倒是不敢怀疑简珂也喜欢岑惜之类的，只能暗戳戳地猜测他是不是记错人了。

想来，那时候他对她的很多印象确实和别人对她的印象不同。

以至于他也有过一些自我怀疑。

现在才明白，原来是这样。

阳光顺着树叶缝隙斑驳地照在地上。

简珂伸手把她脸颊一侧的碎发挽到耳后，静静地看着她。

岑惜眨眨眼："怎么了？"

简珂舔了下嘴唇："没事。"

只是这时候才发现，其实他留意她的时间，比他自己察觉到的，还要早。

后来，岑惜又带着简珂去了303，他们曾经上课的那个教室。

她很喜欢玩"情景再现"的游戏。

于是，简珂被推到久违的讲台上，无奈地喊她的名字："岑惜。"

"不不不。"坐在下面的岑惜双手摆动，纠正道，"不是这个语气，一定要冷漠，就是那种，昨天我找你借了两百块钱没还，今天又开口找你借两万，然后你不想搭理我的那种，拒人于千里之外的那种语气。"

她总是有很多奇奇怪怪的形容。

"像这样。"岑惜微微蹙眉，学着他的样子喊自己的名字，"岑惜。"

他哪有这样。

简珂哭笑不得。

但看见她双手托腮，眼巴巴地看着他时，他只好将视线从她脸上收回来，盯着冰冷的桌子，用很淡的声音说："岑惜。"

她没应。

还是不对吗？

"岑惜？"简珂微微把尾音挑高，觉得这个语气好像确实有点熟悉。

他略略抬眼。

看见她捧着脸，坐在第一排，与讲台上的他视线对上后，轻轻垂下眼帘："以前喜欢你的时候真的太辛苦了，为了能多听你喊两次我的名字，我第一遍都只能假装听不见，但是这样的把戏我又不能总是用，不然会耽误大家上课的时间。"

对于这一段两人共同经历的事情，简珂有一点印象。

因为他相对严厉，上课点名时，其他人很少会点名不应，唯独岑惜例外。

他偶尔也会抬头看一下她在做什么。

不聊天，也不玩手机，抱着一本厚厚的题册写得很认真。

反正是让他说不出来什么。

简珂单手撑住讲桌，慢条斯理地挽起袖子。

他挽着挽着，低低地笑了。

岑惜往左挪了两个位置，坐在第一排的最中间："我之前就一直想坐在这个位置，这个位置看你真的太方便了！要是我之前就能坐在这个位置，我肯定也知道你耳朵后面那颗痣，其实这么看还挺明显的。"

她对那颗痣有执念。

他看了一眼她的位置："那为什么不坐？"

"你知道这个位置有多难抢吗！"岑惜控诉，"七点钟的课，六点半这个位置就有人了！我又不可能跟别人抢，我没有正当理由啊！"

简珂挑眉："哦？"

"我不管。"岑惜知道这件事情不管怎么说都赖不到他头上，干脆开始耍赖，"从现在开始，你就只能喊我的名字啦。"

简珂："好，岑惜。"

岑惜满足地点点头："嗯。"

对你的喜欢好像压在空气里一般，我不论做什么，最终的导向都指向你。

像是把嫩黄色的柠檬汁挤进冰糖汽水里，升腾起酸甜气泡。

后来柠檬籽掉在地上，我正准备弯腰去捡时，刚好与你四目相对，于是不为人知的喜悦，渐渐在心底蔓延。

岑惜闭着眼睛，想象着时间又倒回，他倨傲疏离，而她坐在台下，诚惶诚恐地等着他点名：“你再叫我一次。”

简珂走下来，一只手搭在椅背，一只手抵在她面前的桌子上，将她虚抱在怀里，低沉的声音在她耳边喊：“岑惜。”

岑惜饱含热泪地应：“嗯。”

因为来之不易，所以格外珍惜。

简珂对岑惜的喜欢比岑惜萌芽得要晚，这点简珂从来没否认过。

但也确实比她喜欢得深刻。

造物主曾经把亚当的一根肋骨拆下来，造了第一个女人，夏娃。

因此男人疼爱女人，就像疼爱自己身体的一部分那般。

过去简珂不喜欢这个故事，一来从生物学的角度来说这个故事过于荒诞，二来他从不认为女人是男人的“一部分”，她本该是独立的、耀眼的。

直到喜欢上岑惜。

他发现，这个故事真正的含义是，“有了你，我才是完整的自己”。

简珂对岑惜的喜欢，并非出于外表的一见钟情，也不是出于交往后的日久生情。

而是一种，非她不可、无法取代的重要。

就算这世界上有比她更漂亮的女生，比她更聊得来的女生，也不可能如她一般重要。

“呃？”岑惜伸出一根食指，一下下地戳着他的肩膀，“你还认识比我更漂亮的女生？还想跟她聊得来？你、很、危、险。”

简珂抓住她的手指，顺势把人往怀里带，手臂勾在她的后腰上，语气中带有一点惊讶：“小脑袋里到底装了什么乱七八糟的东西？”

对她的了解中，她与其他人对她的印象其实有所不同。

并不是温柔可人娇滴滴的女生，实际上的她极为鲜活生动，只是笑一下，就令他深陷。

说来，人这一生，总该遇到一些人，让冗长无聊的时光，在遇到她的那个瞬间，忽觉天长地久也不觉得久。

岑惜窝在简珂怀里，使劲儿往里蹭了蹭，简珂很熟悉这个动作，她撒娇时候就是这样的，他顺着把她抱得紧了些。

“啊，原来在你心里我是这样的……”岑惜吸了吸鼻子，用右手食指抠左手拇指指肚，声音渐微，“你知不知道，其实回忆是会把人美化的？我可能不是你记忆里的那种完美的样子。”

简珂把她抱得更紧了一些，她没安全感，他知道的。

西沉的太阳垂挂在树枝上，昏昏沉沉的。

岑惜接着说：“如果你因为我和你记忆里的不同，而变得不喜欢我……”

她顿了顿，吸了吸鼻子。

简珂想说，不会的。

喜欢的是她，完美与否，都喜欢。

他试图组织语言，让自己说出来的话更可信时，听见她喃喃说："事已至此，那我就只能强取豪夺了……"

"……"

他的小姑娘长大了。

也更野了。

为简珂和岑惜商讨婚事时的长辈，好像是在参加中年同学聚会。

挑婚纱时，简母指着背后镂空的那件，跟岑母说："哎，二芸你看这件，像不像当时咱们班长结婚的时候穿的那件？当时她那衣服好像是被扯坏了还是布料出问题了，反正不是故意设计的，没想到这么多年过去了，这种款式竟然还流行了。"

岑母指正："大芸你记错了，是学生会主席，班长是男的。"

"哦哦哦。"简母拍脑门，"你看我这个脑子。"

一直到从婚纱店出来，坐回车里，话题才重新回到两个孩子身上，简母说："二芸你还记不记得，这俩孩子小时候，就是他们俩走丢那次，咱俩还给他们订过娃娃亲？"

坐在前排的简珂和岑惜对视了一眼，都从彼此的目光中看到了疑惑。

小时候？走丢？

他们吗？

岑母笑："不是他俩走丢，是我们淘淘跟小乖走丢了，你家简珂去找的。"

岑惜越听越迷惑："淘淘是谁啊？小乖又是谁？"

"淘淘是你啊。"岑母说，"不过后来你觉得这个名字像男孩，不许我们叫了，可能太小了吧，都没印象了。你看你这记性，跟你家婆婆有的一拼。"

两个王芸在后座笑着推推搡搡。

闹着闹着，简母忽然感慨："年轻那时候咱们还老聚会呢，后来各自忙了，一晃这都多少年没见了。"

"没事。"岑母说，"你看咱们定下的娃娃亲，这不还是成了。"

简珂的瞳孔微微缩紧。

他记起来了。

小学二年级的暑假，父母曾经带他出去玩过一次，和父母的朋友合住在海边别墅。

叔叔阿姨家有两个小孩，据说因为女孩子很淘气，所以叫淘淘，相反他们家的小男孩很乖，因此叫小乖。

白天在海边沙滩玩了一天，大人们体力透支，在别墅里准备烧烤时，淘淘又坐不住了，非要去海边玩。

她一撺掇，年龄小没什么主见的小乖也要跟着她。

大人没力气了，就让小简珂这个稍微大一点的孩子带着两个小的玩。

小姑娘回屋脱掉裙子，换上泳衣跑出来，两只圆圆的小眼睛里冒着光：“走吧哥哥，我们去游泳！”

日薄西山，海水都已经凉了，小简珂一本正经地劝道：“别去了，现在海水冷，会感冒。”

小姑娘一心玩水，根本听不进去，抓着他的手：“不冷不冷，哥哥你要是冷我就抱着你。”

那你要抱得多紧咱们之间才能一点水都渗不进来？

小简珂面无表情地想。

淘淘一拽他，小乖也跟着拽，小简珂拗不过他们，叹了口气：“可你们又不会游泳。”

小姑娘伸出小短手在自己身边画了个圆圈：“我戴上游泳圈就会了！”

那不就是不会。

“可是租游泳圈的商店已经关门下班了。”小简珂十分残忍地告诉她这个事实，“所以你游不了泳了。”

回忆到这儿，简珂忽然想，如果是后来的岑惜，她会怎么回答他这句话？

她大概会说，嘁，不游就不游，谁稀罕。

但那时候的她还不懂口是心非，瘪着个小嘴，委屈巴巴地看着他，差点就要哭出来。

他们才认识一天不到，小简珂觉得，自己没有哄这个陌生小女孩的必要，所以他转身就走，但是他自己也说不清楚为什么，他会在转身之前扔下一句：“虽然不能游泳，但我们可以去吃冰激凌。”

他记得白天的时候她说过她很喜欢吃的。

于是，在他转身之后，后背上忽地一重，兴奋的声音钻进他耳朵里：“小哥哥你最好了！”

不知道怎的，简珂的心情也跟着好了一点，嘴角不自觉地微微向上弯起。

小姑娘迈着小短腿欢天喜地地跑出别墅，连她还有个弟弟这事都忘了。

小乖那时候是真乖，被姐姐抛弃了也不哭，默默地抓着简珂的胳膊还没松手。

也可能是反应慢。

小简珂带着小乖走出别墅，才发现前面的女生是穿着泳衣跑出来的，他拿出哥哥的威严：“淘淘。”

女生眨眨眼：“怎么啦小哥哥？”

小简珂抿嘴：“回去换衣服。”

淘淘耍赖："不嘛不嘛，咱们快点去吃冰激凌。"

小简珂瞥了一眼小乖，看见他在背心外面还套了一件短袖衬衫，沉默了一下，脱下来递给淘淘："穿着这个，不然不带你去吃。"

淘淘伸手接过来："唉，那好吧。"

忽然少了一件衣服的小乖一脸蒙。

小简珂："你贴着我走，会暖和点。"

小乖扬起白嫩嫩的小脸蛋，奶声奶气道："好。"

简珂从小就不太爱吃甜食。

他给淘淘买了一个巧克力味的冰激凌，给小乖买了一个香草味的，但是淘淘又想尝尝草莓味，所以他只好给自己买了一个草莓味的，全都给淘淘吃。

吃完冰激凌，一刻也闲不住的淘淘忽然提出，要玩捉迷藏。

毕竟隔着五岁的年龄差，海边又只有这栋冰激凌小木屋作为障碍物，加上小乖总是贴着淘淘，小简珂几乎一眼就能找到这对姐弟俩所在的位置。

于是好胜心强的淘淘不干了。

这次她让小简珂倒数三十个数，自作主张带着小乖躲进了椰林里。

年纪小本来方向感就不太好，再加上当时是晚上，不像白天那样一眼能看得到尽头，淘淘几乎一进椰林就迷路了。

月黑风高，这时忽然吹过一阵阴风，把树叶吹得沙沙作响。

小乖当时一个激灵，扑在淘淘身上抓着她的手臂，声音发颤："姐姐，我们会不会被大马猴吃掉啊？"

当时淘淘比小乖高一点，但也有限，被他整个人扑在身上她几乎寸步难行。

作为姐姐，尽管心里已经怕到不行，但表面上也只能强装镇定："不会的，这个世界上根本就没有大马猴，是大人骗我们的。"

她一边说，一边把他往下拽。

就在这个时候，被风吹落的树叶掉到了小乖脸上。

小乖撕心裂肺："姐——大马猴抓我了！"

淘淘听完这话终于绷不住了，一边哭一边尖叫着喊："爸爸！妈妈！简珂小哥哥！"

小简珂数完三十个数，发现淘淘和小乖不见了，找遍了小木屋所有能藏人的地方也没看见这对姐弟。

他从冰激凌老板那里得知，姐姐带着弟弟躲进了椰林。

小简珂望着黑压压的椰林深吸了一口气，尽管已经很心急，但还是先回别墅叫了爸爸妈妈和叔叔阿姨，然后跟着大人一起去椰林里找弟弟妹妹。

还好，椰林不算太大，小女生的声音很尖锐，他们很快就听到了姐弟俩的声音。

大人喊：“淘淘，你在哪儿？”

淘淘：“我在……我在大树旁边！小乖也在！”

大人们：“……”

为了确保大家不再次走散，在小简珂的主动请缨之下，大人们把唯一的手电筒交给他，让他去找弟弟妹妹。

毕竟孩子之间的沟通总是能更顺畅一些。

于是，小简珂用她能听懂的话跟她确认位置：“淘淘，你那边的树跟旁边的树比，是最高的吗？”

女生的声音很远：“不是，它有一点矮，是我周围最矮的树！”

“好。”小简珂应下，“那你听我的声音，是从你拿筷子的那只手的方向传过来的，还是从你拿冰激凌的手的方向传过来的？”

“冰激凌！”

小简珂当即确认，如果自己的声音是从她的左边传去的，那她所在的位置，就是在他的偏右边一点。

走了几步，小简珂又问：“你那边，有什么标志物吗？就是以前没见过的东西？”

“有！”淘淘的声音笃定，“有大马猴！它还打小乖了！”

小简珂一脸蒙。

然后，淘淘忽然慌了，声音带着哭腔：“小哥哥——大马猴要吃掉我了！”

“别怕。”小简珂听见她的声音一点点在拉近，“大马猴怕月亮，有月亮的时候，它就不敢出来了。”

果然，淘淘在听到之后顿了一下：“真的？”

“真的。”

小简珂一路跟她说话，转移她的注意力。当小简珂找到姐弟俩时，小乖已经哭累了，在姐姐怀里睡得很踏实。

手电筒的光照在淘淘脸上，她的表情从无措，变得惊喜，再到委屈。

她分明是害怕的，怎么会一见到他，就变得委屈起来了。

淘淘手里抱着小乖，动不了，小简珂举着手电筒，一步步向淘淘靠近：“对不起。”

她不知道他为什么要说对不起，但她还是咬着嘴唇，大颗大颗的泪珠含在眼眶，“嗯”了一声。

他放下手电筒，抱着瑟瑟发抖的她：“我应该让着你的，不该那么快找到你。”

淘淘扔下小乖，扑进小哥哥的怀里。

她的身体很冷，只穿着泳衣，止不住地战栗。

睡得蒙蒙的小乖脑袋磕到地上，醒了。

过了好一会儿，小乖才看见他们两个。

小乖走到他们面前，脸色越发低沉：“你打算抱我姐抱到什么时候？”

小简珂虚抱着淘淘：“抱到她不害怕为止。”

番外二

/执手一生/

岑惜与简珂结婚后，一直都没有要小孩，简珂的想法很简单，在他心里岑惜一直都还是个孩子，他一直享受着养娃的乐趣。

双方父母也都没有提过这件事，觉得按照他们的想法来就好。

期间岑父有过一些想法，还没来得及说，就被岑母劝下来了。

结婚第六年的一个普通清晨，岑惜喝了简珂递过来的热牛奶，盯着空荡荡的被子睫毛蒲扇了两下，没头没脑地说："不如我们要个宝宝吧。"

然后，岑惜就短暂地后悔了要孩子这件事。

不过话已经说出来，就算她想收回去，简珂也不允许了。

一次白天结束后，简珂临时有点事，洗了澡换上白衬衣准备出门。

岑惜穿着烟粉色蕾丝睡裙，光着脚丫跑下来，两只手扒在墙上看他。

男人微微仰头靠在墙边，像是为了要让她看个清楚。他眼尾延展的弧度略冷淡，洗过澡后更是格外清爽干净。

反而是她，丝绸睡裙上还有一看就经历过什么的褶皱，岑惜咬紧下唇，满心屈辱："我以前喜欢你的时候，还以为你都是这样的。"

简珂挑眉："哪样。"

岑惜指着他除了卷起的袖口，一点褶皱都没有的白衬衫："清心寡欲。"

简珂慢条斯理地戴上腕表："哦，现在知道我也挺放纵的了？"

"嗯。"岑惜点头，微微绝望，"有点后悔。"

日子从这天开始过得昏天黑地。

就这么持续了半年。

家里买了数不清的验孕棒。

但是每一根的结果，都是没有意外的一条杠。

在岑惜的忧心忡忡之下，简珂带她去医院做了检查。

去检查也没什么大问题，只说要注意营养，可能跟太瘦了有关系。

简母帮忙找了个老中医，中医把脉之后说岑惜体寒，平时要做些调理，外搭喝点中药。

既然是对她身体好的事，简珂没说什么，给她办了卡，还跟她一起做了一次调理。

技师给简珂按摩，不知道哪个经络出了痧，解释道："先生这是火气旺的表现，平时要多注意呢。"

岑惜当即倒抽一口凉气："他泻的火还不够多吗！"

整间屋子顿时安静下来。

后来，岑惜再没去过那家店，卡也作废了。

简珂问她为什么。

她说丢人。

不能去店里调理，岑惜就只去药房抓药。

中药每次都要煎很长时间，阿姨在一楼煎药，连二楼都能闻到奇怪的味道。

简珂光是闻都忍不住要皱眉头。

看着岑惜面色痛苦地捏着鼻子喝药，心疼得不像话："别喝了，孩子没有就算了。"

岑惜捧着已经喝完，尚有余温的空碗，抬头看着他："可我有点期待宝宝的到来。"

简珂递上全糖的奶茶，从她手里接过碗，沉默。

这确实是岑惜的心里话，如今她的心境确实已经和半年前完全不同。

就像她出门逛街的时候都会不自觉地留意那些手掌心大小的鞋子，好像真的感觉有个短胳膊短腿的小肉团子在眼前跑。

岑惜摸了摸平坦的小腹，说："我妈不是说咱们小时候见过吗？可我完全不记得了。"

这件事情她一直都觉得很遗憾。

她一直觉得，如果她记得这件事的话，就不会有那些又酸又涩的漫长暗恋时光了。

从想要宝宝的那天起，岑惜就在想，如果她能生出来一个智商和简珂一样高，完全迷你版的他，再养一遍，似乎是一件很不错的事情。

简珂低笑，提出了一个关键性的问题："万一是女儿，怎么办啊？"

岑惜当即哑然，过了好一会儿，她弱弱地说："那就再生一个？"

简珂忽然觉得自家儿子身上的负担有点重。

晚上睡觉时，简珂抱着她，温声安慰："乖，一个都不用生。这辈子还那么长，我欠的债，你在我身上讨回来。"

现在他们住的这栋房子是婚后新买的，算上装修，散味，总共住进来的时间并不长。

阿姨住在一楼，所以一楼的许多地方，比如厨房，岑惜很少去。

正值过年期间，阿姨提前回老家过年，家里只剩下他们两个，简珂便更放肆了一些。

事后岑惜成了一条咸鱼，洗了澡之后就瘫在沙发上，听着厨房传来"滋滋滋"的声音，随之飘出来的，是香喷喷的煎带鱼香气。

她光着脚噔噔噔地跑进厨房。

岑惜从小就很喜欢吃带鱼，结婚后尤其喜欢吃简珂煎的，他煎出来的带鱼油少，不腻，又很香酥。

简珂瞥了她一眼，看见她白皙圆润的脚趾，想起那位老中医的叮嘱，淡淡道："回去穿鞋。"

岑惜体力耗尽，一动不动地直勾勾盯着带鱼，准备一出锅就先上手拿一块。

简珂双手撑着桌边，侧过头："如果你光着脚受凉了，之前的那些也都没用了。"

这话就像岑惜的催命符，等简珂再一眨眼，她跑得影子都不见了。

他收回视线做饭，忽地轻笑。

十几秒后，岑家小惜跑回来，鼓着嘴巴，像一只小河豚。

基本上她暗戳戳要搞事的时候，都是这个表情。

简珂从容地递上去一块刚刚拿出来晾了没两秒的带鱼，吹了两下。

岑家小惜接过带鱼缩在角落里，默默地吃完。

真香。

但她仍决定把刚刚想好的话说完，她觉得她终于找到了一个世界难题考他。

俗称找碴儿。

岑家小惜在水池边洗手，低着头用头发盖住自己一脸狡黠的笑："有个问题问你。"

简珂眼皮也不眨一下："说。"

“你说，为什么，有不粘锅，但是没有不粘马桶呢？”岑惜指着干干净净的锅，“你看，煎过带鱼还是那么干净。”

她的脑洞有时候真的会漏。

正常人一般情况下不会把这两样东西放到一起说。

岑惜也是打定了注意，剑走偏锋，势必要赢过他一次！

可简珂从容地洗锅，然后面无表情地给了个建议：“那要不然，你拉锅里吧。”

事情的转变，是在八个月过后的一个清晨。

当天简珂要去中漾，有一场很重要的会议，到场的除了集团里的股东，就是平时只出现在新闻里的领导。

岑惜一直不太喜欢谢徊，总觉得他那个人阴恻恻的。

话不多，但是每一个字都好像在套话，带有可怕的目的性，十足的吸血资本家派头。

但她也没想到，自己会讨厌他到一听到他的名字，忽然就一阵干呕。

岑惜的眼睛红了一圈，她抿了口手边的温水，小声抱怨：“别提那个人了，我饭都快吃不下去了。”

简珂给她顺了顺后背，在她旁边坐下，脑中有个念头闪过，不过又拿捏不准，就先搂着她顺着她说：“好，不提了。”

岑惜咬了一口溏心蛋，想起了什么：“那个谢徊是不是结婚了？”

“嗯。”简珂说，“不过有点突然，本来……”

反胃的那个劲头又上来了，岑惜管不了那么多，扔下筷子往卫生间跑。

简珂觉得自己好像猜对了，但是不太确定，他不好多说什么，他担心自己说了，如果不是，她又要胡思乱想。

简珂在餐桌前怔了几秒，随即快走了几步去卫生间。

这时，岑惜打开门，嘴唇有点白，委屈地扑进简珂怀里：“你看，我跟你说了，不要提他，一提我就想吐。”

话头分明是她先扯起来的。

简珂拥她入怀，轻哄：“好，不提了。”

出门之前，简珂再次向她确认：“真的不用带你去医院看一下吗？”

他没说出那个猜测。

岑惜两只手搭在他的肩膀上，把他推出家门，自己退回来，冒出小脑袋：“说了不用啦，我身体我自己还是了解的，只要不提起他我什么事都没有。”

然后，她把手举到脸侧，摆了摆跟他说再见。

关上门。

岑惜的手僵停在门把手上，眼神都不知道该看哪儿，胸口上下起伏大口喘气。

过了半晌，外面一点动静都听不到了，她才把手缓缓移到自己平坦的小腹上。

真的很平坦。

关于晨起呕吐这件事，她自然也很敏感。

但是中药已经停了好长一段时间，难道说真的就这么忽然来了？

在简珂面前，她不敢说出自己的猜测，她担心自己说出来之后，他会强行带她去检查。

早几个月的时候，几乎每个月她姨妈推迟，他们都会有这么一次例行检查。

然后无一例外地失望。

这次来得毫无预兆，而且他又有重要会议，如果又像以前一样竹篮打水一场空，岑惜觉得太不值得了。

她一边蒙蒙地往里屋走，一边拍拍自己的肚子，像是在跟肚子说话，又像是自言自语："是宝宝吗？"

岑惜拉开放验孕棒的抽屉，摇了摇发现盒子里是空的。

她挠了挠头顶，又挠了挠后脑勺。

不知道怎么的，好像整体思维都变得缓慢。

过了好一会儿，她才想起来，上次用完了就没买。

岑惜慢吞吞地换上宽松的衣服，穿袜子，穿鞋，全程都小心翼翼的，不让自己平坦的小腹受到一丁点碰撞。

她想了想其他孕妇的打扮，又从衣架上拿了一顶渔夫帽，戴上了口罩，揣上钥匙出门。

家楼下就有一个药店。

岑惜路上还在想，是买一根，还是买一盒。

如果测出来是一道杠，就当这事没发生，如果测出来是两道杠，该怎么办？

她捏紧了手机。

不知道他这会要开到什么时候，万一等他开完会，她孩子都生出来了，怎么办？

简珂，你连孩子的第一面都看不到，不觉得难过吗！会不会多年以后，你想起这件事情，仍然觉得遗憾？觉得当初不应该为了工作，抛弃我们娘俩？

岑惜越想越觉得是这么个事，十分戏精附体地吸了吸鼻子。

最近这几年工作很忙，她很久没有写小说，无处安放的脑洞全开在日常生活里了。

又走了几步，岑惜到了药店门口。

其实之前她也没少自己来买那东西，但今天忽然就变得很敏感，特别委屈，觉得自己好像一个没人爱的小可怜。一个人生娃，一个人养娃，娃娃长大了还有可能不孝顺，把老母亲一个人扔在家里。

岑惜越想越觉得难过，眼泪汪汪的。她一边上台阶，一边伸手擦了下眼角的眼泪。

收回手时顺便打开了药店的帘子。

一抬头。

岑惜："……好巧。"

简珂："……"

本该在中漾开会的男人出现在药店，手里还拿着一盒她眼熟的东西，岑惜脑子一抽，问他："你也来买这个啊？"

药店里的其他人只恨此时自己的耳朵不够长。

"也"。

看她这个打扮，他明白了。

刚刚分离了不到二十分钟的两个人，再次在家中团聚。

简珂一手拿着盒子垂在身侧，伸出另一只胳膊把她抵在墙角："哭什么？嗯？"

岑惜不好意思承认自己那些开到外太空的脑洞，信口胡诌："我一想到你要去见我讨厌的那个人，心里就难过。"

她说完，默默地在心里道歉：谢总，实在不好意思，委屈您了。

简珂抬起她的下巴，轻啄了下，出于对她的了解，他直截了当地问："确认不是乱想了吗？"

岑惜："……"

这么多年，两人之间进行过无数场类似这样的对话。

次数多了，她脸皮也厚了，破罐破摔地承认："是，我是乱想了，我想到你孩子从出世到离世，你想听哪个部分？"

简珂："……"

出于对她脑洞的尊重，他一个字都没多问。

岑惜撕着盒子的包装纸，想起了他今天还有事："今天那个会不是很重要吗？你不去了？"

简珂说："我让包子去了。"

岑惜"哦"了一声，她其实并不太喜欢自己的事情占用他公事上的时间。

但是当他真的把她当成第一顺位时，她又觉得挺开心的，嘴角止不住地往上翘了翘。

去卫生间之前，她轻轻吻了他一下。

出来后，她被温热的大手拽进怀里，搂着她，深吻，拇指在她的肩头轻轻摩挲。

简珂拿过笔一样的东西看了一眼，嗓音低哑：“你希望是什么结果？”

岑惜抿抿唇：“还是希望有吧。”

岑惜把盖子重新盖回去，快走了几步奔回客厅，把东西放在桌子上。

客厅里算上阿姨一共三双眼睛，大家全都盯着验孕棒后面那个空白的框框，沉默等待。

白色的框框颜色渐渐变深，完全过渡后成了深灰色。

坐在沙发上的岑惜屏住呼吸，捂着心脏。

看见框框上出现了一道红色的竖杠。

岑惜盯着显示框，皱紧了眉头。

一道，是未怀孕。

胸口憋着的那口气忽然抽紧，一阵颓然无力。

没了需要在意的东西，岑惜把身体重重地向沙发后面靠。

还是没有。

以她的身体，是不是一辈子都不会有了。她并不觉得女人不生孩子这辈子就不完整，但她是真心实意地想要一个属于他们的宝宝。

有外人的时候，简珂的行为一向很内敛，可他看她真的难过，毫不犹豫地把她抱起来，让她坐在自己的腿上，两条细白的手臂无力地瘫在他的肩膀上。

“会有的。”简珂想了想，用她能接受的方式安慰她，“是缘分还没到。”

“下辈子早一点跟我表白好吗？”岑惜的声音瓮瓮的，“我大一就跟我表白，那时候都十八了。不暗恋了，不浪费时间了，抓紧每一分每一秒。”

简珂淡淡地应她：“好，都听宝宝的。”

岑惜的眼睛亮了一下，他很少这么喊她。

她记得这天，自己断断续续跟他说了好多话。

反正也没什么营养，因此也记不太清了。

只记得聊天的最后，她直起身子准备把那个碍眼的东西扔掉。

期间，她无意中瞥了一眼。

忽然就发现，原本的一道杠，变成了清晰无比的两条杠。

两条杠，怀孕了。

岑惜两眼一黑，连人带手中的验孕棒险些从沙发上翻下去，还好简珂及时把人抱住。

为了以防万一，他们两个先没通知任何一方的家长，而是先去医院做了一套更精细化的检查。

检查结果是护士长亲自送到简珂手里的。

类似于近乡情更怯的心情，岑惜甚至没敢看。

但她清清楚楚地听见了护士长说："恭喜简先生和简太太。"

比起那些复杂而又繁多的检查报告，好像这一句话更能说明事实。

护士长走后，岑惜盯着简珂手里那堆看不懂的数字发了好一会儿的呆。

直到简珂把温热的大手透过薄薄的衣料贴到她的小腹上。

岑惜这才抬头看他，指了指自己的肚子，声音有点飘："那个，我有小简珂了。"

"嗯。"简珂点头，视线从肚子重新回到她的脸上，低低地笑了，"现在你可以欺负他了。"

岑惜想肚子大一点再告诉父母，能走能动的，省得他们天天把她当宝一样供着。

简珂对此没什么异议，只是又给家里添了一个保姆和一个育儿嫂，这么早请育儿嫂的目的是为了让她多磨合一下，如果觉得不合适提前换掉。

但简母还是在第一个月就发现岑惜怀孕了，事情比想象中的还戏剧化。

据简珂说，那天他正准备去开庭，简母有急事，说什么也要尽快找到他，于是他让简母去了法院门口，让母亲在附近的咖啡店等他。

庭审情况一片大好，当事人约简珂晚宴，他只得婉拒，整理了一下衣服，去咖啡店找简母。

两个小时过去了，简母仍然面色铁青，一点气都没消。

简珂不明所以："怎么了？"

"怎么了？你还有脸问我怎么了！"简母咬牙切齿，"你背着我对我们家小岑惜做了什么！"

简珂被骂得云里雾里，眉头微蹙："她怎么了？"

他们两个很少有矛盾，就算真的有，岑惜也从不会绕过他去找他妈，但是怀孕情况特殊，简珂有点担心她是真的出什么事。

直到简母把手机扔到他面前。

屏幕上是一张照片。

两人在药店门口被人偷拍的。

标题是：我好像偶遇哪个演员怀孕了……男方素人，但是帅！

里面的内容是：男方开的车也不错，不知道谁家姐姐，但是恭喜！

照片上岑惜戴着渔夫帽，遮住了巴掌小脸，瘦而纤薄的身材，露出一节白皙的脚踝，确实像是演员素颜逛街时的街拍。

简母兴师问罪："行啊你，是不是你哪个客户？简珂我告诉你，你妈我就认小岑惜这一个儿媳妇！照片上这女的我不认！"

或许是跟岑惜在一起久了，被传染了幼稚，简珂忽然起了玩心："不管照片上的是谁，您都不认？”

简母痛心疾首：“不认！”

简珂佯装失落地叹气，眼看着他妈快要气晕过去了，他才于心不忍，面无表情地幽幽道：“自家儿媳妇美得像女演员，婆婆却不认，到底是道德的沦丧，还是人格的扭曲？”

简母：“？”

过去双方父母都不爱打扰小两口生活，从岑惜怀孕之后，家里才变得热闹了起来。

有些行为岑父虽然有意识改正，但内心的真实想法还是骗不了人，他就是更喜欢简珂一点。

怀孕之后的岑惜变得有些敏感，有一天她父母回家后，她偷偷跟简珂吐槽：“我觉得我爸对你可比对我好多了。”

简珂一言不发地拿出手机，熟练解锁，找到他妈给他发的消息，上面聊天记录是这样的——

【妈：什么时候带我闺女回来吃饭！我想我闺女了！】

【简珂：最近我有点忙。】

【妈：跟你有什么关系？】

岑惜抱着手机笑成小傻子，那点别扭的小情绪一扫而空。

第二天，岑惜就打包了一小箱行李，去了简珂家。

简母早早地把房间整理好，欢天喜地地迎接自己女儿回家。

她从简珂手里接过行李，头也不抬：“你是不是还挺忙的？忙就先走吧，这边有我照顾。”

岑惜当时就平衡了。

好歹她回家的时候还有口水喝，简神回家连坐下的机会都没给一个。

这次岑家小惜过来婆婆这里住，有一个主要的原因，是因为简母发现了一家护肤中心。

纯手法护理，不用任何化学产品，岑惜对此很是心动。

岑父曾经批评过她们这对婆媳肤浅。

简母当时就怼回去了：“你当年的情书怎么写的？什么‘你的双目似星辰’，这不是看外表？你就不肤浅啦？”

这世界上如果有什么比情书送错人更社死的事，大概就是人到中年，被拎出来反复鞭尸。

岑父从那之后没多说过一个字。

岑惜跟她婆婆的关系，说起来快比跟她亲妈都要好了。

婆媳二人组做完护理，简母又陪岑惜去练孕期瑜伽，出来时天已经黑了，两人手牵着手去逛超市买菜。

推着购物车到结账台前，岑惜随手拿了一把鲜花："阿姨你看，这花原价十五块，现在打 65 折才九块七毛五，咱们拿一束插家里花瓶？"

尽管简珂和岑惜已结婚多年，但是除了婚礼现场的那次管对方的父母也叫爸妈，平时他们还是喊叔叔阿姨。

真的关系好，反而不在意称呼。

"啊？拿打折的花会不会不好啊？会不会影响你肚子？"简母关切地问道。

岑惜："这哪跟哪啊，打折的花又没毒。"

于是简母点头，把花拿过来放进购物车，顺带夸奖："不愧是金融教授教出来的孩子啊，这数学就是好，你要跟我说 65 折，我可算不出来多少钱，不像你，厉害得连几分钱都能算出来。"

简母打心里喜爱岑惜，喜欢的人做什么都是好的，都是对的，拿个花都得夸到天上去。

只是尴尬了岑惜，在岑母看见之前，拼命用身体遮住写着价格的巨大标签。

多亏肚子大。

结账时两人一共买了三百一十六块钱的东西，简母还是习惯用现金，先给了收银员三百块钱整钞。

正好岑惜一摸兜，她兜里也有简珂留下来的零钱，让她以备不时之需用的。

岑惜为了不辜负"金融教授教出来的厉害孩子"这一名号，稍微计算一下后咳了一声，从兜里掏出了三十一块钱："正好你找我十五块吧。"

还没掏出来零钱的简母赞美之词已经溢于言表。

收银员沉默了一下，挠了挠头，对于算数不好的儿媳和对此很是崇拜的婆婆表示疑惑不解："那个，您为什么不给我二十一呢？这样我不是直接找给您五块吗？"

岑惜："……"

嗯，很好，装过头了。

对于这一行为，简母也很是有自己的一番理解。

没关系，孕妇嘛，已经很厉害了！

岑惜感动得差点当场跟简母拜把子。

晚饭简母给岑惜做她喜欢吃的带鱼，之前听说岑惜特别喜欢吃简珂做的带鱼，她就特意给简珂打电话，问他的带鱼是怎么做出来的。

"行，我听明白了，就是少放油。"简母听完后总结，顺便问，"你几点过来啊？"

简珂跟岑父在交流，古往今来金融与政治相关，新政一出，金融界波动很大，因此要稍微晚点，让他们先吃。

简母见缝插针地教育："你啊，天天在外面跑，都不知道陪媳妇儿，有什么好玩的事儿带上我们小岑惜一起去不好吗？"

简珂本来想说她不喜欢这个领域，但是他想起前天她快睡着的时候有迷迷糊糊问过他有关于家庭理财的事。

也许小姑娘长大了？

他沉默了下，觉得下次可以尝试一下带她一起来。

孕期的激素影响，岑惜变得格外黏人，在婆婆家住了没两天，简珂就接到了电话来接人。

她黏人到连走路都要抱着他走。

回了家之后,更是成了树袋熊。碍着肚子不能让他背,岑惜选择被他抱着。

只要简珂有要离开她的倾向，她立刻伸出两只手要抱抱。

吃饭也要坐在他腿上吃，反正就是要多腻歪有多腻歪。

岑惜自己也找了好多资料，搜孕期相关反应，但是都没有找到类似于她这么严重的现象。

简珂挂了电话，搂着坐在他腿上的人："查不到的，我告诉你为什么。"

岑惜蒙蒙地摁灭了手机，认真地等他回复。

简珂单手抱着她，给她倒了杯温水，准备好每天要吃的那些小药片和冲剂，温声道："和孕期有一定影响，但更多的是你内心释放。"

岑惜含了一粒钙片，表情茫然，显然是没听懂。

简珂耐心地解释："以前喜欢我的时候，把这份感情压在心里太久了，应该是觉得这个时候没人会说你，所以趁这个机会把过去压抑的感情发泄出来，事实上你应该有这个想法很久了吧。"

弯弯的月牙挂在天上，轻柔的月光如薄纱洒进床沿，把他的轮廓映得清晰而深邃。

他在说这话的时候，不是炫耀，没有戏谑，就是很平淡地阐述。

岑惜本来觉得有点难为情，静下来想想觉得他说的也对。

偷偷喜欢他的那些岁月，她最想要多啦 A 梦的变小工具，把自己变小，爬进他的口袋里，在他不知道的时候，每一分每一秒，都跟他在一起。

现在也不过是借着怀孕的时期，明目张胆地完成过去的梦想而已。

"其实你可以一直这样做。"简珂低声说，"我很喜欢这样的你。"

岑惜惊讶："哎？"

"其实怎样的你我都很喜欢。所以不论什么时期，怀孕与否，你都可以做你最想做的事。你永远有特权，不需要任何借口。"简珂轻轻抚摸她的肚子，在她耳边轻而认真地说，"我欠的债，我想亲自还给你。"

岑惜属于吃不胖的那类，一直到了孕中期，她的四肢都仍然纤细，只有肚子稍微大点，穿个稍微宽松一点的卫衣就看不出来了。

唯一给她带来影响的是睡眠变得不太好。

入睡困难，睡着了又不敢翻身，睡不踏实。

有一天，简珂和岑教授约好出去，出门前他想起母亲说的话，问她："你要一起去吗？"

时光荏苒，岑惜有许多习惯都改变了。但唯独对于那些冰冷复杂的数字，她仍然一点兴趣都没有，但是她想黏着简珂，于是十分爽快地点了头。

简珂有些意外。

更意外的是岑教授，自家女儿属于把数学书当安眠药用的人，竟然结婚了之后开始对金融感兴趣了？

这届小年轻挺厉害啊，爱的力量这么伟大吗？

他们约见的地方是一间淡雅悠然的茶馆，暖黄色的灯光，清静怡人。

简珂把她的大衣脱下来挂到衣架上，坐下后给她点了一杯淡茶，还不忘加枸杞。

席间，岑父看到手机上推送了一条新闻，他念出来："这个调查说，今年30%离婚的人是跟以前的同学在一起了，这个调查倒是挺有趣。"

如果是简母或者岑母在这里，肯定要说他不会说话，大家都好好的，提什么离婚啊。

岑惜本来有点困，听到这个词仿佛被扎了耳朵似的坐起来。

她很早以前就清楚，他一旦出现，必是万人瞩目，一直到今天亦是如此。

比起从前，他少了几分少年气，平添沉稳风雅。

记得孕初期，她收到过一条奇怪的短信。

对，是短信，不是微信。

对方得知她怀孕，发了一些挑衅的话，试图挑拨离间。

她很快就查到了那条短信的来源，是之前御诚的那个前台。

因为前台也负责部分行政事务，而岑惜之前在那里实习过，所以她会有岑惜的手机号也不奇怪。岑惜体谅女生年纪小，对简珂有盲目崇拜，稍加几句劝阻，没有太把这件事放在心上。

她始终清楚，男女之间的事情，从不是同性之间的博弈。

又过了有一个月，岑惜才从前同事那里听说，简珂把那个前台开除了。

从那之后，她便没怀疑过简珂一分一毫，他做的所有事情也都没有任何值得她怀疑的点。

只是今天父亲忽然提起来这件事，让她有一瞬的错乱。

她精神紧绷，撩起头发别到耳后，想仔细听听简珂是怎么看待离婚或者出轨这件事的。

简珂骨节分明的手捏着白玉茶杯，在手中绕了几个圈，似是在思索。

半晌，他给出了回应：“离婚后和以前的同学在一起的行为，这也是并购重组，重新盘活的一种体现方式。”

岑父露出欣慰的笑容，他就知道简珂会跟他想到一起。

岑惜：……亲父子无疑。

打扰了。

话题到这儿，就拐进了一个她听不懂的死胡同里。

阳光暖烘烘地盖在身上，岑惜辜负了简母的崇拜，在金融的海洋里，睡了孕期以来最好的一个觉。

听安眠曲都没睡得这么香过。

小孕妇岑惜从此得出了一个结论，金融，真是一个不错的领域。

到了临产的最后阶段，岑惜又一项隐藏技能，天生反骨，被发现了。

具体表现在，医生叮嘱要清淡饮食，她却迷上了重口的螺蛳粉。

简珂不让她吃她就两只眼睛耷拉着，委屈巴巴地瘪嘴：“小惜马上就要生宝宝了，连螺蛳粉这样十几块钱一份的餐都不能吃吗？”

说得像是简珂虐待她似的。

后来简珂虽然嘴上不允许，但是会给她放水。

家里为了迎接宝宝的到来，已经提前在各个角落里安装了摄像头，摄像头连着手机软件。

于是简珂每天都能看见她蹑手蹑脚地下楼，观察一圈保姆和育儿嫂都不在，迅速钻进厨房，锁门。

他掐着时间，差不多等她煮好出锅了，他再慵懒地迈开步子，缓慢地下楼。

这时候，等他拿到钥匙打开厨房门，她差不多刚刚吃三四口，解了嘴馋。

简珂让保姆收拾，把岑惜抱出厨房，仍是哄着她：“再忍忍，等宝宝出来了，要多少有多少，不够吃咱们就开个店，专门给你吃。”

岑惜知道他是为自己好，也知道自己偷吃螺蛳粉这一行为理亏，不得不点了点头。

忽然，她的脑洞又歪了，猛地抬头：“为什么要等宝宝出来？你是不是怕我吃的不够营养，你的宝宝会受委屈？你最爱的人不是我了，是宝宝了？”

简珂扶额：“是你，最爱的永远是你。”

后来，岑惜为自己的嘴馋，付出了相当大的代价。

宝宝三十六周时的一次产检，医生发现她的尿蛋白指数很高，同时伴有很严重的水肿，检查后发现她得了孕期高血压和先兆紫癜，被要求强制住院。

具体的原因医生也没有说死，只是在听简珂说完岑惜这些孕期细节后，提出不可以再这样嘴馋。

住院后，她每两个小时就要测一次血压，每六个小时进行一次静脉抽血检查，二十四小时的胎心监护，并塞了催产的药。

第一次怀孕就经历这样的事情，岑惜整个人都慌了，精神和身体的双重压力之下，岑惜只觉得自己一直处于恍惚之中，好几次连简珂叫她她都听不到。

简珂无比自责。

他后悔自己不听医嘱，放任她的性子。

如果早知道会有这么严重的后果，哪怕让她恨自己，这辈子不跟自己说话，他也会把她看得死死的。

他想自己躺在那里。

他想替她疼。

简珂死死咬住下唇，直到路过的护士发出惊声尖叫，他才知道自己下唇都被咬破。

开指的疼痛打破了岑惜对疼痛的认知。

那是一种不间断的，长时间的折磨，宛如一种让人求生不得求死不能的酷刑。

开到四指时，医生给岑惜上了无痛。

但是因为她的病的原因，开到八指时必须要把无痛关掉。那个过程里，岑惜感觉自己的皮肤像是被钝刀子一点点地撕裂，划开。

是个女孩。

简珂看都没看那个孩子一眼。

虽然现在时代进步，一些老旧的思想被抛开，但是仍然有许多人家只要男孩，尤其是能在这样寸土寸金医院生产的人家。

护士对于孩子父亲的行为没什么太大的反应，有钱人家发生什么事都算不上怪事。

直到那个男人进了手术室。

他毫不犹豫地单膝下跪在产房旁边，还能听见膝盖骨重重磕在地上的声音。

该有多心急。

刚刚为他颜值惊叹过的小护士们纷纷捂住嘴巴。

麻醉过去了。

岑惜浑身都在抖。

她锁骨以下的身体没有知觉，她知道他在，但是没办法抱住他。

隐约间，岑惜看见简珂哭了。

他的唇色红得潋滟，更把他的脸衬得干净白皙，泪珠分明。

她从来没有见过简珂哭。

之前她问过简母，简母说自从简珂断奶之后，连她都没怎么见过简珂哭。

她曾经听过一个说法，说男人要在你面前哭过，才是真的爱你。

带着那么点小矫情，她一直很期待这天。

愿望在不经意的时刻实现，可她连话都说不出来。

身体仍然在控制不住地抖动。

不是那种由内而外的，因为某种情绪激动或难过的那种抖动，而是被药物逼迫着，强行在抖。

岑惜只觉得好无助，好无助，她什么都做不了，只能躺在那里，等待时间流逝。

她并不知道这是麻醉的副作用，只是好担心自己以后就只能这样了。

简珂滚烫的热泪落下来，低落在她的脸颊。

她手脚不能动，但是脸还是有知觉的，眼睛跟着眨了一下。

他的眼泪像是一片温柔汪洋，从脸颊发散，蔓延到心里。忽然，就在那一刻，岑惜的身体慢慢开始有了知觉。

其实在简珂看来，哭并不是爱的表现，而是索取。

人在小的时候最爱哭，想要糖的时候会哭，想要家长抱的时候会哭，和真爱无关，都是索取。

简珂五岁开始，便不向外求，想要的只会自己去争。

因此他不哭。

但这次例外。

他好担心岑惜出事。

他好希望，岑惜爱他。

一直爱他。

永远爱他。

像他爱她一样。

岑惜好像说了一句什么话。她的声音轻而哑，像是嗓子周围有一圈毛边，听了让简珂心里跟着一颤。简珂握着他的手，弯下腰，把耳朵贴在她唇边，认真地听她说话。

她还是不太清醒，说出来的话断断续续的。

简珂要靠拼凑和猜测，才能听明白她说的话。她问他，丑不丑。

简珂轻轻吻住了她的额头，然后像是怕弄脏了她似的，小心翼翼擦去她额头的冷汗。

他的声音是压抑后的沉哑："很美。"

不断地重复。

不知道多少遍，直到她绷紧的唇线渐渐松开，昏昏沉沉地睡过去。

三年后。

之前岑惜一直是期盼着生一个儿子的，这样就可以把他当成小简珂，不开心的时候还可以欺负一下。

但最后生出来的是女儿，在女儿三岁之前，他们都只喊她的小名，嘤嘤。

因为她出生时，别的小孩都是哇哇哭，只有她是嘤嘤哭。

据说像极了岑惜。

活泼是很活泼，可爱也很可爱。

最大的优点也就是最大的缺点，太像岑惜了。

以至于岑惜下不去手欺负她。

岑惜产后气血不足，调理了两年，算上怀孕那一年，简珂跟着素了三年。

三年后，岑惜忽然明白了一句话，什么叫“三年不开张，开张吃三年”。

岑惜心想反正这件事都是要做的，那不如再给嘤宝生一个小弟弟。

简珂撕开盒子外面的包装纸，无情拒绝：“不行。”

她生产那天，他曾经查过，一直到今天，我国分娩死亡率仍有10.69‱。

光是想到她可能有10.69‱的可能性离开他，简珂就已经要了命地难受。

岑惜想开了，她其实并不喜欢做一个那么独立的女性，可以养活自己，不依附任何人，对于她来说就已经足够。

因此她的工作较为清闲。

而简珂升级为御诚的全球合伙人，并且回校担任法学院法硕联合导师，工作比从前繁忙。

但是在育儿这件事上，简珂比岑惜上心得多。

嘤嘤跟岑惜几乎是一个模子刻出来的，不过是放大和缩小的区别。

像岑惜之前想生个儿子把他当成小简珂一样，简珂如今也是把嘤嘤当成小岑惜。

饭桌上，嘤嘤坐在她的宝宝椅里，瞪着黑葡萄般晶莹剔透的大眼睛，奶声奶气地问：“爸爸，明天你还要不要接宝宝放学啦？”

岑惜学着女儿的样子，小声嘀咕，你爸爸不能接你，因为你爸爸要接本宝宝下班。

简珂的眼睛在大小宝宝之间转了一下，说：“明天爸爸忙，小阿姨去接你。”

嘤嘤噘嘴，低下头时小包子脸鼓鼓囊囊，连小呆毛垂下来的角度都跟岑惜头顶那几根长不长的头发一模一样：“爸爸不接嘤嘤，就没有阿姨给嘤嘤糖糖吃了。”

岑惜一愣。

那天之后，可爱的小嘤嘤发现，她爸爸再也没有去幼儿园里接过她。

而她也是在长到很大之后，才明白原因。

有个爱吃醋的妈，跟一个宠妈的爸，简嘤嘤小朋友表示很无奈。

当然了，那都是后话了。

放在眼前，当前最让他们头疼的问题是，简嘤嘤小朋友和岑惜太像了，像到什么地步呢，连对数字极为不敏感都是一样的。

上了幼儿园之后老师就会教一些简单的东西，比如画一朵小花，或者写几道五以内的加减法。

唱歌画画这一类，嘤嘤向来不用爸爸妈妈担心。

但是到了数学，不要说五以内的加减法，有的时候几个数字都分不清。

具体表现为阿拉伯数字 2、3、5 不分。

简珂在小黑板上给她写了个“2”，告诉她，这是一个爸爸，一个妈妈，就是“2”。

嘤嘤小朋友用力点了点她圆滚滚的脑袋，表示自己聪明的小脑瓜已经明白了。

简珂擦掉小黑板上的“2”，在原来的位置上，又写了一个一模一样的“2”，问：“这是几？”

嘤嘤小朋友进行长达半分钟的深思熟虑，盯着爸爸的脸，小心翼翼地回答：“是 3 吗？”

简珂：“……”

他吸了一口气：“嘤嘤有几个爸爸，几个妈妈？”

嘤嘤小朋友这时候明白了，她认错数字了，这个数字是“2”。

但是我们嘤嘤小朋友跟妈妈这么像，怎么可能承认自己错了呢？

她小大人模样，把自己短短胖胖的小手别在身后，迈开肉嘟嘟的小腿围着她爸走了一圈：“其实嘤嘤也可以有两个爸爸！”

简珂黑脸：“不，你不可以。”

在精英父亲长达一周的教学失败后，岑惜表示只有自己可以教会嘤嘤。

简珂一开始并不相信，但是岑惜说，因为她就是这样过来的，所以才更懂对症下药，简珂听了觉得也有道理，就让她试试。

一周后，用“选择题”方式教学的岑惜彻底疯了。

简珂回家，一打开门就听见岑惜哭号：“你闺女到底是怎么做到每次都能精确避开正确选项的呢？全家人的智商都被她拉低了！！”

后来，嘤嘤小朋友又长大了一点，认数字终于不再是难题。

在岑惜的耳濡目染之下，她已经开始会闹着跟爸爸要弟弟了。

对此，岑惜表示很是欣慰。

为了弟弟，嘤嘤小朋友愿意牺牲和爸爸妈妈睡觉的机会，自己乖乖抱着她的毛绒玩具去睡小床。

岑惜这次用了一招大的。

她把所有的小盒子都提前扔出房间，然后把简珂按在床上。

但竟然还是以失败告终。

简珂抱着她，轻轻揉她的头顶，无奈透了："现在都能和嘤嘤联手了？再过两年，嘤嘤的年纪应该就超过你了。"

"喊。"岑惜不以为意，"不要说和嘤嘤联手，我还多得是你不知道的事。"

其实许多年前的那次生产，岑惜在麻药的作用下，有短暂的几个小时的记忆缺失了。

但这段记忆，简珂一直记得。

他握着她冰凉的手，听她哭着说："老公，我不想死。"

"我还有好多事情还没做，其实你还欠了我好多好多。"

……

"我以前写过日记，整整十六个本子，每一页上面都是你，如果我没了，你记得看，密码是把那个小轮子挑到 7，上面下面两个锁一起打开。"

"我家里，书柜最上面的那层，有一个紫色玻璃罐装着的纸星星，我走以后，你就把里面的星星打开，里面每一颗其实都写了我想对你说的话。"

"但我还是想活着，我想跟你一起看好多好多场雪。"

"我还有好多事要问你。"

"我们还在上大学时，你忽然说你冷，要关窗户，是不是因为知道我感冒了？"

"其实这些都不重要了。"

"我就是好想，好想知道，你有多爱我啊。"

"如果你不够爱我的话，我这么喜欢你，会不会吓到你啊。"

因为这些问题她在醒后通通不记得了，所以简珂没办法一一回应她。

但是她在昏迷关头，说出来的那些话，简珂觉得一定是她内心深处最在意的事。

几年暗恋的光阴，是她一直存在心里，就算说一万次，仍然在意的事情。

所以他只能用日常的每一件事，把安全感和爱补给她。

他也从来没告诉过她。

在他那些昏暗无光的岁月里，她是唯一的斑斓点缀。

是她的意外闯入，打碎他荒漠土地中的贫瘠，从罅隙中滋润出淡粉色蔷薇花。

简珂是不喜欢小孩的，只是因为是她生的，所以才会爱屋及乌地抚养，陪伴。

在和她交往之前，他也没有想过结婚。

恨他也好，怨他也罢。

他不想再让她生，是自私地不能再经历一次那样的她。

岑惜躺在他身边，呼吸逐渐趋于平稳。

简珂俯身在她脸颊上落下轻盈的一吻，将她踹掉的被子捡回来重新给她盖好。

将她萦绕花香气息的发梢卷在食指上，他想到她临睡前说的那句话。

嗯，多得是，你不知道的事。

就像你永远都不知道，我到底有多爱你。

每一天，每分每秒，我都在爱你。

年深日久，药石无医。

番外三

/暗恋成真/

暗恋是什么?

在那五年里，对岑惜来说，是看见那个熟悉的名字心底的轻颤；听到别人提起那两个字，没来由的心虚，却又止不住去听他们说了什么；是远远地看见那个人会笑，等到距离走近，却又只能假装镇定，面无表情地路过。

是心酸，是窃喜，是遗憾。

是她泛着淡淡草香气的青葱时光里，唯一不为人知的秘密。

而这些秘密唯一且忠实的倾听者，是十六本日记。

简嘤嘤半岁左右的时候，简珂抽出空去拜访岑建，倏而想起岑惜曾提过的日记，经过岑父允许后，他进了岑惜以前的房间。

按照岑惜告诉他的密码，男人拇指轻轻慢慢地将上下两个塑料轮轴调成7，随着他按住塑料锁的动作，不算厚但里面夹了一些剪报之类的日记本“嘎哒”一声崩开，带着陈年旧灰，将他带到他所错过的，少女岑惜的秘密庄园。

10 月 18 日

今天晚饭，爸爸又提到了那个叫简珂的哥哥，他说哥哥学习非常好，是他最得意的学生，我的心情一下子就复杂起来了。

我从来没有听过爸爸用那样骄傲的语气夸奖一个人。

真的好好奇啊，那个哥哥到底有多优秀，连爸爸这样严苛的人都会觉得他很厉害，我好崇拜他！

不知道下次再见到他是什么时候？我一定会好好学习的，这样再见到他，就可以不那么窘迫了。

11 月 19 日

今天考试的成绩发下来了，有几道题明明会做，但是因为马虎还是扣了分，以后一定要好好检查，不能粗心大意。

晚上爸爸来接我放学，他把我送到家之后去找简珂哥哥了，好想一起跟过去，但是爸爸不同意，让我在家改卷子。

唉……我好想见简珂哥哥啊，这次我的校服洗得很干净了，见到他的话，应该能改变上次见面留下的不好的印象。

12 月 31 日

今天上午学校庆祝元旦，中午就放学了，下公交车的时候王家越忽然给了我一封信，我回家拆开才知道他给我的竟然是情书！（不过情书被岑臻这小子发现了，被他坑了二十块钱，这个仇也要记下来。）

说起来，我早该发现王家越的想法的，从他莫名其妙每天早上给我带早饭我就应该发现的，最近真是学习学傻了，我还以为是因为我俩关系好呢！

不过我已经拒绝他了，还不知道元旦假期以后再见到他该怎么相处，感觉失去了一个好朋友。

对了，看到情书的时候，我满脑子都在想简珂哥哥，完蛋……我好像……喜！欢！上！他！了！

简珂每一页都翻看了，多数都是在写她的日常，提到他的次数并不多，他看着他的名字后面跟着陌生的“哥哥”两个字，想象着她叫他哥哥的声音，无声轻哂。

午后澄暖的阳光透过玻璃照在木质书桌上，简珂抬眼时，好像能看见一个穿着校服的短发小姑娘，坐在小椅子上，时不时警惕地望向门口，时不时低头速速奋笔疾书的影子。

而那时，她每写下一个字，心里都是他。

十六本日记，大概不是同时买的本子，薄厚不一，但是被精心整理排序过，时间线是正确的，简珂垂着眼，安静地打开少女岑惜的第二本日记，阳光在他下眼睑处映着长长的睫毛阴影。

第二个本子很薄，简珂打开后才发现这本不是日记，是一些抄来的减肥和美白方法，还有些从杂志上剪下来又贴在本子上的，但是这本的第一页，上面工工整整地写着十一个字——

简珂老婆专用减肥备忘录。

“嗤。”简珂看到这个标题，是真的没忍住笑出声来。

男人拇指在本子上的前四个字上浅浅摩挲，在她看不到的地方，在迟到十年后，抚摸着那四个字，笑得满眼宠溺。

整个下午，简珂坐在床边，将这密密麻麻的十六本日记看完。看着自己的名字，时不时出现在熟悉的笔迹下面，知道了她那些年的心路历程。

高二那年是她蜕变的一年，从不认真学习，到发愤图强，从烈日下无所谓的暴晒，到开始注意护肤，她承受着太多不被理解的眼光。

然而，支撑她走下去的那两个字，是他的名字。

简珂想，如果那时，他在她身边，他会说什么？

如果是现在的他，会告诉她不必做这些，她怎样的外表他都会喜欢。

如果是当年的他……当年的他过分偏执，根本不会注意这样的举动。

简珂揉了揉双侧太阳穴，不知道是不是该觉得可惜。

不过，幸好，他没有错过她。

3月11日

今天一模成绩下来了，说真的我觉得自己考得挺好的，算是超常发挥，但爸爸说，这次的卷子比较简单，是为了给学生信心才出的，尽管我在年级里排名不错，但这个成绩想要上燕大还是不稳的，需要多巩固一些基础的知识点。

不管怎么样，我可一定要上燕大啊！这样就可以经常见到简珂哥哥了！不过，不知道他还记不记得我了？

我猜应该是不记得了，但是内心还是很希望他能记得。

4月2日

今天二模的成绩下来了，跟一模比起来稳中有升，看来查漏补缺是有用的，虽然爸爸觉得我数学还是差，但我已经觉得自己的知识点够牢固了。

最近好几次中午写模拟卷忘记吃饭，不过没关系，就当减肥了，我一定要上燕大。我一定会见到他。

再见到他，我一定会比上一次见到他更优秀。

6月1日

三模成绩出了。

这次的题型特别难，连老师都说难，往年的三模都没这么难过，高考的卷子难度大概是一模和三模中和。

我再咬咬牙。

6月26日

高考成绩出了。

简珂哥哥，燕大见。

……

接到岑惜电话时好像已经晚上十点多了，简珂看得认真，他不记得天是什么时候黑的，更不记得他是什么时候开了灯。

天上缀满星辰，像一颗颗小小的水明珠，映得黑夜如白昼般明晃晃。

岑惜问："几点回家啊？"

"现在就走。"简珂合上她的日记，按照拿下来时的顺序，原原本本地放回去，十六本日记和她的书墙严丝合缝贴到一起时，他忽然低低地喊了声，"宝宝。"

岑惜沉默了两秒，严肃道："今晚不行。"

简珂轻笑，又喊了声："宝宝。"

他嗓音低而沉，却因为连续喊了两声，听起来多了缱绻情深的意味。

他情绪很少外露，岑惜在电话那头明显愣住了，好一会儿才问："是不是出什么事了？"

简珂走出房间，跟岳父岳母道了别，上了车，在空阔的车厢里，认真地轻声道："没出事，信我。"顿了顿，他又说，"宝宝，我好喜欢你。"

岑惜还是没反应过来，面对他突如其来的表白，她犹豫着问："……我爸跟你说什么了？"

想象着她或许瞪大眼睛或许咬着嘴唇疑惑的表情，简珂又没有忍住，单手拿着手机，低着头，笑得胸口微微起伏。

"怎么去一趟我家就变得这么黏人了啊……"岑惜在电话那头小声嘀咕，"对了，你回来的时候顺路在家楼下给我带几包泡椒凤爪，家里没存货了。"

简珂应下，挂了电话，启动车子。

正值盛夏，他没开车内空调，而是把窗户打开一个小缝，车窗外道路两侧的金银花飘来阵阵香风，吹得他胸膛鼓鼓胀胀，心口滚烫。

他想起岑惜日记的结尾，那是她日记间隔最长的一次。

他猜她大概是高考结束后出去旅游了，回来读书的时候，才捡起日记本重新写，依然和他有关，只是这次变得不太愉快。

那时她考上了燕大，但是一直没有找到和他正面接触的机会，所以她找岑建教授要了给他的文件，送到他的教室，不过被他当成来表白的人所以拒绝了，丢了天大的人。那天，岑惜在日记本里写下她的决定。

她决定再也不要喜欢他了，她要做最讨厌他的人。

简珂没有暗恋过谁，他不懂暗恋的感觉。

所以他并不知道，他裹着风的白衬衫，是藏着她整个青春里最大的秘密。

在她每一笔，每一画写着她对他的爱意的时候，他甚至不知道世界上的角落里，有这样的一个人存在。

不过，这世界爱意守恒。

与之相对的是，今天的岑惜不会知道，现在的他有多爱她。

他爱她早晨醒来素面朝天吃早饭的模样，爱她在外意气风发的模样，爱她面对宝宝一些突如其来的反应，手足无措的模样，也爱她受了委屈窝在他胸口拿他撒气的模样。

每一天，每一年，周而复始。

从今往后，山高水长，任他爱意晃漾。

（全文完）

不著名暗恋